novum
VERLAG

Tina Munz

Beißhemmung

novum
VERLAG

Bibliographische Information der Deutschen Nationalbibliothek:
Die Deutsche Nationalbibliothek verzeichnet diese Publikation in der Deutschen Nationalbibliographie. Detaillierte bibliographische Daten sind im Internet über http://www.d-nb.de abrufbar.
ISBN 978-3-85022-046-0

Abbildungen: Tina Munz
Lektorat: Mag. Ulrike Bonarius
Printed in the European Union

Gedruckt auf umweltfreundlichem, chlor- und säurefrei gebleichtem Papier.

www.novumverlag.com

Inhalt

Die Dinge

„Die Dinge, die ich liebe, lieben sich untereinander nicht“, sagt Simone de Beauvoirs Freundin Zaza, in meinem Leben scheint es oft ähnlich zu sein. Da sind Rustschuk und Wloclawek, um nur ein einziges Beispiel zu nennen. Widersprüchlichkeiten werden mir bewusst. Selber stets darauf bedacht, allen erdenklichen Zwangsgemeinschaften auszuweichen, komme ich um Zwingerhaltung unserer Vierbeiner nicht umhin. Immer noch schaudernd über diese unmögliche Wortfindung „arisch“, beschäftige ich mich ausgerechnet mit Rasse-Hunden. Obwohl ich weiß, wozu er in einem der schrecklichsten Zeitabschnitte des vergangenen Jahrhunderts missbraucht wurde, gehört meine Liebe dem Deutschen Schäferhund. Ohne den SV, Verein für Deutsche Schäferhunde und die österreichische Version, SVÖ, wäre seine planvolle Zucht nicht möglich, sie haben Großartiges geleistet und ihr durchaus sinnvolles Reglement war mir immer Evangelium. Hunde werden heute vielfach angefeindet, die Ursache dafür ist in rücksichtslosem Verhalten ihrer Besitzer zu suchen. Aber man muss sich gegen die Behauptung, alle Hunde seien schlecht, zur Wehr setzen. Leuten sind schon Bäume auf den Kopf gefallen, sagen wir deshalb, alle Bäume seien schlecht?

Mich damit schriftlich auseinander zusetzen, hatte ich nie vor. Bis zu dem Abend im März, als meine Schwiegertochter in spe von ihrer Arbeit heimkam und Monty Roberts' neu erschienenes Buch „The Horses In My Life“ vor mich auf den Tisch legte mit einem knappen: „Schreib so etwas.“ Erst war ich erstaunt, nicht über den Befehlston, es heißt bekanntlich, der Hund gewöhne sich an die Schläge, sondern über das Ansinnen. Gewiss, man sagt oft, man könne über dies oder jenes „einen Roman“

schreiben. Wenn man könnte. Da saß ich also, die Einzige war über die Innentreppe hinauf in ihre Räume entschwunden, ich war allein. Ich begann zu blättern, ließ die schönen Bilder auf mich einwirken und ab und zu einen Schluck von meinem Sprühwein Marke Rabiatperle. Von jeder Buchseite lachten mir Erfolgsberichte entgegen. Der „Pferdeflüsterer" war mir nicht unbekannt, ich hatte seine Lebensgeschichte gelesen. Vor einigen Jahren konnten meine Familie und ich in der Wiener Stadthalle seine Arbeit bewundern. Es war beeindruckend gewesen. Inzwischen hatte Gisela den Businessanzug gegen ihre Hundeschlabbersachen getauscht, sie kam erfrischt und nicht ausschließlich tatenhungrig herunter. Wir saßen beisammen und ernährten uns redlich, es war die kurze Zeit am Abend, die noch nicht den Hunden gehört. Sie wollte wissen, ob ich schon begonnen hätte, und ich stellte die Gegenfrage: „womit?"

Noch läuft der Deutsche Schäferhundzwinger „vom Auenfels" auf meinen Namen, bald wird er ihr gehören, verdient hat sie ihn längst. Wo ich zweifle, setzt sie den Optimismus der Jugend dagegen. Während ich mich von Nichtigkeiten irritieren lasse, hat sie diese bereits als solche erkannt. Kurzum, wir sind ein eingespieltes Team, wir ergänzen uns, teilen die Liebe zu mindestens einem Mann, nämlich zu meinem Sohn. Wen wir noch lieben, will ich erst später verraten. Sie wirft mir Hektik vor, ich wiederum mache sie für die „Entdeckung der Langsamkeit" verantwortlich. Es verbindet uns eine Art Hassliebe, aber wenn das „gute Kend" kommandiert, dann schreibe ich sogar ein Buch, obwohl ich gar nicht weiß, wie ich das anfangen soll. Schon die Auswahl des Titels wird durch den Umstand, dass „Mein patschertes Leben" bereits vergeben ist, nicht unempfindlich geschmälert; zu auffällige Nachahmung wäre wohl auch, es „The Dogs In My Life" zu nennen, vor allem, wo der Vergleich in mehr als einer Hinsicht hinkt, man sollte seine Grenzen kennen. Bliebe vielleicht „Mein lustiges Leben", was doch nicht ganz der Wahrheit entspräche, da es zumindest stellenweise eher halblustig ist. Aber soll ich mir jetzt schon den Kopf zerbrechen, wo ich nicht einmal weiß, ob ich überhaupt bis zu Ende komme?

Zunächst einmal zum Anfang: Am späten Nachmittag des 24.12.1952 stellte meine Mutter mit Befremden das Einsetzen der Wehentätigkeit fest. Was glaubte ich denn, wer ich sei? Sollte sie nicht einmal mehr ihren Fisch essen dürfen? Unter dem Motto der Therese aus der „Blendung", nämlich „Kinder kommen zuletzt" unterdrückte sie mich zum ersten Mal in meinem (noch ungeborenen) Leben. In aller Seelenruhe feierte sie mit meinem Vater und meiner um sieben Jahre älteren Schwester den Heiligen Abend, sang mit Inbrunst, aß mit Genuss und legte sich schlafen. Am nächsten Morgen ließ es ihr doch keine Ruhe, sie wurde ins Krankenhaus gefahren, wo ich dann nachmittags zur Welt kommen durfte, ein ausgereiftes Produkt von nicht geringem Gewicht. Kaum, dass ich die Gesichter meiner Eltern, der Schwester und der Großeltern väterlicherseits voneinander unterscheiden konnte, beugte sich eine fremde Frau über mein Bettchen. Sie hatte dunkles Haar, dunkle Augen, einen etwas indianischen Gesichtsschnitt und sie redete in einer Sprache zu mir, die ich noch niemals zuvor vernommen hatte. Ich spitzte die Ohren. Meine aus Mähren stammende Großmutter war gekommen, um ihr damals jüngstes Enkelkind zu sehen. Ihre Neugierde war befriedigt, mein Interesse für Sprachen geweckt. Wenn Sie mich also auf den kommenden Seiten irgendwo beim Böhmakeln erwischen, wissen Sie wenigstens, woher es kommt ... Man schob mich im Kinderwagen durch die Stadt und da passierte Merkwürdiges. Zu den Geräuschen der Straßenbahn und der Autos kam etwas hinzu, das ich anfangs nicht zu deuten wusste. Es war ein metallisches Klingen, es klapperte und bald sah ich ein Wesen an mir vorbeilaufen, das mich sofort faszinierte. Einen Hund! Seine Halskette und die daran befestigte Marke hatten den Klang verursacht. Kreisrund sollen meine Augen vor lauter Aufregung geworden sein. In dem Wunsch, den Vierbeiner auf mich aufmerksam zu machen, soll ich wild herumgefuchtelt und versucht haben zu pfeifen. Letzteres habe ich dann jahrelang geübt, etwa wie John Irvings „Owen Meany" den Ballwurf. Die perfektionierte Ausführung desselben stellt er in den Dienst der guten Sache. Mein berüchtigter Einheitspfiff wird von unseren Hunden immer richtig gedeutet, ist beim double-handling auf Ausstellungen hilfreich, hat mir aber von Besuchern am Schauring schon böse Blicke eingetragen. Er kann sehr schrill sein.

Zu meinen allerersten Kindheitserinnerungen zählen auch die Ponys, welche die kleinen, grünen Palmers-Kutschen durch Wien zogen, sie sorgten ebenfalls für Gefühlsaufruhr im Kinderwagen. Meine Tierliebe habe ich in erster Linie von meinem Vater, dem Städter, den es immer hinaus in die Natur, immer zu den Tieren hinzog. Besuchten wir die Verwandten meiner Mutter auf dem Lande, verschwanden wir beide sofort im nächsten Stall. Da wurden die Schweine, die Ziegen, Kühe und Kälber gestreichelt. Selbst mit dem wüstesten Wachhund war Vater gleich auf Du und Du. War ich krank, hatte ich immer einen Wunsch bei ihm frei. Meist wünschte ich mir Bücher, auch mal nur Kirschenkompott. Als ich eine Mandeloperation überstanden hatte, deren größter Schrecken die Nächte waren, vielleicht war es auch nur eine Nacht, die ich von meinen Eltern getrennt im Krankenhaus hatte verbringen müssen, war ich, dem Anlass entsprechend, weniger bescheiden und wünschte mir etwas Lebendiges. Im Stillen hoffte ich auf einen Hund, aber ich freute mich auch über die zwei weißen Mäuse, die er mir daraufhin schenkte. Sinnigerweise nannte ich die beiden Winzlinge nach den weißen Elefanten eines Kinderbuches Pontinchai und Nitita. Ich war sehr glücklich mit ihnen. Bis meine Mutter den Mäuserich tötete. Lüften war ihre Leidenschaft, alle Fenster und Türen standen sperrangelweit offen, als das Mäusepaar ahnungslos durch die Wohnung streifte. Eine durch den Luftzug zufallende Tür wurde dem Ponti zum Verhängnis, er hauchte sein junges Leben aus. Die Mausefrau ist um weniges später Kummers gestorben und ich fühlte mich wieder sehr einsam.

Diese Einsamkeit wurde durch ein paar Zufallsbekanntschaften gemildert. Ich erinnere mich an den Foxterrier Niki der Frau Langer aus der Spallartgasse, an die graue Deutsche Schäferhündin Terry, die eher unfreundlich war, mit mir aber gut auskam. Da war der große, rote Pascha, ein häufig sich selbst überlassener, etwas aufdringlicher Rüde, mit dem ich manches Eis teilen musste. Für den Fall, ihn zu treffen, hob ich meist von meinem

Jausenbrot für ihn etwas auf. Dass ich ihn auf diese Weise in seinem Verhalten bestätigte, wusste ich freilich nicht. Obwohl ich sonst ein zurückhaltendes Kind war – ich hatte meine eigenen Betrachtungen über Erwachsene – sprach ich einfach jeden an, der einen Hund an der Leine führte, nur um diesen streicheln zu können.

Auf meinem Heimweg von der Schule hatte ich oft eine Hundebegegnung, die mir gar nicht so geheuer war. Ich ging die Maroltingergasse hoch, da rasten mir zwei Boxerhunde entgegen. Sie beschleunigten noch, als ich mich schon flach an eine Hauswand gedrückt hatte, um nicht überrannt zu werden. Sie sprangen an mir hoch und ich wurde beinahe zu Tode gewaschen und geküsst. Nach einer kleinen Ewigkeit kam ihr Besitzer, ein alter Herr und meinte freundlich, dass ich jetzt wohl sauber genug sein müsste, erklärte noch, dass seine Hunde Kinder sehr gern hätten und ging mit seinen wiederum weit vorauseilenden Gefährten davon. Heute ärgert mich die Rücksichtslosigkeit dieses Hundebesitzers, damals erschütterte mich bloß der Umstand, so überaus gründlich gereinigt zu werden. Indes, ich blieb Hundefan und setzte meinen Weg nachhause fort, wo schon meine Stofftiere auf mich warteten, allen voran Barry, der Bernhardiner.

Ich war keine fünf Jahre alt, als ich ihn zum ersten Mal sah und zwar im Schaufenster des Spielwarengeschäftes auf der Breitenseer Straße, schräg gegenüber von St. Laurentius, wo ich später zur Erstkommunion schritt. Aber so weit war es noch nicht, es war Dezember 1957 und da stand der St. Bernhardshund stramm und für mich riesig groß wirkend auf seinen roten Gummirädern und ich wie angewurzelt davor. Keine Macht der Welt hätte mich von der Auslage weggebracht, nicht einmal meine Mutter. Sechshundert Schilling sollte er kosten und das war immerhin viel Geld. Aber Österreich war seit mehr als zwei Jahren frei, Weihnachten und mein Geburtstag standen bevor und so willigte meine Erziehungsberechtigte ein, beim Christkind ein gutes Wort für mich einzulegen, sofern ich mich verpflichten wollte, bis zu seiner Ankunft brav zu sein, keine Widerreden zu führen und mit heilen Hosenknien und ohne

Schrammen vom Spielplatz heimzukommen. Ich versprach alles und fieberte den Feiertagen entgegen, mein eigenes Betragen ängstlich beobachtend. Endlich Weihnachten, heiß ersehnt und doch auch gefürchtet, dies, weil ich wusste, dass wie jedes Jahr der Großvater uns abholen würde, damit unsere Eltern die Vorbereitungen für das Fest in Ruhe treffen konnten. Stundenlang führte er meine Schwester und mich durch das verschneite Schönbrunn, was mich just an diesem Tage so gar nicht reizte. Die beiden erzählten sich unendliche Geschichten und taten, als ob es nichts Schöneres als dies ziellose Schlendern und Zeitvergeuden gäbe. Mich aber ließen sogar Arabesken und Nugat kalt, die Großvater uns in einer Konditorei kaufte, was ich sonst sehr liebte. Als die Dämmerung anbrach und man in einigen hell erleuchteten Fenstern der Stadt schon ein Zipfelchen von Christkinds Kleid erspähen konnte, brachte er uns schließlich heim. Neuerliches Warten, bis das Glöckchen erklang und die Tür zum großen Wohnzimmer sich

öffnete. Und wirklich – unter dem Lichterbaum stand Barry! Was musste er seither nicht alles aushalten, erst mit mir, dann mit unserem Sohn und letzthin sogar mit Gisela, die ihn unserem Q-Wurf zum wilden Spiel übergab. Sie meinte, die Zwillingshundemädchen brauchten mehr Action, als ein Wurf mit beispielsweise sechs oder sieben Welpen.

Nun, das Schicksal hat meinen lieben Barry gezaust, doch immer noch steht er wacker auf seinen Rädern. Wie schön muss es sein, ein Enkelchen auf seinem Rücken sitzen zu sehen. Weihnachten meiner Kindheit – gerne erinnere ich mich daran, an dieses Gefühl der Geborgenheit in der Familie und an die vielen Bücher unter dem Tannenbaum. Ich verkroch mich damit in eine stille Ecke, es wurde aber auch vorgelesen. Von meinem Onkel Wilhelm, von mir in Kleinkindersprache Willi-Snonk genannt, bekam ich Paul Eippers wunderbares Buch von der gelben Dogge Senta. Die Widmung darin:

„Tiere schützen heißt Menschen nützen – quäle nie ein Tier zum Scherz, denn es fühlt wie du den Schmerz."

Die Geschichte der gelben Riesin beginnt in einem Forsthaus in Bayern, wo der Autor sie kennen lernt. Es ist Liebe auf den ersten Blick, die Besitzerin ist alt und nicht abgeneigt, Herrn Eipper die Hündin zu überlassen. Nach einigem Schriftwechsel ist es so weit und Senta fährt per Bahnfracht in ihre neue Heimat am Grunewaldsee. Sie lebt sich bald dort ein und erfährt von ihrer neuen Familie viel Liebe, die sie nach Hundeart in reichem Maß erwidert. Das Buch ist mit herrlichen Fotografien versehen. Nicht nur die Titelheldin, sondern auch viele entzückende, faltig-freche Doggenkinder erfreuen den Betrachter. Eine sehr schöne Geschichte und noch heute muss ich beim Lesen des letzten Kapitels, wo es um den Abschied geht, der keinem Hundehalter erspart bleibt, heulen wie ein Schlosshund. Als Nächstes bekam ich „Timba" von Lilli Koenig. Hier wird von der kleinen Kiki erzählt, für die ein Traum in Erfüllung geht – mit Mutter und großer Einkaufstasche zieht sie zu einer Züchterin und darf einen Deutschen Schäferhundwelpen heimholen. Nun gibt es zerrissene Schulhefte, ängstliche Spannung bis zum Besiegen der Staupe. Der Junghund läuft einem Hasen nach, wird vermisst und glücklich wieder gefunden. Und dann passiert etwas ganz Furchtbares: durch Übermut und Ungehorsam verursacht das halbstarke Tier einen Unfall, der den Mischling Rolli von Kikis Schulfreund Schmiedl-Fritz das Leben kostet. Ein Polizist mit seinem Diensthund Artus erscheint und verordnet ihr den Besuch einer Hundeschule, die sie mit ihrer kleinen Herrin mit Bravur schafft. Schließlich darf man sich sogar über Nachwuchs aus Timba und Artus freuen. Wunderbare Zeichnungen gibt es da und auf einer der letzten sieht man den Schmiedl-Fritz seinen kleinen Rüden Kango davontragen, den er als Wiedergutmachung für Rollis Verlust von Kiki bekommt. Auch über diesen Abschied habe ich geweint und wenn wir heute einen Welpen verkaufen, „when all is said and done“, kommt für mich immer der Moment, wo ich dann besser alleine mit mir bin. Beide Bücher haben mich zutiefst berührt, wobei ich den Doggen bald untreu wurde und die Liebe meines Lebens fand, denn eines schönen Frühlingstages blickte ich aus dem Fenster und sah auf der Terrasse des gegenüberliegenden Hauses eine Schäferhündin mit ihrem Nachwuchs. Die Welpen mussten knapp vier Wochen alt gewesen sein und waren entsprechend drollig und tapsig. Jetzt gab es für mich kein Halten mehr. Mein ohnehin äußerst anfälliger Vater wurde bearbeitet, bis er sich gegen meine ablehnende Mutter durchsetzte, das heißt, ganz so war es nicht; als richtiger Mann gab er mir seinen Segen und dazu fünfhundert Schilling, das weitere Durchsetzen überließ er mir. Mit Tränen und Versprechungen erreichte ich mein Ziel und bekam nun meine eigene Timba. Sie war ein zartes Hundemädchen, die kleinste aus dem Wurf. In späterer Folge zeigte sich, dass dies nichts zu besagen hat, sie entwickelte sich zu einer äußerst robusten, prachtvollen Hündin. Weshalb ich nicht verstehen kann, dass die Leute immer den fettesten Welpen aus einem Wurf wollen, als ginge es um Kauf nach Lebendgewicht. Es gab einige Parallelen zu dem Buch, die Staupe hatte sie – weil geimpft – zum Glück nicht bekommen, aber zerrissene Schulhefte und dergleichen mehr gab es genug.

Über schwarz-weiße Bildschirme flimmerte „Fury“, in einer Folge wurde gezeigt, wie der Mustang sich auf die Hinterhand stellte, um einen Wolf abzuwehren. Das inspirierte mich zum Spiel mit meinem Welpen. Ich kniete vor Timba, ließ wie das Pferd die Vorhand drohend hochgehen und schon war mir das Wölfchen am Fell, das heißt am Gewand. Wieder einmal kamen wir ziemlich desolat nachhause, meine kleine Spielgefährtin, die das Donnerwetter nahen fühlte, verschwand sogleich unter dem nächsten Tische oder Kästchen, während ich heldenhaft das Gezeter meiner Mutter über mich ergehen ließ. „Wie siehst du schon wieder aus, soll ich denn nur waschen und Löcher stopfen?“, war ihre damalige Standardfrage. Irgendwie haben meine Freundin und ich auch das überstanden. Und als ich mein letztes Volksschulzeugnis in Händen hielt, zogen wir endlich in den Wienerwald, nach Pressbaum, wo meine Eltern ein Haus gebaut hatten und ich ab Herbst die Schule im Sacré Coeur besuchen sollte. Hier war das Leben leichter, aus dem Welpen war nun ein Junghund geworden, der Garten und Straße als Ort zur Verrichtung gewisser Geschäftchen akzeptierte und sich auch sonst mehr und mehr an die Hausordnung hielt. Die Milchzähne waren durch das bleibende und viel weniger spitze Gebiss ersetzt worden und meine Kleidung litt nicht mehr gar so sehr darunter, überdies war es in den Ferien gleichgültig, wie man aussah. Am Morgen in eine kurze Hose, den Hund an die Leine und schon waren wir im Wald verschwunden. Frei nach Bryan Adams: „Those were the best days of my life.“

Im September war unser neues Familienmitglied schon ziemlich groß und schäferartig und wenn meine Mutter mich mit ihm von der Schule abholte, wurde es von vielen meiner neuen Kameradinnen sehr bewundert. Zu unserem ländlichen Idyll stießen später Katzen und einmal sogar zwei Hühner, die vom Hund nicht nur geduldet, sondern auch freundschaftlich behütet wurden. Zu dieser Zeit war Hundenahrung noch kein solches Thema wie heute, man fütterte vorwiegend Schlachtabfälle und oft auch Reste. Einer unserer Nachbarn war Kellner und brachte öfter etwas für unseren Hund mit heim. Er gab meiner Mutter ein Päckchen über den Zaun, hier war in

Zeitungspapier eingewickelt, was die Gäste übrig gelassen hatten: Schnitzel, Kalbsbraten, Knödel und vielleicht auch etwas gebackenes Hähnchen. Meine Mutter öffnete die nachbarliche Gabe, legte sie in die Wiese und nun kamen Hund, Katze und Hühner, um sich in aller Einigkeit daran gütlich zu tun. Meist standen wir dabei und sahen zu, wie es unseren Tieren schmeckte. Oft blieb noch von diesen Essensresten etwas übrig, das dann eben entsorgt wurde. Wir brauchten Wochen, bis wir dahinter kamen: Während wir selber Hühner hatten, fraßen weder Hund noch Katze jemals Hühnerfleisch. Was ist nun die Erfahrung daraus? Um die Worte unserer lieben Greti zu verwenden, von der ich an späterer Stelle berichten will – die Erfahrung ist „bei Null". Es gibt unzählige Bücher über Hunde, viele davon habe ich gelesen und bin immer wieder erstaunt, mit welcher Sicherheit jemand, der in seinem Leben vielleicht vier oder fünf Hunde besessen hat, behauptet, der Hund sei genau so oder so. Uns haben die Hunde nur gelehrt zu wissen, dass wir nichts wissen … Aber noch einmal zu Timba, an die ich bis heute in Dankbarkeit denke – ich habe bisher noch an keinem 14. März ihren Geburtstag vergessen und nun sind doch schon reichlich viele seither vergangen. Obwohl auf keinem Hundeplatz ausgebildet, war sie treue Begleiterin für alle Tage und Situationen. In meinen lustigen Jahren kam sie sogar mehr als einmal in die Disko mit mir und war dort der Star. Sie war großartig und schön, sie war intelligent und voller Liebe zu uns und, worüber ich damals nicht nachdachte – sie war grau.

Seit langer Zeit also gehört mein Herz dem Deutschen Schäfer, aber bevor ich meinen nächsten Hund bekam, gingen noch ein paar Jahre ins Land. In Kurzfassung – ich war jung und dumm, die Stadt war mir wichtig geworden, meine Eltern hatten meinetwegen winters über eine Wohnung in Wien genommen. Ich hatte eine sehr befriedigende und gut bezahlte Arbeit als Fremdsprachenkorrespondentin, wobei mir das in der Schule erworbene Englisch und Französisch zugute kamen. Spanisch hatte ich in einem Fernkurs erlernt. Mein Italienisch, das ich von einem sizilianischen Zimmermädchen während eines kurzen Aufenthalts in Amsterdam so nebenbei lernte, ließ ich nach meiner Rückkehr bei Dante Alighieri in Wien ein wenig verbessern. Dass ich bloß ein Großvater Canetti mit seinen 17 oder 19 Sprachen war, fiel nicht weiter auf. Immerhin, damals konnte ich sogar stenografieren, was ich heute nicht einmal mehr stottern könnte. Ich hatte einen großartigen Chef, der mich sehr zu motivieren verstand, und drei liebe Kolleginnen, Brigitte, Christa und Putzi. Brigitte war die Schöne und passte mit ihren herrlichen dunklen Locken gut zu den spanischsprachigen Ländern, die sie betreute und die ich später, als sie ihrer kleinen Tochter wegen zuhause blieb, von ihr übernahm. Mittlerweile ist sie zum zweiten Mal verheiratet, sie hat gewissermaßen ihren „Grafen Andrássy" gefunden und erprobt zumindest am Wochenende ihre zwangsläufig erworbenen Ungarischkenntnisse. Christa war die Exklusive, deren abenteuerliche Reisen uns tief beeindruckt hatten. Putzi hatte ihr den Spitznamen „der Beistrich" gegeben, man musste auch wirklich zwei Mal hinsehen, wenn man die Gertenschlanke wahrnehmen wollte. Und gerade dieser „Beistrich" war es, der mich einmal aus großer Gefahr „herausschlug". Sie war dafür zu nachtschlafender Zeit eigens von der Davidgasse in Wien bis Perchtoldsdorf gefahren. Ohne zu fragen, ohne zu zaudern. Es geht nichts über wahre Freundschaft, wir waren also nicht nur bei der Arbeit ein gutes Team. Jetzt, sozusagen aus der Sicht der mittätigen Ehefrau, kann ich beurteilen, dass wir damals wirklich brav gehackelt haben, obwohl man uns „Insel der Seligen" und „Oase des Nichtstuns" nannte. Das kam vermutlich daher, weil bei uns sogar gesungen wurde. Putzis Lieblingslied hatte den rührenden Text: „In einem Meer von Liebe möcht' ich so gern ertrinken". Manchmal wünschten wir, diese Todesart möge sie bald ereilen, nur damit endlich Ruhe wäre. Aber wir sind alle noch am Leben und haben den Kontakt zueinander nicht verloren. Es waren goldene Zeiten und Mobbing war tatsächlich ein Fremdwort.

Im Frühjahr 1975 beschlossen meine Eltern, im Haus in Pressbaum das Badezimmer renovieren zu lassen. Als nunmehr einzige Tochter – meine Schwester war 1968 nach Kanada gegangen – durfte ich aus dem Katalog, den der Installateur uns zur Ansicht überlassen hatte, etwas aussuchen. „La testa nelle nuvole“ fiel meine Wahl auf Wanne und Waschbecken aus Carrara-Marmor. Ich kreuzte im Prospekt an, was ich wollte und harrte der Dinge, die da kommen würden. Und sie kamen! Der Experte hatte einfach abgelehnt, etwas so Großspuriges in dem kleinen Badezimmer unserer bescheidenen Hütte einzubauen. Recht gehabt hat er, sage ich jetzt als „Fachfrau“. Damals bin ich explodiert, als meine Mutter es mir berichtete. Mit den Worten „So – und nicht anders, sehr geehrter Herr Munz“ beharrte ich schriftlich auf meinem Wunsch, was wieder ihn auf die Palme brachte. Am folgenden Samstagvormittag, ich war eben mit dem Frühstück fertig, kam er, um Überzeugungsarbeit zu leisten. Jeder von uns beiden hatte sich den Anderen vorknöpfen wollen. Aber dann sahen wir uns und wollten alles Andere als streiten. Kein Jahr später waren wir verheiratet und auch in dienstlichem Verhältnis. Ich war jetzt also die „Frau Meisterin“ und hatte plötzlich mit Rohren, Fittings und allerlei Dichtungen zu tun. Christa nannte mich neckend Flanschen-Tini. Wie es im Leben oft ist, lernt man den Mann erst nach der Hochzeit so richtig kennen. Kaum war ich einigermaßen eingearbeitet, als mir mein Chef und Angetrauter schon in die Parade fuhr. Es gab zu der Zeit eine Waschbeckenform, zu welcher nur eine bestimmte Art von Armatur passte. Diese hatte den klingenden Namen „Oskar“ und wir hatten ein Stück davon auf Lager, einen originalverpackten Ladenhüter. Und da kam doch wirklich ein Kunde, ein solches Exemplar in der Hand, in entsetzlichem Zustand, verkalkt und grausig und tropfend, nämlich die Armatur. Das war meine Chance, bald waren wir handelseins, aber ich hatte die Rechnung ohne den Munz gemacht. Denn als ich den Paragon schreiben wollte, kam er zur Tür herein, grüßte nicht eben freundlich, wie es seine Art ist und erfasste die Situation mit einem Blick. Er nahm dem verdatterten Kunden die Armaturenleiche ab, befahl ihm – man kann es nicht anders nennen – zu warten und verschwand für eine halbe Stunde in der Werkstatt. So brummig, wie er gegangen war, kam er wieder zurück, überreichte das gute Stück dem Kunden mit der Bemerkung, es sei jetzt wieder in Ordnung und trottete in Richtung Büro davon. Mühsam beherrscht eilte ich ihm nach, um zu fragen, was ich denn nun verrechnen sollte. Seine Antwort – nichts, er habe nur die Dichtungen erneuert. Der Kunde freute sich und ging und ich achtete darauf, meinen Geschäftsstörer künftig so wenig wie möglich in den Verkauf zu lassen. Inzwischen ist unsere Liebe dreißig Jahre jung und nimmt, gleich mir, ständig zu. Erhard ist immer er selbst geblieben. Möge mich kein Blasphemieblitz treffen, aber für mich ist er der Weg und die Wahrheit, er ist der bessere Teil. Und genau der, den ich brauche. Der mir immer zuhört und der für die Bestellung unseres Sohnes Fritz zuständig war, dessen Lieferung ich im August 1976 ausführte. Und dieser brachte dann, kaum zwei Jahrzehnte später „das süßeste Mädel der Welt", nämlich Gisela, dieses Binki, zu uns. Auch Gucksi sage ich zu ihr (was guckst du?).

Wenn ich die beiden heute mit ihrer „Sandkastenliebe" necke, denke ich doch, wie schön es war, dass dieser Sohn, das unbekannte Wesen, sich mir damals anvertraut hat. Er erzählte mir von ihr, obwohl er mir weder ihre Haarfarbe, noch die Farbe ihrer Augen beschreiben konnte. Die Hauptsache schien mir fast ihr Näschen zu sein, das, nach seinen verliebten Schilderungen zu schließen, einfach entzückend sein musste. Eines Tages soll sie in der Schule – man höre und staune – sogar einen Rock getragen haben! Was kann man sich da als Mutter vorstellen? Dann sah ich sie. Und ich war hin und weg. Was mir insofern rätselhaft bleibt, weil mir sonst Menschen, die Hunde nicht heiß und innig lieben, zumindest suspekt sind. Ich gebe zu, dass mich sogar Thomas Manns „Herr und Hund" in eine gewisse Reizlage bringt und das will, bei meiner grenzenlosen Bewunderung für ihn, schon etwas heißen. Und da kommt also das Mädchen, die Hunde müssen weggesperrt werden, weil es sich vor ihnen fürchtet und trotzdem reizt es mich zu keinem Cetero censeo, womit ich sonst oft recht schnell bin. Auf einen Blick erkenne ich die Einmaligkeit dieses Menschenkindes, bin überwältigt. Was die Hunde betrifft, vertraue ich auf deren Fähigkeit, Zweibeiner zu erobern, ob die das wollen oder nicht. So hatte ich es bei meiner Mutter und meinem Mann erlebt. Was musste ich seit meiner Heirat kämpfen, einen Hund zu bekommen. Was gab es nicht alles für Gegenargumente – das Geschäft, die Einfahrt nicht eingezäunt, keine Zeit. Dann doch der Sieg, des Sohnes Wunsch Befehl, wenn es auch erst einmal hieß: Der Hund bleibt im Garten. Er bleibt im Stiegenhaus. Er wird nicht vom Tisch gefüttert. Man muss sich sofort die Hände waschen, sobald man ihn gestreichelt hat. Aber sicher! Der Hund selbst hat meinen Chef bekehrt und heute ist er es, der in besonderen Fällen einspringt, wenn es um Wohl und Wehe eines unserer Vierbeiner geht. Ich wurde in meinem Glauben an den unwiderstehlichen Scharm auf vier Pfoten nicht enttäuscht. Es war August, als wir uns kennen lernten. Weihnachten ging Gisela zum ersten Mal mit den Hunden und mir durch die verschneite Niedermayr-Gasse, noch zögerlich, aber immerhin interessiert. Im darauf folgenden März fiel der zweite B-Wurf des Zwingers und da hatte sie sich schon verliebt, nämlich in den kleinen, schwarzen Breitling. Hätte sie ihn nur behalten dürfen, ein grausames Schicksal wäre ihm erspart geblieben.

Zwei Monate später fuhr sie erstmals mit mir zum Ausbildungsplatz. Ich war zu dieser Zeit bei einer SVÖ Ortsgruppe jenseits des kleinen Semmering, ein wunderschönes Gelände, die Vereinskollegen recht nett, wobei die Einschränkung, für mich mit zunehmendem Alter immer belastender, eher an mir als an den Anderen liegt. Mir als alco-, fresso-, nico- und workaholic kann es nie schnell genug gehen. Logisch, kommt man mit einigen, nicht wenigen Hunden auf einen Platz, möchte man diese befriedigen, das heißt, sinnvoll beschäftigen. Man lässt sie auslaufen und will dann unterordnen oder „schützen". Nach getaner Arbeit, wenn allen die Zunge raushängt, ist es sicher schön, anzusitzen. Der geplagte Einhundbesitzer will aber zunächst einmal in aller Ruhe Kaffee trinken und dann plaudern und dann ... einer von Rellys Söhnen hat einmal treffend formuliert, woher der Hundeplatz seinen Namen hat – die Hunde machen lange im Auto „Platz", während ihre Menschen im Vereinsheim sitzen. Ich begreife das ebenso wenig, wie die manchmal recht grausige Wasserschüssel manchen Einzelhundes, den schlechten Pflegezustand eines solchen, aber so ist es eben. Mir ist klar, dass mein „Leid" ein selbst gewähltes ist, kein Mensch hat mir befohlen, viele Hunde zu haben. Nun sind sie aber da und es ist meine Pflicht und Schuldigkeit, das Möglichste für sie zu tun. „Sind die Caniden auch alle zufrieden?", ist die Frage, die wir uns stellen, seit Tina vom Karner, genannt Welkie, uns im Jahr 1983 den ersten Wurf des Zwingers bescherte. Züchten – das lag keinesfalls in meiner Absicht. Mein Sohn und ich wollten ja bloß einen Hund. Wie schicksalsschwer der 2. Oktober 1979 für uns wurde, konnte damals keiner von uns ahnen.

Am Morgen hatte ich den Sohnemann im Kindergarten abgeliefert. Er ging nicht sehr gerne dort hin, war aber für uns zuhause „unpackbar" geworden, wollte längst nicht mehr bei Oma oben in der Wohnung bleiben und in der Firma war er eine gewisse Gefahr und gefährdet, er schraubte überall herum, hatte einen starken Hang, den Dingen auf den Grund zu gehen, alles zu zerlegen und auch das Lager übte eine starke Faszination auf ihn aus. Eine Zeit lang war er unser Spezialist für Waschtischlaschen, die der Befestigung von Waschbecken dienen. Er hortete sie in seinem Spielzimmer. Eben hatte ich noch welche geliefert bekommen, als sie schon wieder verschwunden waren, das ging eine Weile so, bis ich einen nicht unerheblichen Vorrat davon unter seinen Playmobilsachen fand. Dabei sind diese gewölbten Gebilde aus Guss etwas so Einfaches von eher geringer Schönheit, so dass ich mir bis heute nicht recht erklären kann, was ihm daran so gefallen haben konnte. However, er verbrachte seit seinem dritten Lebensjahr die Vormittage in der Gruppe von Tante Elfi, wir konnten uns im Büro „entfalten" und mittags lief ich dann ins Sacré Coeur hinauf, um unseren Prinzen heimzuholen. Ich erinnere mich noch, dass ich wie zu einem Rendezvous eilte, so sehr freute ich mich immer, ihn endlich wieder zu sehen und auch der Rest der Familie strahlte, als unser Sonntagskind und Sonnenschein dann mit uns am Mittagstisch saß.

Doch an diesem goldenen Herbsttag war alles anders, mein Mann und ich hatten das Nötigste im Büro erledigt und uns dann auf den Weg nach Tulln gemacht, zu Herrn Johann Wolf. Natürlich war erst einmal der Gedanke nahe gelegen, einen armen Teufel aus dem Tierschutzhaus zu uns zu nehmen. Nach einigem Für und Wider und im Hinblick auf die Sicherheit unseres Kindes, entschlossen wir uns für einen Welpen – und nur durch Zufall – vom seriösen SVÖ Züchter. Den Vorwurf der mangelnden Öffentlichkeitsarbeit in dieser Hinsicht kann ich den Zuchtvereinen nicht ersparen. Wie leicht kommt der ahnungslose Laie zu Leuten, die es sich „ein wenig leichter machen" und behaupten, nur die ersten drei Welpen eines Wurfes hätten „Papiere". Papiere, die, auf Grund ihrer Beschaffenheit nicht einmal zu dem einen Zweck ... verwendet werden können. Nebstbei ist man bei diesen Hundespezialisten ohnehin meist Anwärter just auf den vierten Welpen. Beim Deutschen Schäferhund jedenfalls heißt der Abstammungsnachweis „Ahnentafel". Alle Welpen eines Wurfes erhalten diese, sonst geht es nicht mit rechten Dingen zu!

In unser Geschäft kam damals öfter ein Kunde in Begleitung eines wunderschönen, äußerst braven Schäferhundes, den ich natürlich unbedingt streicheln musste. Sein Besitzer hatte nichts dagegen einzuwenden, auch nicht der Hund, allerdings nahm er meine Ovationen eher gleichgültig entgegen, dieser „Quero von der Damminsel". Nun fuhren wir zu der von seinem Herrchen angegebenen Adresse. Meine Schwiegermutter holte den Sohn ab, für den der Hund die gewünschte Überraschung sein sollte und so kamen wir alle wieder ziemlich zur gleichen Stunde zuhause an. Aus heutiger Sicht war Welkie eine Fledermaus, sehr dunkel, große Ohren, eher dünn. Sie war knapp über drei Monate alt und stand als letztes Kind bei ihrer Mutter im Zwinger. Als Herr Wolf sie daraus befreite, lief sie wie wild durch den Garten und ließ sich kaum einfangen. Ich überlegte nicht lange und zog das große Los. Wie freute sich doch unser Söhnchen. „Wir waren fünf" könnte man die folgenden Jahre bezeichnen. Da gab es noch Skiurlaub, Sommerurlaub in Italien, mit Hund, versteht sich. Welkie war überall mit uns und auch gern gesehen.

1982 besuchte mein Mann ein Wassertechnikseminar in Bayern, wir verbanden das mit einem Kurzurlaub, nicht ohne meine Hündin. Selbst bei einem Theaterabend am

Tegernsee verhielt sie sich mustergültig, wenn sich auch ihr Nackenfell leicht sträubte, als der jugendliche Liebhaber in dem Stück recht stürmisch auf die Bühne gelaufen kam.

Zum Ausbilden eher überredet, fand ich bald Spaß am Hundesport. Die Hündin war ein Naturtalent, hätte sie nicht mich als Hundeführer an der Leine gehabt, wäre ihr die Höchstnote von 100 Punkten in jeder Disziplin sicher gewesen. Auf ihrer ersten Ausstellung lief sie auf Anhieb ein vorderes Vorzüglich, sie wurde in Körklasse 1 angekört. Die Siegerschau in Eisenstadt war ein Highlight ihrer Karriere, denn da ging es nicht nur um Schönsein, sondern auch um das Bestehen des Schutzdienstes. Auf dem Weg dorthin begegneten wir schon einigen Teilnehmern, die mit hängenden Köpfen von dieser Stätte zurückkehrten – da wussten wir zwei, dass es heute für uns gut aussehen würde. Denn geschützt hat mein Baby für ihr Leben gern, was ich anfangs eher belustigend fand. Es amüsierte mich, wie jemand, der sonst so cool war, sich

über den herumhüpfenden „Kasperl" mit dem Ärmel (was keine respektlose Bezeichnung für Figurant oder Helfer sein soll, aber ich war schon immer leicht zu unterhalten) derartig aufregen konnte. An diesem Tag war jedenfalls der hervorragende 5. Platz der Lohn für ihr Engagement.

Inzwischen war ich Mitglied im SVÖ, dem Österreichischen Verein für Deutsche Schäferhunde, geworden. Ich möchte diesen Verein, seinen Zweck und seine Aufgaben hier nur ganz kurz umreißen, zur Thematik Rassehund und Tierschutz komme ich später.

Der SVÖ ist der größte Rassehundeverein in Österreich, Vereinsmittelpunkt ist der vielseitig einsetzbare Deutsche Schäferhund. Mit zahlreichen Ortsgruppen wird flächendeckend das ganze Bundesgebiet betreut. Als Hauptaufgabe kann die Zucht des DS und die Ausbildung von Hunden angesehen werden. Der SVÖ selber ist Mitglied in den Organisationen wie ÖKV (Kynologenverband), der FCI (Fédération Cynologique Internationale) sowie WUSV (Weltunion der Vereine Deutscher Schäferhunde) und IRO (Internationale Rettungshundeorganisation). Mitgliedern und Hundefreunden wird vom SVÖ fachgerechte Unterstützung in allen Hundefragen, Zucht und Ausbildung geboten sowie eine große Breite an Ausbildungsformen wie Schutzhund, Fährtenhund, Begleithund und Agility. Der SVÖ gibt die Möglichkeit zu sportlicher Betätigung auch in Form von Wettbewerben. Es werden Veranstaltungen durchgeführt, die der Zucht und Ausbildung dienen und Aufklärungsarbeit in der Öffentlichkeit betrieben, wobei eben diese, meiner Meinung nach, forciert werden müsste. Bevor ein Deutscher Schäferhund zur Zucht verwendet werden darf, muss mittels HD Röntgen festgestellt werden, ob seine Hüften in Ordnung sind. Er muss eine Schutzhundprüfung, ÖPO1 oder IPO1, früher SchH1 genannt, die aus drei Disziplinen besteht, ablegen, deren erste, die Fährtenarbeit, seine Nasenveranlagung überprüft. Wie wichtig diese allein in den Bereichen der Lawinen- und Rettungshundearbeit ist, kann man sich vorstellen. Die zweite, nämlich Gehorsams- und Gewandtheitsarbeiten, kurz Unterordnung, gewährleistet, dass der Besitzer seinen Hund „in der Hand hat". Die dritte Disziplin, nämlich die heute so in Frage gestellte Schutzarbeit, überprüft Triebbeständigkeit,

Selbstsicherheit und Belastbarkeit des Hundes. Die erste Komponente davon kann nur jenes Tier erfüllen, das bei Hitze und Kälte, Regen und Schnee bereit ist zu arbeiten – man stelle sich den Diensthund vor, der sagt „heute will ich nicht". Der selbstsichere Hund wiederum wird nicht ängstlich Gefahren sehen, wo keine sind, sondern erst einen Angriff auf seinen Besitzer abwehren. Ich meine, dass dies durchaus wünschenswert und legal ist. Und die Belastbarkeit sagt aus, dass er auch mit für ihn unangenehmen Dingen, wie zum Beispiel Stockschlägen eines Angreifers fertig wird. Zu alldem kommt hinzu, dass unsere Prüfungsordnung nur einen Hund bestehen lässt, der das Kommando zum Ablassen einwandfrei befolgt. Hat der Hund also Gesundheit und Arbeitsfreude unter Beweis gestellt, wird auf einer Ausstellung noch seine Übereinstimmung mit dem Standard, dem Rassebild festgestellt. Zuletzt erfolgt die Körung, unter der man eine Zuchttauglichkeitsprüfung verstehen kann. Durch die Körklassen 1 und 2 werden hier die zur Zucht empfohlenen Hunde, die dem Rassestandard in hohem Maße entsprechen und die zur Zucht zugelassenen Hunde definiert, die, sei es in Anatomie oder Belastbarkeit, geringfügige Einschränkungen aufweisen.

Selbstverständlich ist all das Beschriebene sowohl mit zeitlichem als auch finanziellem Aufwand für den Besitzer verbunden. Und durch alle geforderten Überprüfungen eines Zuchttieres zieht sich wie ein roter Faden der Wesenstest. Und damit ist man genau bei dem Punkt angelangt, der meiner Meinung nach den Vorteil des Rassehundes gegenüber einem Tier aus „wilder Zucht" oder einem Mischling, dessen erbliche Belastung in keiner Weise vorhersehbar ist, ausmacht. Laut SV und SVÖ Bestimmungen können also nur Tiere mit gutem Charakter in die Zucht gelangen, das heißt ganz von selbst, dass unerwünschte Aggression ausgeschlossen wird. Der ausgebildete Schutzhund ist mit Sicherheit die geringste Gefahr für den Menschen, denn nicht nur er, sondern auch sein Besitzer lernt in den Ausbildungsvereinen, wie man sich in der Öffentlichkeit benimmt.

In den Ortsgruppen des SVÖ sind des Öfteren Schulklassen zu Besuch, ein besseres Verständnis für den Partner Hund wird damit allemal erreicht. Es ist für die Kinder immer wieder ein Erlebnis zu sehen, wie die Hunde nach getaner Schutzarbeit sanft und streichelweich sind, was also heißt, das Beutespiel ist vorbei, jetzt bitte kraulen. Hunde sind keine Regenwürmer! Dass man aus ihnen wie aus Menschen Bestien machen kann, steht außer Zweifel. Bei Konrad Lorenz ist nachzulesen, wie ein ach so sanftes Täubchen mit zartem Flügelschlag und Picken des Schnäbelchens das Andere umbringen kann. Dass uns Bambi, Felix Saltens entzückend geschildertes Rehböckchen, das Leben kosten kann, ist bekannt – so, wie wir Menschen allein durch Worte verletzen, kränken und sogar töten können. Wer den Deutschen Schäferhund verteufelt, macht es sich zu einfach. Es gibt genug Mischlinge, die wie Berserker raufen und solche, vor denen ihre Besitzer sich am stillen Örtchen in Sicherheit bringen mussten. Es gibt Dackelbisse, die genäht werden müssen. Dass Zucht innerhalb des SVÖ planvolle und kontrollierte Zucht ist, soll noch rasch erwähnt werden, was den Sinn hat, dass Liebhaber der Rasse statt Kraut und Rüben wirklich einen Deutschen Schäferhund bekommen. Die Vereinszuchtwarte sind Ratgeber und Helfer für den Züchter, überwachen aber auch, von der so genannten Wurfabnahme an, ob alles seine Richtigkeit hat. Wenn ein Züchter seinen ersten Wurf macht, so beginnt er bei „A", alle Namen der Welpen desselben beginnen mit diesem Buchstaben. So geht es weiter. Einmal wäre der Verkauf eines Welpen daran gescheitert, dass es sich um den V-Wurf unseres Zwingers handelte. Die Dame meinte, wenn das schon der 22. Wurf der Hündin sei, wolle sie ihn nicht. Ich klärte sie darüber auf, dass dies von der Natur her gar nicht möglich sei.

Ich lernte Frau Elisabeth Ibeschitz kennen, der ich sehr, sehr viel verdanke. Als sie mein brennendes Interesse für den Deutschen Schäferhund erkannte, erhielt ich von ihr jede Unterstützung, die man sich nur vorstellen kann. Ich bekam Vereinszeitschriften des SV und SVÖ fast bis zu den Anfängen zurückreichend. In nächtelanger Kleinarbeit erstellte ich daraus unter Zuhilfenahme alter Kör- und Zuchtbücher eine umfangreiche Kartei, die eine Miniaturausgabe der heutigen „Genetics", von denen später noch die Rede sein wird, darstellt. Ich bekam unheimlich viel Fachliteratur von ihr, darunter sogar den Hauck, der heute vergriffen ist. Frau Ibeschitz war mein Zuchtwart in der Ortsgruppe Wien-Prater, sie nahm ihre Aufgabe ernst, sie stand um sechs Uhr früh schon vor der Tür, um sich von „Zucht und Ordnung“ zu überzeugen. Erst als wir uns besser kannten und sie wusste, dass ich meine Pflichten den Hunden gegenüber gewissenhaft erfüllte, gab es telefonisches Aviso vor einer geplanten Wurfbesichtigung. Als allein erziehende Mutter hatte sie jedes ihrer drei Kinder in einen ordentlichen Beruf gebracht, als Züchterin des Zwingers „von der Damminsel“ viele Menschen mit den von ihr gezüchteten Hunden, die ausnahmslos über ein gutes Wesen verfügten, glücklich gemacht. Sie wohnte sehr idyllisch in einem kleinen Häuschen mit Garten auf eben dieser „Damminsel“ – jedes Mal, wenn ich von der Arbeiterstrandbadstraße dorthin einbog, die schöne Wiese und die alten Weiden an der alten Donau sah, fiel mir Pearl S. Buck ein mit „Hearts come home“. Obwohl die S-Bahn dort vorbei fährt, was nicht ohne Geräusche vor sich geht, übte diese Gegend auf mich immer den Eindruck der Abgeschiedenheit und des Friedens aus. Ibi stand sehr zeitig auf, versorgte die Hunde und fuhr dann in die Stadt zur Arbeit, um mittags wieder zuhause bei ihren Lieblingen zu sein. Ihre Welpen wuchsen im Familienverband auf, kein Besucher konnte sie erschüttern, nichts Menschliches war ihnen fremd. So sollte Hobbyzucht sein. Ihr Fachwissen war groß und sie saß nicht drauf, sie gab es weiter. Sie wurde mir eine wunderbare Lehrmeisterin. Da hat es keine Tricks oder Unwahrheiten gegeben.

Marcel Reich-Ranicki, dessen Briefwechsel mit Golo Mann ich so sehr liebe, wehrt sich gegen die Behauptung „Wir alle sind, was wir gelesen“. Ich stimme seinem Protest zu, sonst könnte man auch sagen, wir sind, was wir gesehen, erlebt. Eine schauderhafte Vorstellung. Aber zweifellos übernehmen wir viel von dem, was unsere Lehrmeister uns vorgelebt. Wie erstaunt war ich früher, wenn ich in den „SVÖ Nachrichten“ vom Ortsgruppenwechsel von Mitgliedern las. Das könnte mir nie passieren, wozu auch? So dachte ich jedenfalls. Meinen A-Wurf machte ich, weil ich einen „Ableger“ von Welkie wollte und auch einige Vereinskollegen hatten sich für einen Welpen von ihr angemeldet. Ich war Idealist und ließ sie erst nach abgelegter SchH3 Prüfung, also der höchsten Stufe, decken. Dies wurde aber in die Ahnentafeln der Welpen nicht eingetragen, weil die Prüfung „nicht von einem SVÖ betreuten Richter“ abgenommen worden war. Ich nehme an, ich war der Präzedenzfall. Damals hätte ich aufhören können. Es gibt da einen Spruch vom A und B sagen, ich wandle ihn ab, wer einen A-Wurf züchtet, ist diesem Hobby verfallen. In dem Roman von Susan Howatch „Das Glücksrad“ sagt Kester: „Ich hätte aufhören können, aber ich machte weiter.“ Darauf sein Vetter Harry: „Armer Kester, armes Schwein!“ Ich wollte schon oft aufhören. Der Deutsche Schäferhund ist ein so wunderbares Tier. Auch sein Verein ist eine ganz großartige Sache. Hielte sich jeder an die vorgegebenen Regeln, könnte alles sehr schön sein. Einen Wurf zu planen und ihn aufzuziehen ist eine wundervolle Beschäftigung. Bloß das Drumherum kann absolut bitter sein. „Arme Tina, ...“ Als Frau Ibeschitz ernstlich erkrankte, wurde ich Zuchtwart der OG Wien-Prater, sie selber übte den Stellvertreterposten für dieses Ehrenamt aus. Dann kam diese Vorstandssitzung, bei der ich aus dem Staunen nicht herauskam, dafür aber aus der Ortsgruppe. Ein nicht gerade begütertes Mitglied hatte seinen Hund verloren, der Vorstand wollte helfend einspringen und ihm günstig zu einem Welpen verhelfen. Frau Ibeschitz hatte zu dieser Zeit fast abgabefertige Welpen. Sie, als verdienteste Züchterin der Ortsgruppe, wurde beinhart übergangen. Ein letzter Rest Kinderstube ließ mich den schwäbischen Gruß zurückhalten, ich ging. Ich wechselte nach da und dort und bin derzeit in meiner fünften Ortsgruppe, nämlich der des Hans Prack, dem ich zutraue, gefestigt und großzügig genug zu sein, einem Mitgliedsbeitragszahler Asyl zu gewähren, der nichts weiter will, als den Anforderungen des Vereins Genüge zu tun. Zum „funktionslosen“ Konsumenten bin ich geworden, zu einem, der sich in sein Schneckenhaus zurückgezogen hat und nur noch genießt – die kompetente, aber unaufdringliche Betreuung durch meinen Ortsgruppenzuchtwart, Brigitte Beisiegel und die Höhepunkte, die ich durch das Gezwicke des Josef „Peppi" Brunner erleben darf. Christl, seine Gattin, ist mir gewiss nicht böse, denn sie weiß, dass ich die Tätowierdienste ihres Holden meine, dem man auf Grund seiner Einzigartigkeit und seines Scharms ein eigenes Kapitel widmen müsste. Ansonsten will ich vom Klub selbst nicht allzu viel wissen, lasse mich dort nicht blicken und will es so halten in meinen letzten Stunden, Tagen oder Jahren.

In diese Vereinswirren, die sich vermutlich nicht sonderlich von jenen des Keglerklubs oder denjenigen aus dem Verein der Wandervögel, in welchem einige nur noch wandern wollen, unterscheiden, brachte ich das neugierig gewordene Binki, also im Mai 1996. Ich gab ihr den guten Wolf, mit dem ich ein Jahr zuvor die SchH3 gemacht hatte. Mit vier Jahren in Saft und Kraft stehend, musste er zusehen, wie zwei seiner Stallgefährten zum Schutzdienst geführt wurden, durfte selber aber nichts tun. Er war das Opfer einer „Zweihunderegel" geworden, die einer dieser bedauernswerten Vereinskollegen, die selber nicht viel weiterbringen, Andere aber in ihrem Vorwärtskommen behindern, durchgesetzt hatte. Wohlgemerkt: Den damaligen Schutzdiensthelfer hätte es in keiner Weise gestört, statt nur zwei meiner Hunde, mehrere davon „abzustauben". Mit Giselas Mitgliedschaft konnte diese unsinnige Regel nun umgangen werden. Wolf himself bildete sie aus und nach knapp zwei Monaten traten die beiden gemeinsam zur SchH3 an. „Die coolste Hundeführer!", meinte damals Peter Fritsche, Hundeführer, mit „seine ungarische Akzent". Die erworbenen 252 Punkte mit dem aufgestauten Halbwilden, der sich nach der Spurensuche im Kuhmist wälzte und diesen während der folgenden Unterordnungsübung „Ablegen unter Ablenkung" wieder loszuwerden suchte, muss ihr schon jemand nachmachen.

Seit ich in blindem Gehorsam mit dem Schreiben begonnen habe, sind ein paar Monate vergangen. Wohl ist in dieser Zeit nichts besonders Aufregendes geschehen, dennoch komme ich nicht weiter, bringe nichts „voran", um Thomas Manns Ausdruck zu gebrauchen. Wie er sich „eine Organisation der Pflichten, durch die die Pein der Unübersichtlichkeit und verdrießliche Insuffizienzgefühle hintangestellt würden“ gewünscht hat, wünsche ich mir diese ebenso.

Über Fronleichnam waren die kleine Qualität, mein Mann und ich für einen Kurzurlaub im Paradies am Gmundnerberg, wo wir schon seit einigen Jahren diese Zeit verbringen. Gisela zieht mich damit auf, dass mein Universum nur bis dorthin reiche, doch für die paar Tage lohnt eine weitere Fahrt nicht, wenn wir da so gehäuft die ganze Schönheit von Traunsee, Attersee und Mondsee genießen können. Vom Berg selbst hat man die herrlichste Aussicht – ein Weltblick, würde Hans Rigon sagen. Qualität, meine kleine „Tschelestn“ – eine Variation des großmütterlichen Namens Celesta vom Geigenhimmel – war braver, als ich mir vorgestellt hatte. Aber ich sollte es schon wissen. Nirgendwo wird ein junger Hund schneller „anständig“ als im Urlaub. Und hier, auf den herrlichen grünen Hängen von Gmundner- und Grasberg waren schon ihre Mutter und ihr Halbbruder Nützlich glücklich gewesen.

Der gute Wolf hatte zur Feier seines dreizehnten Geburtstages ins benachbarte „Zeitlos“ eingeladen, die Geldbörse lieh er von Gisela, wie es ihm rang- und altersmäßig zukommt. Da werden „hundefreundliche“ Gerichte, also möglichst ohne Soßen, bestellt und der Alte, sonst kein Bettler bei Tisch, insistiert mit scharfem Blick abwechselnd auf ein Häppchen vom Cordon bleu, einen Putenstreifen, ein Stück Schnitzel. Er ist sich der Wichtigkeit seiner Person und des Tages bewusst, aber nach dem neunten oder zehnten Bissen wird es dem allzeit Schlanken langweilig, er legt sich hin und überlässt es uns, weiter dick zu werden und zu bleiben. Der Gripserle war für zwei Schullandwochen, wie sein Frauchen Hermine es nennt, bei uns. Die Zimba mit den schwarzen Augen hat uns einen überaus beglückenden Tag geschenkt, den sie, samt darauf folgender Nacht bei uns verbracht hat. Ihre Besitzer wussten sie für die Dauer einer Hochzeitsfeier in ihrem Bekanntenkreis bei uns gut aufgehoben. Diese Hunde kommen zu uns, als wären sie nie fort gewesen, kennen den Hausbrauch, werden, besonders wenn sie alt sind wie Zimbi, die im dreizehnten Lebensjahr steht, liebevoll umhegt und fühlen sich wohl. Freilich gehen sie dann auch wieder gerne. Als ich vor Jahrzehnten hörte, Frau Ibeschitz hätte die Hündin Kyra von der Paarquelle nach erfolgter Zuchtverwendung auf einen Traumplatz weitergegeben, zweifelte ich an ihr. Ich dachte, das Ganze müsse wohl eher ein Albtraum sein. Heute sehe ich das anders und wir haben es zwischenzeitlich des Öfteren schon so praktiziert. Erstens ist es für das Tier ein sozialer Aufstieg, von Nummer soundsoviel auf dem ersten Platz zu landen. Zweitens gibt es immer wieder ältere Menschen, die das Zusammenleben mit Hunden gewöhnt sind, sich aber sinnvollerweise keinen Welpen mehr nehmen wollen. So kam damals unsere Brita zu Edith und Franz Kligorka.

In unserem ersten B-Wurf, dem sie entstammte, gab es noch das Bienchen und einen Rüden. Eine Familie aus Innsbruck kam ihn besichtigen. Er gefiel, obwohl ein Zotteltier. Wären seine Schwestern, die schliefen, doch in der Hütte geblieben! Aber nein, neugierig kamen sie heraus gestakst und nunmehr waren nur noch sie gefragt, am meisten das Bienenkind. Ich konnte mich von keiner der beiden trennen, die Tiroler fuhren ohne Hund heim, ich hatte gewonnen, aber Käufer verloren. Der Rüde, für den sich ein „Profihundesportler“ interessiert hatte, dem ich ihn aber, von einer Bekannten gewarnt, nicht gab, fand dann einen sehr guten Platz bei Erich und Sigrid Wanka in Purkersdorf. Den Pseudoprofi konnte ich später in Wiener Neudorf bewundern. Er hatte schließlich vom „Märchenprinzen“ (Karl Prinz) einen Hund erworben, der aus guten Eltern stammend, zweifellos beste Veranlagung hatte. Im Alter von einem halben Jahr hatte er die SchH1 schon „in den Füßen“, mit einem Wort, er konnte mehr, als ihm gut tat. Als das Defizit seiner versäumten Kindheit sich letztlich bei seiner ersten Prüfung zeigte, musste ich die „Expertenmeinung“ der Vereinskollegen „des woa eh nie a guater Hund“ hören. Das sind die Dinge, die es einem glatt vermiesen könnten, jedenfalls war ich glücklich, die Warnung befolgt zu haben. Brita und Bienchen sollten also bei uns bleiben. Nachdem wir mit zwei Hündinnen, Wurfschwestern, die wir im Welpenalter aus Deutschland geholt hatten, feststellen mussten, dass Gleichaltrige sich vor lauter High Life untereinander für kaum etwas Anderes mehr interessieren, wenn sie zu lange beisammen sind, sollte uns das bei den B's nicht passieren. So fuhr ich eines Samstagnachmittags mit Brita allein hinauf zum Hundeplatz Rauchengern, wo mein Mann und ich Gründungsmitglieder waren. Jemand, von dem ich dachte, sie sei meine Freundin, bettelte aber so lange, das Bienchen sehen zu wollen, bis ich heimfuhr, es zu holen. Inzwischen würde die Gute verlässlich auf Welpin eins aufpassen. Als ich mit Welpin zwei wieder auf den Platz kam, saß mein Augenstern Brita angeleint unter dem Wohnwagen und traute sich nicht hervor. Die kleine Edith erzählte mir aufgeregt, dass Kinder mit Steinen nach ihr geworfen hätten. Es war mir eine Lehre. Unser lieber Dr. Quehenberger – schon der zweite Mann, dem Giselas und meine Bewunderung gehört, von Dr. Schramel ganz zu schweigen – gab mir wieder mal einen tollen Rat. Ich hatte ihm Brita vorgestellt, weil ich, geschockt über das Vorkommnis, bleibende Schäden durch das Trauma befürchtete. Er, der sonst Genaueste von allen, der in den 25 Jahren unserer Bekanntschaft schon so oft „Feuerwehr spielte", wo Andere versagt hatten und uns sogar in aussichtslos scheinenden Fällen geholfen hat, empfahl uns beiden lediglich den Verzehr von Schokolade für die Nerven und wenn ich mir nichts draus machte, täte es auch der Hund nicht. Wir mampften ein paar Würfel Schoki und bald war unsere Welt wieder in Ordnung. Ganz vergessen hatte Brita die Geschichte aber nicht. Das musste ich zweieinhalb Jahre später beim SVÖ Wiener Neudorf, am Tag vor der SchH3 Prüfung, erkennen. Wir gingen zum Schutzdienst, um die Hütte herum lag Schotter, vor uns ging ein großer, beleibter Mann und trat unbeabsichtigt einen der Steine los, der prompt meine Hündin traf. Sie fiel aus dem Trieb, ich aus allen Wolken. Der Helfer war für sie nicht mehr interessant, „let me go home" war nun offenbar ihr einziger Gedanke ... Hier trat Hans Rigon – auch ihn lieben wir beide – auf den Plan. „Denn", so schloss er messerscharf, „dass nicht sein kann, was nicht sein darf." Er, der damals mit dem Bienchen arbeitete, riet mir, statt der Schutzarbeit einfach mit meinem Hund zu spielen, erst in der Wiese, dann über die Steine bis zum Auto. „Und", sagte er zu mir, „du kannst dich darauf verlassen, dass ich morgen alle in die Hütte treibe, wenn du zum Schutz gehst, da wird keiner mit Steinen werfen." Wie sein Wort immer galt, war die Prüfung am nächsten Tag kein Problem. Die Hündin Brita brachte dem Zwinger EILQ, das sind die Anfangsbuchstaben ihrer Würfe. Möglicherweise hatte es mit ihrer „Steinigung" in der Kindheit zu tun, aber mit ihr war ich bei Hunde- und Menschenbegegnungen doch immer etwas angespannt. Unsere Monteure nannten sie die „Wölische", weil sie es sich in den Kopf gesetzt hatte, dass das Büro nur ihr und mir gehöre, mit einem Wort, sie spielte gern Furie.

Nicht im Traum wäre mir eingefallen, sie jemals zu verkaufen – an wen auch? Zu dieser Zeit war ich noch Persona halbwegs grata in dem von mir geschilderten SVÖ und hatte die Ammen – und Welpenvermittlung für Wien und Niederösterreich inne, als eine Frau Kligorka mich anrief. Sie war um die siebzig, ihr Mann war schon weit über achtzig. Sie hatten ihre DS Hündin verloren und suchten eine Nachfolgerin, möglichst schon über ein Jahr alt und „aus dem Gröbsten heraus". Ein Herr Wächter stand auf meiner Liste, wohin ich noch schickte, kann ich heute nicht mehr sagen. Franz und Edith, wie wir sie später nennen durften, fuhren durch die Lande, trafen meist schöne Tiere an, die wegen irgendwelcher für Laien unerheblicher Mängel nicht zur Zucht gelangen konnten und waren trotzdem enttäuscht. Auch ein- und zweijährige Tiere waren noch zu temperamentvoll, zudem waren sie nicht ausgebildet und somit für ältere Menschen nicht zumutbar. Nun kam das Ehepaar zu mir ins Geschäft, mir das zu berichten, sie sehnten sich so sehr nach einem neuen Gefährten. Und plötzlich kam Brita, die ich aus genannten Gründen gar nicht so gerne im Verkaufsraum haben wollte. Ehe ich sie noch ins Büro zurückschicken konnte, war sie da, sah diese beiden Menschen, die sahen sie und alle drei hatten Herzchen in den Augen. Ich war sprachlos. Es war kurz vor zwölf, wir machten den Laden dicht und wurden auf die Lawies hinauf gelotst, wo Kligorkas eine große Villa mit riesigem Parkgarten besaßen, den meine Noch-Hündin durchstreifte. Es gab da einen eigenen kleinen Teich für sie, es war schlichtweg ein

Garten Eden, ich war abgemeldet und fuhr allein nachhause. Wer das nicht erlebt hat, kann sich nicht vorstellen, wie es ist, sich einen Hund aus dem Herzen zu reißen. Nur: im Zweifelsfalle für den Hund ist die Devise: The show must go on, ein Züchter muss seine Arbeit immer wieder über die Nachzucht dokumentieren, was ihm über Verkauf nicht immer gelingt. Die meisten Welpenkäufer versprechen das Blaue vom Himmel und halten es nicht. Wer will schon arbeiten – und dies ist eben beim Deutschen Schäfer Bedingung. Behält der Züchter einen jungen Hund, müsste es schon verflixt zugehen, wenn er ihn nicht die klassische Karriereleiter des DS erklimmen ließe. Auf diese Weise sammelt man Hunde …

Britas Vorgängerin war aus dem Tierschutzhaus gewesen, hatte panische Angst vor Autofahrten gehabt und ihre Besitzer hatten sich in ihr Schicksal gefügt, nur noch allein die nötigsten Einkaufstouren zu erledigen. Das änderte sich schlagartig, als die Auenfelsin den Wagen ihrer neuen Leute entdeckte. Es gibt keinen Auenfels, der nicht gerne ausfahren würde. Von nun an wurden kleinere Ausflüge unternommen – „weil das dem Hund solchen Spaß macht, weißt du, und uns natürlich auch". Man kann sagen, dass sich sowohl die Lebensqualität der beiden alten Leute als auch die des Hundes wesentlich verbessert hatte. Meine Ex war hier die unbestrittene Nummer eins, das Ehepaar konnte wieder die mannigfaltigen Schönheiten Niederösterreichs genießen. Wenn sie zum Einkaufen fuhren, kamen sie öfter bei uns vorbei. Brita kontrollierte dann, ob in ihrem ehemaligen Büro noch halbwegs Ordnung herrsche, lief, während mir erzählt wurde, wie lieb und gescheit sie sei, nach oben, um in der Hundewohnung und bei Oma ein wenig nach dem Rechten zu sehen und den einen oder anderen Leckerbissen zu bekommen und fuhr dann gern wieder in ihr schönes, neues Zuhause. Wir besuchten sie dort, sie zeigte uns bei solcher Gelegenheit all ihre Spielsachen und ihre Lieblingsplätze im Garten. Zwei- oder dreimal im Jahr fuhr sie mit ihren Leuten nach Bad Schönau zur Kur, wo sie, durch ihre Wohlerzogenheit auffallend, jedes Mal vom Direktor des Hauses persönlich begrüßt wurde. Heute noch erzählen mir Kunden, die auf der Lawies wohnen, wie toll sie sich beim Kinderfest benommen habe, wie folgsam sie, ohne Leine, frei an der Seite ihres alten Herrchen gegangen sei und so hätte es ruhig noch ein paar Jährchen weitergehen können. Sie war ungefähr sieben Jahre alt gewesen, als ich sie verkaufte. Franz starb, als sie zwölf war. Sie war über die Zeit bis zum Begräbnis bei uns, danach rief Edith mich an. Sie konnte das große Haus allein nicht halten. Sie würde nach Wien ziehen, in die Betonwüste. Meine Meinung wollte sie hören zum Thema „Verpflanzen eines alten Baumes". Wir waren uns einig. Brita blieb in Pressbaum, sie hatte noch zwei, wie ich hoffe, schöne Jahre bei uns.

Vor einiger Zeit kam Ulrich Oltersdorf zu uns, er wollte den Wolf. Da seine Damen aber noch über keinerlei Erfahrung mit Hunden verfügten, rieten wir zur sanfteren Zimba. Sie hatte uns zwei Würfe gebracht, von denen der Rüde Griff und die Hatschepsut bei uns geblieben waren. Es war eng im Zwinger, ich glaube, dass die Wespe noch da war, mit Sicherheit die Dorne – das liebe Deandl. Wir pflegen unsere Hündinnen nicht auszupressen wie die Zitronen, also war der Zeitpunkt günstig. Und so zog Zimba nach Wien-Mauer, wo sie umhätschelt wird und alle Zuwendung erhält, die sie sich verdient hat. Wie Hans Räber schreibt, wäre ja Zuchtmiete mit Hündinnen aus eigener Zucht das Vernünftigste. Dies hält den Hundebestand des Züchters klein, umso bessere Bedingungen haben alle durch das größere Zeitangebot. Und dann gibt es noch die „ausgelagerten" Würfe, die die Besitzer bei sich selber, auf eigene Rechnung, aber auf den Namen des Züchters machen. Das spart den nicht geringen Kostenaufwand für den erforderlichen Zwingernamensschutz und gewährleistet dem Neuling die Unterstützung des Züchters vom Werfen bis zum Verkauf der Welpen.

Der zweite E-Wurf des Zwingers fiel recht südlich von Wien, bei unserer allerliebsten Aurelia Polaschek, genannt Relly, die Goldene. Sie, die nur ihrem Mann zuliebe einen Welpen genommen hatte, war zur Hundlerin par excellence geworden, auch sie durch das Tier selbst gewonnen. Mit Xanta vom Auenfels hatte sie alles erreicht, was man mit einem DS nur erreichen kann. Wir suchten also einen geeigneten Deckrüden, rückblickend ärgert es mich, nicht den Wolf empfohlen zu haben. Aber ich fürchtete nichts so sehr, wie zurückgewiesen zu werden und wollte den Bruch unserer Freundschaft erst gar nicht riskieren. Jedenfalls bewies diese Hündin, die in jeder Lebenslage streng nach Vorschrift arbeitete, sich auch als vorbildliche Mutter. Die letzten zwei oder drei Tage vor dem Ereignis fuhr ich nach der Arbeit zur werdenden Mutter, wo ich auch schlief. Als es dann losging, weckte Xanta mich in den frühen Morgenstunden, lief mir voraus in den bestens vorbereiteten Wurfraum und legte sich in die Wurfkiste. Mrs. P. und ich hockten uns davor. Den Herrn Regierungsrat hatten wir im Obergeschoss mehr oder weniger eingeschlossen, so blieb mir nichts Anderes zu tun, als Frau Hobbyzüchterin in Schach zu halten. Xanta, wie immer präzise und instinktsicher, brachte den ersten Welpen in Rekordzeit. Als Relly unmittelbar danach ein frisches Bettchen machen wollte, wurde ich noch strenger. Von da ab durfte sie sich weder bewegen, noch reden und schon gar nicht atmen, wobei ihr Zweitgenanntes, wie wir sie kennen, am schwersten gefallen sein dürfte. An Heinrich Heine musste ich denken und grinste, aller Aufregung zum Trotz, vor mich hin:

Wenn ich sterbe, wird die Zunge
Ausgeschnitten meiner Leiche;
Denn sie fürchten, redend käm ich
Wieder aus dem Schattenreiche.

In kaum drei Stunden war die Bilderbuchgeburt vorüber, erlöst war unsere arme Freundin aus Schweigepflicht und Starre, und ich fuhr heimzu. So vorbildlich, wie das Werfen vor sich gegangen war, wurden die Welpen aufgezogen, das war Hobbyzucht in Vollendung, sauber, mit Familienanschluss, mit immer wechselndem Szenario. Zwar war es für alle Beteiligten Knochenarbeit, aber auch eine immense Bereicherung gewesen, freilich in ideeller Hinsicht, goldene Nasen gibt es bei Hobbyzüchtern nicht. Von der nächsten wunderschönen Aufzucht konnten wir uns einige Jahre später überzeugen. Julia vom Auenfels brachte bei Familie Haasler in Wien „unseren“ P-Wurf zur Welt. Sauberkeit, menschliche Zuwendung auch hier, dazu viele Möglichkeiten zur Sozialisierung mit Artgenossen, es war ein Traum – oder besser: Es war einfach so, wie es sein sollte!

Der Begründer der Rasse, Rittmeister Max von Stephanitz schreibt:

Schäferhundzucht ist Gebrauchshundzucht …

Der Schäferhund will als Persönlichkeit genommen sein, sein Herr muss sich mit ihm beschäftigen können, erst recht, wo es sich um Jungtiere handelt; das ist aber nur mit einem, oder einigen wenigen möglich … Massenzucht muss stets zum Fluch des Züchters werden … Sie leitet schließlich … nur zu leicht zur Handelszucht … Hundezucht muss „Liebhaberzucht“ sein … Am geeignetsten für die Gebrauchshundzucht ist der Kleinzüchter, der mit ein oder zwei Hündinnen arbeitet, weil er sich um die Zuchttiere und Zuchtergebnisse noch so kümmern kann, wie es erforderlich ist …

Womit eigentlich alles gesagt und fest umrissen ist. Ich besitze den Replicadruck der achten Auflage dieses Buches „Der Deutsche Schäferhund in Wort und Bild“, womit ich sicher nicht die Einzige in unseren Reihen bin. Wie viele außer mir diesen Wälzer von annähernd 1200 Seiten wirklich gelesen haben, wage ich aus den verschiedensten Gründen nicht zu beurteilen. Mich selber schreckt seine Seitenfülle nicht, ich bin Leser seit frühester Kindheit.

In einer etwas eigenartigen Familie aufgewachsen, mit einer etwas eigenwilligen Mutter, der ich immer ähnlicher werde, wurde ich früh schon zum Lesen angehalten. Schon dafür, aber vor allem für die Liebe, die ich zuhause bekam, bin ich sehr dankbar. Im Verteilen ihrer Zuneigung war Ma äußerst geschickt: Meine Schwester war für sie ihr „einzig geliebtes, erstes Kind“ und ich eben das „einzig geliebte, zweite“, was wäre aus meiner Sicht dagegen einzuwenden gewesen? War ich krank, ließ sie mich nicht allein in meinem Zimmer bleiben, sie stellte einfach ein Campingbett für mich in der Küche auf und ich lauschte ihr fasziniert. Vieles, von dem sie erzählte, fand ich später in Büchern wieder, Canettis „Gerettete Zunge“ war mir vom ersten Buchstaben an vertraut, so hatte sie mir das alte Wien geschildert. Außerdem hörte ich oft über die „armen Habsburger Kaiserkinder" von ihr, die in jüngsten Jahren schon dies oder das können und auf ein Familienleben, wie es mir beschieden war, hatten verzichten müssen. Kein Wunder, dass ich mich in Relation dazu „reich" fühlte, dieses „Reichtumsgefühl" hat mich nie verlassen. So wurde ich zu dem Murphy'schen Bauern aus Connemarra, der es „gewöhnt ist, glücklich zu sein".

Lange vor Alice Schwarzers öffentlichem Auftreten und noch länger vor dem Satz „Als Gott den Mann schuf, übte sie nur" war meine Mutsch emanzipiert. Im Sternzeichen Löwe geboren, trat sie auch überzeugend als Löwin auf. Ich muss vier oder fünf Jahre alt gewesen sein, als mein Vater das hatte, was man in Wien ein „Pantscherl" nennt. Alarmiert durch Lippenstiftspuren auf seinem Hemdkragen ging sie in die Offensive. Sie hatte eine bestimmte Bürokollegin in Verdacht. Ohne Rücksicht auf Verluste (ich habe da sehr viel von ihr) schnappte sie uns Kinder, nahm ein Taxi und legte sich mit uns vor seiner Arbeitsstätte auf die Lauer. Ich weiß nicht mehr, wie meine Schwester das empfand, mir war jedenfalls mulmig zu Mute, mir schwante nichts Gutes. Wie im Zeitlupentempo rollte sein Auto auf uns zu. Mama Leone stieß einen knurrenden Laut aus und stürmte, uns beide links und rechts an der Hand, aus dem Hinterhalt, stoppte es einfach mit unseren Körpern (ich könnte mir dazu gut ihr dramatisches „wer es wagt" vorstellen, bin aber nicht sicher, ob sie es aussprach). Der Wagen hielt, meine Mutter riss die Fahrertür auf, mein Vater stieg aus, sie ohrfeigte ihn, es war wie in einem italienischen Film. Die Beifahrertür öffnete sich, eine kreischende Frau entsprang und lief davon. „So", sagte meine Mutter mit Genugtuung in der Stimme. („Strength of a woman".) Der Spuk war vorbei, wir fuhren nachhause. Immer war sie recht mollig gewesen, lange Zeit glaubte ich sogar, dass das so gehöre. Interessant für mich, dass die „Konkurrenz" keinen Deut schlanker war als sie. So lernt man schon als Kind eine Menge fürs Leben. Egal, mein mütterliches Alphatier hatte den Kampf für sich entschieden. Es herrschte, bis auf Kleinigkeiten, Ruhe.

Mutters große Obsession war und ist immer noch – Wien. Aus einfachen Verhältnissen stammend, kam sie in frühester Jugend in die Stadt zu einer Tante, die mit ihrem Mann ein Caféhaus betrieb. Fast glaube ich, aus ihren Beschreibungen dort jeden Einrichtungsgegenstand, jedes Glas zu kennen, ich meine, den Geschmack des Einspänners zu spüren, den ich noch nie getrunken habe. Es gab Stammgäste mit literarischen Interessen, der Onkel wand sich, als er das Schild mit der Aufschrift „Juden unerwünscht" vor seinem Lokal anbringen musste. War er ein Aufrechter? Ich kann es nicht beurteilen. Das Mädchen vom Lande war äußerst lernwillig, strebte nach Bildung, besuchte einen Nähkurs, nahm Gesangsunterricht und kaufte sich eine Mandoline – die ich vierzig Jahre später leichtgläubig jemandem zur Reparatur übergeben und nie zurückbekommen habe. Meinen Vater lernte sie kennen, als sie mit einer Freundin hinaus ins Marchfeld zu ihren Eltern fuhr. Sie stieg in den Zug und ein schlanker, blonder, großer Soldat stellte sich ihr in den Weg. „Wehrmachtsabteil …" Vielleicht kommt es daher, dass sie sich später von nichts und niemand hat stoppen lassen. Er schrieb ihr Briefe, wie sie noch keine bekommen hatte, sie war von seinem Stil tief beeindruckt. Sie zeigte sie der Oberschwester im Kinderheim, in dem sie zu dieser Zeit arbeitete. Diese warnte sie vor den Schlingen und Schnörkeln seiner Handschrift. Genützt hat es nichts, der mehr als zwei Jahre Jüngere machte sie zu seiner Frau. Auch die Arbeitsstätte, an der sie trotz des Krieges mit Luftschutzkellern und sonstigen Unannehmlichkeiten recht glücklich gewesen war, hat sie mir beschrieben.

Ihre Osloer Freundin Annemarie, deren Bekanntschaft sie besagtem Heim verdankte, besuchte sie, als ich etwa drei Jahre alt war, und ich durfte sie begleiten. Ich lebte dort von Butterbroten, heute wäre das überaus reiche Angebot an Fischgerichten für mich im wahrsten Sinne des Wortes ein gefundenes Fressen. Tante Annemarie und Onkel Harry besaßen ein Sommerhaus an einem Fjord. Ich wollte meine Mutter davon überzeugen, dass das Meer gar nicht so kalt sei, sie zierte sich, ich warf eine ihrer Sandalen ins Wasser und nun musste sie ihre Schwimmkünste unter Beweis stellen. Na, das ging ja!

Dass es in der Kindheit auch kaum Sprachbarrieren gibt, wurde durch die Tatsache bewiesen, dass meine deutschen „Spielanweisungen“ durch einen etwa gleichaltrigen norwegischen Buben exakt ausgeführt wurden. In meinem Elternhaus war es nie langweilig. So sehr meine Produzenten sich liebten, so sehr stritten sie auch, da flog so manche Kaffeetasse und ich schloss insgeheim Wetten mit mir selbst ab, ich setzte natürlich auf die Geschwindigkeit meines Vaters, sich rechtzeitig zu ducken. Ich liebte ihn sehr, er war die willkommene Ergänzung meines sorglosen, kindlichen Lebens. Meist brachte er meiner Schwester und mir ein Stück „Hasenbrot“ mit nachhause, dessen Bezeichnung so erklärt wurde: Er war einem Häschen begegnet, das es ihm gegeben hatte. Nicht möglich! Hasen sind doch so scheu. Nein, dieser Hase war es nicht, der ließ sich sogar fangen! Wie das? Ganz einfach, man streut ihm bloß ein wenig Salz aufs Schwänzchen, dann erwischt man ihn ganz leicht … Meine Eltern konnten recht nett singen, auch im Duett. Hatten sie gemeinsam eine Operette oder einen Film gesehen, wurde uns daraus vorgesungen und vorgetanzt, wir Kinder hüpften letztlich mit. Der banalste Schlager, wie zum Beispiel „Kalkutta liegt am Ganges, Paris liegt an der Seine, und dass ich so verliebt bin, das liegt an Madeleine“ war nicht allein Stoff zur Unterhaltung. Es wurde der Atlas geholt, beide Flüsse wurden gesucht und erfuhr man dabei vom Kastenwesen und den heiligen Kühen, so kam man unweigerlich über Madeleine zu den Gebäckstücken aus Prousts Kindheit in der „Verlorenen Zeit“.

Die bevorzugte Bettlektüre meiner Mutter handelte meist von Größen wie Prinz Eugen, Metternich oder Bismarck. „Wallenstein“ von Golo Mann war ohnehin ihr Liebling und aus alldem las sie meinem Vater unerbittlich vor. Er hatte die Gewohnheit entwickelt, noch im Einschlafen irgendwelche zustimmenden Geräusche von sich zu geben. Ob er noch heute, für immer ruhend, ihre Klagen hört? Aus russischer Gefangenschaft hatte er sich ein Magenleiden importiert, an dem er im Alter von nicht ganz 62 Jahren starb. Mutter spricht immer noch mit ihm. Stets teilte sie die Ansicht der Köchin Muti aus Mika Waltaris herrlichem Roman „Sinuhe, der Ägypter“, dass von den Männern noch nie Gutes gekommen sei: „Rudi, Rudi, wie konntest du mir das antun? Mich so allein zu lassen. Immer hast du nur Autos gesammelt. 1958 hätte der Quadratmeter Grund in Hadersdorf nur zwanzig Schilling gekostet, wir wären Wiener geblieben, du aber musstest nach Pressbaum. Das große Haus, das sieht dir ähnlich ..." Das alles wirft sie ihm vor und der Sermon wäre beliebig fortzusetzen. Neulich, bevor wir sein Grab besuchten, wollte ich noch rasch eine Kerze holen: „Keine Kerze! Sollen denn auch die Toten die Umwelt verschmutzen? Merke dir, mein Kind, tot ist tot, die Seele steigt auf in den Himmel!" Ach, ihre Aussprüche geben uns öfter Grund zu Heiterkeit – als wir neulich bei einer Geburtstagsfeier beisammen saßen, fragte sie Gisela im Hinblick auf das markante Profil unseres Sohnes ganz unbefangen: „Ja, stört dich denn seine große Nase nicht?"

Für meine Schwester blieb das Ableben unseres Vaters, das für unsere Mama ein persönlicher Affront war und ist, über den üblichen Schmerz hinaus nicht ohne Folgen. Nachdem sie aus etlichen Briefen von deren Einsamkeit erfahren hatte, kam sie mit Mann und zwei Töchtern heim nach Österreich. Sie wohnten nun zu fünft in dem Haus, es gab Generationenkonflikte, es muss Unstimmigkeiten gegeben haben hinsichtlich der Art des Kartoffelschälens, der Badezimmer- und Waschmaschinenbenützung; die Enkelinnen waren flügge, die Großmutter hatte keine Nerven mehr. Ich war nicht dabei und kann nur ahnen. Lustig war es sicher nicht. Wobei gesagt werden muss, dass das Haus groß genug gewesen wäre, um sich zu arrangieren, wenn auch mit Umbauten. Wie auch immer. Meine Schwester und ihr Mann, Auslandsösterreicher seit frühester Jugend, besaßen ein Grundstück in Sieghartskirchen. Nun wurde dort der Hausbau vorangetrieben. Ich hatte mit beiden „Parteien" wenig Kontakt, was mir den Ruf der Kaltherzigkeit eintrug. Aber ich habe ein offenes Haus, zu mir kann jederzeit kommen, wer kommen will. Die Zeit für ein Gespräch und eine kleine Bewirtung nehme ich mir jederzeit, nur bin ich eben ans Geschäft gebunden. Wenn also Freunde das können, so nahm ich doch an, dass auch meine nächsten Familienangehörigen es könnten. Sie kamen nicht oder sehr wenig. Dann erzählte mir eines Tages ein Onkel meines Mannes, meine Mutter wolle das Haus verkaufen. Ich nahm es auf die leichte Schulter. Ich liebe Ma sehr, aber ich kann sie, meine theatralische Schöne, nicht ganz ernst nehmen. Noch als Vater lebte, hörte ich nicht nur ein Mal, es sei „das Jahr der Entscheidung", sie würde alles hinter sich lassen, uns drei erst recht, wir würden schon sehen.

Ich saß im Büro. Wenn ich so sitz und denk an nichts ... einer unserer Monteure sagte mir, dass sie mich draußen erwarte. Aha. Ich ging hinaus, da stand sie, im Garten meiner Schwägerin, immer mit Hütchen, in beiden Händen eine Einkaufstüte! Sie schaute betreten drein. So wie früher, wenn sie ohne meines Wissens eines meiner Kleidungsstücke verschenkt hatte, weil ich es doch unmöglich mehr tragen könne, und ich ihr deshalb Vorhaltungen machte. Und dann war es heraus: „Also, mein liebes Kind, ich brauche deine Unterschrift" – seit Vaters Tod waren auch meine Schwester und ich am Haus angeschrieben. Natürlich fragte ich sie nach dem Verkaufspreis. Er war erschütternd gering, er war verrückt. Aber typisch „weißt du, es sind so nette junge Leute und sie helfen mir auch bei der Übersiedlung und ich bekomme eine so schöne Wohnung in Wien". Wien, Wien, nur du allein, rauschte es in meinen Ohren, die ich mir gern zugehalten hätte, ich kenne ihre Ansicht über all die lieben oder bedürftigen, armen Leute dieser Welt und was weiß ich, von wem noch. Sie machte ein zerknirschtes Gesicht, zwei zarte Tränen rollten über ihre damals noch ziemlich runden Bäckchen. Ich konnte der Frau, die auch mir nie einen Wunsch abgeschlagen hatte, einfach nicht Nein sagen. Erleichtert zog sie von dannen. „Über Spanien lacht die Sonne, über mich ganz Pressbaum", dachte ich. Im Büro lief mir mein Mann über den Weg. Ich sagte: „Burschilein, ich glaube, ich habe eben eine Dummheit gemacht" und erzählte ihm den Vorfall. Er nahm mich in die Arme und meinte: „Ach komm, wir sind doch reich, solange wir uns haben." Dass meine Schwester nicht so leicht über diese Sache hinweggekommen ist, mag zunächst an dem Umstand gelegen sein, dass ihr Mann vermutlich nicht die gleiche lockere Einstellung hatte wie der meine. Für sie muss es enorm hart gewesen sein, dass sie unter falschen Voraussetzungen wieder in die alte Heimat gekommen waren. Meine Nichten waren in Kanada geboren worden, dort verwurzelt, sie hatten ihre Freunde verlassen müssen. Sie mussten erst ihr Deutsch vervollkommnen, ihr Führerschein galt hier nicht, es gab Schwierigkeiten über Schwierigkeiten. Inzwischen ist mein Schwager tot und begraben, meine Schwester und ihre beiden Töchter sind wieder zurück nach Kanada gegangen – schade um Zeit, Geld und Nerven. Ich selber mache Mutter keinen Vorwurf, ich hätte meine Zusage zu diesem lächerlichen Hausverkauf nicht machen müssen, hätte sie sogar noch zurückziehen können. Aber ein einmal gegebenes Wort ist heilig. Und dazu stehe ich. Von allen Seiten her kommt mir Unterstützung in meiner Ansicht, ob es nun Coelhos „Handbuch vom Krieger des Lichts“ ist, Ralph Tegtmaiers Hinweis, dass man lediglich am Mangel an Nahrung, nicht aber am Mangel an Geld stirbt oder Dr. Murphy mit der „Macht des Unterbewusstseins“.

Ohnehin reiht sich in meinem Kopf ein Buchtitel an den anderen. Esse ich sonntags mein Frühstücksei, werde ich seit „Angela's Ashes“ ewig und drei Tage Frank McCourts Geschichte vor mir haben: „It's a hard-boiled egg and Dad peels off the shell. He slices the egg five ways ...“ Unweigerlich kommen mir Manès Sperbers „Wasserträger Gottes“ in den Sinn, wenn ich morgens, mittags und abends die Trinkwasserschüsseln für die Hunde frisch auffülle. Habe ich an einem Sommermorgen vergessen, das Auto in den Schatten zu stellen und söchte darin mittags vor mich hin, wird zwangsläufig „Schuld und Sühne“ strapaziert. Wenn Gisela sich ans Klavier setzt und Chopin spielt, lehne ich mich zurück, schließe die Augen und verwandle mich in Aurore Dupin, die auf Nohant diesen Klängen lauscht. Mit Mauprat, La petite fadette, Lelia und vielem mehr hat diese Frau, die ihrer Zeit so weit voraus war, uns beschenkt. „Die Sand“ heißt es dort und da mit maliziösem Lächeln. Ich meine, ja! Die Sand! Gestern, Sonntag, war Bertrand Russells „Lob des Müßiggangs“ angesagt. Ich holte meine Mutter aus ihrem geliebten Wien zum Mittagessen, führte sie dann wieder heim und kam auf diese Weise tatsächlich nur auf die von Lord Russell geforderte Arbeitszeit von vier Stunden. Ist das nicht schön. „Lob des Müßiggangs“ wiederum bringt mich gedanklich zum „Lob der Torheit“, wie ein Hund muss ich ständig alles „verknüpfen“. Und mit meiner eigenen Stultitia eben auskommen. Scharmant wie immer knallt die „schwierige Tochter“ mir den neuen Coelho vor die Nase – den „Zahir“. Bald habe ich ihn durch und bin in meiner Vermutung bestätigt, eine Besessene zu sein. Besessen allerdings vom Deutschen Schäferhund ...

Rocky trat am 29.03.2001 in unser Leben. Tags zuvor hatte ich sein Bild in der Tierschutzecke einer Tageszeitung entdeckt. „Braver Schäferhund, 10 Jahre“ stand unter seinem Konterfei zu lesen. Ich war wie elektrisiert, ich hatte eine bestimmte Vorstellung. Vor kurzem hatte ich gehört, dass da eine Dame, die einen Hund von uns besaß und ihn „Rocky“ nannte, gestorben war. Es war mir nicht gelungen, irgendeinen Kontakt herzustellen oder Genaueres über den Verbleib dieses Hundes zu erfahren. Nun dachte ich, vom Alter her könnte dieser es sein. Ich suchte in meinen Unterlagen nach der passenden Tätowiernummer und rief im Tierschutzhaus an. Die Dame am Telefon meinte, bei diesem Hund könne man die Nummer im Ohr so schlecht lesen, ich müsse schon selber kommen. Mein Sohn half mir, eine Flugbox ins Auto zu manövrieren, man konnte nicht wissen, wie das Tier sich auf der Fahrt verhalten würde. Seine Mahnung „Aber du weißt schon, dass er dort bleibt, falls er nicht von uns ist“, quittierte ich mit den Worten, „na sicher, ich bin doch net deppert.“ Man sollte das nie von sich behaupten. „Schlecht lesen können“ war ein Hilfsausdruck. Das alte Dadl, das mir da schwerfällig aus einem Körbchen steigend entgegenwankte, war überhaupt nicht tätowiert. „Nicht von uns, bleibt hier, natürlich, bin nicht deppert...“ Ich wende mich ab, er heult, er hat Hoffnung geschöpft. Na denn gut, alter Knabe. Diese Enttäuschung in seinem Gesicht, als ich trotzdem gehe. Er versteht nicht, dass ich vor seiner Entlassung noch Formalitäten zu erledigen habe. Alles Leid der Welt liegt in seinem Heulen. Ab ins Büro. Dort werde ich aufgeklärt, dass er seit drei Jahren hier, bereits elf Jahre alt sei und krank. Wieder Brian

Adams „you risk it all, no matter what may come, when you love someone ...“ Nun habe ich aber keinen Meldezettel dabei, wie das nötig wäre. Der Führerschein allein wird nicht akzeptiert. „Der Gott der kleinen Dinge“, schießt es mir durch den Kopf. Aber ja, da ist doch mein Hundeführersportabzeichen, ausgestellt vom SVÖ, versehen mit meiner Adresse. Danke. Ich muss recht oft im Leben danken. Ich bin ein Glückskind. Nun kann ich Rocky holen. Immer noch steht er an der Tür, hat sich nicht wieder hingelegt. Wir müssen zum hausinternen Tierarzt, der mich über seine Herzinsuffizienz, die Medikamente, die er deshalb bekommen muss, die schlechten Zähne und eine Schleimbeutelentzündung am Ellbogen informiert. Die Krallen müssten noch gestutzt werden, mein neuer Alter gerät total in Panik, wehrt sich wie wild, ich habe so etwas noch nicht erlebt. Ich ersuche, es zu unterlassen, ich werde das bei meinem Tierarzt nachholen, sobald der Hund sich bei uns eingelebt hat. Nichts wie fort! So nett die Pfleger sind, so sehr sie alle sich um die Tiere hier bemühen, auch um die alten, ganz im Gegensatz zu einigen Sensationsberichten der letzten Zeit – es ist und bleibt ein Gefängnis. Jetzt erst fällt mir die Box im Auto ein. Wie werde ich dieses Riesentier hinein verfrachten? Ich bitte einen Pfleger, mir behilflich zu sein. Schon sind wir draußen angelangt, Luft, Sonne, Freiheit. Rocky, von seiner langen Inhaftierung versulzt, tut sich schwer beim Gehen. Außerdem hat er Durchfall bekommen, was ich der Aufregung zuschreibe. Meine Befürchtung hinsichtlich Einsteigschwierigkeiten erweist sich als völlig unbegründet. Kaum dass ich die Tür geöffnet habe, ist der vierzig Kilogramm schwere Riese mit einem gewaltigen Satz in der hintersten Ecke des für ihn viel zu engen Käfigs gelandet. Zum letzten Mal in seinem Leben tut er sich so etwas an. In Zukunft lässt er sich nur noch standesgemäß, ausgebreitet auf einer Rückbank oder der Ladefläche im Kombi, chauffieren. Die Heimfahrt verläuft schweigend. Mir ist doch etwas flau im Magen, so nett kann kein Familienverband sein, dass man nicht Rechenschaft schuldig wäre. Der einzige Kommentar meines Mannes: „Haben wir jetzt genug Hunde?“ Ich bin ihm dankbar dafür. Gisela stellt fachmännisch fest, dass der Hund nicht reinrassig sein kann, die weißen Krallen und die Schädelform sprächen dagegen, sie ist sich aber mit Fritz einig, dass sie nicht anders gehandelt hätten als ich. Von dieser Seite also kamen ebenso keine Vorwürfe und meine Schwiegermutter ist ohnehin daran gewöhnt, dass allerhand ihr unbekanntes Getier um sie herumwuselt. Geschafft.

Halt, etwas Wesentliches habe ich übersehen: Da ist noch der gute Wolf. Es ist das Vorrecht des Zwingerältesten, ganz bei uns im Haus zu wohnen. Die jüngeren Auenfelsen kommen abwechselnd dazu. Rocky in den Zwinger zu geben, wäre eine Eselei und ständig zwei rivalisierende Rüden um sich zu haben, ist ebenso dumm. Das bedeutet also, dass Wölfling nun wieder hinaus muss. Ich erkläre ihm, er sei mit seinen neun Jahren noch viiiel zu jung für Verweichlichung jeder Art, er sei eben ein „Springer". Er nimmt sein Schicksal an, ohne zu murren.

Im Hinblick auf den Gesundheitszustand des alten Recken und die Andeutung des Pflegers, ich müsse mir dessen bewusst sein, dass meine neue Liebe vielleicht nur ein oder zwei Monate dauern könne, wollte ich ihm das Stiegensteigen ersparen. Ich beschloss also, dass er in der ebenerdigen Büroetage bleiben solle. Wir aßen zusammen zu Abend, drehten eine Runde und ich schlug meine Gartenliege bei ihm auf. Wir richteten uns auf eine lauschige Büronacht ein, bald schnarchte der Alte, dass sich die Balken bogen und gab auch sonst einige Geräusche von sich, die hier nicht näher erwähnt werden sollen. Als ich am darauf folgenden Morgen die Augen aufschlug, stellte ich fest, dass mein Nachtgefährte verschwunden war und rappelte mich von meiner unbequemen Schlafstatt hoch. Die Lagertür, welche auf einen Vorplatz führt, von dem aus man sowohl ins Freie, in die Werkstatt und hinauf in die Wohnungen gelangt, stand offen. Mit dem Instinkt des alten Fährtenhundes begann ich meine Suche und wurde oben im Wohnzimmer fündig. Unser Neuer lag auf dem Sofa und blinzelte mir gelangweilt entgegen. Später, als wir uns besser kannten und ich um seine türöffnerischen Qualitäten wusste, von denen einige Türblätter und das Mauerwerk rundum trauriges Zeugnis ablegten, erhärtete sich mein Verdacht, dass der Beste unmittelbar nach meinem Einschlafen getürmt sein musste. Während ich auf dem Notbett mein Kreuz malträtierte, hatte er vermutlich bald weich und wohlig geschlummert. Sind die Caniden auch alle zufrieden?

Nach seiner langen Gefangenschaft eroberte unser Freund sich mit Lust die Welt zurück. Der erste Sonntagsausflug mit ihm führte meinen Mann und mich in die Gegend von Kogl. Wir hielten auf einem Feldweg und stiegen aus. Der Rüde lachte, legte die Ohren an und lief, so gut er konnte, vorwärts und zurück, immer wieder kam er, um uns anzustupsen, Triumph in seinem Blick. Der jeweilige Haushund hat einen verantwortungsvollen Frühdienst bei uns. Er fährt mit dem Chef zunächst zum Wienerwaldsee, da ist gehen angesagt. Am Retourweg sind dann Frühstücksgebäck und Brot vom Bäcker zu holen. Diese Aufgabe hatte der Gute jetzt übernommen. Mein Mann begann das Gehtraining mit ihm ganz sacht. Nach einem halben Jahr umrundeten sie den Wienerwaldsee in einer knappen Dreiviertelstunde – keine schlechte Zeit! Der Zögling R. hatte sich rasch bei uns eingelebt, es war uns, als sei er schon immer da gewesen. Die Überraschung kam eines Nachmittags.

Ein Gewitter zog herauf, im Büro taten wir so, als würden wir arbeiten. Plötzlich ein Blitz, das Donnergrollen ließ nicht lange auf sich warten. War Rocky schon zuvor sehr unruhig gewesen, sprang er nun auf, zur Lagertür, die er mit einigem Getöse öffnete und schon ging es in Höllentempo die Stiege hinauf, an meiner verdutzten Schwiegermama vorbei, nicht in die Hundewohnung – nein, ihre Wohnung war sein Ziel! Schnell in ihr Schlafzimmer, in das leer stehende Bett neben dem ihren und die Decke über den Kopf. Wen der Blitz nicht sieht, den kann er nicht treffen! Ein anderes Mal wieder versteckte er sich im Auto eines Monteurs, das dieser offen in der Werkstatt hatte stehen lassen. Nun ist aber die Ladefläche eines solchen Montagewagens wegen der darin befindlichen Werkzeuge wie Feilen, Sägen und Schraubenschlüssel nicht ganz ungefährlich. Das heißt, ich musste erst den ganzen Krempel mühsam herausräumen, ehe ich Zugriff auf den im hintersten Winkel kauernden Rüden hatte, der zum Glück unverletzt geblieben war. Die Pointe kam am Mondsee, wo ich mit meinem Mann einen Kurzurlaub verbrachte. Natürlich kam Rocky mit und weil es heißt, „ein Hund ist kein Hund“, auch die Krone. Unser Neuzugang vertrug sich gut mit all unseren Hündinnen, war auch sehr fair bei der Welpenaufzucht und duldete sogar den immerhin bald einjährigen Nützlich im Haus, als dieser wegen einer Haxenverletzung unter ständiger Beobachtung sein musste, um seinen Verband unversehrt zu lassen. Hunde genießen Urlaub schon allein wegen der Tatsache, dass sie da mehr Bewegung als sonst bekommen und ihre Menschen naturgemäß mehr Zeit für sie haben. Wir hatten ein paar wunderschöne Tage. An einem Abend, die Hunde waren schon fertig für die Nacht, genehmigten mein Mann und ich uns noch ein Gläschen Wein auf dem Balkon, als ein Gewitter nahte. Der Rüde saß bei uns heraußen, die Hündin lag im Zimmer. Wir schauten auf den See hinaus, es wurde immer finsterer, die Blitze zuckten, dann der Donner – und nichts geschah. So erfreut wir darüber waren, verstanden haben wir es nicht. Sind Blitze in Pressbaum gefährlicher als im Mondseeland?

Zweimal durfte ich mit Roschilein Silvester feiern. Ich saß, mein Sektglas in der Rechten, die Leine um das linke Handgelenk geschlungen, daran unser Freund. Ab und zu kam ein mitleidiges Familienmitglied aus der Wohnung nebenan, um uns ein wenig Gesellschaft zu leisten. Eine Hündin war uns zugesellt, die trotz Knallerei ganz entspannt und in Seitenlage neben uns schlief. Es half nichts, seine Nerven flatterten. Ich kenne dieses Verhalten von unseren Hunden nicht und ich muss zugeben, dass es sehr unangenehm ist. Wie lang eine solche Nacht werden kann, ist gar nicht zu beschreiben. Und ich, die man sonst Abend für Abend ins Bett prügeln müsste, konnte kaum mehr die Augen offen halten. Ich legte mich aufs Sofa und hatte, fast bis zum Morgen, vierzig Kilo zitternden Hund auf mir. So war er. Quod licet Rocky, durfte noch keiner von unseren Hunden. Er, der so lange auf Liebe und Zuwendung hatte verzichten müssen, wurde eben hofiert. Und nützte es voll aus. Einmal war er besonders launisch. Gisela saß lesend am Wohnzimmertisch und ich mühte mich inzwischen, seine Wünsche zu erfüllen. „Willst du frisches Wasser? Vielleicht ein Keks?“ Er wandte sich angewidert ab. „Roschilein, was willst du denn? Möchtest du vielleicht hinaus?“ Nachdem sie es sich eine Weile angehört hatte, legte Gisela ihr Buch beiseite und sagte in ihrem strengsten Tonfall zu mir: „Hör zu, er will, dass du hinausgehst.“ Ich räumte das Feld, der Alte war es zufrieden. Dass er unser Haustyrann war, kann jeder bestätigen, der ihn gekannt hat und dennoch empfanden wir seine Anwesenheit als beglückend, denn er konnte auch ganz reizend sein. Er war beliebt bei unseren Kunden und Lieferanten, er war ein Sir, er war ein Hausmeister, er war ein großartiger Freund. Auf dem Septemberblatt des Tierschutzkalenders 2002 ist er abgebildet, liegend, lächelnd, einen Tennisball vor sich. Täglich sehe ich dieses Bild, wenn ich in die Hundewohnung trete. Immer wieder rätselten wir, wie man sich eines solchen Hundes hatte entledigen können, es bleibt uns unbegreiflich.

Ende Oktober 2002 kam die Katastrophe. Von einem Einkauf zurückgekehrt, ging ich mit ihm rasch über die Straße, damit er erst einmal ein kleines Geschäft erledigen konnte. Er hob sein Bein und fiel um wie ein Stück Holz. Flach auf der Seite lag er, den Kopf in den Nacken geworfen. Irgendwie gelang es mir, ihn hochzuziehen, in meinem Schock begann ich, ihn zu schütteln und da stand er wieder, war ganz kurz nur leicht benommen. Dann trabte er vor mir her nachhause, als ob nichts geschehen wäre. Der Tierarzt machte ein EKG und stellte fest, dass die Pumpe einfach viel zu leicht vor sich hinblubberte und jederzeit aussetzen konnte. Außer der Gabe von Crataegutt zusätzlich zu den Herzmedikamenten, die er ohnedies bekam, könne man sich nur fügen und jeden Tag genießen, der ihm geschenkt würde. Es war dann bis Weihnachten Ruhe, während der Feiertage fuhr ich mit ihm auf den Platz hinauf. Ich wollte ihm eine Freude bereiten und es machte ihm tatsächlich Spaß über die große, verschneite Fläche zu laufen. Doch die Anstrengung, die er sich selbst zugemutet hatte, war wieder zu viel gewesen. Lachend kam er auf mich zu und brach vor meinen Füßen zusammen. Wieder gelang es mir, ihn durch Hochhieven und Massage zu reanimieren. In Folge gab es nun nur noch Ausgänge an der Leine und alles schien wieder gut zu sein. Doch als Anfang Februar die Kälte kam, hatte er gleich mehrere Herzanfälle. Wir mussten ihn in die Wohnung hinauftragen, so, wie ich es von Anfang an nicht gewollt hatte.

Am Morgen des vierten Februar erlitt er einen schweren Anfall, bei dem er in Herznot aufschrie. Nun wussten wir, was zu tun war. Gisela nahm einen freien Tag, sie, meine Schwiegermutter und ich saßen mit ihm im Büro, wir feierten Schinkenparty. Er bekam nun all das, was wir ihm seiner heiklen Verdauung wegen immer hatten rationieren müssen. In unseren Herzen tobte es, aber wir wollten Rockys panische Angst vor dem Tierarzt mildern. Dieser war so gütig, uns nicht lange warten zu lassen. Er kam in Privatkleidung, in Kenntnis des Falles waren keine langen Untersuchungen mehr erforderlich und so ging alles ganz schnell. Unser Liebling war furchtlos entschlafen.

Die Bäume

„Nicht die Bäume und Blumen sind unser Eigentum, sondern nur der Garten" ist diese Woche auf dem Sprüchekalender in der Küche meiner Schwiegermutter zu lesen, chinesische Weisheit steht darunter. Es ist Samstag, obwohl auch heute das Geschäft geöffnet wird, ist es doch für mich wesentlich ruhiger als wochentags. Die Monteure haben frei, das bisschen Verkauf geht mit links und so darf ich einmal trödeln. Die Morgentour führt uns deshalb ein wenig weiter als sonst, schon fahren wir durch die Tirolersiedlung, wo in den Gärten Blutbuchen und Weiden nebeneinander stehen und das Rot der Rosen an manchen Zäunen mich grüßt. An unserem Ziel angekommen, steht das Korn herrlich da. Von den sattgrünen Gebüschreihen, die den Acker begrenzen, winken mir weiß die Holunderblüten entgegen. Krone ist heute die erste, die meinen Weg mit mir geht, immer schön einer nach dem anderen. Zwei Hunde sind bereits eine Meute, würde irgendwo Wild aufspringen, wären sie nicht mehr zu halten. Sollen die Anderen rücksichtslos sein, ihre Lieblinge in die Futterwiesen laufen lassen, es ärgert mich schon lange nicht mehr, ich kann es nicht ändern. Unsere Vierbeiner wissen jedenfalls, dass sie außer zum Zweck des Fährtens, wo sie angeleint ihrer Arbeit nachgehen, in fremdem Feld und auf fremden Wiesen nichts zu suchen haben. Weg und Straßenrand bieten Bewegungsmöglichkeit genug, zum gemeinsamen Herumtollen gibt es im Garten oder der Auslaufzone des Hundeplatzes Gelegenheit. Kein Verkehrslärm, nur das Vogelgezwitscher in den alten Birnbäumen am Rande der Straße. „Oh yeah, the grass is green", zum Glück hört Gisela mich nicht. „Wie können dir immer solche Lieder gefallen?" Einfach deshalb, weil ich nicht tiefsinnigen Gedanken nachhängen will, weil ich leicht zu unterhalten bin. „Little things please little minds“ nennt es mein Sohn. Soll er nur. Mütter kann man sich nicht aussuchen.

So schön ist es da! Nichts gehört mir, dennoch ist alles meins. All diese Festtagskleidung um mich herum! Schon die Brücke beim Fink in der Au war feierlich mit Blumen geschmückt, selbst in Weidlingbach, gegenüber vom Grünschnittplatz, wurden eigens für mich die herrlichsten Mohnblumen aufgestellt – schaut nur, die Munzin fährt vorbei! Alles steht Spalier. Es ist so wunderbar hier oben, die paar Strommasten und der Misthaufen müssen Sinnestäuschung sein. Zeit für mein Morgengebet. Danke, danke, danke. Auch noch schnell der Gottesmutter, Maria, von der mährischen Seite kommend. Der heilige Antonius wäre der Letzte, den ich dabei vergessen dürfte, ständig verlege ich etwas und er sagt mir, wo ich es finden kann. Mein Ehering passt mir nicht mehr, ich trage ihn an einer Kette um den Hals. Ich habe ihn verloren, Antonius hat ihn gefunden. Nur den heiligen Ignatius nicht übergehen, der heilige Josef Freinadametz ist sowieso einer der Wichtigsten. Ich glaube. Dazu beweist auch mein Schutzengel unvorstellbare Ausdauer!

Vor einiger Zeit hat Gisela mir Jehan Sadats Lebenserinnerungen zum Lesen gebracht, immer werde ich an sie denken. Ein Morgengebet dort, ein anderes da. Oder auch keines, jeder muss es mit sich selbst abmachen. Nichts gehört mir, aber alles im Leben fällt mir zu, kampflose Gewinne wohin ich schaue. Mein Mann, mein Sohn, dieses Binki in seiner Einmaligkeit. Als ich nach dem Abbruch des alten Hauses, in dem mein Mann mit seinen Lieben früher gewohnt hatte, gewissermaßen „rodete“, blieben ein paar undefinierbare Stängel stehen, es wäre zu umständlich gewesen, sie zu entfernen. Ich dachte damals, wer sich so zur Wehr setzt, der wird schon wissen, warum. Es wurde ein herrlicher Palmkätzchenstrauch daraus. Er gibt mir Schatten, er freut mein Auge, als erste Frühjahrsgäste habe ich die Bienen bei mir. Alles meins, alles meins. Die Erdbeeren, die, aus dem Nichts gekommen, an der westseitigen Hauswand wachsen, alles meins. Wenngleich ich sie Herzchen zur Ernte überlasse, sie denkt nicht darüber nach, ob vielleicht ein Marderbub nächtens daran knabbert oder sonstiges tut. Wie schön das alles ist! Unser Garten mag vielleicht auf manchen zu nüchtern wirken. Man betritt ihn durch einen unscheinbaren, schmalen Gang, schon den Blick auf Wiese und Zwinger gerichtet. Nun kommt man zu einer niedrigen Umzäunung, die manche als „für den Hugo" empfinden mögen. Sie umgibt ein kleines, mit Steinen gepflastertes Plätzchen, auf dem eine derbe Sitzgarnitur aus Holz steht. Dieser Holzzaun ist kleiner geworden, einmal hat er den Sitzplatz und dazu einen kleinen Teich umgeben, den wir unbedingt haben wollten, auch die Vögel freuten sich darüber und besonders unsere Hunde. Aber ich kann manchmal ein entsetzlicher Spaßverderber sein. Als unsere Hera nach dem Werfen bei etwa fünf Plusgraden darin ein Vollbad nahm, war Schluss mit lustig angesagt, er wurde zugeschüttet. Die Einfriedung ist nicht entfernt worden, sondern eben nur verkleinert. Hundemütter können sich darin vor ihren „lausigen" Welpen in Sicherheit bringen, sie kann aber auch beim Impfen der Kleinen dazu verwendet werden, die bereits Abgefertigten daran zu hindern, die Hosen des Tierarztes zu zerpflücken. Nicht auch noch dafür Geld ausgeben, der Zwinger ist konstant in den roten Zahlen. Ein einziger „Luxusgegenstand" ziert den beschriebenen Ort. Es ist ein schmuckloser, sanduhrförmiger Blumenständer aus grauem Eternit. Aber er hat es in sich! Herrliche rote Blumen hat Erhard mir aus Ferbys Blumenhandlung gebracht, ich weiß ihren Namen nicht, er hat auch nicht danach gefragt, wie sie heißen. Als ich sie einsetzen wollte, fiel mir erst auf, dass in der aus dem Vorjahr noch vorhandenen Erde zart ein Büschelchen Klee wuchs. Ich hätte es nicht übers Herz gebracht, ihn daraus zu vertreiben. Und nun ist er groß geworden, es ist wunderbar, da habe ich „Crimson and Clover, over and over". Ein Hit aus meiner Jugend. Ich schaue, höre, spüre, alles meins, I'm in clover, alles meins, ich teile es gern mit denen, die ich liebe.

Die alte Ilka mit ihrem allzeit strengen Gesichtsausdruck ist jetzt wieder neben mir, längst nicht mehr sichtbar. Aber es waren ihre Bäume, sie liebte diese herben Mostbirnen sehr, die sie im Herbst so reich hier fand, sie konnte gar nicht genug davon bekommen, nahm immer noch so viel Vorrat als sie nur tragen konnte mit in ihre Box. Nie musste ich fürchten, dass eine auf dem Fallobst sitzende Wespe ihr etwas anhaben könne. Mit einem deutlich hörbaren „Klapp“ der Vorderzähne war für sie solches Problem lösbar. Wie sie sind ihre Urenkel Meister bei der Insektenjagd. Grips und Herzchen, in wildreichem Gelände sicherheitshalber an der Leine geführt, haben meinem Kreuz schon manch unliebsamen Ruck erteilt, weil eine Hummel oder sonst ein Brummer ihre Kreise störte. Kann ich dieses Töten verhindern, tue ich es. Dennoch muss ein Hund es können, sind doch in der warmen Jahreszeit die Welpen bei ihrer Nahrungsaufnahme zu schützen. Über die Köpfe der ahnungslosen Kleinen hinweg muss die Abwehr sehr präzise betrieben werden, unsere Hündinnen beherrschen sie vorzüglich.

Die Erwachsenen sind mittlerweile mit ihren Geschäftchen fertig, freilich hat Nützlich sich wieder Zeit gelassen, alles Andere ist wichtiger für ihn, er findet Hölzchen, leider auch Flaschen und Dosen, man glaubt gar nicht, was diese unerzogenen, grindigen Leute alles wegwerfen, der Satz „Seit ich die Menschen kenne, liebe ich die Tiere“ wird verständlich. Aber man muss sich nicht wundern, Kinder werden wirklich nicht mehr erzogen. Seelenruhig schauen ihre Mütter zu, wenn sie vom Zuckerlpapier bis zum Pappbecher einfach alles fallen lassen. Aus der Fröscherstraße zieht oft eine ganze Herde Kindergarten- oder Volksschulkinder an unserem Geschäft vorbei, von einer der Mütter geleitet. Da musste ich oft schon beobachten, wie die lieben Kleinen dann mit irgendwelchen Stöcken gegen unsere Auslage schlugen, die Begleitperson lächelte milde dazu. Das hätte ich bei meiner Mutter machen dürfen, du liebe Zeit!

Das Rüdenpack ist doch ein eigenes Völkchen, hat nur Unsinn im Sinn. Ich sehe Nutzis Treiben eine Weile zu, komischerweise funktioniert es sofort, wenn ich „jetzt mach mal endlich was“ rufe. Nun sind noch die Babys dran, die mit ihren sechs Monaten ja fast keine mehr sind. Giselas Quantität, von mir mit dem Schafar-Ausdruck „Tscheprevettn“ bedacht, erledigt zügig, was erledigt werden muss. Dann allerdings, wo es zum Auto zurückgeht, hat sie noch allerhand zu tun, mehr oder weniger mit List und Tücke bringe ich sie zum Einsteigen, sie ist zurzeit in einer Phase, in der man gerne ein wenig schlechter hört. Ganz anders dagegen meine kleine Qualität. Zehn Meter vor mir, gerade unheimlich an etwas interessiert, macht sie auf das leiseste „pst" von mir eine Kehrtwendung, dass hinter ihr der Kies wegspritzt, wobei gerechterweise gesagt werden muss, dass sie eben den Kurzurlaub der Schwester voraushat. Ein ganz stiller Welpe bei ihrer Ankunft, hat sie sich gewaltig entwickelt.

Nun klingt das sehr danach, als hätte ich den Wunsch, unsere Hunde müssten Kadavergehorsam zeigen, was in keiner Weise den Tatsachen entspricht. Mir ist wichtig, dass sie Freude am Leben haben und gerade dieses flotte Herankommen zeugt ja davon. Das macht einfach Spaß, schnell zu reagieren, Freude an der Bewegung und Vorfreude auf die Belohnung sind dabei im Spiel. Vitalität, geistige Flexibilität und Bindung zum Menschen, der allerdings den vierbeinigen Partner nie enttäuschen darf. Und dann – schnelles Befolgen des Rufes kann lebensrettend sein, wenn etwa ein Auto kommt oder sonst eine Gefahr droht, die der Hund nicht als solche erkennt.

Quali und Quanti, die Zwillinge, hatten viel Platz gehabt im Mutterleib. Zudem ließen sie sich Zeit, genossen die schummrige Gemütlichkeit da drinnen so lange wie möglich. Als sie sich endlich auf die Reise machten, zeigte sich, dass der Export für ihre Mutter, die Königin Hatschepsut, gar nicht so einfach war. Zum Glück war sie keine Erstlingshündin, sondern hatte zuvor schon zwei Würfe gehabt, kurzum, sie schaffte die beiden Riesenbrocken ohne Kaiserschnitt wenn nicht ans Licht, so in die Dunkelheit eines Dezemberabends. Am Vorabend hatten schon Eröffnungswehen eingesetzt, die aber so schwach waren, dass wir uns noch eine gemeinsame Nacht auf dem Sofa der Hundewohnung gönnten. Es tat und tat sich nichts, und als wir am folgenden Nachmittag in die Praxis von Dr. Quehenberger nach Perchtoldsdorf fuhren, zeigte das Röntgenbild den Grund: Da gab es zwei riesengroße Welpen, von denen einer sich schon im Geburtskanal wichtig machte, der Zweite befand sich zu allem Überfluss auch noch in Steißlage. Nach einer Wehenspritze schickte uns der Tierarzt nachhause, vermutlich auf die holprigen Straßenverhältnisse spekulierend, die sich in solchem Falle schon als hilfreich erwiesen haben. Es ist keine leichte Entscheidung – Operation ja oder nein – Nerven bewahren – wie macht man es richtig? Gisela war unterwegs, also war mein Mann wieder mein Helfer und auch Ruhepol. Wir kamen heim, die Hündin und ich gingen in den Wurfraum im Keller. Hilfe suchend presste sie sich an mich, wer bis dahin noch nicht gebetet hat, tut es spätestens jetzt. Endlich geschafft, eine graue Hündin ist da. Sie ist sehr leise. Ihr Tonus spottet Trumlers Beschreibungen. Mir ist alles egal, Hauptsache, die Mutter hat es geschafft, den kleinen Hund kenne ich noch nicht, suche ich mich zu beruhigen. Telefonisch wird der Erfolg dem Tierarzt gemeldet, er meint, der zweite Welpe müsste in spätestens einer halben Stunde nachkommen. Außerdem weist er mich nochmals auf die falsche Lage des zu Erwartenden hin und dass ich mich darauf gefasst machen solle, zu ziehen. Die Zeit vergeht, es tut sich nichts. Ich rufe wieder an und wir vereinbaren, dass wir uns nun auf den Weg machen sollen. Die kleine Graue nehme ich unter meine Jacke, die Mutter kommt, um nicht im großen Auto meines Mannes hin und herzusegeln, in eine Box. Vom Laaber Spitz an wird sie unruhig, sie scharrt. Auf der Breitenfurter Straße bitte ich meinen Mann, anzuhalten, gebe ihm das Baby nach vorne und mache die Box auf, sage Hatsch, sie möge sich so drehen, dass ich meines Amtes walten kann. Sie versteht, ich taste vorsichtig, da fällt mir so ein Päckchen in die Hand, es scheint ein gutes Kilogramm zu wiegen. Wiener Kindl. Die Mutter reinigt es, ich breite ein frisches Tuch in die Box und lege die Erstgeborene zu ihrer Familie. Ein Anruf beim Tierarzt, der auf uns gewartet hatte. Wir melden uns also ab und fahren glücklich heim. Nun noch die anderen Hunde versorgen, es ist auch ein Kostkind da, der liebe August. Dann darf ich endlich schlafen gehen. Kein Russe, nicht Reich-Ranicki, keiner der Manns könnte mich jetzt aufhalten, wo ich doch sonst nach jedem abendlichen Gang noch lesen muss. Endlich liege ich in meinem guten Bett, ich fühle mich, als hätte ich selber geworfen.

Und jetzt läuft mein Welpe Nummer 223 – ich nenne hier nur die Lebenden, nicht jene, die, wie ich einmal in einem Artikel einer Hundezeitschrift las, über die Regenbogenbrücke gegangen sind, lustig vor mir her. Der erste Welpe, bei dessen Ankunft ich geheult habe – los nervos. Die dieses Tierchen, natürlich unabsichtlich, schon kräftig strapaziert hat. Quali kaut nicht, sie schlingt. Fast hätte ihre Gier sie schon umgebracht, alles will sie sich einverleiben, bevor sie fragt, was es sei, schluckt sie schon – ob Lungenpop oder Schlüsselbund – zwei Mal war meine Hand schon tief in ihrem Rachen, hurra, wir atmen noch … Auf ihre erste Impfung reagierte sie mit einer Impfdepression, immer erlebt man Neues, Langeweile kommt erst gar nicht auf. Am frühen Vormittag war der Tierarzt da gewesen, mittags kam ich mit dem Futter, die schwarze Quanti sprang mir fröhlich entgegen, die Quali kam herangetaumelt, fraß aber doch, wenngleich sehr langsam. 39,1° las ich vom Fieberthermometer ab, wäre es mehr gewesen, hätten wir wieder einmal die Fahrt nach Perchtoldsdorf antreten müssen. In einem Stück schlief sie bis zum Abend und war dann wieder ganz in Ordnung.

Der Winter war heuer sehr hart, die Hunde waren nachts über bei uns im Haus, aufgeteilt auf die diversen Kemenaten. Einmal war über Nacht so viel Schnee gefallen, dass ich erst den Nützlich mehrmals die Straße hinauf spuren ließ, damit alte Leute (wie der Wolf und ich) sich überhaupt bewegen konnten. Die Schneeräumung kam nicht nach, Nebengassen mussten vernachlässigt werden und selbst auf der Hauptstraße waren die Bedingungen abenteuerlich. Immer weniger Hausbesitzer fühlen sich zum Schaufeln berufen und als ich heldenhaft den nicht sehr weiten Weg zum Bäcker antrat, sah ich die Schulkinder, von mäßig intelligenten Eltern an einem solchen Tag zur Pflichterfüllung getrieben, auf der Straße, unmittelbar neben den Autos, ihres Weges gehen. Nicht auszudenken, wenn so ein Zwerglein ausgerutscht und unter einen Wagen gekommen wäre! Gisela und Fritz hatten inzwischen begonnen, Wege in den Garten und zu den Zwingern zu schaufeln, sie legten ein kleines Labyrinth und Löseplätze an, nachdem nicht abzusehen war, wann man wieder weitere Spaziergänge würde unternehmen können. Bis mittags hatten wir die Situation so weit im Griff, dass die Hunde hinaus konnten, etliche Jacken waren total durchnässt worden, weil es immer weiter schneite. Und dann sah ich durch das Bürofenster, wie meine Nummer 223 in einem riesigen Schneeturm versank. Sommers habe ich es leicht, ich kann dann durch das Lagerfenster springen, wenn draußen bei den Welpen irgendwie Gefahr in Verzug ist. Nun war ich gehandikapt und es dauerte einige Zeit bis ich das Grautier, das ich so sehr liebe, aus Schneenot befreien konnte. Üblicherweise haben immer die jeweiligen Welpen den ganzen Garten zur Verfügung. Ihre Zwingertür ist geöffnet, sie können also auch in ihre Hütte, wie es beliebt. Nun wollte ich aber nicht wieder Lawinenhund spielen und sperrte den kleinen Besen kurz entschlossen ein. Besser schlecht leben, als gar nicht. Doch der Schnee türmte sich auch da, gerade um die Hütten herum war es aper. Der nächste Schreck ließ nicht lange auf sich warten: Da klettert doch diese 223 tatsächlich über die Schneemassen zu Nofretete in den Nebenzwinger. Mein Herzschlag setzt aus, rasch hinaus, da soll man nicht vorzeitig altern! Wieder Glück gehabt, Gisela ist da und gemeinsam stürmen wir hinaus, Nof hat nur Augen für ihr Frauchen und „übersieht" den Winzling. Ausbruchsicheren Zwinger suchen, es kommt bei den Schneeverhältnissen einem Intelligenztest gleich. Gut, Zwinger gefunden. In diesem ist aber das Gitter nicht engmaschig genug für meine Quirlige. Kurze Zeit später höre ich sie jämmerlich weinen. Sie hat ihren Kopf durchs Gitter gesteckt und kann jetzt nicht zurück. Das bedeutet, dass ich den Test nicht bestanden habe. Aber, auch wenn es langsam langweilig wird, ich bin ein Glückspilz. Mein Sohn ist zuhause und befreit den schiachen Wurm, der ab jetzt bei mir im Büro bleibt, indem er mit einer Zange das Gitter aufbiegt. Klar, dass durch den kleinen Lehrling in meinem Kontor die Arbeitsleistung etwas nachlässt. „Holen wir es abends nach" oder ähnlich sprach das Pferd auf der „Farm der Tiere".

Das alles und mehr kommt mir während meines morgendlichen Spaziergangs in den Sinn. Vielleicht geht eben auch ein Anderer spazieren. Er, der die Natur nicht braucht, muss nun mit seiner Frau Teofila hinaus an die Luft, es ist ärztlich verordnet worden. Ich sehe ihn förmlich vor mir, wie er, einem Kinde ähnlich, das dem Sonntagsausflug mit seinen Eltern nichts abgewinnen kann, mit schmal zusammengepressten Lippen neben ihr hergeht. Nicht einmal trotzig die Hände in die Taschen darf er stecken, denn er muss sie unterhaken. Und so viel Arbeit wartet zuhause. Ich kann Sie ja verstehen, lieber Herr Reich-Ranicki. Dennoch zählt es zu diesen Dingen, die „sich untereinander nicht lieben". Sie brauchen die Natur nicht, ich kann mir nichts Schöneres vorstellen. Sie, mein Ferngeliebter, schildern kurz den Besuch bei Canetti, meinem ebenso Geliebten, den ich entdeckt habe, bevor „zuerst ich Sie sah". Atemlos durchsuche ich den Annex eines jeden Ihrer Bücher nach seinem Namen ... Die Dinge, die ich liebe ... Unsere Freundin Relly würde sagen „man muss das einfach acceptieren". Tu ich ja. Wer in meinem Alter Unabänderlichkeiten noch nicht „acceptiert", ist – zu bewundern.

Meist besteht meine Jahresurlaubsration aus vier Tagen. Ich habe es zur Kenntnis genommen, akzeptiert. Aber wenn mein Sohn mir sagt, ich hätte doch ohnehin das ganze Jahr über Urlaub, liegt er damit gar nicht so falsch. Während meiner Hundegänge fällt alles gleichsam von mir ab, Rechnungen, Reklamationen, Steuern und Urgenzen, alle Ärgernisse und Widerwärtigkeiten sind dann vergessen. Die halbstündige Fahrt mit dem Fahrrad um den Wienerwaldsee herum ist für mich Erholung pur, diese Zeit zweige ich den Hunden ab. Wenn ich auf die Bank radle, um Herrn Grasser oder den kranken Kassen meinen Mitgliedsbeitrag zu entrichten, bedeutet die Fahrt mir Entspannung. In meiner Fantasie sitze ich auf dem Rücken eines Pferdes, eines sehr schönen ohnedies. Komme ich in den Laden, fragt mich John Steinbecks Ethan Allen Hawley augenzwinkernd: „Guten Ritt gehabt, Frau Munz?" „I could be a green-eyed monster, I could be a well-wishing star ..." In meinem Bett liegend, höre ich die Ringe der Fahnenstangen des Autohauses Mann klirren. Ich denke mich in die Bucht von Burgau und schon sind es die Masten der dort ankernden Segelschiffe, die dieses Geräusch verursachen. Ich stelle mir vor, wie ich Herrn Frank Stronach, meinetwegen auch den Red-Bull-Mann, auf mein Projekt ansetze. Wie wir aus dem schönsten Platz der Welt ein Erholungsparadies machen, indem wir einfach die Straße nach hinten verlegen. Für vier Tage Gratisurlaub im Jahr bin ich schon dabei. Die Escapetaste meines PC ist mein ganz geheimer Knopf, den ich eines Tages, „fertig zum Beamen“, drücken werde. In der Hundlersprache gibt es den Begriff „Triebüberlagerung“, bei mir ist es die Denküberlagerung. Wie beruhigend, dass der Sohn das Hirn vom Vater hat, ich hab doch tatsächlich immer was Anderes im Kopf … Ganz bewusst stelle ich mir die schönsten Dinge vor, die hässlichen könnten einen glatt umbringen.

Ablagerung von
Gartenabfällen verboten.
Die Forstverwaltung.

in weidlingbach hängt eine tafel
mit besagtem verbote am baum
was soll denn dieses geschwafel?
sich darum gekümmert wird kaum

gleich dahinter türmt sich ein haufen
von laub von reisig und thujenverschnitt
man wird sich deswegen nicht raufen
nur kommt man halt nicht mehr mit

denn nur ein paar meter weiter
ist der gemeinde grünschnittplatz
das finde ich nicht mehr heiter
ist alles nun schon für die katz?

auf meinen gängen im walde
da fällt mir so manches auf
wir scheißen der welt auf den schädel
und trampeln noch munter darauf

es sind oft nur kleinigkeiten
doch diese summieren sich dann
wenn ich bäumen schmerzen bereite
dass mehr pilze ich essen kann

in die wälder strömen die horden
um gnadenlos alles zu köpfen
sind die letzten funghi geplündert worden
muss dem baum es den sauerstoff schröpfen

die zerstörung unsres planeten
die in hiroshima einst begann
erfolgt nicht nur durch raketen
es übt sie der kleine mann

der bagger hebt aus
den keller fürs haus
die erd' führt der lastwagen ab
schon wird für dieselbe es knapp

von hier nach da und nach dort
hauptsache der krempel ist fort
das erdreich das kontaminiert
die erde mit erdenaids infiziert

gras wächst darüber

groß muss es werden das haus
das ist man sich immerhin schuldig
hoch und höher wolln wir hinaus
schon lang sind wir nicht mehr geduldig

um den einen ofen in früheren zeiten
da saß eine große familie
des öles tausende liter heut gleiten
zu wärmen die tante ottilie

die meere werden leer gefischt
wir wollen es uns richten
es wird die überproduktion uns aufgetischt
uns kümmert nicht was wir vernichten

achilleus mit leichen füllt den skamander
den wässern zum fanal
und wir mischen lustig durcheinander
was als gift landet im kanal

die erde spuckt schon gift und galle
man spricht von der globalisierungsfalle
es sündigt der kleine und der könig
man spricht so viel und tut so wenig

putzend verschmutzend
verstopfung behebend
wird vieles vernichtet das lebend
die natur gegen uns sich erhebend

gefällter baum um nichtigen traum
am lifthange oder im regenwald
für kommende enkel kein lebensraum
das kindlein wird haben kalt

das kindchen das kindchen
wo kommt denn noch eines
hormone im fleisch und im wasser
wir sind tatsächlich verfluchte erblasser

nach tschernobyl blieben die hündinnen leer
und oft war dies auch noch besser
dem einzigen welpen das köpfchen so schwer
eines seepferdchens körper daran
es blieb nur noch das messer

ganz heiß wird die sonne so dünn die luft
das kindlein das kindlein erstickt
so mancher war nur ein ganz kleiner schuft
wir lebten ein kavaliersdelikt

Was hast du …?

„Was hast du aus deinem Leben gemacht?“, fragt mich meine Mutter. „Nichts, Mamma“, antworte ich wahrheitsgemäß. „Ich wollte dich aufs Konservatorium schicken, ich hatte Pläne mit dir, aber du warst so ehrgeizlos wie dein Vater! Du hättest Germanistik studieren können, aber immer hast du dich nur verzettelt, so ähnlich bist du ihm!“ Ich höre den Ekel heraus. Meine Entgegnung: „Aber wir waren immerhin gute Zuhörer“ schlucke ich im letzten Moment. Sie wäre nutzlos und unsinnig, obwohl man auch vom Zuhören Angst bekommen kann, sogar von zu viel Lob. „Meine Tochter ist ja so großartig, sie macht dieses, tut jenes und sie spielt so schön Klavier:“ Dann musste ich Besuchern etwas vorspielen, ein Graus, wenn man ein Würstchen ist und nichts kann. Mein grundständiges Schulfranzösisch war für mich zum Desaster geworden, als ich mit einem ihrer Brüder hätte parlieren sollen. Dass er sich während des Krieges irgendeinen Dialekt angeeignet hatte, konnte ich nicht ahnen, ich verstand ihn einfach nicht und mir kamen die ärgsten Selbstzweifel. Zu meiner eigenen Schande hatte ich die Absolute, die selber zweisprachig aufgewachsen war, maßlos enttäuscht. Oft redete sie mit uns in der Sprache ihrer Vormütter, ich habe es heute noch im Ohr, erinnere mich jedes der Lieder, die sie uns vorsang. Und: nachladila jsem se. Tento zub mi boli. Wenn irgendeine Krankheit (nemoc) mich niederwirft, kommt immer noch „umrem, umrem“ über meine Lippen, Jeschischmarja!

Es gibt unter den Rassehunden solche, die vorzügliche Wasserarbeit erledigen, Andere tun sich im Dachsbau hervor und so fort. Der Deutsche Schäferhund ist zweifellos keiner dieser Spezialisten, aber man kann ihn überall hinstellen, er wird seine Sache mit Begeisterung tun. Er, der als Wilderer verschrieen ist, wurde sogar in einigen Fällen schon jagdlich geführt, ich denke da zum Beispiel an unseren Freund Scharko Fritz. Ihm und einigen seiner Freunde war das „Kunststück“ gelungen. Universalgenie wird der DS genannt, er ist einfach der Vielseitigste von allen. Genie bin ich keines, aber meine Vielseitigkeit darf ich täglich unter Beweis stellen. Zu allem fähig, zu nichts zu gebrauchen. Und nun, mit der Gelassenheit meiner bald dreiundfünfzig Jahre, kann ich meiner Mutter schildern, was aus mir geworden ist:

Gehsteigkehrer, Auslagenputzer, Entscheidungsträger. Kalkulant, Inkassant, Putzfrau, Steuerzahler. Von meinem Geld wird derzeit die Auffahrt zum Tullnerbacher Bahnhof verjüngt, was mit Jugend nichts zu tun hat, sondern mit der Tatsache, dass sie vermutlich durch eine dieser neuerdings so beliebt gewordenen Blumeninseln derart stark verengt wird, dass nicht nur die Autofahrer, sondern im Winter auch die Schneeräumung ihre helle Freude an ihr haben können. Verkehrsplanung, Verkehrsberuhigung. Ein Kreisverkehr fehlt noch! Ralph Tegtmaier empfiehlt, sich folgenden Satz vorzusagen: „Ich kann mühelos meine Steuern zahlen.“ An jedem Fünfzehnten rede ich es mir ein. Mühelos, mühelos. Den Ausdruck „verjüngen“ wiederum habe ich von meinen Kunden. „Wissen’S, wos i brauchert?“ Die Spannung steigt. „I brauchert so a Verjüngung“ sagen manche zu mir. Innerlich schon bereit, zuzustimmen, kommt dann für mich die Überraschung, dass sie einen Fitting brauchen, der von einer Dimension in die andere reduziert. Macht einen Euro achtundzwanzig, Mamma, da sagst du, es sei nichts geworden aus mir! Sich verjüngen, reduzieren, vielleicht bis auf Samsamaß. Sich entziehen können. Der eine, mit seinem dünnen Körper nie zufrieden, nie in Einklang; die andere mit ihrem beginnenden Altweiberbauch. Mangelnde „Esszi-plin“, wie man sagt. Essen gibt dem kleinen Wutz die einzige Sicherheit im Leben. Wo auch immer man isst, ist man beim Essen in sich zuhause. Man öffnet sich sozusagen nur für das, was man bereit ist, in sich aufzunehmen, sofern man nicht der Gewinnung von Stopfleberpastetchen dient. Auf jeden schönen Gedanken folgt sofort die

Ernüchterung. Nur der Große schafft aus seinem Leidensdruck das Beste und Größte. Du sollst aber nicht glauben, liebste Mutter, dass nicht auch „Installateusen“ ein paar bar verspüren, sie können sich bloß nicht so hervorragend ausdrücken. Und ein Druck ist es, wenn man, von dir zur Sauberkeit angehalten, Hygienevorschriften wie auf dem Berg Masada in mind – ich kann es heute noch nicht sehen, wenn jemand eine Einkaufstasche auf eine Küchenfläche stellt, Grauen, Entsetzen – im krassen Gegensatz dazu allerorts gegen den Dreck kämpft. Wie heißt es da „unrein bis zum Abend“, der Staub in Zusammensetzung mit Wasser erst doppelt gefährlich, nicht umsonst sagt man „feuchter Dreck“. Staub saugen ohne Ende, hare Krishna, hare hare hundert Jahre Hundehaare. Hundert Jahre Einsamkeit, hast du den Marquéz gelesen? Der wäre ein Fall für dich! Nein, du liest jetzt nicht mehr so viel wie früher, klebst Heiligenbildchen in ein Buch. Hast eh Recht. Sich reduzieren.

Ich bin Hundezüchter, Aussteller, Wirtschaftsfaktor. Was meinst du, was ich in Futter, Ausbildungszubehör, Bio-Gassi-Set und vieles mehr investiere. Auch in den Orten, die wir anlässlich von Vereinsveranstaltungen besuchen, bleibt für die dortige Wirtschaft etwas hängen. Wir Hundler bewegen was, Mamma! Und glaube mir, bis auf ein paar schwarze Schafe, sind wir ganz in Ordnung! Was ich noch bin, willst du wissen? Na gut, ich sage es dir. Ich bin der arme Narr, der zwei Cent sucht in seinem Kassabuch. Nein, danke Mamma, es hilft mir nichts, wenn du sie mir gibst. Ich muss sie finden, das ist ein Unterschied, ich muss fiktive zwei Cent finden. Ja, ich weiß, Therese hat eben ein paar Nullen angehängt, wenn man das so könnte! Ein Nullerl bin ich, jetzt weißt du es! Ich bin Auskunftei und Packlschupfer, Ohrenputzer, Hundestriegler, Rasenmäher, Schraubensortierer und Einkäufer, Verkäufer, Preiswisser. Mit umyvadla schlag ich mich herum, koupaci vany dazu. „Eine Dame wirst du nie!“ hast du mir gesagt. Deine Prophezeiung hat sich erfüllt. Jetzt kann ich in die Häuser singen gehen. Eine Dame steht eben nicht um fünf Uhr dreizehn auf. Sie schüttet sich nicht so auf die Schnelle den Kaffee hinein, fährt dann mit den Hunden, füttert diese, schmeißt sie in die Zwinger, saugt Büro und Lager durch, reißt sich die Vortagsklamotten herunter, jumpt unter die Dusche, um nur eben das Schlimmste an Geruch abzuwenden, Genuss ist da keiner dabei, drei bis vier Partien Wäsche am Tag, zu denen man sich sozusagen davonstehlen muss (unerlaubtes Entfernen vom Arbeitsplatz). Der Tag hat vierundzwanzig Stunden, gehören acht davon den Hunden, kommst im Geschäft nur mit noch einmal acht über die Runden. Ein wenig Haushalt auch dazu, willst du zum Lesen etwas Ruh, ein wenig Zeit für Schwiegertochter, Mann und Sohn – richtig gerechnet, hast du's schon. Hält's dich noch immer nicht auf Trab, sagst einfach „nächste Stelle Null herab".

Preiswisser, sagte ich vorhin. Gleich werden's den Preiswisser rufen. „Tina, Tina, ..." Nackt, wie Gott mich schuf, stehe ich unter der Dusche. Laotse fällt mir ein: „Es gibt auf der Welt nichts Weicheres und Schwächeres als Wasser. Und doch vermag es die härtesten und größten Felsbrocken zu bewegen und auszuhöhlen. Es gibt nichts Vergleichbares." Wasser, das Lebenselixier. Bis heute verstehe ich nicht, weshalb es immer noch so vielen Menschen egal ist, aus welchen Leitungen sie trinken. Wie der alte Rocky selig schon wusste, wer nicht gesehen wird, dem kann nichts geschehen, also kann es auch keine unsichtbare Gefahr geben. Eine Zeit lang dekorierte ich die Auslage so: Ich stellte einen mit einem Tischtusch überzogenen Karton hin, darauf Teller, Serviette, Besteck, einen Krug und ein Glas. Auf den Teller legte ich Fittings, also Formstücke (von manchen Kunden auch gern Fittiche genannt) wie wir sie anlässlich der Behebung von Rohrbrüchen ausbauen und dann zum Mindesten solange als Beweisstück für die Versicherung aufbewahren, bis die Schadensfälle finanziell abgehandelt sind. In den Krug tat ich einige der korrodierten Rohrstücke, die an manchen Stellen nur noch millimeterstark durchlässig sind. Ich schrieb dazu den Hinweis – Prost, Mahlzeit und empfahl den Einbau von Wasseraufbereitungsanlagen. Viele, viele Leute sind vor dieser Auslage gestanden, der Geschäftsanstieg in diesem Bereich blieb eher bescheiden. Wenn man sich vorstellt, dass manche außer Wasser und CD nur die teuerste Designerkleidung an ihren Alabasterleib heranlassen und sich dann nichts pfeifen, was sie aus ihren desolaten Leitungen bei jedem Duschvorgang inhalieren, ist das schon seltsam. Oder eigentlich auch wieder nicht. Ich nehme an, dass lediglich jeder hundertfünfzigtausendste Haushalt in Österreich über ein Bidet verfügt. Soll ja von den Ärzten verteufelt worden sein, und überhaupt. Rasch gelange ich noch auf andere Weise als durch Philosophen nach Asien, immer nur Wasser im Kopf, gewissermaßen ein Wasserkopf. Kommt ein Wasserkopf in die Sauna, sagt er: „Heiß ist es da, pfffft." Hunderte Tote durch das Hochwasser und neue Unwetter in China. Sechs Millionen von den verheerenden Wassermassen Betroffene in der Provinz Guangxi, rund 20 000 zerstörte Häuser. „Das ist für mich so interessant, wie wenn in China ein Fahrrad umfällt", sagt man heute, wenn einen etwas „nicht juckt". Vielleicht würden mich die erwähnten Katastrophenmeldungen kalt lassen – wenn da nicht – richtig erraten, meine Mutter wäre. Ich muss im Vorschulalter gewesen sein, als sie mir von der „Guten Erde" erzählte, von der Armut der Bauern, von Dürre und Überschwemmungen, Hungersnot, Steuerpresserei. Ich war vor Mitleid erschüttert, sann tagelang darüber nach, wie Abhilfe geschaffen werden könne. Ich hatte mir immer vorgestellt, dass ich, erst einmal erwachsen geworden, zu großem Reichtum würde gelangen. Dann könnte ich nicht nur die Kinder dieser einen Familie in der Nachbarschaft einkleiden. Ihr Schuhwerk war schlecht und ihre Sprache. Die Region um ihre Münder und Nasen war auch nie ganz sauber. Mit dem Geldsegen, den ich durch künftige Heldentaten zu erwerben gedachte, müsste das aber leicht zu beheben sein, Ausweitung nach China nicht ausgeschlossen. Erst vor ein paar Jahren habe ich „Das Haus der Erde" von Pearl S. Buck gelesen. Es war für mich mehr oder weniger eine weitere Bestätigung für den Wahrheitsgehalt mütterlicher Erzählungen.

Aus meinen Betrachtungen werde ich jäh herausgerissen, schon geht es los, schnell das Handtuch, der Preiswisser, Sucher, Finder ist gefragt: „Tina, was kostet eine Dichtung, wo ist was, wer will was, ist dies und das hergerichtet, was hast du wem versprochen", Fragen über Fragen. „Figaro, Figaro, Tina, Tina …" Noch dazu, wo ich unter falschem Namen lebe. Meine Mutter wollte eine „Christina", mein Großvater hatte seinem Sohn den Weg, dem Staate meine Existenz anzuzeigen, abgenommen. Er war ein praktischer Mann, aus seinem Gedanken „am Christtag geboren, t und g weggekürzt" war ich also eine Christa geworden, er meinte, ich würde mir mit einem kürzeren Namen leichter tun, ihn später zu schreiben. Ein einmal eingeschlagener Kurs wurde aber von meinem mütterlichen „Panzer" stets eingehalten, ich blieb ihre Tina. Die Befürchtung meines Großvaters, ich könne mir einmal mit dem Schreiben schwer tun, hat sich bewahrheitet, obzwar ich den Namenszug durch jahrzehntelange Übung jetzt schon ganz gut hinbekomme.

A woman must have

„A woman must have money and a room of her own if she is to write", führte Virginia Woolf aus, die in genau dem Jahr starb, in welchem die Welt das Licht meines Mannes erblickte. Nun sind in meinem Fall die räumlichen Voraussetzungen durchaus gegeben. Der erste Stock unseres Hauses besteht aus zwei Wohneinheiten, es war geplant, dass meine Schwiegereltern in der einen, mein Mann, künftige Kinder und ich in der anderen leben sollten. Unser Teil war aber zum Zeitpunkt meines Einzugs in dieses „ehrenwerte Haus" noch nicht fertig gestellt, was keinem Malheur gleichkam, man musste sich trotzdem nicht zu beengt fühlen. Für mich, von klein auf verwöhnt, war es außerdem lediglich ein Wechsel von einer Mutter zur anderen, die gewaltigen Vorteile des „Hotel Mamma", wie man heute sagt, waren mir schon damals bewusst, zögern sie doch vor allem das Erwachsenwerden hinaus …

Wenige Monate vor der Geburt unseres Sohnes kam mein Schwiegervater, der Brandrat Johann Munz, während eines Feuerwehreinsatzes ums Leben. Er, der sich sosehr auf seinen Enkelsohn gefreut hatte – niemals hatte er auch nur die Möglichkeit in Erwägung gezogen, es könne eine Enkelin werden – durfte dessen Ankunft nicht mehr erleben. Ein Todesfall relativiert vieles. Vorerst mussten wir uns um Oma Mizzi, wie sie von unserem Bübchen später genannt werden sollte, kümmern. Diese stille, zarte Frau mit ihren damals erst vierundfünfzig Jahren drohte an dem Verlust zu zerbrechen. So wurde Fritzchens Eintritt in unser Leben zum Auftritt, er war gewissermaßen zur rechten Zeit am rechten Ort und diese „Eigenschaft" ist ihm geblieben. Johnny, Josef oder auch Pepschi nennen wir ihn, Liebe hat viele Namen.

Silvester 1979 feierten wir in der zwischenzeitlich benutzbar gemachten Wohnung, an deren Fertigstellungsarbeiten unser Pepsch einen nicht unerheblichen Anteil hatte. Immer half er seinem Papa und wir besitzen entzückende Fotos von dem kleinen Helfer, die seinen Fleiß, aber auch seine frühe Geschicktheit dokumentieren. Mussten meine Schwiegermutter und ich bisher für unseren Griff zu der berühmten kleinen Zigarette hinaus in den Garten, hatten wir nun unsere „Lasterhöhle" gefunden, die Buben störte unsere Abwesenheit in ihrer Nichtraucherzone kaum, bis heute ist das so. Und wenn man sich sehen will, pendelt man einfach hin und her. Wie man bei Marie v. Ebner-Eschenbach nachlesen kann, nehmen die Hunde ihren Menschen die gröbsten Grobheiten nicht krumm, so stoßen unsere Vierbeiner sich nicht an meinem Gequalm und halten sich von jeher in meiner Nähe auf. Den positiven Nebeneffekt, dass wenigstens ein Wohnbereich ohne Hundehaare bleibt, halten wir strikt aufrecht und auf diese Weise kam die „Hundewohnung" zu ihrem Namen. Das Zentrum derselben, die mit der offenen Küche aus gesamt drei Bereichen besteht, ist zweifellos der große Esstisch. Es ist ein ganz normaler Tisch von Ikea, wie man ihn allerdings in dieser Größe und schnörkellosen Art heute in keinem Prospekt mehr findet. Man müsste ihn anfertigen lassen, was aber mit Sicherheit nicht geschieht, bevor er nicht eines Tages zusammenbricht.

Womit ich beim zweiten Punkt von Frau Woolfs Forderungen angelangt bin. Ich kann und will nicht jammern, allein deshalb nicht, weil dem Jammernden ja bekanntlich noch genommen werden soll. Aber, aus gegebenem Anlass, ist es mir schon längere Zeit ein Anliegen, einmal mit dem Selbstständigenklischee aufzuräumen. Fraglos gab es Zeiten, wo Herr Meister und Frau Meisterin wohlgenährt und in satter Zufriedenheit die darbenden Lehrbuben, Gesellen und Hausmägde schikanierten. Tempi passati. Heute ist besonders der kleine Gewerbetreibende ein armer Wurm, eine der so genannten Mittelstandsleichen.

Geld, Geld, Geld, Geld schreibt der junge Canetti, wie unter Zwang, Wort um Wort, er kann damit nicht aufhören, als er seiner Mutter die Reisekosten für einen Urlaub in den Bergen abtrotzen will. Es wird sogar ein Arzt gerufen. Geld, Geld, Geld. Die Europäische Union schreit danach. Sie hat sich etwas anders entwickelt, als Thomas Mann sie sich vorgestellt hat. Zeitungsberichte überschlagen sich, da haben wir Kommissionen, Kontrollorgane, jede Menge Verbesserungen, alles verschlingt Geld. Ich muss gestehen, dass ich die Tageszeitungen nur noch überfliege, fast nur noch die Wettervorhersage lese und mein Horoskop. Ist es schlecht, kostet es mich ein müdes Lächeln über so viel Unwissenheit, ist es aber gut, kommt mein innerliches „Das habe ich ja gleich gesagt".

„wirklich kein schöner land in dieser zeit". Da und dort werden Menschen wie Tiere behandelt und schlimmer. Raketen, Bomben, Granaten, nichts hat sich geändert, immer schlimmer wird es, weil immer subtiler. Verfeinertes Morden. Arbeitslose nicht nur bei uns, wie immer, mehr noch in Deutschland. Wo es einmal passiert ist, kann es wieder passieren, sagt Golo Mann. Angst steigt hoch. Ich betäube sie durch Arbeit, was nicht immer hilft.

Schwester Trude war beliebt bei den Kindern in dem Heim. Ich will es gerne glauben, war sie doch selber Kind, ist es bis heute geblieben, mit überdurchschnittlicher Fantasie ausgestattet. Wie gerne war unser kleiner Sohn bei ihr in der Hugo Müller-Gasse gewesen. Meist kam ich seiner Ansicht nach viel zu früh, um ihn wieder nachhause zu holen. Einmal, als es ihnen an einem Schlechtwettertag nicht möglich war, im Garten zu spielen, fand ich meinen Sohn als Tarzan vor. Völlig nackt, nur ein Geschirrtuch um die Hüften geschlungen, schwang er sich auf einem Seil hin und her, das sie im Vorzimmer gespannt hatten. Sie hatten ihre eigenen kleinen Theaterstücke, kichernd tauschten sie Geheimnisse, die ich als Mutter nicht hören durfte. Später lauschten auch meine Nichte Irene und deren jüngerer Bruder Stephan den Geschichten der Omimu, wie unser kleiner Namenserfinder Fritz sie rief. Stets hatte sie sofort den Draht zu Kindern gefunden, warum nicht damals ebenso. Aber ich kenne auch die anderen Erzählungen der Schwester Trude.

„Trittst du als Deutscher hier herein, soll dein Gruß soundso sein!“ war an der Bürotür des Verwalters zu lesen in diesem von ihr so gepriesenen Kinderheim. Ich stelle sie mir ein wenig träumerisch vor, immer irgendwelchen schönen Gedanken verhaftet, eben meine designierte Mutter, alles genetisch. Von ihrer eigenen Mutter peinlichst dazu angehalten, jedermann ein freundliches „Grüß Gott“ zu bieten, vergisst sie sich, wird ermahnt. Freudestrahlend teilt die Oberschwester die neuen Verluste des Feindes mit. „Was ist denn mit Ihnen, sind Sie denn nicht froh darüber?“, wird sie gefragt. Darauf die Unschuld vom Lande: „Es sind aber doch auch Söhne von Müttern!“ Es wird ihr nachgesehen, sie ist ein Sonnenkind. Fliegeralarm zwingt sie in den Keller eines Wiener Hauses, in das Erstbeste läuft sie, dort stört sie der Kohlgeruch! Ihr Begleiter hält sie für wahnsinnig, als sie weiterhetzt zum Nachbarhaus. Die Detonation der Bombe ist auch da spürbar, das verschmähte Gebäude aber ist total zerstört. Sonnenkind. Es geschieht ihr auch nichts, als sie Anfang April 1945, als es schon rundum kräftig orgelt, vom Verwalter nach Wien geschickt wird, auf dem Drahtesel von Wurzbachtal nach Breitensee. Sie ist ein Sonnenkind. Im August des Jahres davor wird sie von ihrem Bruder, dem Unteroffizier bei den Fallschirmspringern, besucht. Er will von ihr die Meinung der Wiener zum Kriegsausgang hören. Sie sagt sie ihm. „Wenn du nicht meine Schwester wärst, ich würde herausbekommen, wer das gesagt hat. Ich würde sie und dich anzeigen“, droht er ihr. Im darauf folgenden September fällt er in Holland. Für diese schnarrende, brüllende Stimme. Für den, der der einzige Mensch auf der Welt sein wollte, sich dazu der Massen bediente. Dessen Namen ich nicht nennen will.

Ich nenne dich beim Namen! Alle Zärtlichkeit und Liebe kann darin liegen, wenn wir sagen „mein Liebster, mein Kind, mein Hund.“

Niemals vergessen, aber dem Ungeheuer durch Nennung seines Namens nicht auch noch die Ehre erweisen. Etwa dreißig Jahre später habe ich meine Mutter zum Soldatengrab ihres Bruders begleitet. „Er war ein Fanatiker“, sagt sie. Wer würde schon sagen, „mein Bruder war Nazi.“

Es steht mir kein Urteil zu. Aber ich habe sein Bild gesehen. Es ist mein Gesicht. Ist das der Grund, dass mir immer Bücher wie zum Beispiel von Hilde Spiel oder Imre Kertész in die Hände fallen? Warum ich dieses wahnsinnige Herzklopfen bekomme bei der Beschreibung von Reich-Ranickis Flucht. Ich habe weiche Knie, könnte keinen Schritt laufen, es ist schrecklich. Vielleicht besteht kein Zusammenhang, vielleicht habe ich nichts zu fürchten.

ausseghaut host mi – vatriebn –seit dera zeit is da hoß in mir – des kaun ma si goa ned vurstön und waun i zurnich bin muaß is an zagn – dena judn hobis zagt – haums glaubt se kennen meine buam de hockn wegnehma – gscheit taun haums aa – oba des geht bei mir ned – dena indiana hobis zagt – sogoa in dein naumen hobis gmocht– de haum vielleicht deppat gschaut de ketza de dreckatn und i tuas imma wieda – niggernigger i loß ma des wuat auf da zungan zageh – rotschädlata so deaf kana ausschaun – gegn mi kummt kana auf – da voltär oda wia de klugscheißer olle ghassn haum – haums glaubt se kennan de wöd vabessern – glaumsas heite no– oba i bin ka trottel – i waaß wia ma des morden vafeinern kau und waunst hoibwegs gsackelt bist merkensdas goa ned au – in mia is soa hoß – des everl der kraumpn – zerscht greifts noch dera frucht – jezn mechats auf amoi ministriern – kummat in frage de weiber – de ölendigen friara homs nur mei uniform bewundert heite nehmans de puschka scho söba ind haund – oida i sog das – es goid wüll i haum den sprit den woid und wauns de letzten baam san – mir is wurscht wauns wia de kinesa min gros hazen miaßn – i hob so vüle naumen – des volk hob i ollaweu auspresst – i bin da kenich von swasi-irgendwo und mir is wurscht – solln doch olle varreckn – hauptsoch mir gehds guad – und erscht de viecha – schaut eh sovü bled de kuah wauns von lastler obeflieagt – des zache fleisch kaun boid kana mea fressn– die hundsviecher – oisa klana sans no liab oba irgendwaun muaßtas aussehaun – werima mein urlaub vadeabn loßn – wegn de offn mochens heit a so a gschra – fir wos haumas denn – i bin und bleib de krone da schöpfung – i hob mein schuidign gfundn – i hob mei ausred

Marcel Reich-Ranicki

Marcel Reich-Ranicki „Mein Leben". Es lag auf einem Verkaufspult nahe am Eingang einer Buchhandlung und lachte mich an, als ich Gisela in die Shopping City begleitete. Das muss Anfang 2000 gewesen sein. Eigentlich typisch, die wichtigsten Dinge passieren, aber man schaut nicht auf die Uhr, nicht auf den Kalender. Ein ganzes Regal ist inzwischen mit seinen Arbeiten gefüllt worden. „Der Fall Heine", „Nachprüfung", „Die sieben Wegbereiter", um nur ganz, ganz wenige zu nennen, wobei ich einige, über die er schreibt, bereits gelesen hatte. Nun ist es immer so, dass man Querverweise bekommt, man wird neugierig. Durch Reich-Ranicki lernte ich die Seghers, Adorno, Koeppen und viele, viele mehr kennen. Wofür ich ihm aber so unendlich dankbar bin, ist, so unglaublich und dumm das klingen mag, dass ich endlich durch ihn zu Goethe fand.

Ich habe die „wichtigsten" Amerikaner, Deutschen, Engländer, Franzosen und Russen gefressen. Ken Saro Wiwa und Wole Soyinka las ich, durch Kenzaburo Oe habe ich mich trotz der Gurke gekämpft und dann das. Ihn, den Wichtigsten, habe ich jahrzehntelang vernachlässigt. Die einzige Entschuldigung dafür liegt in einem bestimmten Lebensabschnitt von mir und einem bestimmten Umstand. Ich war mehr oder weniger der „Bub" gewesen, den mein Vater sich gewünscht hatte. Ich trug Hosen, ich kletterte überall hinauf, ich fand Mädchen widerwärtig. Die Schultoilette besuchte ich nur, wenn es wirklich unumgänglich war. Denn meist standen dort irgendwelche Klassenkameradinnen, die sich in Begeisterung für ihre Unterröcke ergingen, die sie sich gegenseitig zeigten. Nie habe ich Dümmeres gesehen. „Warum hast du nie eine Freundin?" Man kann sich vorstellen, wer dies fragte. Immer nur war ich in Gesellschaft von Buben zu finden. Ich lief meiner großen Schwester mit Regenwürmern nach, ich besaß ein Taschenmesser und ich hätte beinahe einen Mord begangen. Und das mit sechs Jahren. Wenn ich schon selber keinen Hund hatte, so brachte ich meine Freunde dazu, sich von mir an der Leine führen zu lassen. Stets waren da irgendwelche Schnüre in meinen Hosentaschen. Eine davon legte ich meinem Freund Wolfgang um den Hals, er war nun mein Hund, er zeigte sich anstellig. Wir spielten, ich würde in ein Geschäft gehen, er müsse vor diesem auf mich warten. Ich hängte ihn an eine dieser Klopfstangen, die dem Reinigen von Teppichen dienten. Er musste ausgerutscht sein, im Weggehen sah ich es nicht mehr, nur eine in dem Hof befindliche Frau sprang helfend hinzu und konnte den schon blau Anlaufenden in letzter Sekunde retten. Wie schon erwähnt, wurde bei uns immer vorgelesen. Meine Schwester war etwa siebzehn, sie und Ma saßen beisammen, während die Eine mit irgendeiner schönen Handarbeit beschäftigt war, las die Andere vor und vice versa. Auf meine zehnjährigen Ohren prallten nun verschiedene ihrer Schwärmereien, ich hörte sie noch „Ashley“ stöhnen, dann war es ein „Eduard“, der sie der Ohnmacht nahe brachte, als ich schon auf der Stiege zur Werkstatt des Vaters im Keller war. „Weltfremde Weiber“ nannte er sie. Wir widmeten uns handfesteren Dingen, reparierten seine Autos, polierten und pflegten sie und machten manche geheime Ausfahrt. In die Fahrschule ging ich später der guten Ordnung halber. Ich schwor mir, niemals Spitzendeckchen zu häkeln, was ich bis heute nicht kann. Und niemals „Vom Winde verweht“ zu lesen, ganz zu schweigen von Goethe. Wenn man einigermaßen improvisieren kann, kommt man in der Schule auch ohne näheres Interesse für ihn über die Runden. Von Giselas Mutter habe ich einmal zu Weihnachten ein Buch Sir Peter Ustinovs betreffend Vorurteile bekommen. Man liest so etwas mit leisem Schmunzeln, nicht eingedenk der Tatsache, dass man selber der größte Koffer ist …

Marcel Reich-Ranicki hat mich zu Goethe geführt, ich kann ihm dafür nicht genug danken. Was ich noch gerne von ihm wüsste: was er zu Veza Canetti sagt, warum er in seinem Buch „Über Amerikaner“ etliche Seiten Hemingway und keine einzige Toni Morrison widmet. „Frauen schreiben anders“ habe ich gelesen, schon der Titel macht mir ein wenig Mut. Die Sonntagsfrage in der FAZ soll ich stellen, rät mein Sohn. Ach, nö, MRR hat schon genug um die Ohren, nicht zu viel fragen, denn es ist ohnehin mehr als erstaunlich, wie er es schafft, nicht bitter zu sein.

Liebe und Vergänglichkeit beschäftigen den Kritiker in der Lyrik, in ihrem ziemlich prosaischen Leben wird die Züchterin öfter, als ihr lieb ist, mit der Nase auf diese Themen gestoßen.

Hehle nimmer

„Hehle nimmer mit der Kochkunst", sage ich zu der Frau, die mir gegenüber in der kleinen Küche beim Mittagessen sitzt und die meine Schwiegermutter ist. „Iss jetzt!", entgegnet sie ungerührt, ich entweihe also Storm nicht weiter, sage nichts von der Forelle Bläue, die, ist sie doch eine Perle … so schön habe ich es mir zurechtgelegt, ein Kompliment hätte es werden sollen, sie will es nicht hören. Folgsam wende ich mich meinem Karfiolauflauf zu. Er schmeckt wunderbar, jeder Bissen ein Genuss, dazu eine köstliche Jogurt-Knoblauchsoße. Tag für Tag bekocht uns Mama, zaubert die leckersten Gerichte. Was sie so wohltuend von der Tante Jolesch unterscheidet, ist die Tatsache, dass es auch mengenmäßig immer passt. Zudem ist sie nicht nur in alter Hausmannskost, sondern auch in der Nouvelle Cuisine zuhause, es gelingt ihr jedes Wunschgericht aus der Zeitung. Allein nach den Schilderungen von meinem Mann und mir kocht sie die „Spinatkrusterl" nach, die wir beim Seewirt am Mondsee gegessen haben. Man braucht dann nur noch die Augen zu schließen und fühlt sich wieder dorthin versetzt, unter die alten Bäume, den Blick auf den See. Was hätte nicht alles aus ihr werden können, ein Gerer alle Mal! So aber sitzt sie da und muss sich über ihren unpünktlichen Sohn ärgern, für den sie einmal mehr das Essen warm halten muss, was verzeihlich ist, sofern geschäftlich bedingt. Aber es ist ihm Gewohnheit geworden, sie warten zu lassen. Sein Erscheinen bei Tisch zögert er hinaus, sei es, dass er länger als üblich die Hände wäscht, oder von einem der vielen Thermometer, die es in einem Installateurhaushalt gibt, die Temperatur abliest. Er führt gewissenhafte Aufzeichnungen darüber, ebenso über seinen, ihren und fallweise auch unseren Blutdruck. „Erhard …", ruft sie, das A tremoliert bereits ein wenig dabei. Endlich setzt er sich zu uns. Meine Schwiegermutter blickt von ihrem Teller auf und betrachtet ihn argwöhnisch und da kommt sie schon, seine Bemerkung, eine von vielen, mit der er ihr Oeuvre kommentiert. „Da schmeckt man den Majoran heraus…“ Jetzt wird sie aber fuchtig: „Erstens ist kein Majoran drin, zweitens will ich deine Nörgelei nicht hören und drittens, koch selber!“, erteilt sie ihm, der auch schon mehr als sechzig Jährchen auf dem Buckel hat, eine schroffe Abfuhr. Mütter und Söhne, ich feixe innerlich vor mich hin. Herzig sind sie, die beiden.

„Ich will dir ein Denkmal setzen“, kündigte ich meiner Schwiegermama einmal an, als sie sich mit ihren Küchenkünsten wieder selbst übertroffen hatte. Sogar zu großen Sprüchen verleitet gutes Essen. Jetzt, wo ich mit dem Schreiben begonnen habe, erinnere ich mich daran. Nun fällt mir vieles, das sie so selbstlos für uns getan hat, wieder ein. Wie sie unseren Sohn umsorgt hat, als er noch klein war, wie froh ich war, ihn nicht hier herunten im Büro haben zu müssen, den zwar Geliebten, aber seiner flinken Händchen wegen Gefürchteten. Mit diesen wühlt er in ihrem dichten, damals noch dunklen Haar oder in den Blüten des Apfelbäumchens, wenn sie da so mit ihm auf dem Arm im Garten steht, ich sehe es immer noch vor mir. Lässig hat sie ihn auf den Hüften sitzen, während sie für uns kocht. Macht sie Palatschinken, hat der Enkel ein Miniaturpfännchen, in das sie Teig gießen, das kleine Elaborat wird sogar „geschupft“. Überall hat sie ihn dabei, die Hausarbeit lernt er von der Pike auf. Sie nimmt ihn zum Einkaufen mit, er hilft ihr bei der Gartenarbeit, sie zog zu der Zeit das Gemüse noch selbst. Bis ihr Sohn sie durch seinen Ernteerfolg übertrumpfte, er muss es ihr damit verdorben haben, aber das ist eher eine Vermutung. Irgendwann hatte er über „Hochbeete“ gelesen. Die wollte er nun anlegen. So schnell sein Entschluss gekommen sein mag, so lange dauerte die Umsetzung. Es wurde Erde angehäuft, den Kuhmist zum Düngen holte er vom Bauernhof der Schwestern Heinrich, und die Beete wurden mittels Wasserwaage (!) angelegt. Die Nachbarn kamen herüber und wir starrten alle ungläubig und mit offenen Mündern auf diese akademische Arbeit, die sich da vor unseren Augen vollzog. Als er auch noch irgendwelche Schnüre spannte, bevor er mit dem Pflanzen begann, lachten wir uns krumm. Doch der Erfolg gab ihm Recht, nie zuvor und nie danach hatten wir so herrliches Gemüse in dem Garten, der eigentlich meiner Schwägerin gehört. Es gibt Fotos, die unseren Sohn zeigen, wie er mit Müh und Not einen dieser riesigen und dennoch wohlschmeckenden Zucchini in den Armen hält. Richtig, jetzt habe ich den Grund für das Ende der rustikalen Betätigung gefunden. Wir kamen mit Gemüse verschenken nicht nach und Mama hatte genug bekommen von all dem Einfrieren, Einlegen und was man sonst noch mit solcher Fülle anstellen kann.

Neulich sagte eine Kundin zu mir: „Ihre Schwiegermutter ist einfach eine lebende Legende! Wie sehr ich diese Frau bewundere, wenn sie mit ihrem Einkaufswagen durch Pressbaum zieht." Maria Munz, dieses zarte, aber energische Persönchen, erledigt täglich den Einkauf, trotzt dabei Wind und Wetter und steht in ihrem 83. Lebensjahr! Ohne sie wäre es mir niemals möglich gewesen, mein „hündisches" Hobby in dem Umfang zu betreiben, den es mittlerweile angenommen hat. Viel haben wir miteinander erlebt. Ohne sich jemals aufzudrängen ist sie immer da, wenn sie gebraucht wird. Sie weiß alles, was der Stand des Mondes bedeutet, wie das Wetter wird und wohin ich meinen Schlüsselbund verlegt habe. Von schwersten Operationen hat sie sich erholt, ohne Rast und ohne jemals zu klagen wirkt sie für uns und hat unseren größten Dank verdient! Von ihren Einkaufsgängen bringt sie nicht nur die köstlichsten Nahrungsmittel heim, sondern auch immer viele, oft nicht minder köstliche Neuigkeiten. Und wie langweilig wäre ein Leben ohne ein bisschen Klatsch! Den Beweis, dass der Jahrgang unserer beiden Mütter ein äußerst guter war, erbringen letztlich auch noch zwei weitere, uns sehr liebe Damen. Die eine davon ist Frau Prof. Margaretha Sparber, emerita, doch o là là. Unermüdlich ist sie der Sangeskunst und Stimmbildung verschrieben, was Wunder, dass sie in Tullnerbach nun eine „eigene" Brücke hat, durch ihren Namen ausgezeichnet. Unser Sohn hatte das Glück, bei ihr die Jugendcantorei besuchen zu dürfen. Zwar ist aus ihm kein

Sänger geworden, dennoch hat er daraus großen Gewinn gezogen. Die Zweite ist Frau Ingeborg Niehsner. Sie ist unsere allerliebste „Kräuterhexe“ und hat uns oft mit erlesenen Produkten aus ihrem Garten verwöhnt. Jede dieser vier 1922 Geborenen ist auf ihre Weise so gut wie alter Wein. Das Durchhaltevermögen eines Johannes Heesters traue ich ihnen zu und wünsche es ihnen von Herzen, schulde ihnen viel Dank.

Wie könnte ich ihn besser ausdrücken, als durch das Zitat eines Gedichtes aus dem Band von Hilda Ziegelwanger, den deren Nichte, besagte Frau Niehsner uns überlassen hat:

Abschied vom Garten

Komm, lass uns noch einmal durch unsern Garten gehen,
eh' Schnee und Wintersturm ihn uns verschließen!
Die Arbeit ist getan, die Ernte eingebracht,
heut wollen wir nur schauen und genießen.

Wohl weiß ich, dass man niemals wirklich fertig ist,
doch ist getan, was keinen Aufschub duldet.
Wir haben immer vorgesorgt und wohl bedacht,
dass jeder auch erhält, was man ihm schuldet.

Schau, unsre liebe Bank steht ganz im Sonnenschein!
Ich hab sie einmal selbst für dich gezimmert.
Du hast ein Birkenreislein neben hin gepflanzt,
jetzt ists ein Baum, der hell herüberschimmert.

Hat auch der Herbst die goldne Blätterpracht geraubt,
im Lenz wird sie in neuem Grün erstehen.
Uns Menschen misst die Zeit nach einem andern Maß,
ein Gott bestimmt das Kommen und das Gehen.

Siehst du den Vogelzug? Wildgänse hör ich schreien.
Wer führt so sicher sie ans Ziel der Reise?
Wir wollen uns demselben Führer anvertrauen,
dass er uns auch die rechten Wege weise!

Komm, setzen wir ein Weilchen uns noch auf die Bank,
sie wird uns alte Leute schon noch tragen,
gerade noch so lang, um unserm Garten Dank
und noch ein letztes Lebewohl zu sagen.

Gott aber danken wir vor allem für das Glück,
die Freude an der Arbeit und den Segen.
Oh, möchten sie zufrieden sein wie wir,
die nach uns kommen und den Garten pflegen!

Tagträume

Recht intensiv können meine Tagträume sein, sie werden aber von jenen der Nacht bei Weitem übertroffen, und an viele erinnere ich mich gut. Den Letzten erzählte ich dem Binki:

„Du hast gesündigt", sagt mein Richter. Gleich krieg ich Nabelsausen, und diese Helligkeit! Das ist längst noch nicht das gute Licht, wer weiß, ob ich es je werde schauen dürfen.

„Von deiner dummen Fragerei – wo bist du, wo bist du? – will ich absehen, damit gehen mir die Anderen schließlich auch auf den Geist. Aber du hast es gewagt, mich anzuzweifeln, du Elende, hast mir die Geschichte mit dem Apfel vorgeworfen, hast dich soweit verstiegen „Neidiger" zu sagen, wo ich Grenzen ziehen musste. Dein Leben lang hast du dich schwerer Vergehen schuldig gemacht. Du warst hoffärtig, hast dich über andere Leute lustig gemacht, warst überheblich! Deine Schwester hast du vernachlässigt. Erinnere dich, dies eine Mal, als sie dich anrief, bis heute hast du nicht erfahren, weswegen. Dein Versprechen, sie zurückzurufen hast du gebrochen!"

„Aber ich fuhr hin, ihre Tochter kehrte mir den Rücken zu, erwiderte nicht meinen Gruß und aus ihr selber war kein vernünftiges Wort herauszubekommen", wende ich ein.

„Unselige, Information ist eine Holschuld. Als sie kam, um deinem Sohn sein Geburtstagsgeschenk zu bringen, da hast du sie nicht einmal zu der Feier eingeladen!"

„Sie strebte immer so schnell fort, Herr!", versuche ich mich zu rechtfertigen.

„Du hast hier nichts zu sagen! Genug Schlimmes sagtest du schon in deinem Leben. Du gabst vor, deine Schwiegermutter zu lieben, aber am Morgen fühltest du dich durch ihre Betriebsamkeit gestört, sagtest, das würdest du nicht aushalten. Hast du eine Ahnung, was du alles noch wirst aushalten müssen. Du hast mehr gegen mich gesündigt als viele Andere. Den Körper, den ich dir gegeben habe, hast du misshandelt, indem du seine Müdigkeit nicht wahrnehmen wolltest. Die Nächte wolltest du zum Tag machen, du hast geraucht ..."

„Das hat der Torberg auch ...", rutscht es mir heraus.

„Still, Sünderin. Die Abrechnung ist noch nicht fertig und im Moment interessiert mich nicht, was der David Axmann geschrieben hat. Du warst so vermessen, meine Stellvertreter auf Erden zu kritisieren, warfst ihnen Pomp vor. Dein frevlerischer Mund bezeugte deinen Glauben und im gleichen Atemzug legtest du Johannes Paul II. seine Reisen zur Last, alteriertest dich über deren Kosten. Und dann, während der Papstwahl, als deine Familie ehrfürchtig vor der Glotze saß, um das Aufsteigen des weißen Rauchs zu erwarten, da hast du dir den „Erwählten" aus dem Bücherregal geholt ..."

„Das war Zufall, Herr, immer kam ich zufällig zu den Büchern, es hat bloß so gepasst ..."

„Darum geht es hier nicht, allein deine Kritik war absolut nicht angebracht!"

Ganz leise nur noch murmle ich: „Aber Herr, ich meinte doch nur, man könnte das heute alles kostengünstiger treiben, auch die Monarchien hielt ich für überholt und erst die Tiergärten", als er mit der Faust auf den Tisch schlägt.

„Es reicht, es ist genug. Denn auch deine Talente hast du nicht genützt, eine törichte Jungfrau, und nicht einmal das. Du hast nichts für den Tierschutz getan!"

Und gerade seine letzte Anklage lässt mich versinken. Ich sinke und sinke. In der Hölle angekommen, fragen sie mich, ob ich Abteilung Ost oder West bevorzuge. Es ist mir gleichgültig. Das macht doch heutzutage keinen Unterschied mehr.

Gisela und ich kennen keinen, der besser Witze erzählen könnte als Schafar Kurt. Seine Gestik und Mimik dabei ist unübertroffen, er überrascht einen immer wieder damit, er lässt seine schwarzen Augen rollen, es ist einfach köstlich. Viele seiner Witze kennen wir schon seit

Jahren, hörten sie mal in dieser, dann wieder in jener Runde, aber sie werden uns nie langweilig. Er ist auch der Einzige, der etwas deftigere erzählen darf, ohne dass es uns stört. Nun habe ich also wieder etwas über uns verraten, zum Ausgleich für diese Indiskretion eine Kostprobe aus dem schier unerschöpflichen Repertoire des Kurti S.

Fragt der eine Narr den anderen, auf welche Weise dieser denn „deppert wordn" sei. „Das war so: Ich ging über eine Straße, da kam ein riesengroßer Lastwagen daher, immer auf mich zu, immer schneller, immer näher, da bin ich dann deppert wordn. Aber wie war das bei dir?" „Na, weißt, ich hatte ein Gspusi mit einer verheirateten Frau. Wir trafen uns bei ihr, waren in inniger Umarmung, als wir ihren Mann heimkommen hörten …" „Und da bist deppert wordn?" „Nein, da bin ich noch net deppert wordn. Sie rennt zur Tür, ich raffe meine Kleidungsstücke zusammen, reiße das Fenster auf, springe hinaus, halte mich mit Müh und Not am Fenstersims fest, um nicht abzustürzen …" „Und da bist deppert wordn?" „Nein, da bin ich noch net deppert wordn. Ich halt mich also fest, kommt ihr Mann ins Zimmer gestürzt, sieht das offene Fenster, entdeckt meine Hände, schlägt mir drauf, dass ich die Sterne seh …", wieder kommt die Zwischenfrage – die Antwort: „Deppert wordn bin ich erst, als ich gemerkt hab, dass ich nur einen Meter über dem Boden hänge!"

Viel weiter oben baumle ich ja auch nicht, wann werde ich denn endlich springen? Ich erinnere mich an einen ehemaligen Mitarbeiter. Ein blitzgescheiter Mensch, der aber bisweilen mit seinem eigenen Biorhythmus nicht viel anzufangen wusste. Diesen zu studieren hatte ich mir zur Aufgabe gemacht, so konnte ich einiges an Prävention betreiben, um ihn also an den weniger begünstigten Tagen nicht gerade zu neuen, sondern lieber zu Stammkunden zu schicken, die seine enorme fachliche Qualifikation schon kannten und daher eher bereit waren, seine Launen zu ertragen. Von zwanzig Arbeitstagen grüßte er mich an achtzehn sehr freundlich, an zwei weiteren schlug mir auf meinen Gruß eisiges Schweigen entgegen, ich konnte dann noch probehalber meinen Kalender zurate ziehen, um meine Befürchtungen bestätigt zu sehen. Heute ist er im Ruhestand, kommt ab und zu noch zu uns ins Geschäft, wenn er irgendeine Schraube oder Dichtung braucht und er scheint auch immer nur an einem der „achtzehn Tage“ zu kommen. Wie schon erwähnt, er war nicht dumm. Gut gelaunt, konnte er gar nicht müde werden, uns den pythagoreischen Lehrsatz immer wieder vor Augen zu führen, seine Anwendung und mehr. Von ihm habe ich auch sonst einiges gelernt. „Chefin“, sagte er zu mir, „auf einem Hunderternagel kann man sich aufhängen.“ Damals muss ganz leise der Entschluss in mir gekeimt sein „Wenn alle Strick' reißen, häng ich mich auf.“ Ich verschanze mich hinter Träumen, bald seit fünfundzwanzig Jahren. Sogar hinter Witzen verstecke ich mich schon. Ich sinke und sinke.

Dass Tierschutz in der Nutztierzucht Illusion bleiben wird, dessen bin ich mir, wenn auch schmerzlich, bewusst. Immer wird er sich in Unterschriftenaktionen erschöpfen und in Käufen beim Biobauern durch einige wenige. Fleisch von glücklichen Tieren. Dass auch das Säugetier Mensch in keiner Weise geschützt wird, ist allgemein bekannt, ich denke beispielsweise an den brasilianischen Kaffeepflücker. Nur – Schwein, Mensch und Kuh haben eben nur wenige „Liebhaber“. Anders der Hund. Er hat sie durchaus. Tierschutzvereine leisten Großes, Tierfreunde spenden Unsummen, dennoch wird Hundeschutz immer Stückwerk bleiben, solange keiner weiter als bis ins eigene Hundekörbchen denkt.

Hunderttausende Österreicher halten sich einen Hund, der Großteil davon mit Sicherheit Hundeliebhaber. Es sind Menschen darunter, die bereit wären, sich nur von Erdäpfeln zu ernähren, als es dem Hund an etwas fehlen zu lassen. Sie möchten, dass es Hunden gut geht, nur – sie denken nicht, dass sie mit jedem Mischlingskauf Hundeleid vermehren. Haben sich nicht überlegt, was passiert, wenn sie aus Mitleid das eine arme Geschöpfchen aus dem Kofferraum des Hundehändlers befreien. Man muss es ihnen sagen. Weiter auspressen wird der Verbrecher die Mutterkreatur in ihrem engen Verschlag, bis sie eben nicht mehr kann. Er braucht um den Absatz seiner Ware nicht zu bangen. Er bringt sie an den Mann, nicht nur, weil er viel weniger verlangt als ein Züchter für einen Rassehund. Noch aus einem anderen Grund. Derjenige, der sich einen Mischling nimmt, ist nämlich ein **guter Mensch!** Fast verleiht ihm seine gute Tat einen Hauch von Exklusivität. Und, unter uns gesagt, wenn man dazu noch erzählen kann, er sei aus Kreta oder aus weiß nicht wo, klingt es noch eine Spur exklusiver. Ich kann nur für mich sprechen – ich möchte weder verbrecherische Hundehändler stärken, noch freiwillig Umgang pflegen mit Menschen, die dem Tier die Seele absprechen.

Doch Mischlinge werden nicht nur von Verbrechern erzeugt. Da ist man zu dumm, um auf die hitzige Hündin aufzupassen, oder man meint, einen Wurf müsse sie schon haben, damit sie später keinen Mammatumor, keine Pyometra bekomme. Leider, leider, falsch gedacht. Das kriegt sie nämlich mit und ohne Wurf, wenn es genetisch bedingt ist. Neulich rief mich ein Herr Doktor irgendwie, ich glaube aus Klosterneuburg, an. Er habe eine DS Hündin von Züchter Wolf. Der Tierarzt meint, sterilisieren. Na und, sag ich. Ja, aber es wäre schon schön, einen Wurf mit ihr zu machen. Na sicher, dann tun Sie es doch! HD und ED Röntgen, Prüfung, Ausstellung, Körung, kein Problem! Nun, so weit will er von seinem Olymp nicht heruntersteigen. Das muss doch so auch gehen, ob ich nicht einen Rüden hätte? Und ob, aber nicht für Schwarzzüchter! Was denkt sich so ein Mensch? Traut er sich zu, eine Paarung hinsichtlich gewünschter und unerwünschter Merkmale und Eigenschaften zusammenzustellen? Traut er sich zu, einen Wurf wirklich fachgerecht und vor allem auch im Hinblick auf Mutterschutz aufzuziehen? Weiß er, was ein Milchstau für eine Hündin bedeutet, wie man die Muttermilch für die Welpen so lange wie möglich erhält, ohne dass ihr Gesäuge zu sehr darunter leidet? Wird er die Welpen wirklich behalten können, bis sie mindestens acht Wochen alt sind? Weiß er, was er einem Welpen antut, den er zu früh von Mutter und Geschwistern trennt? Und damit auch dem künftigen Besitzer? Weiß er auch, dass er nicht den vollen Verkaufspreis wie für einen Rassehund erzielen kann? Richtig, das stört nicht. Denn bei provisorischer Unterbringung, nicht sachgemäßer Aufzucht und Haltung der Mutter, sowie bei frühzeitiger Abgabe wird das kein solches Kriterium sein. Außerdem entfallen ja die Kosten für Ausbildung und all das, was aus einem Hund ein Zuchttier macht und das ist tatsächlich eine ganze Lawine. Der springende Punkt ist nur – was nicht viel kostet, ist nicht viel wert. Der Mercedes wird gehätschelt, die billige Rostlaubn fliegt über irgendeine Böschung. Wer den Urlaub nicht „wert“ ist, steigt eben irgendwo auf der Autobahn aus, einfach so. Sollte es einem nachher wieder in den Kram passen – vielleicht zur Weihnachtszeit – einen neuen Hund zu wollen, kein Problem, kostet eh nicht viel …

Ich glaube, das sagen zu dürfen, ohne dass es mir falsch ausgelegt wird. Ich wurde dazu erzogen, jede Ameise und jeden Käfer zu **respektieren**. Jedes Lebewesen ist für mich ein Gottesgeschöpf, ein Hund ist für mich ein gleichwertiger Partner, bloß auf einer anderen Ebene. Er kann nicht alles, was ich kann, mir fehlen die meisten seiner Fähigkeiten. Wir sind quitt, sind gleich viel wert. Ich habe das Tierleid gesehen in dem Tierheim, als ich Rocky holte. Wohl sah ich auch Rassehunde, aber die Mehrzahl der Tiere, derer ihre Menschen sich entledigt hatten, waren Mischlinge. Waren sie also dort, weil sie angeblich klüger oder gesünder sind als Rassehunde, oder waren sie vielleicht doch dort, weil ihnen ganz einfach das „Auffangnetz“ fehlte, das sie durch einen **seriösen** Züchter sonst haben? Glaubt vielleicht jemand, er könne seinen süßen Mischling dem ungarischen Straßenhändler, der Tierhandlung, dem Laien zur freundlichen Verwahrung zurückgeben, weil er sich jetzt leider scheiden lassen muss, leider ins Ausland geht, leider in eine kleinere Wohnung? Hat der „gute Mensch“ sich überlegt, wer seinen Hund nimmt, falls ihm selber etwas zustoßen sollte? Nicht jeder Erbe hat Lust oder Möglichkeit, den trauernden Vierbeiner bei sich aufzunehmen. So wird es auch für ihn eine große Beruhigung sein, das Tier zum Züchter zurückzubringen, wo es zumindest so lange liebevolle Betreuung findet, bis es auf einen wirklich guten Platz vermittelt werden kann. Wir haben aus all den vorgenannten Gründen schon ein paar Auenfelsen zurückgenommen. Ich bin 2001 nicht zum Spaß ins Tierschutzhaus gefahren, sondern aus Verantwortung. Dass Rocky mir dann „passiert“ ist, dürfte eigentlich nicht gegen mich als Züchter sprechen.

Noch einmal zum Thema gesünder und klüger. Ein Mischling ist im Prinzip nichts Anderes als eine „Mischrasse“, das heißt, irgendwann waren Rassehunde seine Vorfahren. Wenn man weiß, wie hartnäckig Fehler sich vererben können, wundert es nicht, dass es mehr als genug Mischlinge gibt, die beispielsweise HD haben, also Hüftgelenksdysplasie, im Volksmund „die Schäferkrankheit“, was ich schon bald nicht mehr hören kann, ohne rot zu sehen. Skeletterkrankungen können bei allen großwüchsigen Hunden vorkommen. Nur: Wer lässt einen Mischling röntgen? Beim Deutschen Schäferhund ist es Zuchterfordernis. Ich kenne etliche Mischlinge sowohl mit Skeletterkrankungen als auch mit Hautproblemen und Störungen des Immunsystems. Nur führt eben niemand Statistiken über Erkrankungen von Mischrassen! Der Rassehund vom seriösen Züchter ist nicht überzüchtet, sondern durchgezüchtet! Freilich mag es auch da Ausnahmen geben, ich werde mich ihnen mit boshaftem Vergnügen noch zuwenden.

Zur Klugheit – zweifellos ist es klug, schon etwa vierzehn Tage vor Silvester den großen Zitter zu kriegen, weil man erkannt hat, dass nun bald wieder diese unangenehme Zeit der Knallerei auf einen zukommt. Eine Glanzleistung eigentlich. Man darf dann nur noch an der Leine geführt werden, weil man sonst sein Heil in der Flucht suchen würde. Man möchte sich nur noch verkriechen. Wie klug. Dass aber gerade dies für den Besitzer äußerst belastend sein kann, spricht nicht eben für den Mischling und gerade davon kenne ich viele, die sich so verhalten. Gescheitere Leute als ich haben Abhandlungen über den Komplex „Angst und Aggression“ geschrieben. Der Laie hat keine Ahnung davon, zu welcher Gefahr sein ohnehin so scheuer Mischling werden kann, er ist doch so liiiieb und klemmt bei jeder Gelegenheit die Rute, kann keiner Fliege etwas zu Leide tun und wird auch nicht zu dieser bösen Schutzarbeit ausgebildet. Dass aber ausgerechnet dieser scheue Kerl sich von allem und jedem, sogar von einem Kind bedroht fühlt, wissen die wenigsten. Darüber, wie es weitergeht, berichten die Medien. Schäfermix, Rottweilermix, Mix, Mix. So stolz ist man darauf, als guter Mensch aus all den vorgenannten Gründen keinen „überzüchteten" Rassehund zu besitzen. In den Zeitungsberichten wird der Mix weggelassen, da ist der Mix plötzlich nicht mehr so schick. Die bösen Hunde waren dann ausnahmslos Rottweiler, Deutsche Schäferhunde ... Mir graut's.

Wie heißt es immer wieder in dem Witz – Bingo: „Da bin ich noch net deppert wordn." Das bedeutet, dass ich auf die Frage, was man jetzt aber betreffend Hundeschutz, angesichts der überfüllten Tierheime, tun könne, eine Antwort habe. Obwohl ich schon einmal mit meiner Milchmädchenrechnung auf die Schnauze gefallen bin, man möge sich erinnern: die Nachbarskinder und China. Gehe ich davon aus, dass laut Fachliteratur die durchschnittliche Tragezeit einer Hündin 63 Tage beträgt, müsste meine Lösung sogar relativ rasch durchführbar sein. Wenn nun ab heute Hündinnenhalter Verantwortung zeigen, indem sie ihre läufigen Hündinnen „unter Verschluss" halten und Möchtegernzüchter sich ihren Welpenwunsch versagen, müsste das Hundeleid in spätestens zehn bis fünfzehn Jahren ein Ende haben. Für die Einhaltung dieser Möglichkeit könnte durchaus der Staat, der auch sonst in der Wahl seiner Mittel nicht zimperlich ist, sorgen. Würde für alle nach entsprechendem Informationszeitraum geborenen Mischlinge höhere Steuern erhoben, würden gar manchem seine Exklusivitätsansprüche und sein „gutes Menschsein" abhanden kommen. Der Teufelskreis wäre unterbrochen. Und um den Zeitraum nochmals abzukürzen, sind Gisela und ich gerne bereit, wieder so einen kleinen Hausmeister zur Crew zu nehmen, allerdings sollte der gute Wolf das nicht ein zweites Mal erleben müssen.

So weit, so giftig. Ich habe Mischlingsbesitzer angegriffen, viele Leute darunter, die ich persönlich kenne, die ich sehr schätze, intelligente Menschen, liebevolle Menschen, die alles für ihren eigenen Schützling tun. Ein schwacher Trost, wenn ich nun leisen Applaus von Rassehundeverbänden höre.

Denn leider, jetzt bin ich endgültig deppert wordn. Die Crux ist nämlich, dass ich mich nun auch bei diesen unbeliebt werde machen müssen und nicht nur meines Vorwurfs wegen, dass sie all das Ausgeführte längst hätten selber publik machen, einer Gehirnwäsche gleich, wie es die Werbung tut, einer breiten Öffentlichkeit hätten darlegen müssen. Ganz zaghaft geschieht es ja schon, ich habe ein paar Artikel gesichtet. Wobei beispielsweise der liebe SVÖ einmal die wirtschaftliche Bedeutung des DS hervorheben könnte, welche diejenige des Mischlings tatsächlich um ein Vielfaches übertrifft.

Wie eingangs erwähnt, können die Leistungen des SV, des SVÖ oder wie die Vereine auf der ganzen Welt heißen mögen, die sich dem Deutschen Schäferhund verschrieben haben, nicht deutlich genug betont werden. Diensthunde, Rettungshunde, Rauschgiftspürhunde, besonders auch die Therapiehunde und viele mehr, die dem Menschen Nutzen bringen, rekrutieren sich aus diesen, Verdienste über Verdienste. Diese Vereine benötigen Funktionäre, vom Präsidenten über den Schriftführer, den Verantwortlichen für die Ausbildung bis zum Zuchtwart. Es soll nicht ungesagt bleiben, dass Leute hier ehrenamtlich nicht nur für den DS, sondern dadurch wieder für den Menschen, der beispielsweise aus einer Lawine gerettet wird, ihre Zeit und ihr Wissen zur Verfügung stellen. Es soll Idealisten unter ihnen geben, die diese Aufgabe über ihr Privatleben und Eigeninteressen stellen. Hier unterbricht mich Gisela. „Na, du Preiswisser, Besserwisser. Wie servierst du es denn? Ich meine, ohne dass sie uns rauswerfen? Solltest mir vielleicht doch gleich den Zwinger überschreiben, damit unsere Hunde noch die leiseste Chance auf künftigen Vereinsveranstaltungen haben? Du greifst hier Institutionen an, überleg dir das mal!“ Typisch, das Mädchen ist eine Wucht. Aber ich bin eben der typische DS, der das Versteck rasch anläuft. Der Triebige denkt auch nicht daran, was ihn dort erwarten könnte – und den „Hinschleicher“ (egal ob veranlagt oder verdorben) wollen wir nicht. Als ich vor vielen Jahren meine Hundekartei anlegte, waren da zunächst einmal die Hunde für mich interessant. Wer war diese Seffe Buseckerschloss, welche Eltern hatte sie, was für Nachkommen hatte eine Betty Eningsfeld, warum kam dieser und jener Hund in die Auslese, alles wurde vermerkt, zu vielen davon wurden aus den alten Zeitschriften Fotos ausgeschnitten. Es war das, was man heute eine „Muttermörderhackn" nennt. Aber es war ungemein spannend. Und zwangsläufig flossen dann natürlich auch Betrachtungen über die Besitzer ein. Es gibt Vorschriften, wie viele Würfe oder gekörte Hunde oder, oder, oder ein Mensch haben muss, damit aus dem „gemeinen" Mitglied dieser oder jener Ämterführer werden kann. In meiner Zeit als Welpen- und Ammenvermittler erfuhr ich auch sehr viel, einiges davon war recht überraschend für mich, in Übereinstimmung mit dem Datenschutz habe ich dies alles wenigstens im Kopf gespeichert. „Die Welt im Kopf" heißt ein Kapitel der „Blendung". Was aber tun mit all dem Wissen, das nicht dazu dienen soll, das Nest, das mir der SVÖ so lange Jahre schon bietet, zu beschmutzen. Ich winde mich. „Saved by the bell" – ab in die Mittagspause.

Ein Süppchen hab ich heute bekommen. Die Waage verbietet weiteres Frustessen. „Ne gute Dasse Gaffe" geht sich auch noch aus und schon bin ich mit unserem Getier am Pfalzberg. Es ist ein heißer Tag, ein lauer Wind weht, liebkost mich. Erinnert mich trotz völliger Umgebungs-Unähnlichkeit an Grado, an Duna Verde. Damals war Welkie dabei, in Italien wollte man sie uns abkaufen. Sie war wirklich ein wunderbarer Hund. Und je älter sie wurde, umso lieber wurde sie. Im Alter von elf Jahren bekam sie eine Magendrehung, die, wenn nicht umgehend gehandelt wird, letalen Ausgang hat. Sie hat es geschafft. Es war der 26. Oktober, Nationalfeiertag. Ich hatte sie in der Wohnung oben gefüttert, danach hatte sie mindestens eine Stunde geruht. In der Zwischenzeit wurden die anderen Hunde von mir versorgt. Als sie mir entgegenkam, war sie „aufgegangen wie ein Germteig", Brustkorb und Bauch hatten sich auf das Doppelte aufgebläht, sie würgte, versuchte sich zu erbrechen. Wir fuhren sofort nach Perchtoldsdorf, der telefonisch verständigte Tierarzt wartete schon auf uns und hatte alle Vorbereitungen zur Operation getroffen. Er wies mich an, die Hündin während der Fahrt daran zu hindern, sich hinzulegen. Alle glaubens, mein Herz ist ein Gurkerl. Aber in solchen Situationen lernt man, hart zu sein. Bedingt durch den Feiertag war nur Dr. Quehenberger mit seiner Frau da, mein Mann und ich mussten also Handlangerdienste tun. Nie hatte ich Blut sehen können. Wenn es sein muss, geht alles. Welkie musste die Nacht zur Kontrolle in P'dorf verbringen. Als wir sie am nächsten Vormittag abholten, bekamen wir eine genaue Tränk- und Fütterungsanleitung mit und den Rat, uns zu melden, falls es mit der Verdauung nicht klappen sollte. Unser Liebling hatte zum Schutz der Wunde eine weiße Schürze an, die ganze Familie war versammelt, als sie am nächsten Tag sich der Dinge entledigte, die man nicht zurückhalten sollte. Man muss sich die Freude vorstellen, die wir hatten, als es funktionierte. Die Nachbarn hatten etwas zu staunen, sie mussten uns in unserer Jubelstimmung ob solcher Banalität für total durchgeknallt gehalten haben. Was soll's. Welkie blieb uns dann noch bis zu ihrem fünfzehnten Geburtstag erhalten, es war ein immer schöneres Verständnis zwischen uns gewachsen. Kam ich von einem Einkauf heim, mit Säckchen und Taschen beladen, konnte es vorkommen, dass etwas davon mir aus der Hand fiel. Was es nun war, mit einem Seufzer ob meiner Ungeschicklichkeit, nur das Kopfschütteln fehlte noch, hob sie es auf und trug es mir voraus hinauf in die Wohnung, wo sie mich sitzend, den jeweiligen Gegenstand im Fang, erwartete. Und hätte sie das umsonst getan, wäre sie kein Hund gewesen. Alles im Leben hat seinen Preis. Ihre Enkel, Ur- und Ururenkel sind nun um mich herum, in ihnen lebt sie für mich weiter.

Der Wald schenkt uns Kühlung, unermesslich reich steht er da in seinem grünen Kleid, ein Glück, hier leben zu dürfen. In dieser einen Kurve, bevor man schräg links hinauf zur Tschinglwiese kommt, sprechen die Bäume. Sie ächzen, sie stöhnen. Erzählen sie vielleicht, dass auch hier die Erde blutgetränkt ist? Erzählen sie von Kriegen, von Gräueltaten? Merkwürdig, kein einziger Vogel singt an dieser Stelle. Aber noch aus anderem Grunde sehe ich zu, dort so schnell wie möglich vorbei zu kommen. Gegenüber von den sprechenden Brüdern geht es steil hinab und der alte Wolf möchte just dort immer riechen, er „geigelt herum“, ein falscher Schritt könnte seinen Absturz bedeuten. Vor ihm hat es seine Tante Brita so getan, als sie alt war, sie halten einen auf Trab, man muss sie vorbeilotsen. Träumen ist nur bedingt erlaubt. Der Nächste, bitte. Qualität entdeckt eine Lichtung für sich, stöbert ein wenig. Von unten herauf sieht sie mich an. Diesen Blick, der so viel Augenweiß zeigt, den kenne ich! Gleich geht es los. Hin und her saust sie mit angelegten Ohren und nun weiß ich wieder, was mich an Hunden so fasziniert. Natürlich sind Carl Lewis und Steffi Graf zu bewundern, so müsste man laufen können! Aber sie müssen ernst sein, um ihre Leistung zu erbringen, während die Hunde in aller Rasanz auch noch lachen können. Es ist so viel Leichtigkeit und Grazie in diesen Bewegungen, noch schnell wird zwischendurch ein kleiner Haken geschlagen. Auch ich lache jetzt und werde kameradschaftlich gerempelt.

Ach, kleine Qualität vom Auenfels, soll das vielleicht ein Anstoß sein, damit ich endlich weitermache, gewissermaßen von dir im Besonderen zur Qualität des Deutschen Schäferhundes ganz allgemein komme? Wollen wir doch schauen, was den guten Züchter vom Hundehändler unterscheidet. Dass er für seine Käufer jederzeit erreichbar ist und ihm das Wohlergehen seiner „Zuchtprodukte“ am Herzen liegt, dass er immer für sie da sein wird, ist eine Selbstverständlichkeit. Er will der Rasse dienen und damit dem Menschen, immer wieder ist es dazu nötig, Eigeninteressen gegenüber den Vereinsforderungen hintanzustellen, was ihm zweifellos eine gewisse Opferbereitschaft abverlangt. Die für den Deutschen Schäferhund gewünschte Prioritätenreihenfolge „Gesundheit – Wesen – Schönheit“ hält er strikt ein. Für den Käufer ist es wichtig, einen gesunden Hund zu haben, mit dem ein in jeder Hinsicht befriedigendes Zusammenleben möglich ist. Umso besser, wenn er sein Tier dann auch noch „gerne“ anschauen kann.

Wenn ich vorhin den Mischlingsfreunden mangelndes Denken über den eigenen Hund hinaus vorgeworfen habe, drängt sich mir die Frage auf, wie es denn in unserem Verein so ist. Sind wir uns dessen bewusst, dass der DS in aller Munde ist, dass wir von den verschiedensten

Kommerz-Magazinen und vielen Anderen durch den Kakao gezogen werden? Nun – „was stört's die Eiche, wenn die Sau sich an ihr reibt" – schön und richtig, so geht es allen Großen. Aber wir sollten nicht verdrängen, dass wir tatsächlich Probleme haben. Dass rascher Handlungsbedarf besteht. Beim Lesen unserer Vereinszeitschrift, den SVÖ Nachrichten, habe ich immer den Eindruck, dass uns „heile Welt" vorgespielt werden soll. Erfolge im Schauwesen, Erfolge in der Ausbildung, Erfolge durch Seminare, eine Erfolgsstory sondergleichen. Die Realität sieht manchmal doch ein wenig anders aus. Ich möchte hier als Beispiel einen Artikel, den ich kürzlich in einer kynologischen Zeitschrift fand, und der über etliche Websites geistert, anführen:

„Die Geschichte von Old Blue"

Stellen Sie sich mal den hypothetischen Fall von „Old Blue" vor, eines außergewöhnlichen Exemplares der Rasse Malzhund. „Blue" war perfekt: fehlerfrei, gesund und schön. An Wochentagen apportierte er von früh bis spät Malzbällchen. An Wochenenden glänzte er auf Ausstellungen ebenso wie in Malzfeldprüfungen, wo er – Sie ahnen es sicher schon – Malzbällchen jagte. Jedermann fand gute Gründe, mit „Blue" zu züchten, und so tat es auch jedermann. Seine Nachkommen folgten seinen Spuren von Generation zu Generation. „Blue" starb hochbetagt und hoch geehrt. Was die Menschen aber nicht wussten, war, dass „Blue", so großartig er war, ein paar schlechte Gene trug. Sie schadeten ihm selber nicht und auch der größte Teil seiner direkten Nachkommen blieb unbeeinträchtigt. Dummerweise waren einige dieser Gene aber auch noch an solche gekoppelt, die wichtige Malzhundeeigenschaften beeinflussten. Dann tauchten auf einmal Malzhunde mit Problemen auf. Das passierte zunächst ganz vereinzelt, und so glaubte jedermann, dass das halt einfach Pech sei. Einige Züchter erklärten, dass das „nichts Ernstes" sei – das waren meist solche, die selbst betroffene Hunde besaßen. Und im Großen und Ganzen machten die Züchter weiter wie gewohnt. Die Zeit verging und immer mehr Malzhunde mit Problemen tauchten auf. Die Züchter machten es sich zum Prinzip, nicht darüber zu reden, denn bekanntlich schreiben Rüdenbesitzer Probleme der Nachkommen immer der Hündin zu und heimsen Erfolgslorbeeren selber ein. Und so blieben die Rüdenbesitzer still, um sich keinen Ärger einzuhandeln. Und niemand tat wirklich etwas, um den Problemen auf den Grund zu gehen, denn alle sagten sich: Wenn die wirklich so schwer wiegend wären, dann würde ja wohl mehr darüber geredet werden – oder? Jahre vergingen. „Old Blue" war längst in seinem Grab vermodert. Inzwischen hatte jedermann Probleme. Von wirklich großen Problemen wie Katarakten, Epilepsie oder Schilddrüsenerkrankungen, bis zu kleineren wie schlechten Leistungen, fehlendem Mutterinstinkt und geringerer Lebenserwartung. Die Züchter waren ratlos. „Wie können wir es in den Griff bekommen?", fragten sie. Aber es gab keine Antwort. Die Leute wurden zornig. „Die Schuldigen müssen bestraft werden", hörte man von allen Seiten. Züchter, die um ihr Zuchtprogramm fürchteten, mauerten. Manche ließen stillschweigend ihre betroffenen Hunde verschwinden. Einige wenige tapfere Seelen machten den Mund auf, gestanden die Probleme ihrer Hunde ein und wurden umgehend aus der Gemeinschaft verjagt."

Ich finde diese Geschichte äußerst bemerkenswert, ihr Inhalt kann nicht Erfindung sein. Ich kenne nicht die Probleme des „Malzhundes", ich kenne nur jene des Deutschen Schäferhundes und könnte mir vorstellen, dass es sich in unseren Reihen ähnlich abspielt. Es ist wie im „richtigen Leben", wie in der Politik. Da sind die Dummen auf der einen Seite, auf der anderen die Raffzahn-Schanis, die einen spielen den anderen in die Hände, sich davon Erfolge erhoffend.

Es muss einmal Folgendes festgestellt werden: Züchten ist etwas „Lebiges", um ein Wort von Theodor Storm zu verwenden. Hier wird nicht mit totem Material gearbeitet. Der Bildhauer mag seine Tonkugel hundertmal wegwerfen, bis er endlich das Monument geformt hat, das ihm vorschwebte. Wenn unsere Firma einem Kunden ein neues Bad installiert und aus der Steckdose kommt das Wasser, sind wir fällig. Gebe ich einem Welpenkäufer einen Hund, bei dem sich herausstellt, dass er HD hat, ist es nicht mehr ganz so einfach. Recht und Anspruch – ich möchte sagen, bei Lebendigem fällt ein Gutteil davon weg. Die schönste und gescheiteste Frau hat nicht Recht und Anspruch darauf, dass ihre Tochter ein Supermodel wird oder ihr Sohn ein Albert Einstein. Immer muss auch damit gerechnet werden, dass Gene der Ahnen, des Partners, sowie Umwelt- und Aufzuchteinflüsse die schönste Kalkulation zunichtemachen können. Natur. Das bedeutet, dass selbst der gewissenhafteste Züchter immer mit Rückschlägen konfrontiert wird. Kein Züchter „liefert" absichtlich einen kranken Hund, jeder wünscht sich, nur die gesündesten, besten und schönsten Tiere mögen seinem Zwinger entstammen. Und da hat uns die Technik ein sehr wertvolles Zuchtinstrument an die Hand gegeben: die „SV Genetics" von denen am Anfang die Rede war. Computertechnik und Informationsverbreitung sind so ausgereift, dass der Verein über das Programm der „Zuchtwertschätzung" viel mehr Transparenz als früher bieten kann. Der sorgfältige Züchter hat immer schon seine Paarungen so zusammengestellt, dass er beide Deckpartner im Hinblick auf die Gesundheit ihrer Ahnen überprüfte. In Einzelfällen konnte er sich auch an bereits vorhandener Nachzucht orientieren, was aber nun in aussagekräftiger Gesamtheit durch die quartalsweise erscheinende Genetics CD wesentlich erleichtert wird. Mit ein paar Mausclicks kann er sich sofort entscheiden, ob ein vorgesehener Rüde für ihn interessant ist. Doch genau dieser Erhalt von mehr Information bringt auch mehr Verantwortung mit sich.

Überlegen wir: Ungestüm stoße ich eine Tür auf, hinter der jemand steht, was ich nicht wissen konnte. Autsch, das tut ihm weh! Stoße ich die Tür auf in dem Wissen, dass einer dahinter steht, ändert es nichts an seinem Schmerz, aber an meiner Schuld.

Vor einiger Zeit stellte ich bei unserer jährlich stattfindenden Zuchtwartetagung in Salzburg in aller Naivität die Frage, wie viele kranke Hunde denn ein einzelnes Zuchttier nach Meinung der Anwesenden (Mitglieder, Bundesleitung, Zuchtwarte, Zuchtrichter etc.) bringen dürfe. Die Antwort mag man sich vorstellen. Hätte ich um eine

Schweigeminute gebeten, sie wäre mir kaum gewährt worden. Nun aber wurde diese eingehalten. In Giselas hundlichen Anfängen meinte unser Präsident, den ich seiner Sprachgewalt und Arbeitsfreude wegen durchaus schätze und als für sein Amt geeignet halte, sie möge sich mich nicht als Vorbild nehmen, ich sei immer zu wenig vorbereitet. Damit traf er mich an einem sehr empfindlichen Punkt, zum einen, weil ich tatsächlich im Laufe der Zeit eine gewisse Meisterschaft im Improvisieren und Hasardieren entwickelt habe, die mich selber in keiner Weise glücklich macht, sich aber ganz einfach aus der mir zur Verfügung stehenden Zeit ergibt, und weil ich zum anderen aber doch „vorbereiteter" bin als manch Andere. Darauf, wie diese Vorbereitung unserer Hunde aussieht, werde ich noch zurückkommen und meine ach so naive Frage auf der ZWT war sehr wohl vorbereitet gewesen. Wie aus der Einladung zu der Tagung ersichtlich, war der Gastreferent ein bekannter Zuchtrichter aus dem Mutterland der Rasse. Dies kann freilich nur einer werden, der selber züchtet. So ist es, so soll es sein. Aber der Mann besaß einen Rüden, von dem ich annahm, dass er ein HD-Malzhund sei, was ich vor unserer Fahrt auf dem PC überprüfte – und bestätigt fand.

Was man auf diese Weise über jeden DS erfahren kann, ist unter www.schaeferhund.at oder.de genau ersichtlich, ich will es nur kurz skizzieren: Als Kennziffer für den HD Zuchtwert wurde ein Rassedurchschnitt von 100 zu Grunde gelegt. Darunter bedeutet Erwartung der Verbesserung, darüber Verschlechterung. Es gibt die HD Grade eins bis fünf, was den Befunden normal – fast normal – noch zugelassen – mittlere HD – schwere HD entspricht. Hat nun ein weiterer Nachkomme das röntgenfähige, also hinsichtlich abgeschlossenen Wachstums aussagekräftige Alter von einem Jahr erreicht, wird untersucht und erhält beispielsweise den Befund „normal" zuerkannt, so senkt dies wiederum den Zuchtwert der Elterntiere. Alter, Geschlecht, Eltern und Nachkommen sind erfasst, die Anzahl der geröntgten röntgenfähigen Nachkommen ergibt die Röntgenquote des Zuchttieres.

Wenn ich die Genetics als Zuchtprogramm lobe, muss ich mir klarmachen, dass es eines längeren Zeitraumes bedarf, bis es „greift". Das bedeutet also, dass der Zuchtwert allein noch nicht allzu viel aussagt, die Röntgenquote dagegen schon eine ganze Menge, besonders im Hinblick darauf, ob sie gleichzeitig Zuerkennungsquote ist oder nicht.

Besagter Rüde hatte damals bereits etwa 500 Nachkommen und eine Röntgenquote von 40% vorzuweisen, davon waren 19 Ausfälle mit HD zu beklagen. Nun, 19 kranke Tiere sind bezogen auf abertausende Deutscher Schäferhunde nicht viel, trotzdem: Man hätte aufhören können, aber man machte weiter. Die Genetics 3/2005 zeigen inzwischen 1207 Nachkommen, die Röntgenquote wurde auf 46,68% aufgebessert, gesamt scheinen 24 Tiere mit HD auf. Der Malzhund müsste nun eine ganz nette Streuung erreicht haben. Zudem ist er nicht der Einzige. Quamdiu etiam? Mit welchem Recht?

Cange

des c wurfs möchte ich gedenken
die wespe tat freigebig leben schenken
ein einziges welpchen sie wollte behalten
wir züchter wir legten die stirnen in falten

was ist da zu machen was ist nun zu tun
den herrn dr. schramel wir ließen nicht ruhn
der welpe tut stecken sagt er uns geschwind
mir wird gleich recht übel ich sag es gelind

vielleicht – denn so etwas kann es geben
ist das kleine wesen gar nicht mehr am leben
da fährt der schreck mir in die glieder
erbleichend setze ich mich nieder

meine co kämpft weiter und meint „die lebt“
während sie nun der mutter die rute hebt
als echte zahnarzttochter raunt gisella
herr doktor kommens ziehn wir schnella

man sieht mich fahl am nächsten stuhle sitzen
ich wiederum seh arzt und gisi schwitzen
zangengeburt. jetzt ist sie da, die kleine schlange:
erschreckt hast uns drum heißt du c a n g e

wärst du im fruchtwasser ersoffen
dann hättest nicht so liebe leut getroffen
du kamst zu karin jungwirth und elisabeth
und wir sind glücklich, dass so gut es dir dort geht

du machst ihnen freude doch du bist krank
für solche wie dich schreib ich meinen schwank

vielleicht lesen ihn welche reißen sich nun zusammen
lasst den hunden uns helfen in Gottes Namen

Woher Gisela „wusste“, dass du eine „die“ werden würdest, konnte ich bis heute nicht ergründen. Abgesehen von deiner doch recht stattlichen Erscheinung, machtest du gute Figur auf der Schau. So weit ich mich erinnern kann, hast du in Oberwart einen Ersten erlaufen. Damals wussten wir noch nicht, was los ist mit dir. Zur Arbeit warst du nie zu faul und auch der Ärmel lag dir gut im Maul.

Es gibt einen Züchter, der folgenden Ausspruch tut: „Von mir läuft kein kranker Hund herum.“ Das bedeutet im Klartext, das kranke Tier wird sofort eingeschläfert, dafür gibt es einen neuen Welpen. Auch wir haben deinen Leuten das Angebot gemacht, doch nicht in dieser absolutistischen Form! Es bleibt weiterhin aufrecht, hat aber erst dann Gültigkeit, wenn du einmal die Fährte ohne Wiederkehr angetreten haben wirst. Und damit hat es hoffentlich noch lange Zeit. Sosehr wünschen es auch die beiden, die dich lieben. Sie nennen dich „Sarah“ …

Sallie

… zu diesem Namen könnte man bestimmte Verknüpfungen haben, vielleicht in Kombination mit Landmaschinen, nicht mit Steyr klarerweise. Für mich jedenfalls hat er einen sehr lieben Klang und zwar aus folgendem Grund:

Lange noch vor Anbruch Gisel'scher Zeitrechnung, als ich gerade einen Wurf hatte, rief mich eine junge Dame an, sie wollte kommen und sich ein Hündchen kaufen. Dazu muss ich sagen, dass bei mir schon am Telefon entschieden wird, ob ich Welpen habe oder angeblich nicht. Die Stimme gefiel mir, ich hatte.

Sallie Mc Ilheran stammt aus Fort Worth, Texas. Als wir uns kennen lernten, studierte sie an der Hochschule für Angewandte Kunst in Wien, belegte die Meisterklasse für Malerei bei Wolfgang Hutter. Sie hatte eine nette kleine Wohnung im neunten Bezirk gefunden, die Stadt gefiel ihr, aber ihr fehlte Heidi, die Deutsche Schäferhündin, die sie bei ihren Eltern zurücklassen musste. Neugierig, wie ich bin, erfragte ich alle Lebensumstände von ihr und bald war mir klar, dass ich ihr keinen Welpen würde geben können, so sympathisch sie mir auch vom ersten Moment an war. Hundeschutz. Sie war von unseren Babys entzückt und entsetzt von mir. Ganz kurz nur. Denn sie ist Tierfreund durch und durch und so sah sie meine Beweggründe ein. Wie die Mutter der heiratsfähigen Tochter diese bestens „versorgt" wissen will, ist es auch mir ein Anliegen, die Zukunft unseres Nachwuchses gesichert zu sehen. Zumindest zu scheinbaren 100 %. Als studierender Single konnte sie nur die Hälfte davon erfüllen, das leuchtete ihr ein.

Mir fiel auf, dass die Welpen fasziniert waren von ihr, sie ging so einfühlsam mit ihnen um und wir vereinbarten, dass sie sie jederzeit besuchen könne. Ich hatte von Anfang an Vertrauen zu ihr gefasst, ließ sie mit unseren Schätzen allein, was ich sonst nicht tue. Und da saß sie oft, Stunde um Stunde, beschäftigte sich mit ihnen, fertigte Zeichnungen an, skizzierte zum Teil für spätere Arbeiten. Auch zwischen unserem erwachsenen Zwingerpersonal und ihr entwickelte sich große Zuneigung. Oft zweifelte ich selber an meinem Entschluss, denn aus menschlicher Sicht hätte es für einen Hund das Paradies bedeuten müssen, mit ihr zu leben. Irgendwann nach Erhalt ihrer Magisterwürde ging sie nach Deutschland und war nun beruflich viel unterwegs, war viel in den Lüften und das Halten eines Haustieres hätte nun in der Tat einiges an Problemen verursacht. Als sie es mir mitteilte, meinte sie: „Du hast Recht gehabt, wie froh bin ich jetzt, keinen Hund zu haben, ich wüsste nicht, wohin mit ihm."

Voriges Jahr durften wir dann wieder ein paar gemeinsame Tage verbringen, sie ist inzwischen verheiratet und ich bin sicher, dass auch Johannes, ihr Mann, eines Tages dem Besitz eines Deutschen Schäferhundes zustimmen wird. Über seinen Vater, Hellmuth Wunner, ist er ohnehin „infiziert". Als Gastgeschenk brachten sie uns dessen Buch „Nonno" mit. Das Leben eines Landtierarztes in Bayern ist hier in humorvoller Weise geschildert, von Sallie eindrucksvoll illustriert.

Den Wunners bin ich für ihre Freundschaft sehr dankbar. Ich kann mir keinen Picasso leisten, freue mich aber schon seit Jahren auf meinen Lottogewinn. Dann kauf ich mir einen Echten. Einen echten Mc Ilheran.

Da gibt es die „Zehn Bitten" des Hundes an den Menschen. Ich kenne sie seit langer Zeit, könnte aber gar nicht sagen, wer ihr Erfinder war (es sei ihm hier gedankt). Ersthundebesitzern geben wir einen Ausdruck davon mit:

Die 10 Bitten eines Hundes an den Menschen

- Mein Leben dauert 10–15 Jahre. Jede Trennung von dir wird für mich Leiden bedeuten. Bedenke es, ehe du mich anschaffst.

– Gib mir Zeit zu verstehen, was du von mir verlangst.

– Pflanze Vertrauen in mich – ich lebe davon.

– Zürne mir nie lange und sperre mich zur Strafe nicht ein. Du hast deine Arbeit, dein Vergnügen, deine Freunde. Ich habe nur dich.

– Sprich manchmal mit mir. Wenn ich auch deine Worte nicht ganz verstehe, so doch die Stimme, die sich an mich wendet.

– Wisse, wie immer an mir gehandelt wird, ich vergesse es nie.

– Bedenke, ehe du mich schlägst, dass meine Kiefer mit Leichtigkeit die Knöchelchen deiner Hand zerquetschen könnten, dass ich aber keinen Gebrauch von ihnen mache.

– Ehe du mich bei der Arbeit „unwillig" schiltst, bockig oder faul, bedenke, vielleicht plagt mich ungeeignetes Futter, vielleicht war ich zu lange der Sonne ausgesetzt oder habe ich ein verbrauchtes Herz.

– Kümmere dich um mich, wenn ich alt werde – auch du wirst einmal alt sein.

– Geh jeden schweren Gang mit mir. Sage nie „Ich kann so etwas nicht sehen" oder „Es soll in meiner Abwesenheit geschehen". Alles ist leichter für mich mit dir.

Der Hund bittet also um nichts Anderes als um Verständnis und Liebe, gütige Liebe. Vom Anfang bis zum unausweichlichen Ende. Für den Welpen empfinden wir wie für ein Kind. Die Stärke und Wildheit des kraftstrotzenden Jungtieres liebt man auf andere Weise. Doch wenn der alte Wolf mich anschaut, kann es schon sein, dass mir die Liebe den Atem nimmt.

So ist es mir noch mit jedem alten Hund ergangen, auch mit Welkie. War sie gebrechlich vor ihrem Tod? Wir wollten es nicht sehen. Aber wir wussten es. Dann war es so weit. Sallie rief mich an, ich sagte, es sei geschehen. Keine zwei Stunden später war sie da. Sie hat mich tröstend in den Arm genommen, wir haben miteinander geweint.

Einen „echten Mc Ilheran" – den habe ich ja jetzt schon! Unsere Freundin hatte längst damit begonnen, es muss auch für sie eine Auseinandersetzung mit all den Lebensgesetzen gewesen sein, während der bitteren Tage des langsamen Abschiednehmens die Unvergessliche zu malen. Nun hatte sie das Gemälde nur noch gerahmt und war damit eiligst zu uns gekommen. Nie werde ich es ihr vergessen! Das Bildnis unserer Liebsten hängt gleich dort, wo man in die Hundewohnung eintritt. Ganz zu Anfang.

Schrecken

07.07.2005, Schrecken über Schrecken, diesmal in London. Da soll man noch denken können. Mein ganzes Hundlerlatein tritt dahinter zurück, ich verliere jeglichen Faden, könnte heulen. Nichts ist zu ändern hier und dort. Ich verstehe es nicht, ist es wirklich so schlimm, wenn Abels Rauch gerader zum Himmel aufsteigt? Vergeltung. Ich habe Tariq Ali gelesen, über den Fall des maurischen Königsreichs, über die Reconquista. Immer Verfolgung, das Morden nimmt kein Ende. So ziemlich alle sind schon verfolgt worden. Nichts bringt uns mehr auf, als wenn einer „anders" ist als wir. Und immer werden welche „anders" sein, ist das wirklich so unverzeihlich? Ehe ich noch meine Arbeit auf der „Insel der Seligen" begonnen hatte, verbrachte ich einige Zeit in einem Joint-Office gegenüber der Urania. Die Zeitungsannonce „Look like a girl, think like a man and work like a dog" hatte mich magisch angezogen, wie Rudolf Steiner sagt „die Seele ist männlich und weiblich zugleich" waren die beiden ersten Wünsche kein Hinderungsgrund und mit den Viechern hielt ich es sowieso schon immer. Ich bekam den Job und nach einiger Zeit eine neue Arbeitskollegin. Sie war Türkin und wir verstanden uns prächtig. Sie kam an den Wochenenden zu uns nach Pressbaum, ich ging bei ihrer Familie im zweiten Bezirk ein und aus. Ihr Vater kochte die herrlichste Tomatensuppe, die ich jemals gegessen habe, auch meine Mutter wurde eingeladen, wir pflegten eine wunderschöne Freundschaft, bis wir uns aus den Augen verloren, weil Safi nach Amerika ging. Sie war anders als ich, zart, schwarzhaarig, hatte nicht nur bestimmte Essensvorschriften zu befolgen, es gab da eine Menge anderer Dinge, die sie zu beachten hatte und während sie irgendwelche Gebetszeiten einhielt, schaute ich eben in die Luft. Lieber Gott, mögen die Einen so und Andere anders zu dir sagen! Der sagt, er wüsste es ganz genau ist wie der Züchter, der dem Käufer einen HD freien Welpen „garantiert“! Für mich jedenfalls war Safi eine Schwester! Es gibt unzählige solcher Freundschaften. Ist denn Religion nicht auch Lebensanleitung? Was ist das Leben denn anderes als Geburt, Lernen mehr oder weniger, vor allem Nahrungserwerb-, aufnahme-, ausscheidung, ein bisschen Fortpflanzung, Aufzucht und Tod? Ist das nicht ohnehin schon schwierig genug? Missachtung wird dort geübt, wo die Liebe fehlt.

Ich liebe, liebe, liebe! Ich kann mir selber vorwerfen, so überkandidelt wie meine Mutter zu sein, es ist mir schnurzegal, ich kann gar nicht umhin zu lieben. Bussi, Bussi war meine Kindheit, ich erinnere mich, von klein auf geschnuddelt und geknuddelt worden zu sein. Lieben und Lachen als Einziges, das Sinn macht im Leben. Ohne Bussi hätte ich nie einschlafen können. Bis zu meiner Hochzeit konnte es vorkommen, dass ich zu meinen Eltern in die „Besucherritze“ schlüpfte, wenn sie im Bett fernsahen. Als unser Sohn klein war, gaben mein Mann, er und ich uns das berühmte Dreierbussi, was auf Grund des Größenunterschiedes und des Nasengewirrs gar nicht so einfach war, aber es funktioniert noch heute. Auch ein Twen will geliebelt werden, das heißt, ich frag ihn doch gar nicht, es gibt Dinge, über die man sich ruhig hinwegsetzen darf.

Heute erst habe ich wieder diese blonde Frau mit ihrem Neufundländer gesehen, als ich durch die Pfalzau fuhr. Ich bekam die Szene nicht von Anfang an mit, glaube aber, dass sie irgendwie über ihren Vierbeiner gestolpert sein muss, sie lachte jedenfalls und es wurde eine Knuddelszene daraus. Vorbeifahrend teilte ich ihre Freude, sie liebt ihren Hund. Ich liebe meine Hunde. Ich ärgere mich über manche Menschen, aber viele liebe ich, freue mich sie zu sehen. Auf meiner Morgenfahrt in dieser Gegend begegne ich oft einem Mädchen mit dem Down-Syndrom. Ich weiß nicht, wer sie ist, kenne ihren Namen nicht, weiß nicht, wohin sie geht. Vielleicht zum Bahnhof? Fährt sie zur Arbeit, geht sie noch zur Schule? Sie ist ein so frischer, junger Mensch, immer adrett, immer schwungvoll. Ich liebe, liebe – schuldbewusste Liebe, dankbare Liebe, schmerzliche Liebe, fröhliche Liebe. In der Pfalzau bleibe ich hängen, in Hanns Passeckers „Pfalzauer Stundenbuch", ein Liebender auch er. Auf der Innenseite des Buchumschlages steht: „Dieses Buch ist wohl von einem Poeten geschrieben, der die Natur mit farbigen Worten malt und sie in Bilder bannt, die wie bunte Atemzüge sind. Manche seiner früheren Bücher sind neben aller Naturpoesie eine aggressive Anklage gegen Vieles, was heute rings um uns geschieht. Diesmal aber ist er nur ein dankbarer Schilderer des Schönen, das wir – in seltenen Stunden – immer noch erleben können."

Ich möchte die erste Seite zitieren: „Ein Stundenbuch ist eigentlich etwas ganz Anderes. Aber auch dieses Buch über Stunden des Begreifens wurzelt im Glauben an die Allmacht der Schöpfung, die Vergangenheit, Gegenwart und Zukunft umschließt. Von den so vielen, nie gezählten Stunden eines Jahres – und es sind fast neuntausend – bleiben nur wenige, in denen uns die ursprüngliche Schönheit unseres Daseins bewusst wird. Manche Menschen versuchen, sich da und dort eine zu nehmen, so wie ich. Und manchen wird hie und da eine gegeben. So wie mir."

Die herrlichsten Bilder finden sich in dem Bändchen, Märchenwiesen mit Schmetterlingen und murmelnde Bäche. Ich liebe dieses Pressbaum, immer habe ich es geliebt, als es noch keinen Pelzergraben gab, der Lastberg noch Einsiedelei war. Dove c'era l'erba ora c'è – nein, keine Stadt, aber gewaltige Siedlungen, herrliche Häuser, Gärten. Pressbaum mit seinen etwa 7700 Seelen, wenn man jene mitzählt, die ihren Zweitwohnsitz bei uns haben. Im Sommer hält mich die Fährtenarbeit oft von meiner Pflicht gegen den Chef ab, aber im Winter schaffe ich es häufiger, in die Sonntagsmesse zu gehen. So viele liebenswerte Menschen dort, Paul und Maria Gratzl, Hannelore Krisa, die Familien Strolz und Volk, so viele sind es, auch sie müssen Liebende sein, anders ist ihr Einsatz nicht erklärbar. Ich denke an Gina Riedinger, ihr Mann war Regens Chori, als ich noch Zeit und Stimme hatte für den Kirchenchor. Der Pressbaumer Kirchenchor, nun ohne Giuseppe Schmölzini (Schmölz-Pepperl) und ohne

Elfi Hauss, auch sie zu Lebzeiten schon Legende. Wenn ihr kraftvoller Sopran sich in die Lüfte schwang, muss er es einfach da oben gehört haben, da blieb kein Auge trocken, sie bleibt mir unvergessen. Und wie lustig sie war, wie sehr man diese lustigen Menschen liebt. Gina und Pino sehe ich sonntags oft durch den Klostergarten gehen, vermutlich besuchen sie die Messe im Sacré Coeur. Beide eine Augenweide, sie in einem wundervollen, langen Dirndl, er im Trachtenanzug. Obwohl oder gerade weil ich meist selber im Hundler-Sandlerlook herumlaufe, genieße ich den Anblick adretter Menschen.

Ich freue mich, diesen zu sehen, jenen, viele kennt man persönlich, so viele liebenswert. Da ist unser Diakon Mag. Wolfgang Aumann. Singen kann er, musizieren, reden, lachen. Ich wage es kaum, das abgenutzte Wort „positiv“ zu gebrauchen, aber genau so wirkt er auf mich. Ich bat ihn, mir einen Artikel aus unseren Pfarrnachrichten zukommen zu lassen, es muss dann eine Verwechslung passiert sein, ich erinnere mich, oder erinnere mich falsch, etwas von ihm gelesen zu haben, das mich sehr angesprochen hatte. Aber auch dieser Artikel, den er mir durch Herrn Daxbacher mailen ließ, hat dieselbe Aussage: „Eine der drei Grundsäulen jeder Pfarr-/Gemeinde ist die Liturgie, die Glaubensfeier. Jede Religion feiert, was sie glaubt …“, weiter schreibt er dann, „sehr berührend fand ich in der letzten Christmette nach der Wandlung den „Andachtsjodler“, diesen im Alpenland verbreiteten Anbetungsgesang; es kam auf einmal eine ganz eigene dichte Atmosphäre auf.“ All diese Menschen empfinden Gottes Liebe in irgendeiner Form, sie müssen sie häufig empfinden, das ist nicht gespielt. Das zeigte meine Begegnung mit Mag. Daxbacher vor Jahren am Bahnhof Tullnerbach. Da ging es Aug’ um Auge, Wagen um Wagen. Ich war unaufmerksam gewesen, es war ein Beinaheunfall und ich hätte ihn verschuldet. Unweigerlich hätte ich ihn gerammt, wäre er nicht stehen geblieben. Als ich meinen Fehler bemerkte, sackte ich in mich zusammen, gewissermaßen als Bestätigung der nicht Auto fahren könnenden Frau und nun kam der Hammer: Seine Gestik tröstete mich sofort, er lächelte, hatte sofort „verziehen“. Also nicht nur am Sonntag in die Kirche rennen, sondern praktizieren. Und von dem Schlag sind viele, viele Leute in our little town, die, wo ja nur eine Marktgemeinde sein tut. Und dafür liebe, liebe, liebe ich. Keiner der von mir Bewunderten braucht es zu wissen. Ich bin einfach dankbar für jedes freundliche Wort und für jedes aufmunternde Lächeln, das man mir schenkt und gebe es gern zurück.

Ich liebe also meine Heimat, und viele ihrer Menschen. Ich weiß nicht mehr, wie Kishons Buch hieß, in dem er über irgendwelche verfemten Bartträger schrieb, vielleicht auch über Glatzköpfe, jedenfalls war es plötzlich verpönt, Bart (oder Glatze) zu tragen. Da muss es ja unausdenkbar sein, als Pressbaumer die Tullnerbacher zu lieben. Und gerade von diesen gibt es einige „auf meiner Liste". Ich will nur die Frau Krumschmid nennen. Die liebe ich nämlich auch, Legende auch sie. Mit ihren über achtzig Jahren fährt sie bei jedem Wetter mit dem Fahrrad! Immer macht sie ein fröhliches Gesicht, wie jung, wie strahlend sie wirkt, ein Gotteskind. Manch aus dem Nest gefallenen Vogel hat sie schon gepflegt und gerade diese kleinen Dinge sind es, die das Leben ausmachen. Das Schlimme verdrängen wir aus unseren Gedanken, ein wunderbarer Schutzmechanismus, die Schrammen auf den Knien unserer Kindheit tun nicht länger weh, das Schöne bleibt. Die Liebe bleibt.

Oder auch nicht. Geschieden, geschieden. Der Neue ist eine Wucht, wie gut er riecht, wie unterhaltsam er ist und amore ist mit ihm sicher auch besser. Leider nur, bis er nicht mehr neu ist, lasst viele Neue um uns sein. Tschüss mit ü und ciao mit au. So wie mich der alte Hund nervt, nervt mich der Alte, wolle mer se aussteigen lassen. Der Munz nervt auch hie und da. Mit all seiner akribischen Planung der Dinge, seinen mehr als hundert Prozent. Wir gehen aus, der weibliche Teil der Familie längst geschnäuzt und gekampelt, steht der Meinige noch unter der Dusche, seift sich eben zum dritten Mal ein, während uns schon der Magen knurrt. Würgen könnte man ihn! Nur eingedenk der Tatsache, dass dies seinen Duschvorgang in keiner Weise beschleunigen würde, unterlasse ich es. Nein, auch noch etwas Anderes führt zu meiner „Beißhemmung". Gerade noch rechtzeitig fällt mir ein, wie ich denn nun bin. Na ja, eigentlich eh super, also vorrangig super, ich meine in erster Linie, nur so ein bisschen rauchen, trinken, nachtwandeln, aus Hilflosigkeit aufbrausen, herumbrüllen, Türen schlagen, in mehr als einer Form unsympathisch sein, die Liste ist endlos und dauert so lange, bis der Munz fixfertigfröhlich daherkommt. „Komm umarmen" signalisierte eine von Roger Fouts „sprechenden" Schimpansinnen. Es war zu Rockys Zeiten, als ich davon las, auch er wollte immer umarmt sein, drängte sich zwischen meinen Mann und mich, wenn wir unser „Komm umarmen" – Ritual zelebrierten. Wenn ich zuvor schrieb, dass der kleine Gewerbetreibende ein armer Teufel ist, ist das zwar inhaltlich richtig, dennoch ist es falsch. Liebe am Arbeitsplatz zählt zu seinen absoluten Vorteilen. Denn was sich bei uns abspielt, so ganz im Geheimen, steht im Gegensatz zu diesem Nichtschlucken können, weil man den Anforderungen nicht nachkommt. Der Verkauf einer einzigen Dichtung kann eine Viertelstunde in Anspruch nehmen, schon wieder fünfzig Cent eingenommen! Zwischendurch hört man schnell ein Curriculum Vitae, das gehört alles dazu, das unterscheidet uns vom Baumarkt. In dieser Viertelstunde hätte der Kostenvoranschlag geschrieben werden können, auf den ein anderer Kunde schon seit Wochen wartet, vielleicht vergibt er den Auftrag im selben Moment anderweitig, weil es ihm einfach reicht. Das verursacht so eines der „verdrießlichen Insuffizienzgefühle". Aber der Wahnsinn: Diese dreißig Sekunden, die manchmal einen Geschäftsfall vom anderen trennen, die werden doch glatt gefeiert. Wir umarmen uns, wir spüren, wir sind beide da, wir haben uns, ja, den Hundsschädel dazwischen, den haben wir auch. Wollen es ja gar nicht anders. Caniden, eifersichtige, dreckerte, lausige! Ich spüre die Wärme des Munzischen Körpers, da kommt dann mein „Andachtsjodler". Auch wenn ich den Sohn umarme, der ist ein bisserl empfindlicher, jammert irgendetwas über sein armes Trommelfell, ich kann es nicht allen recht machen.

Wir gehen zusammen auf den Friedhof: „Manchen warst du viel, uns warst du alles" sehe ich eine Grabinschrift. Fritz sieht sie auch. „Schau mal, Mutter", sagt er zu mir. „Für dein Grab habe ich schon einen besonders schönen Spruch – „du wolltest alles, uns warst du zu viel". Ganz fest drückt er mich dabei. Er, von dem wir in seinen ersten Tagen kurz fürchteten, er sei ein kleiner Autist, weil er immer so brettsteif in unseren Armen sich tragen ließ, der sich abwandte, wenn ihm die Busslerei zu viel wurde, hat alles von uns übernommen, gibt es hundertfach, tausendfach zurück. Wie viele Spitalstouren allein mit den Großmüttern hat er nicht schon hinter sich, der consigliori, der troubleshooter, der Seelentröster. Seine mütterliche Mimose oder mimosliche Mutter rief ihn um fünf Uhr früh nach der Knieoperation an, um seine Stimme zu hören. Eine halbe Stunde später stand er im vierten oder fünften Stock des Hauses Stumpergasse Nummer weiß ich nicht mehr, wollen wir es ganz schnell vergessen. Auch die Schmerzen waren vergessen, als er mein Zimmer betrat. Er hat mehr Krankenzimmer in seinem Leben gesehen als mancher Famulus. Womit ich wieder zurück bin in Pressbaum, in meiner Liebe zu Pressbaum. Der Herr Dr. Oskar Lindl, immer flott, immer in Eile, nimmt mir mit einer rauen Wahrheit die Angst vor einer simplen Zeckenimpfung: „Eh müssen'S sterben, aber net do bei mir!" Zum Entfernen einer Naht bestellt er mich, ganz zeitig am Morgen solle ich kommen. Als er mich dann sieht, knurrt er mich an: „Mein Gott, was machst denn jetzt schon da?" Auf meinen Einwand, dass er es so befohlen habe, ist er aber gleich wieder ganz friedlich. Keine Minute zu früh schickte er uns vor vierundzwanzig Jahren ins Krankenhaus nach Tulln, was Fritzchen vor einem Blinddarmdurchbruch bewahrte. Ich erinnere mich, wie hilflos wir Eltern dort am Donauufer saßen und warteten, dass uns das Söhnchen zurückgegeben würde. Wie glücklich waren wir, dass alles gut gegangen war! Immer Dank, immer Liebe. Dass ich hier leben darf!

Hagen und Pfalzberg habe ich zu meinem persönlichen Weltkulturerbe ausgerufen. Vermutlich müsste man Frau Brosigs Garten dazuzählen, die Hecke allein schon ein Genuss. Genuss? Ach ja, dem Koch vom Zeitlos gehören ein paar Hauben. Der Wirt vom Lindenhof bietet hervorragenden Service. Das Mittagsbuffet im Hotel Wiental kann sich sehen- und schmecken lassen! Das Kaufhaus Seiter hat einfach alles. Das Kaufhaus Langer ist eine Institution, immer gibt es auch Schnäppchen dort und die Bedienung ist kompetent und freundlich! Als ahnungslos muss gelten, wer die Sachertorte der Breitner Vroni noch nie gekostet hat, glücklich, wer sie als Lospreis auf einem Ball ergattert! Reisebusse aus nah und fern sehe ich vor dem Pressbaumerhof der Familie Menczik stehen und die Leutchen, alte, mittlere und junge, die ihnen entsteigen, kreuzen manchmal meine Wege, wenn sie nach langer Fahrt sich die Beine vertreten. Da kommen welche aus dem hohen Norden, vom Absatz des Stiefels und wieder Andere aus dem Midi, sie finden bei uns einen schönen Ausgangspunkt für ihre Eroberung der nahen Donaumetropole. Die Pressbaumer Freiwillige Feuerwehr und die Vereine tun ihr Möglichstes. Ein Gruß von dort, einer von da. Herr Swoboda, auch schon betagt, mit seinem Dackel unterwegs, er holt die Tombolaspende für den Pfarrball, ist immer lustig, den Witz vom Papagei hat er mir erzählt, im Voraus selber darüber lachend: Da bringt ein Mann seiner Frau den sprechenden Papagei, den sie sich so sehr gewünscht hat. Er erklärt ihr, dass sie an dem rosa Mascherl ziehen müsse, das der Vogel an seinem linken Beinchen trägt, wenn er „Guten Morgen“ sagen solle, an dem blauen Mascherl am rechten Beinchen, wolle sie „Guten Abend“ hören. Aber die Frau ist neugierig, will wissen, was geschieht, wenn sie blau und rosa gleichzeitig ziehe. Darauf sagt der Papagei: „Da fall ich vom Spreißerl.“ Solche Begegnungen vermitteln Freude, Lachen und Wärme. Dieselbe Wärme, die die Mutterhündin ihren Welpen gibt. Aber auch Erziehung lässt sie ihnen angedeihen.

Um aus unserer Ausfahrt zu kommen, muss ich mich „vortasten“, damit kein Fußgänger gefährdet werde. Dann ergibt sich die mitunter schwierige Übung des sich Einordnens in den fließenden Verkehr, dazu das Betätigen des Torantriebs. Nun stehe ich oft schon auf dem Gehsteig, wenn die Zwerge zur Schule gehen. Ich setze den Wagen zurück, ihr Weg ist wichtiger als der meine. Wie die kleinen Büffel trotten sie vorbei, gesenkten Hauptes. Das sind also Kästners „Früchtchen, die aufgeweckten, die in der Schule eingeweckt werden“. Und dann ist einer dabei, ein Einziger, der bemerkt hat, dass ich ihm Vorrang gab. Moment, das ist nicht ganz richtig, bemerkt haben die kleinen Büffel es auch. Aber einer dankt mit einem Kopfnicken dafür, das Herz wird mir weit, mein „Andachtsjodler“ drängt herauf. Das scheint einer zu sein, der zuhause geliebt wird. Und erzogen. Liebe, Familie, kleinste Zelle des Staates. Man muss vorsichtig sein mit Zeitungsberichten. Im Kurier steht heute, dass ein verletzter Londoner nach den Anschlägen in ein CNN Mikrofon gesagt haben soll: „Wer immer dafür verantwortlich ist, ich habe Mitleid mit ihm.“ Mitleid mit denen, die keine Liebe bekommen haben, sonst könnten sie nicht morden.

Binki steht hinter mir. „Aufhören, duschen“, sagt sie. Samstag, schon neun Uhr, seit acht bin ich im Büro und warte, dass mein Mann von einem Kundentermin zurückkommt, damit ich mich restaurieren kann. Aber wieder einmal springt Gisela helfend ein, hat sich ihr Frühstückstablett und die Zeitung heruntergebracht und schiebt inzwischen „Journaldienst“. Mittags sollen wir zu Hans und Hermine Rigon fahren, wir sind zum Essen eingeladen, sie lassen es sich als Revanche nicht nehmen für den letzten Aufenthalt ihres Rüden bei uns. Unterwegs sticht mir das Plakat einer SVÖ Ortsgruppe auf unserer Strecke in die Augen „Kurse Hundeabrichtung“. Da steht doch tatsächlich noch Abrichtung. Das sagten wir früher, als wir noch nicht wussten, dass da „einer hinter der Tür steht“. Hans, der beim Hovawarth-Papst Kufner in Deggendorf begonnen hatte, 1980 und 1982 Kreismeister wurde, 1982 mit seinem bereits neunjährigen Rüden Alf von der Brakeler Heide an der Europameisterschaft erfolgreich teilnahm, war mein Lehrmeister mit Brita, Bienchen, Carla, Emilia und Ilka gewesen. In meinen Anfängen mit Welkie war es noch üblich, den berühmten Leinenruck zu machen, der, mit dem Kommando „Fuß“ dem Hund klarmachen sollte, dass er manierlich an unserer Linken zu gehen hat. Von Hans lernte ich dann zum Glück ganz anderes, die Hunde wurden einfach „hergestreichelt“ und heutzutage geht es ohnehin nur noch über Motivation, dazu auch noch Clickertraining, großartig! Ausbildung muss es heißen, hier steht immer noch Abrichtung. Ach, weh! Wie anders ist es da im DTC Ebreichsdorf, im Dog Training Center des Schafar Kurt.

Er hat sich seinen Traum erfüllt, ich vergleiche das DTC immer mit der „Flag-Is-Up“ Farm von Monty Roberts, gewaltloses Ausbilden in beiden. Kurt hat uns seine Anfänge nie verschwiegen, aber um wie viel mehr muss man einen Menschen schätzen, der es geschafft hat, vom Saulus zum Paulus zu werden. Einmal die Woche fahren Gisela und ich dorthin, meist Greti Kropfberger im Schlepptau, welche die Pheebi aus dem Haaslerschen P-Wurf ihr Eigen nennt. Sie hat so einen kleinen „Flitzer“, ein Auto, das für kürzere Fahrten beste Dienste leistet, den Weg nach Ebreichsdorf aber ziehen würde wie einen Strudelteig. Also nehmen wir das Gespann mit. Pheebi (dieser Name klingt so gar nicht nach Auenfels und ich bin glücklich, dass er nicht auf unserem Mist gewachsen ist, sondern dass Chris Haasler diese Schuld ewig mit sich wird herumtragen müssen) ist eine nicht unhübsche Baru-Tochter, hochintelligent, allerdings etwas ruhig für meinen Geschmack. Andererseits muss man sich vor Augen halten, dass Greti mit einem Rabauken letztlich überfordert wäre, so hat alles wieder seine Richtigkeit. Es ist der erste Hund in ihrem Leben und wir meinen, dass die beiden dafür sehr gut zusammengefunden haben. Wenn mein Nützlich den halben Gehorsam von Phobie, Verzeihung, Pheebi hätte, wäre ich fein heraus. War Greti in ihren Anfängen manchmal „so unsicher“, hat sich das inzwischen verloren, dafür ist sie jetzt angeblich immer „bei Null“. Hätte sie mein Selbstvertrauen und ich einen so folgsamen Hund wie sie, wären wir beide im Stadion zu finden, bei der Weltmeisterschaft, kurz WM …

Im DTC sieht man Einzeltraining, wo Andere immer noch Gruppen von mehreren Hundeführern linksum-rechtsum-anhalten kommandieren, wo Hunde immer noch zum Sitzen gebracht werden, indem man „vorne hochzieht und hinten niederdrückt“. Oft sehe ich irgendwelche Anfänger mit Hunden aller Rassen und Mischrassen, bei deren Arbeit mir einfach der Mund offen bleibt vor lauter Staunen. Sie lernen es von Anfang an richtig – lediglich über Motivation. Hier wird Tischarbeit gemacht. Auf einem nicht allzu hohen Tisch kann man schon einem Welpen „Sitz, Platz, Steh“ beibringen durch einfaches Führen eines Stückchens Wurst in der Hand, das er immer dann bekommt, wenn er Gewünschtes richtig ausgeführt hat. Auch das „Fuß gehen“ wird so gelehrt, immer ist freudiges Arbeiten die vierbeinige Antwort. Immer wieder sehe ich Hunde, die von der Veranlagung oder Rasse her die Arbeit nicht „erfunden“ haben und dennoch Leistungen bringen, die eine Freude fürs Auge sind. Ich denke beispielsweise an Susi Fiebiger mit ihrem Briard Geronimo, Liesi Lehrner mit Laura und eine Dame mit einer Airdale-Hündin, freilich geschickte Hundeführer alle drei. Jedenfalls hat keiner der genannten Hunde während seiner Ausbildung Angst und Schmerz erfahren. Das alles lernen die Leute hier bei Kurt und seinen Trainern, auch das vielerorts noch belächelte „Clickertrainig“, das von der Delfinausbildung her kommt. Erst wird der Hund darauf konditioniert, dass es bei „click“ mittels knackfroschartigem Metallplättchen immer Leckerchen gibt, was man mehr und mehr ausbaut, der Hund wird auf diese Weise immer sofort für Richtiges bestätigt, was stimmlich oder mit Streicheln nie so rasch funktionieren würde. Wie sehr das den Hunden gefällt, wie schnell es sie macht, konnte ich neulich bei uns im Garten feststellen. Wie meine Mutter dem Vater vorlas, singe ich den Hunden gerne vor, Spinner bleibt Spinner. Aber die Hunde wehren sich nicht so vehement gegen meine Sangeskunst, wie meine Familie das tut – „aufhören singen“ waren nach „Papa“ und „Auto“ die ersten Worte unseres Sohnes – die Vierbeiner lassen es über sich ergehen, scheinen sich darüber sogar zu freuen. Und da sing ich also der Quanti vor „Ich hab dich lieb, so lieb“, kann den Text nicht weiter, schnappe immer eben nur etwas auf, und so dichte ich „bist mein Hosenmatz“, worauf der Junghund mit seinen knapp sieben Monaten sich vor mir auf „Platz“ hinwirft, dass es eine Lust ist. Freudig wedelnd, förmlich strahlend, muss sie auf die Belohnung nicht lange warten. Noch einmal probiere ich es, ja, stimmt, sie hat die Endsilbe des Kosewortes als Kommando zum Hinlegen verstanden. Und damit gezeigt, wie gern sie es annimmt. Völlig schmerzlos, ohne dass man auf die Leine steigen oder sonstigen Unfug machen musste, hat sie es gelernt. „Hundeabrichtung“ in

SVÖ Ortsgruppe, bis zu unseren Freunden liegt es mir im Magen.

Wunderschön wohnen sie, gepflegt sind Haus und Garten. Von ihren vielen Reisen haben sie Schönes mitgebracht, keinen Kitsch. In dem alten Bücherschrank stehen Meyers Lexikon, Bücher über die Oper. Hans der Bücherfreund, Operettenfreund, Bridgespieler mit Aufstiegschancen trotz Spätberufung. In seinem „Herrenzimmer“, in das er Hermine wegen seiner ganz eigenen chaotischen Ordnung nicht gerne hineinlässt, hat er eine umfangreiche Büchersammlung. Alles gelesen. Er kennt die Welt, auch die Welt der Hundler, aus der er sich nun ganz zurückgezogen hat. Ich bin daran nicht unschuldig, wir hatten einmal so einen verflixten Streit über Ausbildung und verletzten uns absichtlich mit Worten. Es herrschte dann lange Funkstille zwischen uns und als jüngere machte ich endlich den ersten Schritt zur Versöhnung, die auch aus Gründen der Hundeunterbringung gerne angenommen wurde. Denn Grips war einmal einer Flugreise wegen in eine Art Hundepension gegeben worden, zu einem so netten Mann, der über so viel Erfahrung verfügte. Grips teilte diese Meinung nicht und machte, dass er fort kam von dort. Fast fünf Tage übte er sein Überlebenstraining und wurde dann zum Glück von einer lieben Dame „aufgegriffen“, die sich wunderte, dass ein Hund ganz allein zum Heurigen hereinkam. Unsere Freunde waren da schon einen Tag wieder zuhause und taten all das, was ein armes Hundlerherz tut, um den Liebling wieder zurückzubekommen. Und so ist klar, dass der Gripserle nur noch nach Pressbaum geht, wenn Hermi und Hans den Süden suchen, dessen Wärme seinen „alten Knochen“ gut tut. Sie können also Reisen machen, leben glücklich und zufrieden, man müsste sie glatt beneiden. Muss man jemanden beneiden? Hans geht es nicht so gut in letzter Zeit. Wir verbrachten einen herrlichen Nachmittag zusammen, Hermine hat sich mit der Bewirtung wieder einmal selbst übertroffen, sicher mit ein Grund, dass wir alle sehr still sind auf der Heimfahrt durch das wunderschöne Weinviertel. Die Welt ist so schön, aber wir alle sind „Befristete“. Wir wissen es, jeder weiß es. Ist unter diesem Aspekt allein töten nicht das Sinnloseste?

Ich bin tieftraurig. Ich könnte mich ins Bett legen und meinen Tod abwarten. Ich könnte mir einen Hundertemagel suchen, den gibt es sicher in unserem Haus. Das eine wie das andere gäbe kein gutes Bild. Immer weitermachen, man denke an Luthers Apfelbaum. Mein Bäumchen hat Stehohren, lange Zunge und lange Rute, ein Lebenskünstler, ich habe viel von ihm gelernt, er ist meine „Wahlverwandtschaft". Wird ein Stein ins Wasser geworfen, zieht er Kreise. Darüber, dass er im Anschluss daran untergeht, spricht niemand, da es belanglos ist. Ich jedenfalls will Kreise ziehen, weil ich glaube, dass die Zeit dazu reif ist. Ich sagte schon, dass innerhalb des SV und SVÖ hohe Transparenz erreicht wurde, die Welt ist so klein geworden, nicht zuletzt durch das weltweite Web, unsere Großzüchter werden sich nicht mehr viele Ausrutscher leisten können. Seit ich mir die Frage stellte, mit welchem Recht ein oder mehrere Malzhunde eine ganze Rasse kaputtmachen, sind ein paar Tage vergangen. Ein geübter Schreiber würde die Sache ganz anders aufbauen, ich kann es nicht. Bin einerseits zu emotional, kämpfe zudem mit Zeitproblemen, kann nie die Gedanken richtig ordnen, weil, weil? Weil! Dem Wolf ging es heute nicht gut, vielleicht der Kreislauf oder eine allgemeine Schwäche, jedenfalls sackte er drei- oder vier Mal zusammen. Das Stiegensteigen wird langsam zu beschwerlich für ihn. Der Fliesenboden in Büro und Lagerräumen ist auch zu glatt, also hole ich ein paar Teppiche, alles artet in Arbeit aus, so ist es mal. Zur Frage nach dem Recht: Im Außerfern habe ich einmal einen Spruch über einem Hauseingang gelesen, der mir gewissermaßen als „Bremse" oft in den Sinn kommt. „Wer Böses spricht über mich und die meinen, der gehe nach Haus und betrachte die seinen." Darf ich denn selber Hunde zu züchten?

Nun könnte ich fragen, welches Recht habe ich, Auto zu fahren, durch eine Zentralheizung und den Einsatz von Putzmitteln die Umwelt zu verschmutzen, Fragen über Fragen, auf die ich keine Antwort weiß. Wenn auch immer ich mein Hobby rechtfertigen kann, dann nur dadurch, dass ich mich strikt an die Vorgaben von Stephanitz, die ich bereits zitierte, gehalten habe, es bis heute tue. Was wir betreiben, ist die geforderte „Liebhaberzucht", Opferbereitschaft und Frustrationstoleranz haben wir auch schon bewiesen.

Welkie hatte alles geschafft, was einen Deutschen Schäferhund zum empfohlenen Zuchthund macht, nun kam der heiß ersehnte A-Wurf und mit ihm Adler. Vom ersten Knurren an war er der Hund unseres Sohnes. Er war der Schwerste der sechs Brüder gewesen, die nach der ersten Lebenswoche ihr Geburtsgewicht „vorschriftsgemäß" verdoppelt hatten, er aber blieb zurück. Wir machten die traurige Beobachtung, dass die Mutter gerade ihn, unseren Liebling, ablehnte. Hatte er sich mühsam zum Gesäuge gekämpft, rettete sie sich in die nächste Ecke, wohin die stärkeren Brüder ihr mühelos folgten. Wir griffen ein, wir boten sozusagen der Natur Paroli, legten Adler immer wieder an. Wie hätten wir auch dem Kind, das von seinem Sparschwein Geld geplündert und davon der Hundemutter nach dem Wurf drei Märzenbecher gebracht hatte, klarmachen sollen, dass da etwas nicht stimme und man sich nicht einzumischen habe. Und schließlich hatte ich auch selber keine Erfahrung. Mit Beginn des Zufütterns wurde der Größenunterschied zwischen Adler und seinen Brüdern immer auffälliger. Beginnt man, die Welpen erst mit einer kleinen Kugel faschiertem Fleisch zu füttern, geht es einem wie mit einem Kleinkind, dem man einen Löffel Brei bietet. Mund auf, das geht noch recht gut, alles Andere will geübt werden. So schnell die Brüder es lernten, plagte Adler sich enorm. Aber Fritz gab sich jede erdenkliche Mühe, fütterte den Kleinen lange Zeit noch löffelweise und die viele Zuwendung wurde belohnt. Adler vom Auenfels, von hypophysärem Zwergwuchs, lebte sieben Jahre bei uns. Etliche Tierärzte wurden konsultiert, keiner wusste Rat, man kann zusammenfassend sagen, wir investierten eine Menge Zeit und Geld, wir taten alles, was wir tun konnten. Er machte Probleme, er sah ein wenig einem mexikanischen Nackthund ähnlich und war dennoch der großartigste Hund, den man sich vorstellen kann.

Er war Freund und Vertrauter unseres Sohnes, unser pythagoreischer Monteur nannte ihn den „Melder" und keiner von uns möchte auch nur einen Tag mit ihm missen. Einmal wurde ich Zeuge einer unvergesslichen Szene: Inspiriert von irgendeiner Weltall-Raumschiff-Serie saß

Fritz in einem Fauteuil, Adler auf der Lehne. So flogen sie durch Raum und Zeit, sie hatten mein Kommen nicht gehört, blickten in unendliche Weiten, in eine Richtung. Sie spielten „Sternenfalke und Grüne Leuchte“, ich weiß heute nicht mehr wer von ihnen was war, und als ich das Zimmer betrat, war scheinbar irgendein galaktischer Angriff abzuwehren. Wie beim „Voraussenden“ im Unterordnungsteil unserer Prüfungen hob mein Sohn die Hand und gab dem Kameraden den Befehl „Adler, flieg!“, worauf unser Nackthund einen so gewaltigen Satz hinlegte, wie ich ihn ihm gar nicht zugetraut hätte. Er apportierte irgendein „Lichtschwert“, dann bemerkten sie mich und ich hatte ihr Spiel entzaubert. Adler war unser Sorgenkind, aber auch unser Sonnenschein und als mein Mann den letzten Weg mit ihm ging, besser gesagt, zum Tierarzt fuhr, habe ich ihn zum ersten Mal weinen sehen. Wir hatten in späteren Würfen noch zwei Mal, aus ganz anderen Blutlinien, solchen Zwergwuchs, da fehlte aber schon schulbedingt der ungeheure Einsatz unseres Sohnes und

wir brachten diese Tiere nicht durch. Ich habe noch in keinem einzigen DS Fachbuch nur eine Erwähnung zu diesem Thema gefunden.

Was mich von jeher so am Deutschen Schäferhund fasziniert, ist sein ästhetisches Erscheinungsbild, beispielsweise bedeckt er mit seiner buschigen Rute alles, was nicht unbedingt sehenswert ist und es wäre für mich, wo ich so viel mit den Hunden unterwegs bin, eine Schreckensvorstellung, meinem vor mir hergehenden Freund dauernd in den Auspuff schauen zu müssen. Nun, das ist Geschmackssache. Auf guten Ausdruck lege ich großen Wert, man sagt nicht umsonst, dass das Auge der Spiegel der Seele sei. So träumerisch ich selber bin, will ich keine Schläferhunde. Adlers Vater war Dongo von der Damminsel. Wohl waren mir auch andere Deckrüden angeboten worden, doch gerade dieses ehrliche Kämpferherz gefiel mir am besten. Seine Mutter war besagte Kyra von der Paarquelle, die nach reichem Kindersegen ihr Le-

ben mit ihrem neuen Herrn genoss. Neben seinem Bett durfte sie schlafen, nach einem „gemeinsamen Frühstück" fuhren sie zusammen zu den Kunden und nach getaner Arbeit hüpften sie im Sommer in den Pool. Die deutsche Kyra war zum Herdengebrauchshund ausgebildet worden, bloß waren die Schafe über ihre etwas derben Griffe nicht erfreut, so kam sie nach Wien.

Mit Frau Ibeschitz besuchten wir viele SV und SVÖ Informationsveranstaltungen, auch die Siegerschau und einmal auch das Bundesleistunghüten in Memmingen.

Da treffen viele Schäfermeister Deutschlands zum Wettbewerb im Hüten zusammen. Eine Herde natürlicher Größe befindet sich im Pferch. Der Schäfermeister hat für seine Arbeit zwei Helfer, den Haupt- und den Beihund. Sie helfen beim Auspferchen der Schafe, im Gelände werden Situationen simuliert, die aus dem Leben gegriffen sind, beispielsweise geht es aus dem Pferch über eine Brücke, von dort über eine Straße, eine nächste Brücke, dann vom engen ins weite Gehüt. Ich erinnere mich, wie begeistert wir waren, als wir den Deutschen Schäferhund hier in seiner ursprünglichen Aufgabe „aufgehen" sahen. Man kann sich den Haupthund durchaus als rechte Hand des Schäfers vorstellen, die Verständigung zwischen so eingespielten Teams ist beeindruckend. Da zieht die Herde die Straße entlang, daneben ein Acker mit Frucht. Nun kommt ein Auto entgegen, unermüdlich wehrt der Hund, so dass keinem der ihm Anvertrauten etwas geschieht. Diese Hunde scheinen auch hinten Augen zu haben. War der Haupthund eben noch an der Spitze der Herde, dreht er plötzlich, wie von der Tarantel gestochen um und rast zurück. Da sehe ich erst, dass eines der Schafe am Ende des Zuges ins Feld naschen gegangen ist, aber der Geselle kennt da keinen Spaß, Ordnung muss sein. Auf weiter Flur kommt dann der zweite Helfer zum Einsatz, der bisher noch angeleint ging. Soll die Herde in eine andere Richtung getrieben werden, sagt man, der Hund „kippt sie". In Memmingen war ein älterer Schäfermeister im Bewerb, der zwei recht junge Hunde führte. Es war ein Geschwisterpaar, von ihm selber gezüchtet, der Rüde hatte den Job des Haupthundes, Beihund die Schwester, nebstbei bemerkt waren es zwei sehr schöne Tiere. Die Hündin fiel mir auf, weil sie so irgendwie den Schalk in den Augen hatte, sie zog auch ein paar Mal an der Leine und ich fragte mich, was sie wohl tun würde, sobald ihr Ansatz käme. Sie war jung und verspielt und ich hatte es ihr die ganze Zeit über angesehen, von der Leine losgelassen zog sie ab wie der Blitz und „kippte“ die Herde ein paar Mal nach ihrer Weise. Es brauchte doch ein paar Zurufe von ihrem Herrn, bis sie wieder Benehmen zeigte, immerhin wurde die Arbeit noch im hohen Befriedigend bewertet. So etwas „Lebiges“ kann schon sehr temperamentvoll sein. Man muss sich also vorstellen, was ein Hund an der Herde leistet, da gehört sehr viel Ausdauer, Arbeitseifer dazu und auch das Gebäude, das ihm ökonomischen Einsatz ermöglicht. Im Wettkampf wird ja nach dem Parcours wieder eingepfercht, aber im Alltag sind die Hunde oft den ganzen Tag über in Bewegung. Das sind also die „Wurzeln“ des DS, später wurde er für immer mehr Dienste an der Menschheit entdeckt. Und nun, über unseren Adler, darf ich noch einmal auf das heiße Eisen Schutzarbeit zu sprechen kommen.

Wer mit Tieren zu tun hat, dem kann es immer einmal passieren, kleine oder größere Blessuren davonzutragen. Wenn das sanfteste Kätzchen die Krallen ausfährt, rinnt eben mal das Blut. Die spitzen Welpenzähnchen hinterlassen so manchen Kratzer auf der Hand. Zum Spiel verwenden wir unsere Hände, der Hund hat seinen Fang dazu. Er spielt mit uns seine Welpenspiele, nur, uns fehlt der schützende Pelz. Das heißt also, dass der Tierhalter eine etwas andere Einstellung zur Beißthematik entwickelt, etwa so, wie ein Kellner zu mikrowellenheißen Tellern. Ich will Beißunfälle in keiner Weise verharmlosen, ich spreche auch immer nur von dem in seinem Urvertrauen geförderten Rassehund, dessen Eigenschaften vorhersagbar sind und der durch seine Ausbildung fest in der Hand seines Herrn steht.

Bei der Schutzarbeit kommen die Komponenten Genetik und Umwelt zum Tragen. Der bestveranlagte Hund kann „abgedreht“ werden, wenn ihm von Helfer und Hundeführer un-entsprechend zugesetzt wird. Ein mittelmäßig veranlagter Hund kann auf Veranstaltungen „glänzen“, wenn er entsprechend gefördert und präsentiert wird. Nur aus einem genetisch lauen Kerl kann leider nie ein rechter Schutzhund werden. Unsere Welkie war eine Hündin, die sich meine Verteidigung zur Aufgabe gemacht hat. Manch nächtliche Polizeikontrolle machte sie mürbe, wenn sie so herzerfrischend gegen die Autoscheiben fuhr, nicht bloß einmal wurde ich resigniert weitergewinkt. Herr Wolf meinte, wenn ich einen Autounfall hätte, müsste man sie erschießen, ehe man mir helfen könnte. Ich schätzte es auch so ein, aber da die Hündin sonst absolut sicher war im Umgang mit großen und kleinen Menschen, war mir das durchaus recht. Wenn ich vorhin geschrieben habe, dass ihr Engagement belohnt wurde, meinte ich tatsächlich ihren Schutztrieb. Gepaart mit einem Dongo, der das Griffverhalten seiner Mutter geerbt hatte, waren die Rüden des A-Wurfes vom Auenfels allesamt keine Schläfer. Adler war zwar ein Minihund, aber auch er hatte es durchaus in sich.

Eines schönen Sommertages zog unser kleiner Sohn, nur mit Badehose bekleidet, sich den Schutzarm über, machte mit dem Schlagstock Drohbewegungen zu den Hunden, die bei ihm im Garten waren und schon stürmten sie auf ihn zu. Sie kamen zum Anbiss – und es wurde ein herrliches Spiel zu dritt. Sonst glücklicherweise keine „Ärmellutscher“, spielten sie so dosiert mit dem Sohn, dass es eine Freude war. Ich konnte den Fotoapparat holen und die Szene aufs Bild bannen. Das ist der Deutsche Schäferhund. Mein DS!

Mein DS heißt auch Hatsch. In einem netten kleinen Fischlokal am Traunsee studieren wir die Speisekarte, vom Nebentisch her kommt ein behinderter Junge, etwa vierzehnjährig, so schnell herübergelaufen, dass ich gar nicht reagieren könnte. Beherzt umarmt er unsere Hündin. Ach, da will einer schmusen? Dann schmusen wir halt. Trotz aller Schutzarbeit. Hatschiputz, von Kurt Hatschibratschiluftballon genannt, hat SchH3 und IPO3.

Meine DS hießen Heiko und Hera und fuhren mit mir zur Hundeausstellung im Wiener Messegelände. Menschen- und Hundegewimmel vom Eintritt an. Es war heiß, wir mussten lange warten, bis wir unseren „Einsatz“ haben. Wie wäre das Warten besser zu ertragen als in einem der improvisierten „Biergärtchen“. In einem Geviert sind Heurigengarnituren aufgestellt, an einem Tisch ist noch ein Plätzchen frei, aber darunter sind schon andere Hunde. So müssen meine beiden etwas exponierter liegen. Dort gegenüber sitzen zwei junge Mütter mit ihren Kleinkindern. Während sie dem einen ihre Aufmerksamkeit zuwenden, merken sie nicht, dass das Zweite sich uns nähert und zwar rasant. Ich halte die Luft an, als der Windelbomber auf uns zukommt. Soll ich die Hunde hochreißen, sie irgendwie „abschirmen“? Ich weiß es nicht. Wieder einmal geht es in Windeseile: Er ist nicht sehr sicher auf seinen Beinen, der kleine Mann, sein Sturz ist vorprogrammiert, er landet auf dem liegenden Heiko. Hera, die sich inzwischen aufgesetzt hat, beugt sich über ihn und stupst ihn freundlich an. Das sind meine Deutschen Schäferhunde, beide mit Schutzhundprüfung. Dass Heiko später mit der kleinen Tochter seiner Eigentümer böser Wolf und Rotkäppchen spielen wird, und mir, der „Hundegroßmutter“ ein Körbchen mit Wein und Kuchen bringt, ist nur ein Detail am Rande. Und nicht Victoria musste die „Last“ tragen …

Nützlich, dieser vierjährige Lümmel, mit dem ich es immer noch zu keiner Prüfung gebracht habe, was vermutlich an meinem Altersblödsinn und seinem überschäumenden Temperament liegt, beißt mir und auch Kurt, vor dem sonst doch die meisten Hunde etwas Respekt zeigen, die Finger ab, will sich gewaltsam ein Bröckchen Futter aus unseren Händen holen. Der kleine Enkelsohn einer Kundin aber kann ihm von seiner Wurstsemmel den kleinsten Bissen abgeben, den der Wilde ganz vorsichtig entgegennimmt. Überhaupt ist er in unserem Geschäft der „Empfangschef“. Sobald er die Ladenklingel hört, läuft er nach vorne und noch ehe ich von meinem Schreibtisch hochkomme, nimmt er schon „Aufstellung“ am Verkaufspult. Es gibt kaum jemand, der ihn nicht streicheln würde. Frau Susanne, die uns die Post bringt, wird ohnehin heiß geliebt. Zuhause ein Softie, der den Wolf immer noch als Rudelführer anerkennt, der die kleine Katze im DTC Ebreichsdorf putzt, sich hinlegt, damit sie auf seinem Kopf herumturnen kann, zeigt er, wie ich meine, doch eine ganz nette Schutzarbeit. Mein DS.

Mit unserem DS treffe ich viele Leute, auch Frau Riegel aus der Badgasse, die ich insgeheim Angélique nenne. Wir treffen am Bahnweg Ecke Krumpöckgasse zusammen. Mein Hund läuft frei, wo es die Sicht erlaubt, nachdem ich keinen Röntgenblick habe, rufe ich ihn davor zu mir. „Ach, vor Ihren Hunden fürchte ich mich nicht, das weiß ja jeder, wie brav die sind", meint sie, die sonst Tieren gegenüber doch eher reserviert ist.

Auch den Jagdpächtern begegne ich auf meinen Gängen. Da liegen die Vierbeiner auf „Platz" und wir Zweibeiner ratschen ein wenig. Unsere Hunde haben das Kommen und Gehen während des Tages in unserem Geschäft begriffen. Kunden von vorne, Monteure und Lieferanten von hinten, einen Slalom muss man zwischen den entspannt überall herumliegenden Tierkörpern laufen. Meist sind sie zu dritt bei mir, Wolf, Nützlich und abwechselnd eine der Hundedamen. Sie alle sind umgänglich, keiner fällt unangenehm auf. Oft lässt einer der Monteure die Hintertür offen, leicht könnten die Freundchen unbemerkt entwischen, sie tun es nicht. Sobald das Geschäft gesperrt wird, beginnt dann das Wachen. Nun wird gemeldet, wenn jemand kommt.

Ab und an erscheinen Leute bei uns, über die ich mich nicht sonderlich freue. Ich lege keinen Wert darauf, dass man mir aus der Hand lesen oder unseren Keller nach Alteisen durchforsten will. Ob es damit zu tun hat, dass die Hunde meine ablehnende Haltung spüren, weiß ich nicht, jedenfalls zeigen sie sich dann ganz anders und – es wirkt. Schäferhundzucht ist Gebrauchshundzucht.

Erdbeeren

Von der Mittagstour heimgekehrt, empfängt mich im Haus der herrliche Duft von frisch eingekochten Erdbeeren, Schwiegermama kann es nicht lassen. Wo habens denn eingekocht, war es die Kitty, war es auf Jasnaja Poljana? Alles bring ich durcheinander. Wenigstens die Jagdgeschichten aus „Krieg und Frieden" hab ich mir gemerkt, „klare Sache und damit hopp", bin schon wie der alte Onkel der Rostows. Das gehetzte Wild, der arme geknebelte Wolf. Ja, der Wolf muss auch hinaus. Komm nur, Dicker. Bin ich froh, dass es dir heut wieder besser geht. Ein Schnippchen wollen wir ihm schlagen. Viele von deinem Jahrgang sind nicht mehr am Leben. Zu steile Schrägwand, zu hohe Hürden, menschliche Eitelkeit. Von mir aus würde eine 70 cm Hürde genügen, die schlampig Ausgebildeten setzen auch da noch auf. Und die Schrägwand auf 1,80 m ist ohnehin ein Wahnsinn. Habe mal einen Film darüber gesehen, in Zeitlupe gesehen, wie bei der Landung die „Flügerl" herauskommen. Menschliche (männliche?) Eitelkeit? Ghört abgschafft, wär was für den Tierschutz. Aber in Pressbaum werden die Hunde alt. Und die Menschen. Die Frau Langer vom Kaufhaus gegenüber ist bis zuletzt auf ihrem Platzerl im Geschäft gesessen, immer nett anzusehen, den Yorkshire bei sich, den Dusty. Oder war es schon der Neue? Moritz heißt er, glaub ich. Apfelstrudel hats ihnen gemacht, noch mit über neunzig. Ich merk mir nichts mehr. Wer hat mir eigentlich die Dame Murasaki empfohlen? Wenn ich den erwisch. Vergeudung, Verschwendung, das Volk hungert, damit der Kaiser von China auf den goldenen Topf gehen kann. Und wenns in Japan ist. Ich bin recht schludrig, bei MRR heißt es „Frauen dichten anders", ich wollte ganz anderes über das Frühstücksei schreiben, es ist eine ganz andere

Stelle in Frank McCourts Buch, sie fällt mir nicht ein. Neulich, bei meiner Morgenschilderung, hätt ich beinah gesagt, ich trinke die Eindrücke in mich hinein. Seelenverwandtschaft zu Herrn Stifter, nämlich insofern, als dass ich auch gern ess und trink. Und das mit den Bäumen, die auf den Kopf fallen, das kann auch nicht von mir sein. Essen und trinken, muss ich an den alten Herr Antony denken, ich glaub, er ist 94 worden. Wenn der nicht gstürzt wär, lebert er heut noch. Vor dem bin ich in die Knie gangen. War Winter, Schnee, Glatteis. Wir sind ja ein Schneeloch, heuer waren es 247 cm, laut Warte Sumersiedlung. Damals lebte das Britl noch, komm ich mit ihr die Gasse runter, wie er vom Kaffeehaus hochstapft. Das fehlt noch, dass die ihm raufspringt! Ich such sie am Halsband zu fassen, sie macht einen sidestepp, ich rutsche aus und schon knie ich vor ihm. „Geh Madl", sagt er zu mir, „das wär doch net notwendig." Einmal wurde ein Autobus organisiert, da sind die Hauptstrassler und Niedermayrgassler zu Susi und Gerhard Maurer gefahren, zum Heurigen nach Ahrenberg. Den Zillertaler Hochzeitsmarsch hams dort gspielt. Der Herr Antony hat eine halbe Stunde vor Mitternacht ein Schmalzbrot mit Zwiebel gegessen, dann hat er noch getanzt! Das war halt Lebensart. Uns Jüngeren sind schon die Augen zugfalln. Das waren noch Leut, ich glaub, die Haiduk Rosi war mit von der Partie, ebenso ein Urgestein, lebt heute noch und mit wie viel Humor! Der Kardinal König, der ist erst alt worden. Hat mich im Stephansdom gefirmt. Meine Patin, die Tante Susi, hat sich die Nerzstola von den Schultern gerissen und sie vor mich hingebreitet, damit ich drauf knien soll, wie peinlich! Kein Mensch kniet auf einer Nerzstola, schon gar nicht, wenn er jung ist. Geh ich im letzten Moment in die Höh, drückt sie mich nieder. „Das Leben bleibt einem so viel schuldig", sagt meine Mutsch. Das find ich nicht, mir ist es noch keine Peinlichkeiten schuldig geblieben. Und peinlich bin ich ja selber. So Wolferl, können wir jetzt umdrehen? Wie komm ich überhaupt auf den König, was hat der mit Pressbaum zu tun? Wird halt auch einmal da gewesen sein, oder wars der Jachym, weißt eh, der Koadjutor vom Innitzer? „Aus der Fülle des Lebens" hat einer unserer Pfarrer gesagt. Oder „In der Fülle des Lebens“? Ist ja egal, meine Schwiemu kocht die Erdbeeren ein. Nein, Dicker, du gehst ins Büro, ich geh die Stiegen allein hinauf. Schmeckt dir eh nicht, die Marmelad. Die Confitüre. Oder mit K? Hab ich im Radio gehört, dass Stiegensteigen ein knackiges Hinterteil macht. Da müsst ich das schönste von ganz Wien-Umgebung haben, Wunschkennzeichen WU-PO1. Aber was hab ich? Lauter Verwirrung im Kopf. Das kommt vom Anton Kuh, den hat meine Mamsch mir neulich aufs Auge gedrückt, vom Durcheinanderlesen kommt es und wahrscheinlich auch vom Reini Seifert, der ist ein Kunde von uns. Mal reißt mich dieser, dann jener aus meiner Schreiberei, am End lass ich mich gern ablenken ... Der Herr Seifert aus der Anlage, der ist ein Genie, ein Original. Da glaubst, er kennt den Santo Ninho persönlich. Nicht wegzudenken ist er aus der Pressbaumer Szene. „Heiliger Gorbatschow“, sagt er und noch allerhand anderes. Aber am Palmsonntag ist er ganz zahm neben uns in die Kirche eingezogen. Und ich muss jetzt endlich ins Geschäft einziehen, sonst muss ich mich selber entlassen.

Gutmütig ist mein Chef, jeder Andere hätte mich schon gefeuert. Immer drängen die Hunde sich in meine Gedanken, drängen sich vor. Na schön, meine Arbeit läuft mir nicht davon, sie bleibt mir. Zudem geistere ich heute auch nicht mehr so sehr durch die Weltgeschichte wie früher, wo ich keinen Schaubesuch versäumt, viele Leistungsveranstaltungen besucht habe. Diese Events sind auch wirklich sehenswert! Viele Mitglieder einer oder mehrerer Ortsgruppen sind da zusammen im Einsatz, es werden Vorbereitungen getroffen wie für ein Fest. Nichts Schöneres gibt es, als am frühen Morgen an einem der etwa 150 „Stützpunkte“, die unser Schäferhundverein über ganz Österreich verstreut hat, anzukommen, wo schon die Ringe für die spätere Konkurrenz ausgesteckt sind. Gespannte Erwartung liegt in der Luft, man trifft viele Freunde und liebe Bekannte. So viele helfen zusammen, kümmern sich um reibungslosen Ablauf des Geschehens und auch um das leibliche Wohl der Besucher, geben freundlich Auskunft, da wird Zusammenhalt spürbar, Gemeinschaft fast wie in unserer Sonntagsmesse. Dann folgen die einzelnen Vorführungen und Bewerbe, ob unser DS uns mit seinem Aussehen oder durch seine Leistung erfreut, immer gibt er sein Bestes. Leistung oder Ausstellung – es ist ein schöner Sport und würde mehr Zuschauer verdienen, aber was nicht ist, kann ja noch werden …

13.07.2005

13.07.2005. Die Nachbarin meiner Mutter ruft an und verständigt mich, dass mein Mütterlein eben mit der Rettung ins Krankenhaus gebracht worden sei. „Das Herz?“, frage ich. „Ja, das Herz.“ Mein Sohn, der oft tagelang unterwegs ist, ist erreichbar und chauffiert mich, drückt im Auto ein paar Mal meine Hand. Wir müssen nicht reden, was wäre auch zu sagen. Ich bereite mich innerlich darauf vor, die Entscheidung einem Höheren zu überlassen. Allen sprechenden Bäumen und Fantasien zum Trotz, ordne ich mich eher der nichtesoterischen Sorte zu, dennoch bemühe ich die von Murphy geschilderte geistige Heilkraft des Unterbewusstseins. Allgegenwärtig, von Pressbaum bis Wien reichend, Frieden, Gesundheit, Harmonie. Und prosim warte auf mich, Ivanka, moje srdce, maminka! Ich muss daran denken, wie ich als Kind während der Kubakrise betete, dass die Bombe oder was auch immer erst dann fallen möge, wenn ich bei meiner Mutter sei. Keiner soll den Weg alleine gehen müssen. Immer vergleiche ich Hund und Mensch, mag es dem Leser noch so sehr die Haare sträuben. Aus der Dunkelheit kommen wir beide, gehen wieder dort hin. Wollen unsere Neugierde befriedigen, der alte Hund hat ein paar Weisheiten erlangt, der Mensch manchmal weniger. Und Liebe ersehnen wir ohnedies alle. Immer wieder Abschied, wie oft habe ich es schon erlebt. Der Hundebesitzer, der meint, es nicht „mit ansehen“ zu können, tut mir von Herzen leid, verachten will ich niemanden. Parkgarage, Information. Wie ein Kind trotte ich hinter Fritz her, wie viel Sicherheit mir seine Nähe gibt. Es ist drückend heiß, eben Herzwetter. Im genannten Pavillon angekommen, fragt mein Sohn nach seiner Großmutter. „Sorgen Sie sich nicht zu sehr, sie ist eben beim Lungenröntgen, müsste bald wieder hier sein", sagt die freundliche Dame am Empfangsschalter. Sie lächelt oder besser, sie schmunzelt. Wir können uns den Grund vorstellen, Omimu bringt Abwechslung in den grauen Spitalsalltag. Die Leute hier haben es ohnehin nötig. Wenig später sehen wir am Ende des Ganges einen Pfleger, der ein Wägelchen schiebt, der weiße Haarschopf meiner Mutter wird sichtbar, schon sind wir bei ihr. Es ist so wie vor ein paar Jahren. Sie hatte einen Infarkt erlitten und unter schlimmsten Vorstellungen waren Fritz und ich zur Intensivstation geeilt. Aber sie lachte uns entgegen „na, was sagt ihr zu mir", schnell war sie wieder genesen.

Über eine an dem Wagen befestigte Flasche bekommt sie Sauerstoff, sie ist blass, aber sie lacht. Der Pfleger auch. „Ihre Mutter ist ein so positiver Mensch", meint er, nun sollen wir warten, bis ein Arzt uns über ihren Ist-Zustand und die geplanten Maßnahmen informieren wird. Wir sind nicht die Einzigen in dem Warteraum, dessen Architektur meine Mütterliche nun unter die Lupe nimmt. Die massiven Deckenbalken, in welche etliche Leuchten eingelassen sind, stören ihren Sinn für Sparsamkeit. Von jung auf musste sie sparen, es ist ihr zur Gewohnheit geworden. Immer war es ein geizloses Sparen, man müsste es eher Künstlertum nennen. Aus Resten und mit viel Fantasie konnte sie ein großartiges Nachtmahl zaubern, das sie uns durch Namen wie „Schneewittchenessen" noch schmackhafter machte. Was hilft die schönste Speisenfolge, wenn die Konversation nicht passt, was wäre das köstlichste Menü ohne Tafelmusik? Sie hat uns auf ihre Weise beides geboten und für Unterhaltung sorgt sie auch hier. Also, es hätten doch wohl gewöhnliche Lampen genügt, gleich lenkt sie aber ein, dass man dem Architekten durchaus Kreativität zubilligen müsse. Das Warten störe sie gar nicht, das sei in einem solchen Betrieb ganz natürlich, im Kinderheim war ein ähnlicher Ablauf gegeben, der Professor Soundso, das war ein großer Mann. Wir fragen nicht, ob sie es in anatomischem Sinn meine, mein Sohn und ich sind einfach nur glücklich, dass sie lebt und wagen es nicht, zu unterbrechen. Alles lauscht. Was Hedwig Courths-Mahler schriftlich ausdrückte, bringt sie verbal unters Volk – dabei entsinne ich mich genau, wie amüsiert sie vom Zeitschriftabonnement

„Das Schwälbchen“ ihrer eigenen Mutter erzählt hatte … Nun aber wird sie in ein anderes Zimmer gefahren, wird von einer sehr hübschen jungen Ärztin begrüßt, die äußerst kompetent auf uns wirkt. Sie erklärt, dass meine Mutter einen Kreislaufkollaps gehabt habe, Lunge und Herz seien, bis auf „Bestehendes“ so weit unauffällig, ihre Werte erstaunlich gut. Hier wird sie unterbrochen, gleich bei der Blutabnahme habe meine Mutter die günstigen Zeichen erkannt – der Lebenssaft sei weder zu dunkel, noch zu dickflüssig gewesen und, und. Die Ärztin kann sich des Schmunzelns nicht mehr erwehren, auch nicht, als die Patientin meint, dass sie ja nun wieder nachhause könne. Nein, sie wird für ein paar Tage zur Kontrolle behalten, man muss es sich vorstellen, in Zeiten, wo Geld, Betten und Personal Mangelware sind, genießt sie diesen Vorzug. Alle sind lieb zu ihr, freundlich. Sie lächeln, lachen, streicheln sie. Meine Mama benötigt keine Zusatzversicherung, sie hat sich selbst. Sonnenkind. Während wir auf den Aufzug in den zweiten Stock warten, wohin der Pfleger sie bringen soll, trägt sie uns vor: „Hell Gesicht bei bösen Dingen und bei Frohem still und ernst; und gar viel wirst du erringen, wenn du dies beizeiten lernst.“ Sie hat jetzt, im Schrecken, wieder ganz zu der Sprache zurückgefunden, die mir von ihr aus meiner Kindheit vertraut ist. Man rennt nicht, man läuft. Man schmeißt nicht, man wirft. Wo ich sagen würde, „reg dich net auf“, sagt sie „echauffiere dich nicht“. Ich muss wirklich eine Enttäuschung für sie sein, die nie ein „Gassenkind“ haben wollte. Aber ich sehe es locker, das schönste Burgtheaterdeutsch würde mir nicht dazu verhelfen, auch nur ein Waschbecken mehr zu verkaufen. Schon gar kein Bidet, erstens ist das womöglich etwas Unanständiges und zweitens ist ja in den immer noch lächerlich kleinen Badezimmern gar kein Platz dafür. Genau wie der Hund passt man sich den Gegebenheiten an.

Als eine Schwester ihr das Spitalshemd überzieht, sehe ich erst, wie mager sie ist, fast spitz treten die Schultern hervor. Meine Ma, meine Ivanka, mein Gerterl, ich glaube, wenn man einen Menschen liebt, liebt man immer die ganze Menschheit in ihm. Es ist nicht nur ihr Alter, das mich hier anrührt, sondern jedes Altern. Fritz und ich fahren noch schnell zu ihrer Wohnung, um ein paar persönliche Sachen für sie zu holen. Überall ist Ordnung, ich habe es nicht anders erwartet. Auf dem Schreibtisch steht ein Kuvert für Stephan, dessen 21. Geburtstag bevorsteht. Alles ist vorbereitet, vielleicht kann sie am Samstag doch mit uns feiern. Mein Blick fällt auf ihre Schlafstatt, sie ist peinlichst genau gemacht, keine Falte in der Bettwäsche. Und darüber hängt das Marienbild, das sie von uns zu ihrem Siebziger bekommen hat. Maria mit dem Kinde lieb. Es hat ihr gefallen, sie hängte es über ihr Bett. Der Haken daran war für sie der Goldrahmen, wie leicht hätte er der Schlafenden auf den Kopf fallen können, traue keinem über ein paar Kilo. Nun sind aber Widerstände für meine Mutter nur dazu da, um überwunden zu werden. Vor unserer Übersiedlung nach Pressbaum hatte sie einen Flügel, der nicht mitgenommen werden sollte, eigenhändig zerlegt und entsorgt. „Zerhack das Ding". Dagegen ist doch ein Bilderrahmen ein Nichts. Fort damit. Die entstandenen nackten Ränder wurden leichter Hand mit Goldfarbe strichliert, nun blickt die Madonna uns eigentümlich „gefasst" entgegen. Ich denke an Frau Wichos Spruch über den Horoskopen im Kurier: „Wie jedes Licht Schatten wirft, hat auch jeder Mensch"... ja, was? Als Ungenauleser weiß ich nicht, wie es weiter lautet, wahrscheinlich gleich „ein paar Seiten". Punktgenau. Mutter ist anders. Ich bin anders. Viele sind anders. Der Rauch von vielen steigt gerader auf als meiner. Hass und Neid müssen aus Angst resultieren, aus dieser entsetzlichen Angst, nicht geliebt zu werden.

Noch vor Geschäftsschluss bin ich wieder im Büro, augenblicklich stelle ich den Untergang von ost- und westgotischem Reich gleichzeitig fest. Sellerie. Die Hunde sind ungeduldig, ein Stündchen, ein unkonzentriertes, habe ich noch vor dem Computer zu verbringen, gewissermaßen zur Schadensbegrenzung. Endlich „chiuso", die Hunde toben, dann bin ich bei ihnen. Heute waren sie nicht zufrieden mit mir. Durch ein paar Extraleckereien und Spiele gelingt es mir, mich bei ihnen wieder einzuschleimen. Es geht recht gut. Mit dem DS kann man es machen. Was dieser Hund alles verzeiht, ist oft ganz unglaublich. Trotz all der menschlichen Sünden ist und bleibt er der Beste.

„Der König ist tot, es lebe der König", dies beinhaltet zwangsläufig mehrere Wahrheiten. Das Leben geht weiter, ein neuer Tag, ein neues Glück, all dies und unsere Bereitschaft zur Fahnenflucht in jeder Hinsicht sind in diesem Satz enthalten. Der Ausspruch fiel mir ein, als ich am 4. Februar 2003 mittags mit den Hunden heimkam. Wolf, der sich über seine Delogierung nie beklagt hatte, stieg aus dem Auto und lief, anstatt geradeaus in seinen Zwinger, zielstrebig nach rechts, zum Haus. Wie er wissen konnte, dass er nun dort wieder sein dürfe, ist mir bis heute ein Rätsel. Kein Geheimnis ist es, dass Hunde durch die Körpersprache des Menschen, mehr als einem bewusst ist, beeinflusst werden, die geringste Neigung der Schulter kann zum Beispiel schon richtungweisend für sie sein. Nur, in diesem Fall war mir Beeinflussung gar nicht möglich, denn das einzige Signal, das ich beim Öffnen von Wolfs Box von mir gebe, ist maximal das der Hilflosigkeit. Um die Verriegelung zu betätigen, muss ich mich gerade dafür so weit in den Wagen beugen, dass ich mich mit der zweiten Hand abstützen muss, um nicht hineinzufallen. Bevor ich wieder hochkam, war Wolf schon einige Schritte weit gelaufen. So wurde er wieder zum selbst gekrönten König. Für den alten Haudegen war es „klare Sache".

„Klare Sache und damit hopp" – das hatten wir schon. Ein Hund mit beidseitiger ED, Ellbogendysplasie, der ist auch so ein Fall. Eine Operation mag angehen, die Nachbehandlung, zu der absolutes Ruhigstellen des Patienten, also des Lauftiers Hund, gehört, ist da schon wesentlich schwieriger. Klare Sache und damit hopp. Das habe ich vor zwei Jahren erlebt. Nachdem wir außer Krone in unserem Zwinger keine passende Hündin für den Nützlich haben, kaufte mir Gisela eine elf Monate alte Schönheit, die dazu ausersehen war, irgendwann die Mutter seiner Kinder zu werden. Liebe auf den ersten Blick war es zwischen uns beiden, nach kurzer Eingewöhnungszeit wurde sie zu einer fast krone-artigen Hexe. Ich habe diese frechen, temperamentvollen Hunde am liebsten, selbst wenn meine Gewandung in Mitleidenschaft gezogen werden sollte wie in Kindertagen. Sie war also nicht nur schön, sie war gut und ich bin über ihren Verlust immer noch nicht hinweg. Jeder unserer Schützlinge hat irgendwo sein Lieblingsplätzchen, sei es, dass es sich da gut liegen ließe oder ein Spiel dort besonders gelinge. Fast jeden Tag komme ich an einer dieser Stellen vorbei, wo meine Frou-Frou, um sie nach Wronskijs Stute zu benennen, einst so glücklich war. Und immer noch ist da dieser leise Stich ins Herz. Das wird erst aufhören, wenn die Großen in unserem Verein dazu gezwungen werden konnten, einzusehen, dass da immer „einer hinter der Tür steht“. Sie müssen endlich Verantwortung zeigen, wie es der Kleinzüchter tut, von dem Stephanitz spricht.

Krone vom Auenfels ist eine wunderschöne Hündin, das haben sogar Züchterkollegen bestätigt und das will immerhin etwas heißen, nachdem ja die Hunde von Anderen meist ausnehmend hässlich sind. Für mich ist sie ebenso eine Unvergleichliche, sie hat HD normal, sie hat IPO3, Zuchtbewertung vorzüglich und ist in Körklasse 1 auf Lebenszeit angekört. Mit ihr gehe ich gefahrlos um Mitternacht durch den Wald, sie ist ein DS, wie ich ihn will. Leider wurde ihr der ED-Befund „c“ zuerkannt, was „noch zugelassen“ bedeutet. Nun gibt es zusätzlich noch zwei Fälle von Ellbogenerkrankungen in ihrer Auenfels-Familie. Das bedeutete für uns, dass Krone dereinst jungfräulich wird sterben müssen. Sterilisiert ist sie schon. Geht man davon aus, dass eine Hündin in drei oder vier Würfen um die zwanzig Welpen bringen kann und wir, schon zu deren Schutz selbst, von unseren Käufern eintausend Euro pro verlangen, mag man sich unseren finanziellen Verlust ausrechnen.

Der Rüde Zanto vom Auenfels ist ebenso wie Krone geprüft, bewertet und gekört, mit ebensolcher normaler Hüfte, allerdings gab es zu seiner Zeit noch kein ED-Röntgen bzw. es war uns noch nicht bekannt. Auch sein Wesen wäre es wert gewesen, weitergegeben zu werden, aber er wurde nach zwei Deckakten, aus denen eine mittlere HD und ein schlechtes Vorröntgen hervorgingen, von uns nicht mehr zur Zucht verwendet. Der Rüde hätte blutlich in unsere Pläne gepasst, steht in unmittelbarer Nähe von unserem Wohnort und durch die Freundschaft mit seinem Besitzer wären uns nicht einmal die Kosten entstanden, die uns ein anderer Deckakt verursacht. Wir haben verzichtet.

Auch Grips vom Auenfels, ohnedies sehr oft bei uns, hätte uns zu „günstigen" Deckakten verhelfen können, gleichfalls vom Formwert her vorzüglich, Körklasse 1, SchH3, wie bei Hans gar nicht anders möglich. Ein Hund, der mit seinen Besitzern sicheren Umgang in jedem Lokal, im Urlaub in jeder Gondel zeigt, andererseits aber Haus und Garten bewacht wie kein Zweiter – nie wäre ich so verrückt, dort hinein zu gehen, wenn ich den Guten nicht kennte – ist auch er ein DS, wie wir ihn uns wünschen. Doch die Überlegung, dass er mit HD „fast normal" wie sein Bruder Griff und seiner doch ganz netten Größe nicht unbedingt Verbesserung hinsichtlich Gesundheit bringen würde, hat uns auch ihn aus unserem Zuchtprogramm streichen lassen.

Diese drei Beispiele mögen zeigen, dass der verantwortungsvolle Züchter sich doch wesentlich vom „Schwarzzüchter" unterscheidet, der ohne Rücksicht auf das künftige Zuchtprodukt Rüde und Hündin nach Belieben zusammenfügt. Es ist so ein bisschen wie beim „Kreidekreis". Dem Kind, das ich liebe, werde ich nicht den Arm abreißen, was nichts Anderes bedeutet, als der Rasse nicht zu schaden, so sehr man die eigenen Hunde logischerweise auch schätzen mag. Mit welchem Recht dürfen also die Malzhunde sich so zahlreich vermehren? Schlicht und einfach mit dem Recht, das ihren Besitzern zugebilligt wird.

Auf der jährlich stattfindenden Siegerschau treffen sich die Schönsten der Schönen. Das ist ganz in Ordnung so, wer Schönes hat, darf es ruhig auch zeigen. Ein illustrer Kreis von Tieren, welche anatomisch über dem Rassedurchschnitt stehen, wird, getrennt nach Rüden und Hündinnen, in den „V-A", also den „Ausleseklassen" herausgestellt, was nicht weiter verwerflich ist. Echt schlimm daran ist, und ich spreche nicht von früher, dass bei heutigem Wissensstand gegen die geforderte Prioritätenreihenfolge verstoßen wird. „Auslese" muss vor allem Gesundheit betreffen. So lange Schönheit an erster Stelle steht, werden wir in den Medien sein, Käufer verlieren, Mitglieder verlieren, geschwächt werden.

Nicht nur ich habe es als starkes Stück empfunden, dass 2004 sowohl der Sieger als auch zwei weitere Tiere der Auslesegruppe Rüden keine ED-Prüfung vorweisen konnten!

Nun wird aber in den letzten SV Nachrichten eine geplante Änderung dieses Missstandes angekündigt. Allerdings nicht für die bevorstehende Siegerschau, sondern erst für 2006! Aber es wäre eine böse Unterstellung, anzunehmen, dass es sich da vielleicht heuer für ein paar wichtige Leute noch „ausgehen" soll. Ob ich jemandem fürchterlich Unrecht tue, werde ich ja sehen, möglicherweise haben die Säumigen längst alles nachgeholt. Ich werde dann gerne Abbitte leisten.

Ich habe bereits angedeutet, wie wichtig die Röntgenquote eines Zuchttieres ist. Die Bestätigung dafür habe ich nun wieder einmal bekommen: Da wurde einem Rüden aus österreichischer Zucht das begehrte Prädikat „V-A" verliehen. Er konnte zum damaligen Zeitpunkt mit etwa 20% geröntgter Tiere aufwarten. Wohl hat er es zwischenzeitlich auf 22,73% gebracht, allerdings mit drei Ausfällen darunter. Mich überrascht das in keiner Weise, denn schon sein Vater war mit einer Quote von 25% nicht unbedingt überzeugend, es waren ebenso Ausfälle zu beklagen gewesen und auch einige der nicht erfassten „Dunkelziffern" sind mit bekannt. Das Perverse an der Sache ist zusätzlich, dass die Leute meinen, ein Rüde mit so vielen Nachkommen könne ja gar keine höhere Röntgenquote liefern. Ich frage mich, wie kommen sie darauf? Ich sage einmal, dass beispielsweise ein Aly Vordersteinwald mit über 58% bei 471 Nachkommen zumindest ansatzweise diese dumme und provokante Meinung widerlegt.

Es ist mir vollkommen klar, dass man kaum jemals alle Hunde eines Wurfes zur Hüftuntersuchung wird bringen können. Selbst wenn ein Züchter wie wir eine Klausel im Kaufvertrag hat, welche die Käufer zum Röntgen verpflichtet, kann er sie nicht zum Dienst an der Rasse zwingen. Doch mit viel Taktieren und Manövrieren konnten wir beispielsweise 81% der Hatsch-Kinder dem Röntgenarzt vorstellen. Den bisher kniffligsten Fall hatten wir mit dem Besitzer einer Hündin unserer Zucht, einem an sich netten, wie mir aber schien, etwas schwermütigen und „grünen" Herrn. Alles bio, alles gesund, erklärte er sich letztlich doch einverstanden, sich samt Hund von uns abholen, zum Tierarzt und wieder nachhause bringen zu lassen. Nachdem er wünschte, nicht auf der Autobahn chauffiert zu werden (gefährlich, gefährlich!), tuckerten wir über Bundesstraßen und Sträßchen. Hätte er gewusst, dass das Röntgen zwecks Aussagekraft nur unter Narkose erfolgen kann – Zappelphilipp unerwünscht – wäre er nie in unser Auto gestiegen. Je näher wir der Ordination kamen, desto mehr schwitzte ich, musste ihn endlich darüber informieren. Normalerweise genügt das Argument, dass ein Liebhaber des DS schon im Interesse der Rasse zu der Untersuchung verpflichtet ist und ich sage das üblicherweise auch ganz so trocken. Hier überwand ich mich und redete mit Engelszungen, irgendwie gelang es mir dann, immer betend, gerade dieser Hund möge gesund sein, damit wir nicht womöglich Zeugen einer suizidären Handlung werden müssten. Wir hatten Glück und dann sogar noch ein ganz klein wenig Dank seitens des guten Mannes. Andere Besitzer wieder waren einsichtiger und entledigten sich ihrer Verpflichtung selbstständig, wieder Andere ließen die Hunde von uns holen, zur Untersuchung und wieder heimbringen, es erforderte immerhin viel Einsatz unsererseits, aber zweifellos lohnenden. Immer wird der Züchter auch Dienstleister sein – an der von ihm geliebten Rasse und damit auch am Menschen.

Die Nachkommengruppen, die von den für die Auslese vorgesehenen Rüden gefordert werden, sind fraglos sinnvoll, sie verschaffen dem interessierten Züchter einen Überblick und können Entscheidungshilfe sein. In unseren Anfängen haben wir auf der Siegerschau Frankfurt den betagten Argus Aducht in aller Frische seine Nachkommen anführen sehen, was eine absolut positive Aussage hat. Wir haben den Dingo vom Haus Gero und den Uran vom Wildsteiger Land siegen gesehen, der zum frühestmöglichen Zeitpunkt eine Gruppe mit über siebzig Tieren stellte, es war tatsächlich beeindruckend. Nur meine ich, dass nach heutigem Wissenstand etwas andere Erfordernisse gegeben sind. Ich gönne den schönen Rüden durchaus ihre Deckakte, nur bin ich sicher, dass man der Rasse einen Gefallen erweisen könnte, wenn man diese einmal befristen würde. Es soll mir keiner erzählen, dass aus einem Deckeinsatz von einem Jahr sich nicht ein paar hübsche Kinder rekrutieren ließen. Dann müsste eine Pause vorgeschrieben werden, bis der Großteil der vorhandenen Nachkommen ED- und HD-geröntgt ist, dann kann man gerne weiter sehen. Diese ewigen Vorschusslorbeeren, nur der Schönheit wegen, machen uns so viel kaputt. Und wenn man jetzt schreit, dass das Hundeleben so kurz sei und somit dem Genpool weiß Gott was durch solche Einschränkungen entgehe, kann ich nur lachen. Bei der großen Population des DS kann der Verzicht auf den einen oder anderen Beau wirklich nicht ins Gewicht fallen.

Meine Forderung geht nach befristetem Deckeinsatz von Rüden, die naturgemäß mehr „sündigen“ können, als die Hündin mit ihren paar Würfen. Um die Röntgenquoten zu steigern, könnte man, ähnlich dem Schaucup, der dokumentiert, wie viele Tiere ein Züchter zu Ausstellungen bringt, eine „Quoten-Hitparade“ in den Vereinsnachrichten veröffentlichen. Zweifellos würde das die Züchter in die Pflicht nehmen, so könnten Interessenten und Käufer sich ein Bild machen, wer sich wirklich um die Gesundheit der Rasse bemüht und wer nicht. Alles wäre möglich, ebenso die Beschleunigung der Transparentmachung von ED und anderen Krankheiten oder Fehlern, die EDV könnte heute durchaus Zahn- und Hodenfehler, vor allem aber auch Kaiserschnittgeburten aufzeigen.

Ich kann nicht mehr Einstiegshilfe bieten, als anzuführen, dass Züchten trotz aller Sorgfalt auch zu Überraschungen führen kann. Ich habe freimütig über meinen Misserfolg in meinem ersten Wurf berichtet, ebenso freimütig bekenne ich, dass das nicht der Einzige war. Ich habe Hängeohr, Zahnfehler, Hodenfehler hervorgebracht und bin gerne bereit, dies alles auch bei einer Zuchtwartetagung einzeln und namentlich anzuführen. Dass man als Züchter nicht glücklich ist über solche Dinge, ist verständlich. Nur, ich musste mich bisher noch nicht schämen, das müsste ich erst, wenn ich sehenden Auges das Spiel der „heilen Welt“ mitspielte!

24.07.2005. Morgen ist es so weit. 100 Jahre Elias Canetti, die Zeitungen sind voll davon. Muss die lieben Kinderlein ansetzen, mir das Neueste vom Neuen zu besorgen, bin gespannt, was von nun an doch nicht „für immer verborgen" ist. Frauengeschichten! Jetzt bin ich baff, blauäugig im wahrsten Sinn des Wortes eben. Fällt mir die alte Dame ein, die nach dem Tod der ersten Hündin, die sie von uns hatte, die Wespe zu sich nahm, welche uns die zweiten ACDI-Würfe gebracht hat. Diese Auenfels-Wespe war im Gegensatz zu ihrem Bruder Wolf immer eine Musterschülerin gewesen, Brav sein aus Überzeugung war stets ihre Devise. Sie lebte sich rasch bei ihrer neuen Besitzerin ein und ist dieser, die inzwischen auch den Gatten verloren hat, Trost und Stütze im Alter. Kurzum, Wespe, Wepsi-Pepsi, fiel auch hier gleich durch ihren Gehorsam und ihre Freundlichkeit auf, die sich sogar auf andere Hunde erstreckt. Aber immer im Leben gibt es Überraschungen. Das galt auch für die Nachbarskatze, die scheinbar das von Wespe angebrachte Schild „Betreten verboten" nicht sah und sich in ihren Garten verirrte. Tja, da war es dann um sie geschehen. Nun ist man aber – im positiven Fall – als Tierfreund nicht nur Freund des eigenen Hundes, sondern jeder der unzähligen Lebensformen, was die Erschütterung der Dame erklärt. Sie rief mich an, erzählte mir die Geschichte und schloss mit den Worten:

„So kann man sich in einem Menschen täuschen!"

Canetti, Schiller, Sperber, Stifter, lauter „Runde" im Jahr 2005, wäre ein nettes Geburtsjahr für mein Enkelkind gewesen, geht sich aber, wie ich das sehe, nicht mehr aus. Soll ich mich aufregen? „Na, justament net." Immerhin wird ein Bübchen in der entfernteren Verwandtschaft für Oktober erwartet, ich drücke ihm schon ganz fest die Daumen für einen guten Start in dieses doch immer wieder herrliche Leben! Und herrlich ist es derzeit für uns. Ivanka ist aus dem Krankenhaus entlassen, wieder in ihre geliebten vier Wiener Wände zurückgekehrt, wenn wir telefonieren, höre ich da nicht mehr so ganz reines Deutsch, es ist ein bisschen Dialekt, freilich nie zu breit, darunter gemischt. „Hast du noch ein Mütterlein ...", wie glücklich ich doch bin. Mein nützlicher Rüde hat mich endlich mit einer Schutzhundprüfung beschenkt, mit der ich, bis auf die Tatsache, dass er auf der Fährte einen Gegenstand überlief, durchaus zufrieden bin. Aber letztlich war ich, wie an den anderen Fehlern, selber Schuld. Der Kurti hat ja schon gewitzelt und gemeint, dem Nützi würde dann mit neun Jahren die ÖPO1 ohnehin h. c. verliehen werden. Wie schön, es doch regulär geschafft zu haben. Das Krönlein packte ich bei dieser Gelegenheit zu einer Begleithundprüfung aus, bei der es laut Richter und der zusehenden Gisela eine recht schöne Arbeit zeigte, wir hatten auch wirklich ständig Augenkontakt und viel Spaß dabei. Die Nofretete lieferte ihrer Gisela bei der ÖPO2 einen V-Schutz mit 97 Punkten, sie ist halt eine richtige kleine „Kalaschnikov". Das Bellen hat sie, wie schon ihre Mutter, erfunden, nur ist sie im Gegensatz zu dieser bestens ausgebildet, was bei einem Schutzdiensthelfer und Trainer wie dem Perfektionisten Schafar Kurt gar nicht anders sein kann. Bei seiner Arbeit mit den Pferden in der Wiener Stadthalle sagte Monty Roberts immer wieder „it is so much fun". Das empfinden wir im DTC Ebreichsdorf genauso. Durch so viele Ortsgruppen bin ich im Laufe der Jahre gegeistert, hatte mir schon angewöhnt, durch all die bösen Dinge, die Hunden während ihrer „Abrichtung" passieren, hindurch zusehen und nun bin ich endlich „nachhause gekommen". Und merke immer wieder, wie einfach es sein kann, so much fun. Da sah ich neulich eine junge Dame mit einem etwa einjährigen Jagdhund im DTC eine Freifolge gehen, die schlichtweg ein Traum war. Schließlich leinte sie ihren Hund an und wollte sich von Kurt verabschieden, dabei passierte ihr ein – wohlgemerkt – leichter Ruck an der Leine. Recht ungehalten reagierte daraufhin unser Trainer. „Tu das bloß nie wieder", mahnte er, „mit einem einzigen Leinenruck machst du dir alles kaputt." Drei Mal hat er es gesagt …

„Hell' Gesicht …", zitierte meine kleine Ivanka. Wie Recht sie hat, nur nicht durch zu viel Glück die Götter erzürnen. Dennoch sind Gisela und ich froh über das Vorröntgen von Quali und Quanti, Ellbogen und Hüften sehen sehr schön aus. Der gute HD-Zuchtwert ihrer Eltern scheint sich bezahlt zu machen. Allerdings soll bei dieser Gelegenheit noch auf weitere, wesentliche Faktoren, die zu Skeletterkrankungen führen können, einmal ausdrücklich hingewiesen werden: Umwelt und Aufzucht. Ich habe kurz angeführt, wie es dazu kommt, dass man als Züchter „Hunde sammelt". In den Anfängen glaubt man ja an Versprechungen von Hundekäufern, nach und nach lernt man aber, sich nur noch auf sich selbst zu verlassen. Als kleines Beispiel: aus unserem ersten R-Wurf sollte ein Rüde zu jemand gehen, der bereits mit einem Hund eine wirklich großartige, hoch bewertete SchH1-Prüfung abgelegt hatte. Es war ein junger Mann, der in seiner Ortsgruppe auch als Helfer figurierte und ich hatte mir erhofft, er würde auch mit dem R-Rüden etwas zu Stande bringen. Er kam sehr oft, seinen Welpen zu besuchen und einmal sagte er, in Betrachtung seines künftigen Hundes versunken, zu mir: „Ach, Tina, du machst ja immer nur Ortsgruppenprüfungen, aber ich werde mit meinem Hund zur WM fahren, wirst sehen." Gesehen habe ich dann tatsächlich – nichts. Soweit ich mich an den Fall erinnern kann, war seine Frau gegen zu häufigen Besuch einer Ortsgruppe, es kamen Kinder, der zweifellos gut veranlagte Hund war zum Familienhund geworden. Von Prüfung und Weltmeisterschaft war keine Rede mehr. Finito con musica – beziehungsweise senza. Andere wiederum gehen mit ihren Welpen sehr wohl zum Ausbilden, sobald aber irgendwo ein etwas rauer Wind ihnen entgegenweht, sobald sie zum Fährten zeitiger aufstehen oder andere Unbequemlichkeiten in Kauf nehmen müssten, werden auch sie nicht mehr gesehen. Da stehen also oft gute und schöne Tiere irgendwo auf einem Gartenplatz, sie dokumentieren auf keiner Schau und bei keiner Prüfung die Arbeit des Züchters. Da heißt es eben für ihn „help yourself", sonst tut es keiner. So kam es, dass wir seit 1983 immer wieder Hunde für den „Eigenbedarf" aufzogen. Und von all diesen Hunden hatte nur ein einziger HD. Es war eine Hündin, die allerdings im Alter von acht Wochen verkauft und ein paar Tage später zurückgebracht worden war. Der Nicht-Lang-Besitzer hatte angeblich einen Nervenzusammenbruch erlitten, es war aus ihm aber nicht herauszubekommen, aus welchem Grund. Er bekam sein Geld zurück und wir – einen hinkenden Welpen. Das war am Morgen gewesen, mittags war auch noch ein leichtes Entlasten der Hinterhand zu sehen, aber am Abend war das Gangwerk wieder in Ordnung, so dass wir uns den Weg in die Tierklinik Q. sparten. Wie üblich, vergaßen wir die Angelegenheit bald. Beim Hauptröntgen fiel sie uns wieder ein. Ein Femurkopf saß wunderschön in der Pfanne, mit gutem Winkel, die andere Seite war abgeflacht und deformiert. Der Tierarzt fragte uns, ob uns ein Unfall des Hundes bekannt sei. Ein Zusammenhang mit dem für uns unerklärlichen Hinken des Welpen ist nicht zu beweisen und muss Spekulation bleiben.

Tatsächlich aber sind die Tiere, die wir uns aufziehen, im Vergleich zu ihren Wurfgeschwistern immer diejenigen mit dem langsameren Wachstum.

Sobald eine DS Hündin geworfen hat, verständigt der Züchter seinen Zuchtwart. Dieser kommt dann innerhalb der ersten drei Tage zur Wurfabnahme, da werden sozusagen die Häupter der Lieben gezählt, das Geschlechterverhältnis festgestellt, überprüft, ob irgendwelche Anomalien vorliegen. Sind die Welpen dann etwa acht Wochen alt, werden sie im Beisein des Zuchtwartes tätowiert, die vom Züchter ausgefüllten Wurfmeldescheine, die als Vorlage für die Ahnentafeln dienen, werden kontrolliert und an den SV geschickt, der diese „Abstammungsnachweise" ausstellt. Meist ist der Wurf schon ein halbes Jahr alt, bis der Züchter sie erhält und unterfertigt an seine Käufer weiterleitet.

Wir machen gerne eine Ahnentafelvergabe, bei der alle Tiere eines Wurfes wieder zusammenkommen, entweder in unserem Haus oder einer Ortsgruppe. Dadurch haben wir die Möglichkeit zu sehen, was wir denn da so „zusammengezüchtet" haben, weiters ist für die Jungtiere bei solchen Treffen Gelegenheit zu Spiel und Spaß gegeben, eine nette Sache. Wie schon erwähnt, sind wir sehr vorsichtig bei der Auswahl unserer Welpenkäufer. Einmal gab ich einer Dame die Anzahlung, die sie mir für ein Hundebaby gegeben hatte, einfach deshalb zurück, weil mir ihr „ich habe sogar schon einen Abrichter für den Hund" absolut nicht passte, sie war sehr verärgert, den versprochenen Welpen nicht zu bekommen. Besser sie böse, als ich böse, dachte ich. Leistungssportler würden bei uns ohnehin nicht kaufen, weil unsere Hunde nicht aus dem Holz geschnitzt sind, sich „auf den Schädel hauen zu lassen", und Pseudoleistungssportlern geben wir keine – aus eben diesem Grund. So sind also unsere Käufer wirklich sehr nette Leute, die bereit sind, alles für ihren Hund zu tun. Und dennoch. Wir geben ein ganzes „Lexikon" an Ratschlägen mit, genaue Fütterungsanweisungen. Und dennoch. Bei der Ahnentafelvergabe sahen wir schon Rüden, die im zarten Alter von sechs Monaten über 40 kg wogen, Hündinnen über 30 kg. Der blanke Wahnsinn. Haben wir noch ein Wurfgeschwister bei uns, ist dies mit Sicherheit schlanker und kleiner. „Ihre Hündin ist aber schlank", sagt dann mancher frisch gebackene Hundebesitzer mit leicht mitleidigem Gesichtsausdruck zu uns. Eh klar, die Züchter sparen, wo es geht. Sogar beim Futter! Dass unser Junghund aber meist von gleichmäßigerem Wuchs ist und sich besser bewegt, sieht der Neuling freilich nicht. Hier sind auch die Tierärzte gefordert: Auf das Skelett eines DS kann nun nicht Rottweilergewicht raufgepackt werden, spätestens bei der Tollwutimpfung, die das Tier im Alter von einem halben Jahr erhält, sollten die Herren Veterinäre darauf hinweisen! So sicher Skeletterkrankungen beim Hund erblich bedingt sind, so sicher werden sie durch Aufzucht beeinflusst. Der Aufzüchter muss vollenden, was der Züchter begonnen hat – scheinbar keine leichte Aufgabe. Folgende „Fallstudien" mögen das veranschaulichen:

Rüde, sechs Monate, zweiundvierzig Kilogramm, braucht Sauerstoffzelt, nachdem er die Stiegen in den ersten Stock unseres Hauses erklommen hat. HD.

Hündin, sechs Monate, zweiunddreißig Kilogramm, in Konkurrenz mit vorhandenem, dreijährigem Cockerspaniel, der immer wieder schneller beim geworfenen Stöckchen ist, als sie. HD.

Hündin, sechs Monate, beim ach so netten Spiel unter erwachsenen Neufundländer gekommen. HD.

Rüde, ernährt in erlesener Zusammenstellung: Welpenfertigfutter, dazu in bunter Mischung noch allerhand teure Futterzusätze, es sollte ihm an nichts fehlen. Krank.

Sachgemäße Aufzucht eines Hundes ist ohne Zweifel eine durchaus sensible Sache, verlangt eine Portion Hausverstand und immer auch ein wenig Fingerspitzengefühl. Wo der Junghund durch ein Nahrungsüberangebot, verfeinert mit etlichen Zusätzen zum raschen Wachstum getrieben wird, darf man sich über ein kaputtes Skelett nicht wundern. Auch vor Ball- und Hölzchenspielen ist zu warnen, weil all dies einen gewissen „Spurt" verlangt. Und Überforderung zeigt der Hund mit seiner angeborenen Leistungsbereitschaft leider erst sehr spät an. Dass wohl auch Umweltbedingungen wie glatte Böden, vielleicht sogar Unachtsamkeiten in der Wurfkiste – bei einem großen Wurf kann man der besten Mutter keinen Vorwurf machen, wenn sie einmal einen kleinen „Fehltritt" mit großen Folgen macht – hinzukommen mögen, soll auch nicht unerwähnt bleiben. Und dennoch. Je mehr wir an Informationsmaterial gewinnen können, desto mehr gesunde Hunde werden wir züchten.

Aldous Huxley

Aldous Huxleys Anti-Utopie „Brave New World" lernte ich durch Stephan kennen, der dieses Buch in der Schule las. Ich erinnere mich, dass mir damals zum Kotzen war (nicht des Autors wegen) und so ist es mir auch heute zum Kotzen. Der Chip für Hunde, man hat in unserer schönen neuen Welt neue Einnahmequellen gefunden. Derjenige, der keine Hundesteuer zahlt, geht auch nicht chippen. Der seinen Hund aussetzt, findet (zum Teil grausame) Möglichkeiten, den Chip „unleserlich" zu machen, alles schon da gewesen. Diese unglaubliche Frechheit, einem gesunden Lebewesen einen Fremdkörper einzupflanzen, zunächst dem Hund, dann uns. Ich sehe es schon kommen, wie man mich chippt, nur um feststellen zu können, ob ich am Hengstl, am Herzerlhaus oder beim Hausfreund bin. Nur über meine Leiche. Ich zahle gerne (und mühelos, mühelos) die Hundesteuer, aber gegen Einschränkung, Frechheit und Körperverletzung werde ich mir sicher etwas einfallen lassen. Schöne neue Welt, mich können's alle! Mir ist schon klar, dass es zu keiner Zeit eine „gute, alte Zeit" gegeben hat, aber neuerdings greift man sich wirklich an den Kopf. Unser lieber SVÖ schweigt dazu, obwohl unsere Tiere im Ohr tätowiert werden, was an sich schon schlimm genug ist. Immer vermiesen es ein paar Wenige den Vielen. Wenn ich sage, das ist der Wolf, dann ist er es auch. Wenn ich sage, der Julius ist sein Sohn, dann ist er es tatsächlich. Wir tätowieren, wir schweigen zum Chip, der noch dazu sinnlos ist, solange er keine Fernortung ermöglicht. Wir brauchen sogar den molekulargenetischen Abstammungsnachweis! Das heißt, dass seit ein paar Jahren der DS mittels Blutuntersuchung nachweisen muss, dass er der ist, für den er ausgegeben wird. Eingebrockt haben es uns Leute, die entweder charakterlich nicht ganz in Ordnung oder minderbegabt sind. Schäferhundzucht ist Zucht auf Treu und Glauben. Nun stellt der Verein die DNA – Geschichte als großartige Zusatzleistung dar, was nicht unerhebliche Mehrkosten verursacht! Nicht gegen Fortschritt bin ich, nur gegen Nötigung.

Warum ich kleiner Feigling es überhaupt wage, das alles so offen zu äußern? Weil mir das Zeug fehlt zum Romancier. Ein Künstler hätte in sein Opus komplizierter Handlung mit zweiter Ebene allerhand meisterliche Dialoge über einen gewissen Mustermann, Wurfmaschinenbesitzer, eingebaut. Er hätte Sätze gezaubert wie zum Beispiel: „Pro-Leto trat mehrmals gegen den Körper seines Schülers, um ihn olympiareif zu machen. Er hob ihn am Gesundheitswürger hoch und ließ ihn eine hübsche Weile hängen, um ihn solcherart auf die dünne Luft dort oben vorzubereiten." Den Ausdruck „Verein" hätte er in irgendeine geheimnisvolle „Versammlung" verwandelt und alles wäre schön gewesen. Doch ich bin kein Schriftsteller und meine schwarz-auf-weiße Kritik ist darin begründet, dass es nicht mehr fünf vor zwölf ist, sondern nur noch ganz kurz davor. Weil ich weder den Verein selbst, noch den Vereinsgedanken angreife, sondern das, was Einzelne daraus machen, weil ich hoffe, dass doch noch alles gut wird. Und weil doch heute ohnehin nichts mehr „geheim zu halten" ist! Auf den Websites von Züchtern und sonstigen Mitgliedern liest man oft haarsträubende Geschichten. Täglich treffen neue Mails bei mir ein, die irgendwelche „Eigentümlichkeiten" aufdecken. Da informiert ein Mitglied einen Züchter, dass einer seiner Hunde im Tierheim sitze. Keine Reaktion. Vielleicht war es ja ein Alter, der unter all den jungen Schönheiten im Zwinger nur gestört hätte. Dann findet man in den Genetics die Tatsache, dass es aus einem einzigen Zwinger zwei Mal einen Lork und drei Mal einen Manto gäbe. Obwohl ein einmalig vergebener Rufname für einen Hund eines Zwingers kein weiteres Mal verwendet werden darf. Da ging das Gerücht, es solle auf der Siegerschau stellvertretend für den einen Rüden ein anderer zum Schutzdienst geführt worden sein. Freilich kann dies ebenso gut aus Neid verbreitet worden sein, aber man ist misstrauisch geworden. Das sind nur ganz kleine Beispiele für die Schludrigkeiten und Missachtungen Einzelner in dem von mir immer noch geliebten Verein. Der „Volkszorn“ ballt sich zusammen, Austritte sind die Folge, selbst nur „innere Kündigung“ ist unserer Sache nicht dienlich. Spät, aber doch habe ich von der Existenz eines „DSaS“ erfahren. Liebhaber des „Deutschen Schäferhundes alten Schlages“ sind vom SV abgefallen und haben einen neuen Verein gegründet. Ich sehe mir die Homepage an, bin erschüttert. Da haben wir es also, das war notwendig, großartig. Ich würde meinen, dass wir weder einen neuen Verein, noch eine neue Körordnung und sonstige Spitzfindigkeiten brauchen, wenn jedes Mitglied getreulich seine Pflicht erfüllt.

Stephanitz warnt vor der Massenzucht. Doch oft ist zu hören: „Man darf das nicht so eng sehen.“ dilatabel variabel (miserabel?) Wer viele Hunde zur Schau bringt, ist ein guter Mann. Eintragungszahlen – Ahnentafeln zahlen – Bußgeld zahlen, zahlen, kassieren? Aber immerhin wurde die für einen Züchter zulässige Anzahl der Würfe, die er in einem Jahr machen darf, auf zehn beschränkt. Freilich gibt es Hintertürchen. Ich könnte also in zwölf Monaten zehn Würfe auf „Auenfels“ machen, Gisela zehn weitere auf „Team Auenfels“ und die Peppi-Tant könnten wir auch noch mit einbeziehen. Wurf um Wurf. Beachtlich, wenn man sich vorstellt, welche Hundsarbeit das ist – sofern es ordentlich betrieben wird. Wohl beschränkt sich die Tätigkeit des Züchters in den ersten drei Lebenswochen der Welpen auf Sauberhalten des Bettchens, Abwage, Entwurmung und Beschäftigung mit der Mutter. Kein großer Zeitaufwand. Aber die fünf Wochen bis zur Abgabe der Schar sind im Optimalfall äußerst zeitintensiv. Zehn mal fünf Wochen also im Jahr oder gar noch öfter, sehr interessant … Die Massenzüchter machen das Ansehen der Rasse kaputt und auch den Preis. Für den einen Schönen, der aus all der Masse ja zwangsläufig kommen muss, wird viel Geld erzielt, der Massenrest wird verschleudert. Ich habe nie verstanden, warum ein beliebig anderer Rassehund mehr wert sein sollte, als ein DS, der die meisten „Auflagen“ erfüllen muss, ehe er in die Zucht darf.

Da hat einer vierzig Hunde, zehn davon bringt er zur Schau. Toll! Was ist mit den übrigen dreißig? Wollen wir nicht wissen, wir sehen ja schon, was die zehn machen. Einer nach dem anderen kommt aus dem Hundeanhänger in den Ring, in jeder Klasse ein bis zwei Hunde, jeder davon setzt einen Haufen. Kann man wegräumen – aber: woher kommt das? Ganz einfach: Zwinger – Anhänger – Schauring – gewinnen – Anhänger – Zwinger. Das ist das Leben dieser Tiere, das ist der Jammer daran. Dass man sich damit beim denkenden Teil des Publikums nicht beliebt macht, versteht sich von selbst. Und es ist auch Wasser auf die Mühlen der Leistungsleute. Denn ob man es wahrhaben will oder nicht, wir haben zwei Lager in unserem Verein. „Schwarzbraun (also „bunt" wie Kommissar „Rex") ist die Haselnuss, grau der Deutsche Schäferhund." Das liest man auf so manchem T-Shirt von Hundesportlern, die auf „Grau" eingeschworen sind. Was so lustig klingt, ist aber eher eine traurige Sache. Schönheit ist, was dem Gebrauch dient, heißt die Zuchtvorgabe.

Eben will ich den Gedanken näher ausführen, als Gisela heimkommt. Sie war gleich nach der Prüfung mit ihrer Nofi zu einem Seminar gefahren. Viel Triebarbeit wurde da gemacht – ob der Hund nun in einen Ball oder einen Ärmel beißt, ist unerheblich. Am Heimweg schauten sie noch auf einen Sprung bei Giselas Familie vorbei. Da gibt es einen Neffen im Unterstufenalter und vier kleine Nichten. Mehr oder weniger zappelnd, nach Art von Kindern, die den Umgang mit Hunden nicht zu ihrem Alltag zählen, begrüßen sie die Hündin. Beim Abendessen, als Nofi beobachtet, wie Gisela sich ein Brot zurechtmacht, kommt der Neffe von hinten und streichelt sie, so rasch „unters Fell". Die Hündin dreht sich nicht einmal um, bannt weiter das Brot in Frauchens Hand. Genau das muss es sein, was Stephanitz gemeint hat – Gebrauchshund – brauchbar. Was alle Sprüche von schwarz-braun und grau in einem anderen Licht sehen lässt. Nofrete (ein verschlucktes te macht ihren Namen einfacher) ist eine so genannte „Bunte". Eine hübsche Hündin, die auf der Schau aber bestimmt nicht den ersten Platz laufen wird. Sie wird sicher auch nicht Weltmeisterin werden. Aber sie ist genau der Deutsche Schäferhund, also weder Schläferhund noch Killerhund. Ihr Gebäude ist so beschaffen, dass sie Fährte, Unterordnung und Schutzdienst „am Stück“ ableistet, ohne „ich kann nicht mehr“ zu sagen. Ihr Wesen ist so geartet, dass man mit ihr überall hingehen kann, gefahrlos in doppelter Bedeutung. Und das Allerwichtigste: Sie ist ein gesunder Hund, ED- und HD-frei. Auch wenn der Universalgedanke inzwischen im Verein wieder etwas abgeflacht zu sein scheint, so sollte der DS sein. Auf diese Weise unterscheidet er sich nämlich vom Mix. Denn der, durch unsachgemäße Aufzucht, womöglich von Kindern im Welpenalter wie ein Mehlsack herumgeschleppt, mit einigen schlechten Erfahrungen ausgestattet, der hätte nach hinten geschnappt!

Feindschaft herrscht zwischen den Lagern, denn immer sind Extreme zu beobachten. Man sehe sich den Probeschutzdienst auf einer Siegerschau an, da sah ich schon einige gelangweilte Hundegesichter (schöne Gesichter von schönen Hunden) auf einem Fleck, das stimmt einen traurig. Kommt dann wirklich einer mit einem Grauen, wendet der Richter sich fast angeekelt ab. Das kann es nicht sein! Wir lernten im Vorjahr einen Vertreter dieses Farbschlages kennen, ich glaube mich zu erinnern, dass er „vom Elfenschloss“ war, sehr arbeitsfreudig, das Gebäude vom hohen „Sehr gut“ bis zum mittleren „Vorzüglich“, dazu immer erhaben gehend, keiner, der „dahin schweindelt“, so dass er selbst ungeübt, sich nicht schlecht präsentieren kann. Kein Zahnfehler. Einmal ausgestellt, letzter Platz – und zwar ohne auch nur im Geringsten beachtet worden zu sein. Es ist längst nicht die Platzierung, die seine Besitzer so demotivierte, sondern dieses überhebliche „Übersehen“ eines Hundes, der nicht wie „Rex“ aussieht! Damit haben wir einen körfähigen Hund weniger, dazu noch einen, der auf Grund seiner Gesundheit und seines Wesens der Zucht etwas zu geben gehabt hätte. So, meine prä- oder sonst wie potenten Herren, geht das nicht. Ihr braucht euch nicht zu wundern!

Das andere Extrem sind jene, die meinen, der Hund müsse nur triebig sein, sonst nur Kopf, Leib und vier Beine haben. Auch das ist zu wenig, genauso wie es zu wenig ist, nur auf die Schauleute zu schimpfen – sollen die Leistungsleute doch ein paar zügige Runden im Ring probieren, da hängt ihnen dann die Zunge raus, auch das ist nämlich Leistung. Es ist durchaus Leistung, wenn ein Hund auf einer Siegerschau in einem Stadion, nur auf sich gestellt, frisch-fröhlich vor sich hintrabt, bloß weil es von ihm verlangt wird. Der „gute" Hund muss nicht zwangsläufig hässlich sein, liebe Leistungsleute, ebenso wenig, wie der „hübsche" ein Langeweiler sein muss.

Sicherlich wird es nur in kleinen Schritten möglich sein, „Gut" und „Schön" einander anzugleichen, wird Opfer verlangen. Unser Griff war zweifacher Jugendsieger, ein tatsächlich sehr schöner Hund und ich liebte ihn nicht zuletzt um dieser Schönheit willen. Aber er war ein Träumer. Aber ja, man hätte ihn schon zur Zucht bringen können. Er ist inzwischen auf einem wunderbaren Privatplatz, ist glücklich dort. Wohl entgeht der Population des DS seine Schönheit (schluchz!), doch seine Allüren bleiben ihr erspart. Wir brauchen keine Extreme, wir brauchen das Universalgenie DS.

Wie sind denn die Hübschen so langweilig geworden, wenn alle auf den Horand, diesen Adam der Deutschen Schäfer, zurückgehen? Der Schäferhund will als Persönlichkeit genommen sein, sein Herr muss sich mit ihm beschäftigen können – das kann er aber nicht, wenn er vierzig Hunde hat. Die IPO1 genügt, um einen Wurf machen zu dürfen. Man lese die Decknachrichten, wie viele Zuchthündinnen lebenslänglich auf dieser Stufe bleiben. Klarerweise vererbt sich die IPO3 oder FH3 nicht, auch nicht die erworbenen Punkte. Aber um auch nur irgendwie Prüfungen ablegen zu können, muss die Hündin raus aus dem Zwinger, hinaus in die Welt, auf den Ausbildungsplatz, ins Fährtengelände. Ohne Menschenkontakt keine Prüfung, das ist es. Nicht das Ergebnis wird vererbt, sehr wohl die Neigung, Leistung zu bringen. Dass bei zu vielen Tieren im Zwinger die Aufzucht leidet, liegt auf der Hand. Es gibt den Kaspar-Hauser-Effekt nicht nur beim Menschenkind, es gibt ihn auch beim Welpen. Denn der hat auch Synapsen. Und irgendwann schaut einen der DS dann mit diesem merkwürdig leeren Blick an, der so gar nicht zu ihm passt. Dieser Umstand scheint uns egal zu sein. Der Beweis: Da kam vor Jahren in Österreich ein Deutscher Rüde trotz mangelnder Lauffreude in die Auslese, das ist unfassbar! Das Thema des heurigen Züchtertreffens war „Fressunlust“! Man muss sich das einmal vorstellen, Fressunlust, vielleicht auch bald Deckunlust und dann ist der beste Hund der Welt auch schon ausgestorben. Mangelnde Lauffreude fällt durchaus in diesen Komplex. Der Rüde muss laufen, treiben, stundenlang, der muss Körbe und Ohrfeigen einstecken von einer Hündin, die es ein bisschen spannend machen will und so dafür sorgen, dass es weitergeht in der Welt des DS.

„Beruhige dich, Alte“, rufe ich mich zur Ordnung. Noch ist nicht alles verloren, immer sind da noch die vielen Kleinzüchter, die voll Idealismus alles für die Rasse tun, die Hobbyzucht betreiben, welche sich eindeutig vom Hundehandel abhebt.

Was für ein Mensch ist dieser Hundehändler? Wie jeder andere Mensch hat er nur zwei Hände und es bleiben auch ihm nur die 24 Tagesstunden. Er müsste in dieser ihm zur Verfügung stehenden Zeit umso viel mehr tun, als andere Sterbliche. Weil das aber nicht möglich ist, wird geschlampt, der Hund wird zur Ware degradiert. Eine lästige Ware eigentlich, die Fußbälle im Regal muss man nur ab und an abstauben, Hund aber scheißt auch noch in die Box! Na gut, jetzt ist keine Zeit, immerhin sind unendlich viele Kontakte zu pflegen, die wiederum zu Verkäufen führen, da wird die Zeit wirklich knapp, lassen wir ihn vorläufig liegen. Ware Hund rührt sich längst nicht mehr, ist so sehr daran gewöhnt, dass sie sich bald nur noch in der Box zu lösen traut. Vor der Schau wird sie eben schnell gebadet, das Leben aber wird im Regal, hier also in der Scheiße, gefristet.

Nachdem der Massenzüchter aber aus der Masse doch mehr schöne Tiere hervorbringt, als der Kleinzüchter aus wenigen Würfen, fällt er mit diesen positiv auf, er hat sein Publikum und es bewundert ihn, es ahmt ihn, oft unbewusst, nach. Auch schlampen will gelernt sein! Der Massenzüchter hat – und dessen ist man sich bei uns scheinbar nicht bewusst – Vorbildwirkung. Unlängst sah ich eine Hundesportlerin ihren Hund zum Schutzdienst führen, als Lohn für sein Tun erhielt er die Beute „geschenkt“, allerdings trug er sie nicht weiter als bis zu dem am Platz befindlichen Wasserkübel. Endlich wusste ich, wozu diese Massenschatzbehälter überhaupt gut sind. Er ließ den Ärmel fallen und trank gewiss eine Minute lang daraus, wurde dann hinausgebracht. Als er etwa eine halbe Stunde später zu einem zweiten „Arbeitsdurchgang" wieder auf den Platz kommen sollte, ließ er, schon im Angesicht des Schutzhelfers, sein Brünnlein laufen, gar nicht aufhören konnte er damit. Es war einer der „Massengezüchteten". Keiner der Anwesenden, schon gar nicht seine Besitzerin, schien sich dabei etwas zu denken. Missachtung der tierischen Bedürfnisse ist ihnen von ihren Vorbildern her vertraut – im Namen der Schönheit, im Namen des Profits.

Richtig müde wird man vom Giftigsein. Ätsch. Was tun? Am besten eine Runde um den Wienerwaldsee fahren (reiten). Abschalten, schauen, revidieren. Der Sonnenkönig hat gesagt, nämlich nicht der aus Frankreich, sondern der Österreichische, Seinerzeitige, dem nun auch schon nichts mehr weh tut (dafür behaupten manche, es schmerzten uns noch einige seiner Vermächtnisse), dass man jederzeit seine Meinung ändern könne. Ich habe den Satz verinnerlicht, ich halt mich dran. Oder lass mich gern eines Besseren belehren. Hat ja doch Liebhaber, der Mensch, durfte ich heute während des Morgentrankes feststellen, als ich über Karl-Heinz Böhm las. 77 Jahre alt und dieser Einsatz! In diesem Alter tun Andere gar nichts mehr. Laut Puzo soll der Pate im Ruhestand Tomaten gezüchtet haben, werd ich dann weiter Hunde züchten? Oder vielleicht was Gescheiteres tun? Keine Ahnung. Mit Sicherheit kann ich im Moment nur sagen, wie schön es hier ist. Die Tullnerbacher behaupten zwar, der Wienerwaldsee gehöre ihnen. Die wissen halt nicht, dass er mir gehört. Jetzt und für die nächsten fünfzehn Minuten. Schon reite ich über die Brücke. Oder sollen's ihn doch behalten – so dreckig, wie es da ist? Taschentücher, Tüten von Fertigfraß (die englische Bezeichnung will mir partout nicht einfallen), Dosen, Flaschen, unfasslich, was da alles herumliegt. Der Skater vor mir war es nicht, auch nicht die beiden Joggerinnen, das kann ich bezeugen. Aber irgendwer muss es doch gewesen sein. Nicht hinschauen, Scheuklappen aufsetzen. Ich werd doch nicht auch noch da anfangen zu putzen, hätt ich gleich zuhaus bleiben können.

Unaufhörlich räumen die Gemeindebediensteten, aber noch unaufhörlicher schweinigeln die Leute. Alte, mittlere, junge? Den Bauern in Äthiopien gehören Grund und Boden nicht. Was gehört denn unserer Jugend? Jugend ohne Gott. Vor allem aber, Jugend ohne Perspektiven, ohne Vorbilder und ohne Arbeit. Verständlich, dass sie Flaschen zerdeppern, alles von sich werfen, what a mess.

Schwül ist es, 28° im Schatten lese ich von der großen Temperaturanzeige am Haus Stockinger ab, bin schon wieder am Heimweg. Schnell den Hunden das Plantschbecken einlassen, die werden sich freuen, wenn sie sich nach unserem Mittagsgang abkühlen können. Nützlich, Quanti und Quali machen einen Hoch-Weitsprung hinein, geraten außer sich vor Freude, tollen darin wie die Kinder. Das Herzchen geht gleich auf Tauchstation, legt sich hin, so dass nur der Kopf aus dem Wasser schaut. Nofi und Krone müssen nicht unbedingt ins Wasser, liefern dem Strahl des Gartenschlauchs aber auch wilde Gefechte. So much fun, der Sommer ist herrlich, dürfte ruhig acht oder neun Monate länger dauern. Der alte Wolf verlangt aus dem Haus, auch er ist eine Wasserratte, scharrt in dem Becken, als müsse er das Wasser bekämpfen. Aufpassen, jetzt dreht er sich, gleich trifft mich eine Ladung vom kühlen Nass. Trocknet ja wieder. Bald 15h, die Mittagspausen werden auch immer kürzer, genau wie die Tage. Im Birnbaumzwinger liegen die ersten braunen Blätter. Immer befristet, immer Befristete. Schon ist Stephans Geburtstag vorbei, als Nächstes ist sein Vater dran, der Herr Fürsorgerat. Na, wir sind vielleicht eine Familie. Dennoch ist so ein Leben im Rudel schön. Immerhin war unser Sohn schon sechs, als Nachschub aus dem Haus in der Niedermayr-Gasse kam. 296 g wog meine Nichte Irene bei ihrer Ankunft, so hatte es zumindest mein Schwager in seiner Aufregung auf der Geburtsanzeige vermerkt, drei Mal musste ich sie mir ansehen, bis ich dahinter kam, was mich da wohl irritierte. Kein Wunder, das entzückende Bild darauf konnte schon von den Fakten ablenken. Es zeigte einen sehr nachdenklichen Säugling mit zu Berge stehend dunklem Haar, zwei Fingerchen der winzigen Hand an die Stirn gelegt.

Nur gut, dass sie mich nicht hört. „Tante, du bist ja schon wie die Omimu, sprichst viel zu viel von der Vergangenheit", würde sie mich ermahnen. Aber sie hört mich nicht. Am 20. November 1982 trat sie in Erscheinung, im darauf folgenden März kam unser erster A-Wurf zur Welt, im Wurfraum unter unserer Kellerstiege. Ab der vierten Lebenswoche hopsten die Welpen mir morgens über die Treppe hinauf nach, watschelten wie die Entlein hinter mir her, unsere Einfahrt querend, in den Auslauf, den Erhard im Garten seiner Schwester aufgebaut hatte. Dort verbrachten sie, häufig von Besuchern umringt, ihre Tage. Am Abend folgte mir die kleine Prozession dann wieder in den Keller hinunter. Irene, die ihre Gehschule auf „mama's porch" hatte, verlangte oft unter die lebhafte Schar. Wohl bestand der Wurf aus sechs Grobianen, doch niemals „vergriff" sich einer der Brüder an des Kleinkindes zarten Fingerchen oder Füßchen. Als die Halbstarken dann ihre Ahnentafeln von uns holten, tobten sie durch den Garten und Irene in ihrem Babykäfig. Verständlicherweise hatte meine Schwägerin Bedenken, sie herauszulassen. Aber die Kleine war ein Dickkopf, setzte sich durch und krabbelte mitten durch die wilde Jagd. Sie wuchs mit Hunden auf, nichts Hundliches ist ihr fremd. Heute „stukkatiert sie an der Unität", wie unser Freund Hans Teichmann, der „geistige Großvater" unseres N-Wurfs, scherzen würde, Psychologie. Ich warte ohnehin schon auf einen Seelenklempner.

Ihr jüngerer Bruder Stephan brauchte etwas länger, um in unseren Zwinger zu finden. Für unseren B-Wurf hatten wir bereits eine Unterbringungsmöglichkeit in unserem eigenen Garten errichtet, es gab für ihn zunächst nicht so viel Welpenkontakt wie zuvor für Irenchen. Oftmals, wenn er seine Oma besuchte, musste er an dem in der Einfahrt abgestellten Hundeanhänger vorbei und wenn die Hunde zufällig drinnen saßen, bellten sie auf ihn heraus. So ging er dort erst gar nicht vorbei, ohne sich vorbeugend die Ohren zuzuhalten, eine kleine, geduckte Gestalt. Tierlieb war er freilich immer schon. Ich spüre noch seine kleine Hand in der meinen, als wir durch die Niedermayr-Gasse wandeln. Gute Augen hat er, aus seiner Höhe sieht er jedes Krabbeltier am Asphalt. „Tante, steig nicht auf die

Ameise, die ist nützlich!" Nützlich, bei der ersten Konsonantenkombination stößt er ein wenig mit der Zunge an, ich höre es, dieses leicht gelispelte „tz", als wäre es gestern gewesen. Alles war bei ihm nützlich, alles musste geschont werden. Daran musste ich denken, als ich beinahe auf diesen einen Rüden aus dem letzten N-Wurf getreten wäre, der einfach immer vor, neben und hinter mir war. Bloß nicht draufsteigen! Fast in jedem Wurf hat man einen, der einen aussucht. Das war er dann, mein „Nützlich". Ich wollte ihn davon abbringen, sich an mich zu hängen, so sehr riet ich ihm von mir ab, wer will schon einen Rüden und wer will schon mich, es war ihm nicht zu helfen. Keiner hat mich gewollt, und er hat mich doch gekriegt.

Durch seine Schwester kam Stoffi schließlich auf den Hund, oft begleiteten mich die beiden auf Tour, stundenlang konnten sie bei Mutter und Kindern in der Wurfkiste sitzen, immer halfen sie auch beim Striegeln, Zwinger putzen, Füttern und bis heute geraten die Vierbeiner in Ekstase, wenn die Geschwister sich blicken lassen. Kinder sollten mit Tieren aufwachsen können, es ist gewaltig, was sie an Rücksichtnahme lernen, mit Sicherheit sind sie Anderen in dieser Hinsicht weit voraus. Bei Stephan musste ich sogar aufpassen, dass er damit nicht übertreibe. Einmal, als ich für jemand einen Wurf aufzog, spielte er mit diesen Welpen und ich konnte währenddessen einiges erledigen. Es ging gegen Abend, dunkelte schon und als ich meine Arbeiten beendet hatte, meinte ich zu Stephan, dass er jetzt kommen solle. Ein leises „psch" war die Antwort. Ich ging nachsehen, da lag mein Neffe auf einer Palette im Zwinger, auf ihm die Hundebabys. Er legte den Zeigefinger an den Mund und flüsterte dann, ich solle leise sein, die Kleinen schliefen jetzt endlich. Ich glaube, er hätte nötigenfalls die ganze Nacht so ausgeharrt, nur um ihren mehr oder weniger gerechten Schlaf nicht zu stören. Manchmal kamen Freunde von ihm zu Besuch und wollten natürlich unsere Pelzigen, von denen er ihnen erzählte hatte, sehen. Das ging nicht ab, ohne dass Stephan ihnen einen ganzen Verhaltenskatalog aufzählte, bevor sie unseren Zwinger betreten durften. Genau diese Einstellung unterscheidet eben „echte Züchterkinder" von anderen. Ich musste oft schon sehen, wie grausam Kinder waren, wo eben nur ein Wurf „passiert" war oder sogar gemacht wurde, damit die Kinder ihre „Freude" damit haben sollten. Der Züchter wird stets mit Argusaugen darüber wachen, dass das angewelfte Urvertrauen seiner kleinen Schützlinge nur ja nicht erschüttert werde. Kindheitserlebnisse sind auch beim Hund prägend. Der im Welpenalter traktierte Schäfer-Mix, Rottweiler-Mix, Mix, wird sich irgendwann einmal rächen und wenn es an einem Kind ist!

Der Mensch macht den Hund böse, weil er die Bedürfnisse des vierbeinigen Partners nicht respektiert – nicht die Schutzarbeit. Wie wichtig es ist, diese zu erhalten, kann gar nicht genug betont werden. Es kam mir so richtig zu Bewusstsein, als ich Landei vor einiger Zeit Freunde vom Bahnhof Hütteldorf abholte. Der Perron wimmelte von Fußballfans, die von nah und fern gekommen waren, um im nahe gelegenen Stadion ein Match zu sehen. Was da sich abspielte, hat mich zutiefst schockiert. Ich dachte, wenn diese Massen jetzt schon grölen und sich aufführen, was tun sie dann nach ein paar Bierchen erst? Wehe dem Diensthundeführer, der da einen zögerlichen Partner hat. Naturgemäß ist die Ausbildung eines Diensthundes eine etwas andere als die des Sporthundes. Aber nur aus triebbeständigen, selbstsicheren und belastbaren Zuchttieren können verlässliche Beamte mit kalter Schnauze kommen. (Und es wäre schön, wenn man darunter wieder mehr DS finden könnte ...).

Stephan war knapp über zwölf Jahre alt, als der Auenfelszwinger den letzten „richtigen" Urlaub machte, sage und schreibe zwei Wochen leisteten wir uns am Mondsee, meine Nichte, Fritz, Gisela, mein Mann und ich. Kann man sich heute gar nicht mehr vorstellen! Wir hatten ein nettes Quartier in Keuschen gefunden, wo die Unterbringung von, soweit ich mich erinnere, damals sieben oder acht Hunden kein Problem war. Wir waren den ganzen Tag mit ihnen unterwegs, Zwei- und Vierbeiner genossen es gleichermaßen. Bei unserer Urlaubsplanung war uns nur ein kleiner Fehler unterlaufen – wir hatten uns mit dem Wurf von Hetty verrechnet und zwar um eine Woche. Wir dachten, dass der F-Wurf bei unserer Abfahrt bereits acht Wochen alt und verkauft sei. Nun waren die Fs aber erst sieben Wochen alt – was tun? Da sprang doch tatsächlich der Zwölfjährige ein. Eine Woche lang betreute er den Wurf und weder Gisela noch ich mussten dabei ein schlechtes Gewissen haben, er machte es vorbildlich! Wir telefonierten einmal am Tag miteinander und Stephan hielt uns über seine Schutzbefohlenen am Laufenden. Einmal rief er außer der Reihe an und teilte mir ganz aufgeregt mit, dass er Mutter und Kinder in einen höher gelegenen Zwinger übersiedelt habe, weil Hochwasserberichte ihm Kopfweh bereiteten. Es war nass damals im Juli 1997, aber weder unser Garten noch die Zwinger waren gefährdet gewesen. Dennoch war ich begeistert von der Umsicht meines Neffen – mein Lieblingsneffe, mein Webmaster, troubleshooter auch er!

„Tota, tota, tota“, sagt Marianne Plzak, ihres Zeichens Friseurrmeisterin. Durch den Spiegel blickt sie mich vorwurfsvoll und zwingend an, hält dabei eine meiner Haarsträhnen mit spitzen Fingern hoch. Sie ist gebürtige Ungarin, ihr Deutsch ist einfach entzückend, herrlich lachen kann man mit ihr. Künstlerin ist sie obendrein. Wir haben viele Künstler in Pressbaum, stellvertretend für sie alle will ich nur den Klangzauberer Gandalf nennen, der außerdem der Onkel „meiner“ Conny ist, von der ich noch erzählen werde.

Tota“ bedeutet nichts Anderes, als dass Marianne entschieden Feindin von Haarspliss und abgebrochenen, toten Spitzen ist und unersättlich im Schneiden derselben. Ich beginne, mich zu fürchten. Oder auch nicht. Gewinn trotz Verlust, carpe diem. Mein Schreibzeug habe ich mitgebracht, um den Illustrierten zu entgehen. Ob es uneheliche Kinder des Monegassenfürsten gibt, ist mir offen gestanden gleichgültig. „Bastards“ nannte man solche Kinder zu Zeiten von Tom Jones – ich meine nicht den von Sexbomb, sondern den von Fielding. Bastards. Immer Missachtung, Respektlosigkeit dem Leben gegenüber. Die „Tierschützer“ veranstalten einen „Bastardlwettbewerb“, unheimlich! Gebäude und Gangwerk wie auf einer Schau können ja wohl nicht verglichen werden und festzustellen, wer von all den Vorgeführten „am liebsten“ ist, halte ich für unmöglich. Eine gut gemeinte und dennoch entwürdigende Sache. Aber wer schützt schon den

Menschen, wer das Tier? Wer schützt das Fiakerpferd, die Mastgans, den Stier in Pamplona, wer schützt die Kinder vor Pädophilen, vor der Bestie Mensch?

Ne nos induca … seit ich denken kann, beschäftigt es mich. Ich kann diesen Punkt in dem Gebet nicht verstehen. Die Steyler Missionarszeitschrift bringt ab und zu Erklärungen dazu. Neulich hatte ich Streit mit dem Sohn wegen der Wandlung in der Liturgie, fertig gemacht hat er mich damit. Aber das sind eben die Geheimnisse des Glaubens, man kann es nicht anders sehen, sonst müsste man verrückt werden. Wenn ich es nicht schon wäre. Dummsein als Überlebenshilfe, das beherrsche ich perfekt. Die Jenny Treibel, ein Herr Karl, ein Travnicek bin ich noch „zum Drüberstreuen" und so nebenher auch noch die entzückende kleine Frau Gerda aus Ingeborg Bachmanns Wildermuth. Egal. „Some get a silverspoon, some get a heavy load", singt Adams. Meine Ladungen oder Lasten bekomm ich, damit es mir Glücksmagnetmagnat nicht zu gut geht. Aber sonst löffle ich schon sehr fein, seit frühesten Tagen. Tatsächlich funktioniert man magnetisch.

Meine Schwester war zwei Jahre alt, als unser Vater aus der Gefangenschaft heimkam. „Wer ist das?", fragte sie Mutter, als sie den abgezehrten Mann erblickte. Bisher hatten sie zusammen in einem Bett geschlafen, nun wurde das Kleinkind daraus verbannt. Vater und Tochter kämpften um die uneingeschränkte Aufmerksamkeit der einen, geliebten Person, zwei konkurrenzierende Fremde. Die Kleine verbrachte viel Zeit bei den Großeltern. Sicher wurde sie auch dort sehr geliebt, aber ich sage halt, dass der Welp zur Mammi gehört. Und nirgends sonst hin (schon gar nicht in die Kinderkrippe). Vater war jung, zu jung um die „Gottesgabe Kind" ermessen zu können. Es kann ihm nicht angelastet werden, durch den Krieg selber um verlängerte Kindheit gebracht und durch die Tatsache, dass „i maschi" ohnehin länger brauchen, um zu reifen. Wie bei den Hunden. So ein maschio, der ist nicht einfach! Einer Hündin erklärt man etwas ein einziges Mal und sie macht es. Dem Rüden sagst es, schaut er dich an, dreht sich um, ob du es zu einem vielleicht hinter ihm Stehenden gesagt hast – und tut ganz etwas Anderes. Nicht, dass ihm das Hirn fehlte, bloß die Ernsthaftigkeit.

Aber die Mensch- und Hundwerdung dauert ohnehin immer sehr lang, und oft geht's schief auch noch.

Ich möchte nicht mit Details langweilen, kurz gesagt, als ich fünf Jahre nach dem schwesterlichen Aha-Erlebnis zur Welt kam, war mein Vater höchstpersönlich mit mir „schwanger gegangen", ich wurde gehätschelt, so dumm konnte ich mich gar nicht anstellen, dass es nicht auch noch als außerordentliche Leistung interpretiert worden wäre. Everything I touched had turned to gold. In dem Haus in der Hugo Müller-Gasse hatte jede von uns beiden ein Mansardenzimmer, meines zwar etwas kleiner, aber ich brauchte es ohnehin selten, weil ich meist als Bettschläfer bei den Eltern unterkam und mit meiner Mutter durchs ganze Haus geisterte. Das Zimmer meiner Schwester war größer, hatte zudem einen netten kleinen Erker und verfügte über eine zweite Türe, die auf den Dachboden hinaus führte. Und einmal, als sie etwa siebzehn war, veränderte sie seine Einrichtung nach ihrem und dem Geschmack der damaligen Mode. Das Bett wurde entfernt, nur noch die Matratze diente als Lager, das Ganze wirkte eben ein wenig futuristisch, die Gesamtheit dessen, was sie als Raumkünstlerin alles bewegt hatte, gefiel mir außerordentlich gut. Ihr als Erfinderin klarerweise ebenso. Als sie ihr Werk voller Freude dem heimkehrenden Familienoberhaupt zeigte, musste sie es umgehend in den Urzustand zurückversetzen – „nur Gesindel schläft am Boden" war das schlagende Argument. Ich habe diese Dinge ziemlich bewusst mitbekommen. Vater übte mit uns das Anfahren am Berg. Handbremse auf und los. Dass mir der Wagen keinen Zentimeter zurückrollte, kam nicht daher, dass ich besser gewesen wäre, sondern lediglich von dem vielen Vertrauensvorschuss, den ich zeitlebens erhalten habe. Womit wir wieder dazu kommen „was Jupiter darf …" Das sind die schreienden Ungerechtigkeiten des Lebens. Wenige erholen sich davon.

Meine Schwester ging also nach Kanada, gründete dort eine Familie. Wir schrieben uns Briefe, da kamen Päckchen für unseren Sohn übers Meer, den ersten richtigen Anzug hat Fritz von seiner Tante bekommen. Über ihre Ehe kann ich nichts berichten, allerdings wurde mein Eindruck vom „Magnetismus" des Lebens bestätigt, als ich sie unmittelbar nach ihrer Ankunft in Österreich anrief. Ich wollte sie sehen, schlug vor, sie nach Geschäftsschluss abzuholen und zu einem Drink auf der Großram einzuladen. Sie lehnte ab mit den Worten „mein Mann erlaubt es nicht". Gleich fiel mir Wolfgang Ambros ein mit „Zwickt's mi", aber es blieb mein Schock, von dem ich mich nie erholt habe … Einen tollen Job in Wien hätte sie haben können, ihre Englischkenntnisse nutzend, sie war ja schon vor ihrer „Emigration" nicht unbedarft gewesen, dazu hatte sie jetzt den „Schliff" erlangt, der sich gut hätte verkaufen lassen. Es wurde ihr „nicht erlaubt", wohl aber die Arbeit in einer Feinkostabteilung – ein sozusagen „konkurrenzloses Unternehmen". Es ist zum Weinen, das sind die Stormschen Perlen! Krank gemacht hat es sie, Kühlhaus rein, Kühlhaus raus.

Der Start ist nicht nur beim Autorennen wichtig. Hast keine Pole- position, plagst dich Runde um Runde. Kommt das Pferd schlecht aus der Startmaschine, hat es nicht viele Chancen auf einen Sieg. Einigen, wie dem von Monty Roberts „beflüsterten" Hengst Lomitas, mag es gelingen, trotz eines Patzers, alle und alles hinter sich zu lassen, sehr wenigen allerdings.

Der Welpe, in der rue de gagge aufgewachsen, plagt sich mit dem Sauberwerden. Plagt damit natürlich auch den späteren Besitzer. Bekommt er außer dem Züchter keinen zu sehen, macht er sich ins Hemd. Autofahren kann zur Nervenqual werden, wird es nicht von klein auf geübt. Nach der Frou-Frou leistete ihr Züchter großzügigen Ersatz. Wir bekamen eine sieben Monate alte Hündin, die den vorbeschriebenen schlechten Start gehabt hatte, es war nichts zu machen. Wir versuchten das arme Wurm zu fördern, sie kam in Panik, wenn sie nur das Auto sah, sie speichelte schon, wenn sie nur daran dachte, bald einsteigen zu müssen. Wir nahmen sie nach Salzburg zu einer Ausstellung mit, es war grauenhaft für sie. Man stelle sich vor, wie so ein Leben in ständiger Angst das Tier quälen mag! Glücklicherweise fanden wir einen guten Platz bei Bekannten, die ein riesengroßes Grundstück haben, was es der Hündin erspart, unter all die gefährlichen Leute dieser Welt gehen, oder schlimmer noch, fahren zu müssen.

Sünde, Sünde, tota, tota.

Heiß

29.07.2005. Mittags hat es 35 Krügel im Schatten. Ich lasse fünf gerade sein und verzichte auf die Mittagsfahrt, viel zu heiß ist es heute im Auto. Unsere kleinen Freundchen plantschen im schon am Morgen befüllten Becken, werden abgespritzt, wir haben es lustig, erfrischen uns, wenngleich ich wieder nur die Brosamen abbekomme, nämlich das, was abgeschüttelt wird. Es reicht aber, um klatschnass zu werden. An einem Tag wie heute bin ich gar nicht mehr sicher, ob ich mit meinem künftigen Lottogewinn wirklich so viel Gutes für Unbekannt und Namenlos tun will. Ich könnte mir vorstellen, dass von all dem Reichtum etliches in einen Schotterteich wandern würde, den müsste man dann natürlich wieder mit Schatten für das Hundeauto versehen. Besser noch Schatten und kleine Ausläufe zum Trocknen. Schon steht auch ein Haus dort, wenngleich ein kleines. Ein großes ist mir für meine alten Tage zu putzaufwändig. Ganz genau male ich mir schon alles aus, bin wieder im schönsten Träumen. Wo war ich stehen geblieben? Ach ja, kein mittägliches Gassi gehen. Zur Gewissensberuhigung sage ich mir, dass sich als Ergebnis der Fleischfütterung, zu der wir wieder zurückgekehrt sind, seit die Qs unser Leben bereichern, mittags ohnehin nie Großes tut. Auch sonst hält sich auf diese Weise das Endprodukt in Grenzen. Ganz anders als diese Riesenhaufen, die man so sieht, wo Rübenschnitzel eingefüllt werden, kommt so etwas raus, schon bin ich beim Thema.

„Ochs und Kuh tut es, ein verliebtes Känguru tut es", sang die Knef. Steffi Langer tut es, Frau Dkfm. Nahrgang tut es, wir tun es, wobei wir zugegebenermaßen unsere Erziehung dem DTC Ebreichsdorf verdanken. Wie die vorgenannten Pressbaumer Damen entsorgen wir getreulich die Hinterlassenschaften unserer Hunde. Im DTC könnte man barfuß gehen, nie stiege man ins „Glück". Überall bio-Gassi-Stationen, da gibt's kein Pardon. Und so gehört es auch. Das DTCE liegt mitten im Grünen, ein kleines Juwel inzwischen, das eindeutig durch Sauberkeit und Ordentlichkeit auffällt. Und falls man wirklich irgendwo an einem Feldrand ein hundliches Relikt sieht, ist es mit Sicherheit nicht von einem Hund eines Mitgliedes. Ebenso wohltuend empfinden Gisela und ich den Umstand, dass hier die Hunde ausnahmslos an der Leine vom Auto zum Platz oder in die Freilaufzone geführt werden. Man kann also ganz entspannt sein. Er führt ein strenges Regiment, der Schafar. In Ebreichsdorf gibt es keine „ut-Sätze", es gibt nur den so genannten „bevor, dass-Satz". Nämlich: „Bevor, dass ich einen Anfall krieg …" Und den Kurti will keiner zum Feind haben. Er ist Trainer, er ist Schutzdiensthelfer, furchtbar pingelig kann er sein, als Widder so ein Hundertzehnprozentfall wie der Meinige. Er war Weltmeisterschaftsteilnehmer und ist Leistungsrichter. Im Zweifelsfalle für den Hund.

Ach, diese Leistungsrichter! Alles sehen sie, jedes dem Hund zugezischelte Wort hören sie, da können sie sonst oft schwerhörig sein, schreckliche Leute eigentlich, aber man braucht sie ja doch. Und jede Menge Verantwortung haben sie.

Von einer Malinois-Veranstaltung geht das Gerücht, dass jemand für eine ganz, ganz exakte Unterordnung lediglich ein Befriedigend bekommen haben soll, die Beschreibung des Leistungsrichters soll etwa so gelautet haben: „Technisch perfekt, normalerweise 98, aber starkes pressing, daher heute 75 Punkte." Das muss sich einer trauen! Buhrufe und Murren bei diesem Urteil. In Wahrheit muss man ganz laut bravo rufen! Bravo, der somit belehrte Hundeführer wird zumindest seinen nächsten Hund tierschutzgerecht über Motivation ausbilden. Und zwangsläufig kommt die Frage, wie es denn so auf der Schau abläuft, auch ein Zuchtrichter ist Verantwortungsträger …

Im Sacré Coeur hatte ich seinerzeit eine liebe Freundin gefunden, Monika. Gemeinsam mit ihr erkundete ich in den Pausen Wirtschaftsgebäude und Stallungen des Klosters, Tierfreundin auch sie, und mit Timba spielten wir zusammen die schönsten Indianerspiele, da tat sich was! Und diese Monika, mittlerweile Strobl, ist also die Mutter von Conny, besagter Künstler-Nichte und überließ mir generös ihr Kindlein zu Zwecken des Hundesports. Conny ist inzwischen auch nicht mehr die Jüngste, muss schon ein wenig über zwanzig sein, damals jedenfalls war sie ein entzückendes, blondes Schokoladenkind und, wie Züchter Geist es genannt haben würde „stark brauchbar". Nach kurzem Kennen lernen hatte sie unsere Hunde total im Griff, immer bevorzugen diese Verräter ja eine liebe, jugendliche Stimme, begeistern sich für denjenigen, der mit ihnen spielt. Sie war äußerst geschickt, besuchte so manches Schautraining mit mir und sollte nun die Wespe auf deren allererster Ausstellung führen. Es lebte einmal ein Zuchtrichter – wenn er nicht gestorben wäre, richtete er heute noch – der war so ein bisschen eigen. Und er war es, der damals die Nachwuchsklassen beurteilte. Ich versuche immer, unsere Tiere nicht allzu subjektiv zu betrachten, was freilich nicht ganz gelingen mag, weil beim Anblick eines Lebewesens ein Gewöhnungseffekt nicht zu leugnen ist. Dennoch war Wespe mit Sicherheit eine der schönsten grauen Hündinnen Österreichs zu ihrer Zeit. Und was an ihr so faszinierend war, sie ging in den Ring und wusste genau, was zu tun war. Das passte einfach zu dieser Musterschülerin, als die ich sie schon beschrieben habe, immer wollte sie mir einen Gefallen tun, immer Freude machen. Dieses „Schönsein" im Ring hat ein Hund oder er hat es nicht. Viel kann mit Training ausgeglichen werden, aber wo beispielsweise kein hoher Widerrist ist, kann keiner gezeigt werden. Da gingen sie also, es wurden ein paar Runden zum Eingehen geführt und ich war selbst erstaunt, wie gut die Graue sich der Ringharmonie einfügte. Immer hatte sie mich im Augenwinkel, ob ich auch zufrieden mit ihr sei. Gegen alle Regeln des double-handling, wonach der Hund seinen Besitzer „suchen muss", um sich besser zeigen zu können, durfte ich ruhig sichtbar für sie bleiben, es änderte nichts an ihrem Präsentationswillen. Sie ging an mir vorbei, versuchte nicht, zu mir zu schlüpfen, sondern zeigte mir ganz bewusst ihre Vorzüge. Und dann ging es los. Da kommt der gute Mann, wie Fendrich im „Tango Corrupti“ singt, „nach allen Seiten schweift sein Blick umher“ und unser Grauchen sticht ihm ins Auge. Er stürmt förmlich auf „mein“ Kind zu, lässt es anhalten und fragt es und zwar mit begeistertem Tonfall, auch Zwölfjährige können so etwas erkennen, sind nicht deppert, wie wir schon wissen: „Das ist eine schöne Hündin, von wem ist die denn?“ Nach der Antwort „die ist von Frau Munz“ dreht er sich abrupt um und lässt das Mädchen stehen, lässt weiterführen. Ich beobachte die Szene von außen, bin ein alter Hund und kann mir ein Bild machen, es deckt sich genau mit Connys späteren Schilderungen. Die Hündin wird auf den letzten Platz gereiht und bleibt dort, trotz all ihrer Bemühungen und guten Gänge. Das Vielversprechend, das in dieser Klasse die Höchstbewertung ist, muss ihr aber selbst ein solcher Beurteiler geben.

So schlimm diese Geschichte ist, die ich wahrscheinlich erfunden habe, sie ist noch nicht zu Ende. Da wird gelaufen, dann geht es zum „Stand“, d.h. jeder Hund wird dem Richter einzeln, stehend, vorgestellt. Er diktiert seiner Helferin die Beschreibung des Hundes, Kopf, Seitenansicht, Front etc. werden erwähnt, ruhig und erhaben soll der Hund dabei stehen. Beide Kriterien erfüllt unser Wepsi. Nun ist auch noch das Gebiss zu kontrollieren. Hat Conny bisher der Kälte wegen mit Handschuhen geführt, will sie sie für diese Übung ausziehen. Einer davon gleitet aus ihrer Hand, fällt in den Schnee, die Hündin hebt ihn auf und übergibt ihn der kleinen Führerin. Das allein wäre schon etwas, das ein Hundler mit Herz sehen müsste. Vor allem aber müsste er sehen, wie sehr einige Hündinnen, die vor Wespe platziert sind, beim Stand die Ruten klemmen. Aber die armen Zwingermäuschen sind vor uns, erhalten alle höchstmögliche Bewertung. Gewiss schöne Tiere, nur müsste das Richterurteil etwa so lauten: „Viel versprechendes Gebäude, geklemmte Rute, heute weniger versprechend.“ Punktum. Es geht in diesen Klassen absolut noch um nichts, eine Schaubewertung, die für die Zucht gilt, gibt es erst ab 18 Monaten, das heißt, der Hund ist nicht vernichtet, sondern wird vielleicht auf diese Weise von seinen Besitzern endlich dorthin gebracht, wo er hingehört. Unter Menschen, in die Fußgängerzone, zum Heurigen. Und wenn das alles nichts helfen sollte, gehört er nicht in die Zucht!

Jetzt habe ich mich von den derzeitigen sommerlichen Temperaturen mitten in den Schnee hineingeschrieben, aber „kalt-warm“ sollte man den Leuten tatsächlich geben. Vor allem jenen Richtern, die nicht zu wissen scheinen, was sie tun. Eine Ausstellung ist eine Zuchtschau, Zucht fordert Prioritäten, wir kennen sie bereits. Es kann nicht angehen, dass zittriges vor gutes Wesen gereiht wird, bloß weil ein Besitzer, gleichgültig, weshalb, nicht beliebt ist.

Dass alles mir zufällt, sagte ich. Es gehört aber auch dazu, dass vieles für mich sich von selbst erledigt. „Man muss die Dinge aussitzen können“, sagt das Binki. Ich bleibe beim Thema „kalt-warm“ und komme zurück in die Wärme einer von uns besuchten österreichischen Siegerschau. Eine von Giselas besten Ideen war es, die erste Nachkommengruppe eines grauen Rüden aus österreichischer Zucht zu stellen, die noch dazu eine sehr schöne Beschreibung erhielt. Mit fast achteinhalb Jahren führte der gute Wolf sieben seiner Sprösslinge, also immerhin 33% seiner Nachkommen, durch den Ring. Alle vorgeführten Hunde hatten eine normale Hüfte, Wolfs Röntgenquote beträgt 71%. Der Malzhund hatte von seinen Aberhundert Nachkommen fünf Tiere gestellt. Rührend. Nun führte unser Alter aber nicht nur seine Gruppe an, sondern nahm, weil für eine Zuchtgruppe benötigt, auch selber am Bewerb teil.

Gaaanz weit nach hinten wurde er gereiht. Ich bin objektiv genug, unseren Rüden nicht nur mit den Augen der Liebe zu sehen. Er ist ein vergleichsweise mittelgroßer, wirklich nur mittelkräftiger Rüde, dem ein wuchtigerer Kopf gutgetan hätte. Der Oberarm müsste länger sein und schräger liegen. Kein Fehl finde ich an seiner Oberlinie und schon gar keines an seiner Präsentation und seinem Laufwillen. Züchter Wolf sagte einmal, es sei ein Vergnügen, ihn zu führen. Na bitte. Wie auch immer, unser Grauer passte nicht in die Ringharmonie, nicht unter die bunten Bullen, das ist absolut einzusehen. Was aber nicht angehen kann, ist, dass ein Hund, allen Meriten zum Trotz, hinter einen hinkenden Bunten gereiht und keines einzigen Blickes mehr gewürdigt wird, auch nicht bei der

schnellen Runde, wo diese Fehlplatzierung hätte auffallen müssen.

„Disteln für Hagen" von Fernau wollte ich diesem Richter schicken, es wäre aus verschiedensten Gründen sogar recht passend gewesen. Ich habe es, allein im Hinblick auf einige der Hübschen, unterlassen. Von diesen nämlich waren auf der Siegerschau im Jahr davor ein paar kollabiert. Da geht dann so das Näschen in die Höhe, der Blick wird himmelwärts gerichtet und plumps ... Was muss an solchen Tieren gesündigt worden sein, dass sie die „Belastung", die ihre Zweibeiner locker wegstecken, nicht aushalten? Hier zeigt sich, wie vorbereitet im Gegensatz dazu unsere Hunde tatsächlich sind. Das ganze Jahr über korrekt ernährt, das ganze Jahr über ausreichend bewegt, korrekt gehalten. Das ist unsere Vorbereitung. Mehr braucht es nicht für die Kondition. Zudem ist fraglich, wie viele der Schönen von damals noch am Leben sind. Denn darüber schweigt die Chronik. Zu gutem Service an der Rasse müsste gehören, auch Alter und Todesursachen zu erfassen.

Eine Sache fällt mir in der Hitze des Tages und des Gefechts auch noch ein: Im Dezemberheft der SV Nachrichten ist es üblich, dass nach einem Jahresrückblick und einer Vorschau auf das kommende Jahr Bilder der Ausleseklasse Rüden präsentiert werden, gefolgt von V1-, V2 bewerteten Rüden. In einem Jahr aber begann die Geschichte mit einem V1 Rüden, die Auslese war in den Mittelteil des Heftes verlegt worden. Im nächsten Jahr wurde dann die alte Ordnung wieder hergestellt. Mit Sicherheit sind dafür „drucktechnische Erfordernisse" verantwortlich.

Die „Disteln" habe ich nicht abgeschickt, weil vermutlich alles Vorgenannte wieder nur Einbildung von mir ist, weil ich immer nur Geschichtchen erfinde. Was aber stimmt: Der neue Präsident des SV heißt Henke, das Novum an ihm – er ist weder Zuchtrichter noch Großzüchter. Man darf gespannt sein …

Dick und Doof

Exkurs beendet, ab unter die Dusche. Keine klempnerischen Überlegungen heute, „es ist so heiß auf Hawaii, kein kühler Fleck und nur vom Hula Hula geht der Durst nicht weg“. Der Durst, der Helmut Durst nämlich, das war ein verdammt guter Figurant. „Halt die Klappe, Rose“, sagte Dorothy von den Golden Girls. Klappe halten, Körper säubern, den, dessen lustige Dicklichkeit mir vorhin aus dem Spiegel entgegenblitzte. Aber ich bin gut gelaunt, ich schicke meinem Gesicht ein Lächeln zurück, kein strahlendes, aber ein wissendes, verschwörerisches fast. Wir blinzeln uns an, verstehen uns. Keiner von uns beiden kann etwas dafür. Ich werde dich schon wieder stählen, du Armer, Vernachlässigter. Gedulde dich, sobald ich mein Geschreibsel fertig haben werde, wird es dir besser gehen. Da tun wir endlich das, wovon wir schon so lange träumen. Am Sonntagmorgen aus dem Haus gehen, ein oder zwei Hunde dabei und dann wollen wir marschieren, so weit die Beine uns tragen, so weit wir kommen. Ein Handy macht heute jede Rückholaktion möglich. Spüren werde ich dich. Jeden Wunsch erfüllst du mir, versagst mir keine Bewegung, trägst mich die Stiegen hinauf und hinunter. Kraftvoll bist du, schleppst 25 kg schwere Säcke Salztabletten ins Auto von Kunden, die jünger sind als du. Wir beide freuen uns über deine Kraft. Die süßesten Schwächen machst du möglich. Bist schon in Ordnung, Dickerchen.

Wer im Sommer abnehmen kann, frage ich mich, ein Grillfest dort, eines da. Manche sagen, sie können nicht viel essen, wenn es so heiß ist. Ich kann immer. In der Hugo Müller-Gasse, in ihrer Gründerzeit, da gab es einen Herrn S., der konnte zehn Fleischlaibchen hintereinander verdrücken. „Der Körper verlangt's“ war seine Parole.

Was der Körper nicht alles verlangt. Seit dem Vorjahr habe ich zugelegt, satte neun Kilogramm! Forza! Ich stehe daneben und schaue mir zu. Faulheit nicht einmal beim Essen. Keine Fressunlust. Wie unsere Auenfelsen. Die sind auch schon neugierig auf den Tag, wenn sie in der Früh die Äuglein aufschlagen. Was wird im Schüsselchen heut sein? Was werd ich heut erleben? Werd ich mit meinem Rüsselchen der Fresslust mich ergeben? Lässt uns die Alte wieder plantschen, solln wir ihr eine pantschen?

Jahrzehntelang habe ich sie bewundert, die Vierhaxerten. Für ihre Kompromisslosigkeit, kein Vielleicht gibt es bei ihnen, nur Ja oder Nein. Für ihre heitere Gelassenheit, ihr Leben im Hier und Jetzt. Für ihre Anhänglichkeit, ihre Treue. Immer gut aufgelegt. Bis ich endlich draufgekommen bin. Ich wär auch gut aufgelegt, müsste ich nicht Steuern und Bankzinsen zahlen. So ist das also! „Sie suchen nur ihren Vorteil", sagt Kurt. Stimmt. Wir merken es immer, wenn uns ein Kostkind gebracht wird, das noch nicht bei uns war. „Er wird vielleicht nichts fressen wollen, er wird sich kränken", sagen die Besitzer. Nichts von alldem, freilich nur, sofern es keinen sozialen Abstieg bedeutet. Aber solange der Canide ein Dach über dem Kopf hat, gutes Pappi, Pünktlichkeit, Spiel und Spaß, denkt er nicht lange nach. Wer ist denn eigentlich der Bessere? Hund oder Mensch? Eindeutig der Hund. Er kann zumindest schriftlich keinen Blödsinn verzapfen … Und weil wir gerade dabei sind: Canetti ruht neben James Joyce und ich muss endlich zugeben, dass ich den Ulysses nicht verstanden habe, das war mir zu hoch, wie groß des Autors literarische Verdienste auch sind. Aber ich hab schon viel nicht verstanden. Es zählt zu den unangenehmsten Dingen, sich das eigene Unvermögen einzugestehen. Ich habe A-Quadrat und B-Quadrat nicht kapiert, verstehe es bis heute nicht, wer ist das eigentlich? Bertrand Russells Gedanken, wie den Menschen geholfen werden müsse, die versteh ich, seine Liebe zur Mathematik verstehe ich nicht. Ich hab mitgekriegt, dass eins und eins eins sein kann, aber der A-Quadrat ist mir immer noch unbekannt. „Er (sie) war zwar in der Schul a Depperl, aber das stört die Damen nicht", der Herr Fendrich muss schon Schluckauf haben.

Freude am Fahren

Geständnisse über Geständnisse. Wollte ich ursprünglich nur über Hunde schreiben und den Sohn en detail aussparen, sah ich bald, dass das nicht möglich ist. Er macht den besten Teil unseres Lebens aus, dieser Geschenkte, der uns nicht gehört, immer war und ist er uns Freude.

Freude am Fahren kann schon früh beginnen. Als mein Mann Fritz und mich aus dem Spital nachhause holte, fuhr er über die Autobahn. Bei Auhof geht es leicht bergauf. Man ist an dieser Stelle froh, die Stadt hinter sich gelassen zu haben, frei nach EAV „eine in des Auto und ab in die Provence". Niederösterreich ruft und wer da nicht ein wenig ins Gaspedal steigt, der tut es nirgendwo. Ich wandte mich zu unserem Neugeborenen um, die Beschleunigung des Wagens hatte ihn leicht in seine Tragtasche zurückgedrückt und es war mir, als würde er lächeln, seine erste Fahrt genießen – in einem „BM-E".Ehe wir endgültig heimfuhren, besuchten wir noch rasch meine Eltern, sie machten einen flüchtigen Blick auf ihren neuen Enkel und freuten sich. Zuhause angelangt, wurde uns großer Bahnhof bereitet. Meine Schwägerin Hanni hatte ein wunderschönes Plakat angefertigt. „Herzlich willkommen zuhause" stand darauf, es waren Blümchen und einige von entzückenden Disneyfiguren darauf geklebt, unter einen Calimero hatte sie geschrieben: „Und denkt euch nur, vor ein paar Wochen sind die Entlein ausgekrochen." Meine Schwiegermutter hatte ein wunderbares Mittagessen auf den Tisch gestellt, unser Söhnchen war in seinem Gitterbett untergebracht worden und schlief tief und fest und alle waren in Hochstimmung. Im Spital war mir gezeigt worden, wie man ein Kind wickelt, nach Hexerei hatte es nicht ausgesehen. Nun, von meinem Mann befragt, muss ich nicht so ganz sicher gewirkt haben. Daraufhin holte dieser Perfektionist eine Puppe aus den Kindertagen seiner Schwester und wir begannen zu üben. Zeit dazu hatten wir genug. Denn der Sohn ließ uns warten.

Wie er uns auf seine Geburt hatte warten lassen. Schon eine Woche vor seiner Ankunft rief mein Arzt jeden Abend an, fragte nach meinem Befinden und teilte mir mit, bei welchem Heurigen er den Abend zuzubringen gedachte. Man war noch nicht so telefonvernetzt wie heute, also sagte er mir die Telefonnummer des jeweiligen Lokals, damit ich ihn jederzeit erreichen könne. Alles war also vorbereitet und, kaum zu glauben, auch ich.

Um Himmels willen, wie kann man schon wieder Mensch und Hund vergleichen? Man kann. Ich gehe davon aus, dass die Möglichkeit des Glücksempfindens im Leben von Bedingungen der Entstehung, Tragezeit, Geburt, Aufzucht geprägt ist. Glückliche Welpen von glücklichen Müttern, Kind und Welpe sind beide mit feinsten Sensoren ausgestattet.

Frau Ibeschitz war lange krank gewesen, einmal rief sie mich an, sie sei im Krankenhaus, habe einen Deckakt vereinbart, die Hündin müsse bald Stehzeit haben, ob ich mit ihr decken fahren könne. Natürlich konnte ich. Ich holte die Gute, wir hatten damals den Kubatschen Aldo bei uns und von seinem Verhalten informiert, wusste ich genau, wann ich die Reise antreten müsse. Meine Mutter begleitete mich, wir fuhren nach Deutschland zu dem von Ibi auserkorenen Rüden. Als ich die Hündin, die ich seit etwa zwei Tagen bei mir gehabt hatte, auf der letzten Autobahnstation frei laufen ließ, damit sie noch alles erledigen könne, war meine Ivanka total entsetzt. Es war kein Problem und es war zusätzlich ein großes Glück. Beim Rüden angekommen, geschah nämlich, was ich davor noch nie erlebt hatte. Wir könnten die Hündin gleich hereinholen, meinte sein Besitzer. Ausnahmsweise ging dann alles sehr rasch, der Mann klemmte sich ihren Kopf zwischen die Schenkel, seine Frau kam mit dem Rüden von hinten und schon war die Ärmste vergewaltigt. „Net sehr intelligente, aber molto potente“, heißt es in Fendrichs „Strada del Sole“. Das bestätigte sich für uns auch hier im fernen Lande und meine Mutter schob wieder eine ihrer berühmten Meldungen. Nach dem Belegen wird die Hündin im Auto verwahrt, der Rüdenbesitzer füllt ein Deckbescheinigungsformular aus, der Besitzer der Hündin löhnt und tritt die Heimfahrt an. Als wir das Haus verließen, verbellte uns der Rüde, der unmittelbar daneben in einem Zwinger stand. Kindermund tut Wahrheit kund, sagt man. Ich zitiere wörtlich: „Na, schau ihn dir an! Wozu muss er denn im eigenen Zwinger die Bürste aufstellen? Hättest du doch mit unserem Aldo gedeckt, der ist vielleicht nicht so schön, dafür aber normal." Die Hündin hatte Probleme beim Werfen und auch die entstandenen Welpen waren nicht ganz „dicht". Es waren keine Glückskinder von Anfang an.

Ich nahm einmal eine Hündin in Zuchtmiete, von der der Besitzer mir sagte, selbstverständlich erst, als ich sie schon hatte decken lassen – dass sie Wurfschwierigkeiten bedingt durch Wehenschwäche habe. Es konnte also nichts mehr rückgängig gemacht werden, weshalb ich mich um Zuversichtlichkeit bemühte und tat, was zu tun ist. Die werdende Mutter wurde bewegt, bewegt, und wieder bewegt. Auf gute 20 Kilometer am Tag brachte sie es, ihre Bewegung im Zwinger nicht gerechnet, das Werfen ging tadellos vor sich.

Unser Sohn war freudig erwartet worden, bewegt habe ich mich allein im Geschäft genug, wohl gab es mittags oft ein Schläfchen und wenn der werdende Vater „uns" im Arm hielt, nannte er uns nach einer Fernsehsendung „der kleine und der große Wal". Am Abend liefen wir stundenlang durch den Wienerwald. Und als meine Ausmaße laut Erhards Berechnung den vierzigmillionsten Teil des Erdumfanges erreicht hatte (typisch für mich, ich hab's mir nicht so genau gemerkt), entschloss der Erwartete sich zur Reise. Weit nach Mitternacht teilte er mir dies mit und so fuhren wir los. Es war eine herrliche Sommernacht, das herrlichste war die Musik, die aus dem Autoradio kam. Als Kurzstreckenfahrerin bin ich nicht verwöhnt, kaum schalte ich das Ding ein, muss ich mir Werbung, Nachrichten, Verkehrsfunk und Weisheiten gefallen lassen. Doch in dieser Nacht wurden meine Ohren liebkost. Als mein Mann gegen vier Uhr früh vor dem Krankenhaus parkte, musste ich mir unbedingt noch einen italienischen Schlager fertig anhören, dessen optimistischer Refrain mich wieder einmal in meiner Ansicht bestärkte, dass das Leben ein Hit ist. Ich nenne es orakeln. Gehe ich den Bahnweg entlang und höre einen Zug kommen, „darf" er mich erst überholen, wenn ich auf Höhe von diesem oder jenem Mast bin. Ist das glatt gegangen, geht auch alles Andere gut. Dass ich manchmal ein wenig schummeln muss dabei, ändert nichts am Ergebnis. Glück gehabt. Und so wehleidig ich bin, die Geburt verlief problemlos. Um sieben Uhr am Sonntagmorgen blinzelte mich einer an, ganz kurz nur, allzu viel wollte er von dieser Welt noch nicht sehen.

Mein Löwenkind sah genau so aus, wie ich es mir vorgestellt hatte. Ich weiß nicht, von wem das Lied ist „I'll never love brown eyes again", ich trällere es oft vor mich hin. Aber immer sind es braune Augen, die ich liebe. Die von meinem Mann, des Sohnes Augen, die Augen meiner Hunde. Ich empfinde es, wie Tina Turner singt „in your eyes I get lost, I get washed away". Ich schmolz dahin, dachte mir: „Das ist er." Nun muss ich noch gestehen, dass ich zu dieser Zeit und davor gar kein Kinderfreund war. Immer hatten ausgerechnet mir irgendwelche sabbernden Säuglinge ihre Ärmchen entgegengestreckt, worauf ihre ahnungslosen Mütter sie mir überreichen wollten. „Igitt, meine schöne Bluse" war mein nicht sehr freundlicher Begleitgedanke. Mein Sohn hat mich „gekippt", um in der Schäferhundlersprache zu bleiben. Als Mutter wurde ich mütterlich. In der Klinik wurden die lieben Kleinen aus dem Kinderzimmer einige Male am Tag den Müttern in die verschiedenen Räume zum Stillen gebracht. Es wurde dazu ein Wägelchen verwendet, auf dem die Säuglinge „verführt" wurden (Ausdruck aus der Baubranche).Von einigen konnte man die Piepsestimmchen hören. Mein Zimmer war das letzte am Gang, so hatte ich lange Zeit, die Geräusche zu verfolgen. Mein Sohn piepste niemals, er gab höchstens einen tiefen, unwilligen Laut von sich. Gut gebrüllt, Löwe.

Jetzt waren wir endlich zuhause, das Mittagessen war vorüber, im Wickeln der Puppe waren wir „sehr geübt", doch Fritz rührte sich nicht. Wir schlichen in sein Zimmer, um nachzusehen, was denn da los sei. Wir hatten ihn in der Mitte des Bettchens platziert, nun lag er im oberen Drittel desselben. Ich wollte nicht, dass er mit dem Kopf die Gitterstäbe berührte, brachte ihn vorsichtig wieder in die alte Lage zurück. Er wurde nicht wach davon. Wir betrachteten ihn eine Weile und gingen. Der Vorgang wiederholte sich ein paar Mal und gehörte zu den vielen unbegreiflichen Dingen meines Lebens. Ich verstand nicht, wie er diese Art der Fortbewegung schaffte. Aber schließlich, am späteren Nachmittag, erwachte unser giovanotto.

Hier will ich zur Erklärung wieder etwas einblenden: Als ich dahinter gekommen war, dass das, was ich ursprünglich für einen beleidigten Appendix hielt, ein Kindchen werden sollte (man kennt nun schon „The Bluest Eye“ und zwar nicht das von Toni Morrison, sondern das meine), suchte ich mir aus dem Telefonbuch einen Gynäkologen. Nachdem man bekanntlich gerne in heimatlichen Gefilden dümpelt, fiel meine Wahl auf einen Arzt in der Hütteldorferstraße. Der Herr Medizinalrat war ein sehr netter, älterer Herr und er entband seine Patientinnen in einer Privatklinik von ihrer süßen Last. Rückblickend könnte ich mir die Haare raufen, denn so leicht, wie ich geworfen habe, hätte das überall und dazu noch billiger vonstattengehen können. Aber „hättiwari“. Ich halte mich für keinen kleinlichen Menschen, aber „sich reduzieren“ wird, je älter ich werde, immer dringlicher für mich. Brechreiz – nadavováni – überkommt mich, wenn ich an die goldenen Tellerchen mancher „Größen“ denke. Ich kann gar nicht sagen, mit welchem Ekel es mich erfüllt, in einer Illustrierten lesen zu müssen, dass diese oder jene Schöne es gewagt haben soll, ein bereits einmal getragenes Kleid noch mal präsentiert zu haben. Na und? Als ich vor drei Jahren zur Reparatur meines Knies ins Krankenhaus musste, sagte Gisela mir eine von ihren Nettigkeiten: „Das letzte Hemd hat keine Taschen“, ich kann dieser Tatsache nur zustimmen, wiewohl all dem natürlich wirtschaftliche Betrachtungen gegenüberstehen, immerhin lebt wieder ein Schneider, Designer und weiß der Kuckuck wer noch von den blaublütigen Einmalkleiderträgerinnen. Ich werde nun nicht in Altersgeiz verfallen, aber den damaligen Aufwand hätte ich mir sparen können. Auf der Liste der Dinge, die in das noble Haus mitzubringen waren, standen auch Stoffwindeln, die gekennzeichnet sein sollten. So wenig fingerfertig ich bin, saß ich doch mit meiner Schwiegermama beisammen und wir stickten kleine, blaue Badewannen in die weiße Pracht.

Schließlich durften wir unsere Wickelkünste an unserem Söhnchen ausprobieren. Und mussten feststellen, dass alle Fertigkeiten am leblosen Objekt Trug und Täuschung sind. Relativ bald stiegen auch wir auf Pampers um.

Aber noch hielten wir an den Badewannenwindeln fest, mit denen wir von Mal zu Mal besser zurechtkamen. Der bereits fünfunddreißigjährige Vater war alt genug, seinen Sohn genießen zu können. Als verpatzter Wissenschafter begann er auch gleich Tabellen zu führen, wann, was und wie viel davon getrunken wurde, freilich wurde auch Gegenteiliges notiert. Aber immer war er auch kindisch genug, mit dem Sohn zu „experimentieren". Gleich am Tag nach unserer Heimkunft stellte er im schwesterlichen Garten einen Fernseher auf und schaute sich, den Sohn ein wenig balancierend, ein Autorennen an. Trotz der Geräuschkulisse schlief unser Baby friedlich auf ihm in der Wärme des späten August. Einmal, als ich etwas länger im Geschäft geblieben war und mein Mann den Kleinen baden sollte, hörte ich, schon als ich die Treppe hochging, Gelächter und seltsam platschende Geräusche aus dem Badezimmer. Erhard hatte nicht die kleine Kinderplastikwanne gefüllt, sondern unsere große. Darin schwamm auf einem Styroporteil der Sohn, glücklich lachend. Als Fritz Zähnchen bekam und manchmal nachts erwachte, konnte nur der Vater ihn beruhigen. Auf dem Wohnzimmersofa wiegte er den Sohn wieder in Schlaf. Wenn einmal alles nicht half, gingen wir mit ihm hinunter in die Garage. Babydriver sah vier Räder mit Aufbau und aller Schmerz oder alle Ängste waren vergessen. Papa und Auto konnte er als Erstes sagen. Ich sehe noch, wie ich mich über sein Bettchen beuge. „Papa" lacht er mich an. Ich sage: „Ja, Bärli, toll machst du das. Aber jetzt sag mal Mama. Ma-ma." Verschmitztes Lachen: „Auto." Neuer Versuch: „Papa." Nachdem Oma Mizzi uns beim

Vornamen rief und wir uns gegenseitig glücklicherweise auch nicht „elterten", waren wir für den Sohn Papa-Erhard und Tina-Mamma, so, als ob er noch einige mehr von unserer Spezies zur Auswahl gehabt hätte.

Hatte er nicht, also musste er seinen ersten Urlaub mit uns verbringen. Wir wollten mit dem Kleinkind nicht allzu weit wegfahren, erst mal sehen, wie sich das anlässt so zu dritt. Wir fuhren nach Waldhausen im Waldviertel. Von meinen Eltern verabschiedeten wir uns und ich sah, wie mein Vater seinem Enkel Urlaubsgeld zusteckte. Unsere erste gemeinsame, weitere Fahrt ging störungsfrei vonstatten, einmal nur wurde Halt gemacht, als ein gewisses Bedürfnis das Söhnchen überkam. Da saß er nun im Kofferraum des „BM-E", wie er sein Lieblingsauto nannte, auf dem Töpfchen.

Unsere Urlaube sind immer eine ziemlich umkämpfte Sache, bis zur Abfahrt gibt es noch einiges zu tun, jener Monteur will etwas, dieser allerwichtigste Anruf ist noch zu erledigen; ich will das Wort Stress vermeiden, aber es wäre zutreffend, man kommt spät raus aus dem Tempel. So war es verständlich, dass mein Mann, kaum in unserem Quartier angekommen, sich erst mal aufs Bett fallen ließ und entschlummerte. Der Sohn und ich machten das Beste daraus – Fritz lud mich in ein Caféhaus ein. Wie überrascht war die Kellnerin, als mein kleiner Kavalier eine Melange, heiße Schokolade und Torte bestellte, selbstverständlich mit ausgesuchter Höflichkeit. Ich fühlte mich äußerst geschmeichelt. Während wir uns gütlich taten, klärten wir dann die Zahlungsmodalitäten. Der Infant lud mich also tatsächlich aus seiner Börse ein, wir vereinbarten nur noch, dass ich das Trinkgeld errechnen und ihm den Endbetrag soufflieren solle.

Die nächste Fahrt ging dann im Herbst in den Bregenzerwald, wo wir herrliche Wanderungen unternahmen, den Bi-Ba-Butzemann oft im „Rucksack" geschultert. Einmal fuhren wir mit dem Auto eine Bergstraße hinauf, Fritz war in seinem Kindersitz eingeschlafen, es war um die Mittagszeit herum und er wachte auf, als wir gerade zu einer Vorsäß kamen. Es war ihm heiß geworden, er weinte und grantelte herum, es half kein Zureden und Trösten. Da hielt der Vater an, holte ihn aus dem Wagen und stellte ihn auf die Motorhaube. Da stand der Wicht, seinen Teddybären im Arm und strahlte gleich wieder – als Kühlerfigur des „BM-E“.

Die Entscheidung, was er nach der Volksschule tun wolle, überließen wir ihm, er sollte freie Wahl haben hinsichtlich Schultyp und Schule und so fuhr er, gleich einem älteren Freund nach Wien, obwohl ich zu bedenken gab, dass ja das Sacré Coeur in nächster Nähe sei. Aber der Handelsmann in ihm (in der Familie wird er mindestens Shylock genannt) überwog. Er sparte monatlich das ansonsten benötigte Schulgeld zu einem ganz bestimmten Zweck. Jetzt wusste er ja schon, dass es korrekterweise BMW heißt. Er unterschrieb sogar einen Vertrag, in welchem er sich zur Vermeidung von einspuriger Motorisierung verpflichtete, was uns doch einige Sorgen nahm. Und zu seinem achtzehnten Geburtstag hatte er dann den Wagen, für den er leibt und lebt. Er kennt ihn wie kaum ein Zweiter. „Fahr du nur so vorsichtig wie dein Söhnchen“ necken mein Mann und ich uns abwechselnd mit der von Thomas Mann an seine Frau Katja gerichteten Ermahnung.

Dass Wagen der gehobenen Preisklasse als Attraktion empfunden werden, wird sogar in manchem Schlager besungen – ich denke an Janis Joplin’s Wunsch nach Cadillac oder Mercedes Benz, Fendrich berichtet vom dunkelblauen Jaguar, während in einem Song von Georg Danzer der Fahrer eines Porsche auf scharmant-österreichisch in die Finsternis geschickt werden soll. Auch Hunde sind Autofreaks, denn „Dabei sein ist alles“. Dass dies aber so weit geht, wie bei einer unserer Hündinnen, die noch dazu eindeutige Präferenz für einen Hersteller bekundet, halte ich aber doch für ziemlich überraschend:

Hatschepsut wurde an einem Samstag im Juli 2000 angekört. Am Tag darauf fuhr mein Sohn sie und mich nach Nordrhein-Westfalen, wo sie erstmals gedeckt wurde. Sie genoss die Fahrt. Machten wir auf einer Autobahnstation Rast, fand sie immer wieder ihren (seinen) Wagen. Seit dieser Zeit interessiert sie sich für BMW wie kaum eine Zweite, in einige schiefe Situationen hätte sie mich mit ihrer Begeisterung dafür schon gebracht. Gehen wir an einem Bayern vorbei, muss ich sie daran hindern, hineinzuschauen. Könnte ja ein Plätzchen für sie reserviert sein! Man kann Hunden alles Erdenkliche nachsagen, nicht aber Berechnung. Deshalb fehlt ihnen auch die Möglichkeit zu wirtschaftlichen Berechnungen, was dazu führt, dass unsere Hündin sich ihren Traum einfach nicht abschminken will. Überdies ist der Besten nicht bekannt, dass edler Lack und Hundekrallen sich nicht sonderlich vertragen …

Etwa ein Jahr nach der für sie so unvergesslichen Ausfahrt arbeitete ich mit ihr auf einem SVÖ Platz, wir ordneten uns mehr oder weniger gegenseitig unter, ich legte sie ab und entfernte mich von ihr. Als ich mich zu ihr umwandte, sah ich, dass sie einen Teleskophals bekam, schon stand sie auf. Ich blickte in die von ihr fixierte Richtung und entdeckte in etwa siebzig Metern Entfernung etwas auf uns zufahren, was für mich „irgendein Geländewagen“ war. Ich hielt sie für leicht verrückt. Ich kannte zwar ihre Neigung für diese eine Automarke, aber das verstand ich beim besten Willen nicht. Sie wusste es besser, ihr feines Gehör hatte es ihr angekündigt: es kam Hans Teichmann und zwar in einem X5.

Freude am Fahren, für Mensch und Hund.

Radikal

Wer ist denn heute nicht schon aller radikal. Radikal sollte ich mit einer Diät beginnen, mir radikal das Rauchen abgewöhnen. Aber sonst … Lieber Gott und Herr, „radikal" – radix – Wurzeln – Ursprung – Geburt.

Ach, Mutsch, geboren hast du meine Schwester und mich, das Leben hast du uns geschenkt, seinen Wert hast du uns erläutert … In dem anfangs geschilderten Timba-Buch von Lilli Koenig geht es nicht nur um Hunde. Da wird auch von einem Geschenk erzählt, das Kiki von ihrer Mutter bekommt. Es ist ein Ringordner mit Blättern, Schere und Kleber. Das Mädchen ist erstaunt. Was soll es damit? Es wird ihm gesagt. Das ist ein Geschenk, das Arbeit macht! Bilder, die Kiki gefallen, kann sie nun ausschneiden und einkleben, ihre kleine Welt kann sie in diesem Album anlegen, sich daran erfreuen.

„Give birth", sagt man. Leben schenken. Das ist die Urkraft der Frau, warum bedient sie sich nicht dieser einen, eindeutigen Überlegenheit? Und Überlegenheit ist es. Mit meinem Sohn habe ich einen vier Kilo Brocken ans Tageslicht gezaubert, das hätte, wie der Wiener sagt „den stärksten Mann von den Socken gehaut". Nun, Frauen können das. Aber bitte, deshalb keine Zwei-Lager-Bildung wie beim Deutschen Schäferhund! Unser tiefsinniger Pythagoras-Mann hatte einen tollen Ausspruch: „Allaan is a goldener Staan. Oba ohne an Zweiten bist goar nix." Wie wahr. Charlotte Brontë lässt in ihrem 1849 erschienenen Roman „Shirley" die Titelheldin zu der blödsinnigen Mann-Frau-Frage den treffenden Sager tun: „Sollen sich etwa die linke und die rechte Hand zanken, wer den Vorrang hat?" Respekt, Respekt. Die Hündin ist die Trägerin der Zucht, aber ohne Rüden stirbt die Rasse aus. Ich habe die Gewaltdeckung geschildert, sie war Ausnahme. Die „normale“ Hundehochzeit ist tatsächlich etwas Wunderbares. Da werden seitens der Hündin schöne Augen gemacht, der Rüde wirbt, es ist ein herrliches Fest, bei dem die Feiernden dann irgendwann zusammenfinden. Dem SV kann es nicht hoch genug angerechnet werden, dass künstliche Besamung nicht gestattet ist. Besame mucho, das wäre vielleicht erst ein Schmarren!

Ich muss nun einmal den Rüdenbesitzern das Wort reden. Die Hündin, die nicht artgemäß und tierschutzgerecht gehalten wird, kann schon einen Schuss haben. Es ist daher nicht einzusehen, warum einem Rüden, der vielleicht sogar noch Schaukarriere machen soll, aus Gestörtheit eines Zwingermäuschens plötzlich ein Ohr fehlen soll. Aber, man kann es übertreiben – zu Tode gefürchtet ist auch gestorben. Ein Hundekenner wird das Wesen der Hündin, die da zu Besuch kommt, zuordnen können und danach handeln. Wir waren bei zwei „Weltsiegern“ decken. Die Besitzer der beiden dürfen sich zu den Kynologen zählen. Es gab wunderschöne, ganz natürliche, freie Deckakte. Wir sollten die Hündin aus dem Auto nehmen, ein Blick überzeugte die Herren von deren Charakter und Instinktsicherheit. Wir betraten das jeweilige Grundstück, ließen die Hündin frei laufen und die Rüdenhalter machten einfach die Zwingertür des Deckrüden auf. Schwups, Herumgetolle, alles Natur!

Herr G. war überhaupt der Beste. Er blieb bis zum Hängen des Paares, dann meinte er, er ginge jetzt Kaffee kochen. Nun ist aber zu sagen, dass dieses den Hunden typische Hängen „danach“ oft zu Zappeleien der Hündin führt. Zeitung lesen kann sie nicht und der Anblick des leicht belämmert dreinschauenden Rüden baut sie auch nicht eben auf. Unter dem Motto „mit so was hab ich mich eingelassen“ kommen ihr „moralische Betrachtungen“ und gern würde sie denjenigen, der seine Schuldigkeit getan hat, wie ein lästiges Insekt abstreifen, was die Besitzer beider Tiere durch Festhalten derselben zu verhindern suchen. Deshalb fragten wir den Mann, ob er uns allen Ernstes mit dem Liebespaar allein lassen wolle. „Aber sicher“, antwortete er, „ich habe neulich erst Fuchs und Fähe beim Hängen gesehen. Da wollte die auch nicht mehr, hat sich gedreht. Und der Bursche musste sich halt mitdrehen." Sprach's und verschwand ins Haus, uns einen der „kostbarsten" Rüden der Welt hinterlassend. Und dann erlebten wir ganz Entzückendes. Als die beiden sich voneinander lösten, stob der „Bräutigam" davon. Auch nicht schlecht, dachte ich. Bevor wir aber Brita noch ins Auto setzen konnten, war er schon wieder da, einen großen Prügel Holz im Fang. Dank oder Einleitung zu neuem Spiel – fragen konnten wir ihn nicht. Schön, dass auch „Große" so stinknormal und nett sein können! Nämlich, sowohl die Hunde als auch deren Besitzer. Aber das ist so wie mit Urlaubsquartieren. Im Hotel Sacher werden die Lieblinge der Gäste auf Wunsch sogar spazieren geführt, in einer Kaschemme werden glatt Überlegungen angestellt, ob man in dem herrschenden Dreck Vierbeiner erlauben soll …

„Und denkt euch nur, nach ein paar Wochen" sind die Welpen ausgekrochen. Keine Sekunde lässt die Mutter die Babys aus den Augen. Zum Erledigen der nötigsten Nötigkeiten muss man die Hündin überreden, ungern lässt sie ihren Wurf allein. Unermüdlich ist sie für die Fiependen da, schon kuscheln sie sich satt und zufrieden ins mütterliche Fell, werden ganz ruhig. Spüren Geborgenheit. Bald kommt die menschliche Hand dazu, die stets vorsichtig und sanft die Kleinen aus der Wurfkiste holt, entweder um die Lagerstatt zu säubern, die Waage zu befragen oder einfach, weil es schön ist, so ein kleines Lebewesen zu spüren. Ich bin hundertprozentig davon überzeugt, dass diese ersten Eindrücke die spätere Bindungsbereitschaft des Hundes an den Menschen bestimmen. Auenfelsen sind Schmuser wie ihre Züchter. Es gibt fast keinen Spaziergang, an dem unsere Hunde, nachdem sie alles erledigt haben, nicht uns den Weg absperren, weil sie der Ansicht sind, dass sie jetzt gestreichelt werden müssen. Man kann gar nicht aus, der Hund lehnt sich an, würde umfallen, machte man jetzt einen raschen Schritt zur Seite. Auch die Mutter schmust mit den Welpen. Unsere Ilka lag oft in der Wiese vor unserem Bürofenster, bedeckt von einem Pulk vom Spielen müder Hundekinder. Triumphierend schaute sie zu uns herein. „Na, sind sie nicht süß?" „Ja, Schatz, sie sind wunderbar, deine Kleinen" nickten wir hinaus.

Eine herrliche, aber auch kritische Zeit ist es für uns zwischen dritter und achter Lebenswoche unserer Welpen. Denn was sich im Garten tut, ist einfach traumhaft, und viel bringen mein Mann und ich dann nicht weiter. Voll der guten Vorsätze sitzen wir an unseren Schreibtischen nebeneinander, Arbeit macht das Leben süß. Eisern halte ich durch, konzentriere mich auf mein Kassabuch oder Abrechnungen, bis Erhard mich auf irgendeine Szene da draußen aufmerksam macht. Dann wieder ist es umgekehrt. „Schau, schau, bitte schau dir das an!" Und immer werden wir auch Zeugen von Erziehungsarbeit. „Alles, was recht ist, aber so geht das nicht", signalisiert die Mutter ihrem Welpen. Geduldig überlässt sie ihm ihre Rute zum Spiel. Aber nun ist er eindeutig zu weit gegangen. „Benimm dich! Wir alle wollen leben, alle sind wir schmerzempfindlich, verletzlich. Die Welt ist ein Wartezimmer, möge jeder darin sich so gut und rücksichtsvoll wie möglich betragen!" Das macht die Hündin ihrem Nachwuchs deutlich.

Sie macht es hervorragend. Wohl hat auch der Rüde später erzieherischen Einfluss, aber die Hauptarbeit macht die Unterputzversion. Dass so ein Joystick ab und zu was Nettes ist, steht außer Zweifel. Der Wert seines Besitzers soll in keiner Weise geschmälert werden. Gleichviel gelten sein Herz und sein Hirn, auch er ist in vielen Dingen überlegen, wohl anders, aber gleich viel wert. Doch Leben gibt die Mutter, Urmutter, Mutter Erde.

Ich verschweige nicht meine Dummheiten, Schludrigkeiten. Aber hätten alle eine Mutter wie ich, die immer so stark war wie eine DS Hündin, die den Rüden und die Nachzucht in ihre Schranken verweist, wie die Stute, die Monty Roberts in der Wildpferdherde beobachtet hatte, müsste man sich vor Radikalen nicht fürchten (höchstens vor freien). Radikal darf einzig die Mutter sein, radikal zur Güte erziehend. Wie sehr ich gestern Abend an die Meine gedacht habe! Erhard und ich waren zum Grillen eingeladen. Seit 1992 leben unsere Bekannten hier, geflohen vor den Gräueln in der Gegend von Mostar.

Es ist ein wunderbarer Sommerabend, wohl braut sich über unseren Köpfen etwas zusammen, aber noch können wir den Aufenthalt im Freien genießen. Unsere Gastgeber sind überaus gastfreundlich, sie haben von ihrer Kultur und ihren Traditionen so viel wie möglich „heraufgerettet" in unser kälteres, andersartiges Land. Überlebensstrategie! Ein Küchengärtchen haben sie angelegt, Mangold wächst hier, ein Melonenbäumchen steht in einem Topf, sie ziehen ein knollenloses Kraut, dessen Namen ich vergessen habe. Reiches, üppiges Grün über einem alten Steinmäuerchen, es sieht aus wie aus dem schönsten Lederleitner-Katalog. So viel Liebe steckt darin! Da steht ein Glas, in dem Rosenblätter angesetzt sind. Saft vom Rosenwasser wird uns angeboten, er schmeckt himmlisch. Die grau getigerte Hauskatze der Familie streicht um unsere Beine, Tierliebe auch hier. Wir werden bewirtet, als hätten wir eine Woche lang darben müssen. Sie erzählen uns von ihrer alten Heimat, können immer noch nicht glauben, was da passierte. Nein, man kann es wirklich nicht fassen. Bosnier, Kroaten, Serben, warum nicht einfach „Menschen"? Ihre Kinder, etwa in dem Alter wie unsere beiden, haben Erziehung genossen, Ausbildung allen Schwierigkeiten zum Trotz. Die Hausfrau serviert den Kaffee. Türkischen. Ob wir überrascht seien? Das Pfännchen konnten sie retten, es bedeutet ihnen so viel. Nein, überrascht bin ich nicht. Ich kenne ihn aus Safis Familie und auch meine Mutter kochte uns ab und zu türkischen Kaffee. Erzählte von der jugoslawischen Familie der Anne Zsifko, von Popi und Neofitos aus Griechenland, mit denen sie im Kinderheim zusammen gewesen war und von denen sie diese Art der Kaffeezubereitung kennen lernte. Unsere neuen Freunde also sind Muslime, haben uns Katholerer, Schweinefleischfresser, die wir sind, dennoch eingeladen. Sie haben so viel Herzensbildung, sie stören sich nicht an unserem Glauben!

Neulich ging ich mit Nofrete spazieren, da kamen uns zwei Frauen entgegen, von kleinen Mädchen umringt, ein Knabe fuhr auf einem Dreirad vor ihnen her. Als er uns entdeckte, gab er kräftig Stoff, raste auf uns zu. Einen Meter vor Nofis Nase legte er eine Notbremsung hin und begann zu schreien. Es muss etwas wie schlimmer Hund gewesen sein. Jetzt eilten die Aufsichtspflichtigen herbei und trösteten den Frechdachs, dem nichts passiert war, auch noch! Nun ist dazu zweierlei festzustellen: Mit einem weniger gut veranlagten Hund wäre die Sache nicht so glimpflich verlaufen. Und hätte ich das als Kind gemacht, hätte meine Mutter mir einfach eine „gepickt". „Danke, jetzt is ma kloa", singt Wolfgang Ambros, die Nummer eins vom Wienerwald.

Warum muss ich denn als weibliches Wesen in so einem kleinen Pimperlträger etwas Besseres sehen? Auch dieser gehört erzogen und zwar schleunigst! Bei unserem benachbarten Geschwisterpaar mischte ich mich einmal in folgende Szene ein: Irene und der kleine Stephanus saßen beim Fernsehen. Da wollte das Brüderlein das Schwesterlein um ein Getränk in die Küche schicken. Na, dem hab ich's aber versalzen. Ich bin durchaus nicht gegen Gefälligkeiten, aber man wehre den Anfängen. bist a pascha, ... Insider kennen den Spruch. Ganz anders als die Mütter, denen von bösen Frauen die Söhne weggenommen werden, bin ich einverstanden, wenn Gisela sich von Fritz mal ein Brötchen „kochen" lässt, ihn mit einteilt, wenn sie oben durch die Räume fegen und saugen. Alle sind gleich viel wert.

Buddhisten, Christen, Juden, Moslems, Gelbe, Rote, Schwarze, Weiße. Alle gleich viel wert! „Dem Menschen, wenn er wohlerzogen ..."

Vertrieben, geflohen. Ich sitze an meinem Ikea-Tisch, wie mein Bett ist auch er meine Zufluchtsstätte. Hier sitze ich, ich kann nicht anders. Mein Blick fällt auf eine halbhohe, gemauerte Zwischenwand aus rohen Ziegeln. Auf dem Betonsims stehen allerlei Dinge, die mir lieb sind, viele Fotografien. Da ist der Sohn mit Welkie abgebildet, sie stehen vor einem Zelt des SVÖ Jugendlagers. Daneben ein Bild von Isostar Auenfels, in klassischer „Down" Stellung, der war gescheit! Mit sechs Wochen war er schon im Gymnasium, wenn auch nur für einen halben Tag. Auf einem anderen Foto sehe ich den lieben Griff neben Herrn Professor Antal Festetics lümmeln, der einen DS für irgendwelchen Universum-Vorspann brauchte. Die julianische mit ihrem geraden Rücken (kein Bergab-Hund also), abermals der Sohn in Kindertagen, Sallie vor einem ihrer Gemälde, Gisela mit Mutter und Blumenstrauß, Hans mit dem Gripsibuben. An der dahinterliegenden rechten Wand hat das Guxi eine ganze Bildergalerie ihrer

Auenfelsen angebracht. Weiter hinten, mir gegenüber, kann ich einen Teil unserer geliebten Bücher sehen, Pokale unserer Hunde halten Erinnerungen wach.

Hier bin ich zuhause, fühle mich sicher, wie sicher bin ich denn? Wie sicher mögen unsere Freunde sich gefühlt haben, was haben sie nicht alles verloren! Flucht, Krieg, Erdbeben, die Welle. unda fluxit et sanguine. „Es gibt keine hundert Prozent", sagt Fritzchens väterlicher Freund O., „das musst dir immer merken." Immer merken! Einmal, immer.

Dreißig Jahre Fernsehen fehlen mir, dreißig Jahre sind spurlos an mir vorbeigegangen, nicht an meinem Äußeren, aber in meinem Hirn. Ich hörte nicht, wie es brodelte in dem Topf, schon pfeift er, geht über – „falamaleikum", fallnschowiederdleutumfalltma Ernst Jandl ein. „Ich bin ein Ignorant, Madame." Immer in einer Traumwelt gefangen, einer Welt, die es nicht gibt. Auch nicht in der Welt des DS.

„Radikal zur Güte", sagte ich. So ein Unsinn. Radikal kann immer nur zerstört werden. Zerstöre ich hier selber mit meiner Schreiberei? Das wäre das Letzte, das ich wollte. Ich wünsche mir so sehr einen friedlichen Weg, ein friedliches Miteinander. Für alle, ob grün, rot, schwarz, nun, orange muss ich nicht haben, aber auch für sie wünsche ich es mir, vor allem für unseren DS, der nach wie vor der beste Hund der Welt ist. Seine Lernfähigkeit zeichnet ihn aus: Denn unter anderem hat der Deutsche Schäfer immer schnell begriffen, für Wohlverhalten wird er nicht zurückgepfiffen …

In unserer Gasse

in unsrer gasse lebte einst ein anwalt
der machte freiwillig gar keine anstalt
sich jemals nur ein pet zu kaufen
das reizte mich ihm nachzulaufen

doch hier was gänzlich komisch klingt
ergab in wahrheit sich beschwingt
der beste ohne arg tat wandeln
seine gemahlin an den handln

da ging ich just mit welkiemaus vorbei
wurde gegrüßt und grüßte meinerseits die zwei
ich dachte – mut ist alles, was da zählt
und sagte: wissen's schon, ihr hund ist auf der welt

erstaunt hob er die linke braue
neugierig aber ward die holde fraue
gleich wurde sie so richtig munter
ging rasch mit mir die straß hinunter

sechs kleine bären saßen da im garten
und taten schon auf ihre mutter warten
ganz reizend hockten sie im gras –
geschäftsanbahnung nennt man das

frau doris fasste sich ein herz
kochte dem cheevas bald schon sterz
dem herrn des hauses half kein wehren
er ließ sich selber gern bekehren

aus bärchen wurde bald ein bär
ein schönes tier geliebet sehr

ging schließlich allen weg des lebens
und es war schön und nicht vergebens

nicht ohne hund mehr wollten seine leute sein
nahmen den cheevas zwei und daisylein
zu letztgenannter tu ich sagen müssen
dem anwalt kann man seine pfoten küssen

die daisy ging ihm sehr bevor
obwohl sie hatte hängeohr
und jeder andre mit des doktors wissen
der hätt vielleicht den a. mir aufgerissen

Mein innigster Dank geht an Familie Weninger. Das sind also die Menschen, denen wir gerne einen Auenfels anvertrauen. Es sind auch diejenigen, die die Güte hatten, das arme Zwingertierchen bei sich aufzunehmen, da gehörte viel Größe dazu, nicht nur jene des Gartens, vielmehr die des Herzens!

Ich baggere tatsächlich Leute an, von denen ich meine, dass ein Haustier ihnen gut tun und ein solches es gut haben würde bei ihnen. Doch wo ich mir nicht sicher bin, warne ich. Vor der Verantwortung, vor Dreck und Hundehaaren und nicht zuletzt vor einer total auf den Kopf gestellten Hausordnung. Äußersten Respekt habe ich vor allen, die sich auf einen Hund aus Angst vor diesen Dingen gar nicht einlassen. Aber jene, die erst Ja sagen und ihr Tier dann abschieben … Nun, für viele Menschen ist eben ein Meerschweinchen zu schade. Wem kann man also einen Hund geben? Da gibt es diese entsetzliche Geschichte von Elfriede Jelinek (die ich sonst durchaus bewundere, aber beim Hund hört sich eben die „Freundschaft" auf), in der sie beschreibt, dass sie mit Floppy nicht zurecht kam (oder Floppy mit ihr). „Es ist die Erwartungshaltung des Menschen, die die Hunde umbringt" würde Bernhard Günter sagen. Ja, wem kann man guten Gewissens einen Hund anvertrauen? Sind Sie es, bist es du?

„Tu, con l'espressione malinconica", singe ich meinem Spiegelbild zu. Ja, ja, die schöne Gianna Nannini, diese Stimme, die taugt mir, die Tochter vom Dottore, Siena,

Palio, Contrada. Doch heute nix sorriso dazu. Die Sonne scheint, aber nicht in mein Herz, valossn, valossn, wie a Stan auf da Strossn. Die Hex fährt eine Woche nach Diersbach und nimmt zu allem Überfluss auch noch den lieben, guten Nutzilein mit. Wird ihm zwar net schaden. Aber verdammt ruhig wird's werden!

Ganz ohne singt Lucio Dalla: „Stare senza di lei mi uccide, non si vive." Jetzt weiß ich endlich, was mich so kratzt an ihrer Abwesenheit. Immer hab ich den Alten im Hinterkopf. Aber nein, er wird sich schon keine Unbedachtheit leisten, wenn sie nicht da ist, gehören ja zusammen, die zwei.

„Testa dura, testa di rapa", das war er von Anfang an. Ausgschaut habens wie die Wüstenfuchsln, er und seine Schwester, die Wepsn. Hat mich die Ibeschitzin zum Canto Deutschen Orden decken geschickt, im Leben wär ich nicht draufgekommen. Wollte keine Grauen, hatte gar nicht mehr im Kopf, dass auch die Timba grau war! Nun, laufen hat er können, der Canto. Trotzdem war die Iberl Schuld an der Entstehung unseres W-Wurfes.

Die Hündin, die war ja in Ordnung. Aber den Wolf hätt man abwastschn können, das war ein Ungustl. Mit fünf Wochen hat er sich in den Teich gschmissn. Ich leg mich flach auf den Bauch, damit ich das Drecksviech erwisch, endlich hab ich ihn herausgfischt, springt er wieder ins Wasser. Waschlnass war ich, im kühlen April. Fünf Handtücher haben wir gebraucht, die Schwiemu und ich, um ihn zu trocknen, geföhnt haben wir den kleinen Wurschtl, das hat ihm auch noch gefallen. Conny, Verena Felbermayer und ich fuhren mit ihm nach Tulln zur Schau. Er musste damals etwa drei Monate alt gewesen sein und sollte sich so eine Ausstellung einmal ansehen (learning by looking). Auf dem Parkplatz fand Wölfchen einen schon fast verwesten Fischkopf mit grausigem Anhang. Zu viert kämpften wir darum, letztlich waren wir alle drei gebissen und das grindige Jungtier hatte seine Beute verschlungen. Meine Mutter half beim Decken des Abendbrottisches, der Racker entriss ihr das Brotkörbchen. Bei einem Spaziergang, zu dem sie mich begleitete, zog er ihr das Tuch vom Kopf, erwischte wohl auch ein paar Haare dabei, so dass meiner armen Ma die Tränen in die Augen schossen. Nachdem er ihr auch das Taschentuch, das sie zum Trocknen derselben verwenden wollte, entwendet hatte, konnte ich seiner endlich habhaft werden. Unser Auftragsbuch im Büro war sein Opfer geworden, es war damals viel zu tun und man hatte sich nicht alle Anrufe merken können. Nun mussten wir einfach warten, bis die Urgenzen der empörten Kunden kamen. Einmal, auf der Mittagstour in Langseiten, stibitzte er mir den Hut vom Kopf und raste damit einen Steilhang hinauf in den Wald. Oben angekommen machte er kehrt und setzte sich damit gemütlich hin. Da half kein Rufen. Zu dieser Zeit kannte ich seine Späßchen schon und beschloss, eben rauchend, sein Kommen abzuwarten. Die Mittagspause neigte sich dem Ende zu, ich stand immer noch auf dem Parkplatz, der Befehlsverweigerer saß weiterhin auf seinem Feldherrnhügel, die Beute im Fang. Langsam begann ich, diesen kleinen Unsympathler, mit dem es nur Ärger gab, zu hassen, ohnedies hätte ich ihn nie behalten, wäre es nach mir gegangen.

„Die beiden bleiben", beschloss mein Mann, als die grauen Gremlins etwa sechs Wochen alt waren. So wenig sie Schäferwelpen ähnelten, so auffallend „anders" war ihr Wesen. Und es war bestens, das merkte auch ich. Wo andere Welpen die Nerven wegwerfen, bewahrten die beiden einen kühlen Kopf. Dieses oft hysterische Welpenquietschen bei ersten Begegnungen mit fremden Hunden beispielsweise gab es niemals bei ihnen. Alles schön und gut, aber was sollte ich mit einem Rüden? Aber er blieb, saß nun im Wald und ließ sich nicht davon beirren, dass ich „probehalber" den Motor des Wagens anließ, ruhig sah er zu, dass ich sogar ein Stück weit fuhr. Ich kehrte um, stieg aus und fragte resigniert: „Na, was ist jetzt?" Ich hatte scheinbar den richtigen Ton oder Zeitpunkt erwischt, der Graue sauste auf mich zu und setzte sich freudestrahlend vor mich, immer noch den Hut haltend. Ich musste ihn nie das Apportieren lehren …

Verena ging mit Conny in eine Klasse und gehörte bald auch zum Auenfels-Team. Die Zeit mit den beiden habe ich immer als Bereicherung empfunden und genoss ihre Albereien mit den Hunden sehr. Aber auch sehr ernsthaft konnten sie sein und waren mir oft eine große Hilfe. Meist kamen sie Samstagnachmittags und wir fuhren dann gemeinsam auf den Hundeplatz.

Wenn man kein Neuling ist, kann man seinem Hund auch ohne einen solchen allerhand beibringen. Fährte und Unterordnung sind, bis auf die Geräte wie Hürde oder Schrägwand, kein Problem. Aber ohne Schutzdiensthelfer ist alles nichts. Und wie es im Kindergarten so üblich ist, gibt es selten lange Ruhephasen in den Vereinen. Da hat doch tatsächlich der eine dem anderen sein Küberl oder Schauferl weggenommen, der eine hat komisch geschaut, der Zweite hat vielleicht eine Nase, die nicht jedem passt. Überdies ist das Wissen des einen viel geringer als das des anderen und patsch, steht man schon wieder ohne da. Ohne Helfer. Ich kann mich gar nicht entsinnen, was vor meinen Gablitzer Zeiten war, aber an sie erinnere ich mich sehr gut und zwar wegen Helmut Durst. Er war mir von jemand empfohlen worden und ich kam zu angegebener Zeit hin, um mir ein Bild machen zu können. Was ich sah, versetzte mich, gelinde gesagt, in Erstaunen. Da steckte ein Bär von einem Mann im Schutzanzug und fuhr in einem Tempo auf einen Schäferhund los, dass ich schon meinte, irrtümlich bei einer WM gelandet zu sein. Als ich an der Reihe war, packte ich vorsichtshalber die Rudelälteste aus, bei der am wenigsten verdorben werden konnte. Von Hans Rigon war ich gedrillt, ohne Anbiss an der Leine nie irgendwelche Schutzaktionen zu starten, den Hund also sicher zu machen. Doch ich erkannte bald, dass bei Helmut Durst, diesem Bären, alle Vorsichtsmaßnahmen sich erübrigten. Ich glaube, ich kam zuerst mit der Emilia, die erfasst hatte, worum es da ging. Kaum hatte ich die Platztür aufgemacht, als der Helfer den Schutzarm fallen ließ, eine einladende Körperhaltung einnahm und mich aufforderte, mein Hündchen loszulassen, was ich auch tat. Gleich war Emma bei ihm und da wurde zunächst einmal ausgiebig geschmust, alles Weitere ergab sich von selbst und ich hatte den „Durst-Trick" schnell heraus: Da war Tierliebe gepaart mit lausbübischem Spaß an der Sache, dazu noch jahrelange Erfahrung und alle Hunde, die er arbeitete, wurden bestens präsentiert. Sie vertrauten ihm blind und so konnte er letztlich „weltmeisterlichen Schutzdienst“ vorführen, mit Belasten und ruhig auch „Draufgehen“. Kein Einziger seiner „Schutzlinge“ kam jemals in für ihn unverständliche Bereiche und nach getaner Arbeit wurde oft wieder gestreichelt.

Die böse Schutzarbeit ist nicht mehr als ein Kampfspiel für einen Vierbeiner. Sicher braucht er Trieb dazu. Aber man muss sich vor Augen halten, dass er, um verlässlich zu arbeiten, diesen Trieb auch für Rettungshundearbeit, sogar für Agility braucht. Wie wäre es sonst möglich, den Kollegen so lange auf Spannung zu halten, dass er einen ganzen Parcours von Geräten abläuft, ohne zwischenzeitlich bestätigt zu werden? Ohne sich um all die herumstehenden Artgenossen zu kümmern, von denen vielleicht auch mal einer „komisch schaut“? Man sage bitte nichts über die Schutzhunde, dem Hund ist es egal, ob er in einen Schutzarm oder einen Ball herzhaft beißt. Spiel ist für ihn Spiel.

Auch unser Wölfchen war von Helmut Durst begeistert und konnte zu dieser Zeit schon eine ganz nette Unterordnung, als er sich eines Abends privat sein Meisterstück leistete. Ich brachte meine Mädels heim, Conny war die Letzte und meist ließen wir die Hunde auf dem Umkehrplatz nahe ihrem Haus noch einmal kurz Gassi. So auch den Grauen, der ja schon sehr folgsam war. Er ging bei Fuß, lag brav jede gewünschte Zeit ab, ich wiegte mich in Sicherheit. Ich öffnete seine Box und da zog er pfeilschnell davon, vom Umkehrplatz hinunter in Richtung Siedlung, immer schön am rechten Straßenrand entlang. Es war dunkel und wir sahen die Lichter eines Wagens uns entgegenleuchten. Conny und mir blieb das Herz stehen, ich glaube, wir konnten nicht einmal rufen. Schon hielt, ausgerechnet, ein Gendarmerieauto neben uns. Der Fahrer ließ das Fenster herunter, wir tauschten einen Gruß, von dem ich gar nicht weiß, wie ich ihn vor Schreck überhaupt herausgebracht habe. Und da kam der Wilde zurück, stellte jovial seine Gatschhaxn ins Autofenster der Exekutive, er hatte ein ganz reines Gewissen, er freute sich ungemein, die Ordnungshüter zu sehen. Entschuldigungen stammelnd zog ich den Übeltäter auf den Boden der Realität zurück und wurde belehrt, dass ich mit einem so großen Hund abrichten gehen solle. Ich stotterte Zustimmung sowie Dank und war eine Staubwolke. Umbringen hätt' ich diese Dreckantn können, heute bin ich froh, es nicht getan zu haben.

Die nächtliche Begegnung mit der Staatsgewalt war seine letzte Untat gewesen, von da an strebte er unaufhörlich der Seligsprechung entgegen.

irgendwann werden's alle friedlich
und im schlaf sind sie recht niedlich

Budsfrau

„Budsfrau gesucht“ stand vor Jahren in den Staub unserer Auslage gekritzelt. Ein spitzfindiges, offenkundig der englischen Sprache mächtiges Kerlchen hatte später vor dem „s“ noch ein Apostropherl gesetzt. Das lenkte mich eine Weile von meiner Pflicht ab, das von der Außenwelt trennende Glas zu reinigen, weil ich nun krampfhaft darüber nachdenken musste, wer dieser Bud sei, ob ich ihn kenne, und wie und warum er seiner Frau verlustig geworden sein könne. Ich kam nicht und nicht dahinter und entschloss mich schweren Herzens, die geheime Botschaft zu entfernen. Und weil das dadurch entstandene Guckloch in all dem Grau mein ästhetisches Empfinden störte, säuberte ich gleich alle drei Fensterscheiben. Nachdem diese Arbeit mir so leicht von der Hand gegangen war, übte ich sie in der darauf folgenden Zeit in regelmäßigen Abständen aus, was den unschätzbaren Vorteil hatte, dass ich das rege Treiben auf unserer Hauptstraße besser, ich möchte fast sagen, streifenfrei, beobachten konnte. Doch seit einigen Wochen scheint es, als sei dem bedauernswerten Manne seine bessere Hälfte wieder abhanden gekommen.

Asche zu Asche, Staub zu Staub, alles um mich herum droht darin zu versinken. Und weshalb? Weil die „Einzi“ mich vor Lichtjahren zum Schreiben aufforderte. Schön, hatte ich damals gedacht, setzt dich hin und schreibst. Meine Frage, ob ich damit überhaupt zu Ende käme, war pure Koketterie gewesen, ich gebe es zu. Ich, die es dem Sohn übel genommen hätte, wenn er wie andere Kinder jemals in Eigenlob verfallen wäre, „ich kann schon dieses und jenes“, muss nun sagen, obwohl ich nie kochen lernte, kann ich Salzburger Nockerl machen, obwohl ich nichts von Technik verstehe, „werden unsere Kunden von mir geholfen“, ich kann alles, was ich können will. So vermeinte ich, auch Buchstaben mit einigem Sinn aneinander reihen zu können. Und muss nun den Widerwillen meiner Auftraggeberin erleben. Vor ihrer Abfahrt nach Oberösterreich hat sie meinen bisherigen Letternsalat gelesen und mir vorgeworfen, dass meine Gedankensprünge ärgerlich und damit unzumutbar seien. Ganz anders als ich würde sie es machen, einfach von ihrem Geburtsjahr in gerader Linie bis zum heutigen Tage alles festhalten, was erwähnenswert ist. Ich versuche mir vorzustellen, wie es sich lesen würde:

„Ich, Endesgefertigte, wurde im Jahr 1976 angefertigt und ausgefertigt, nachdem ich im elften Monat desselben zur Welt kam. Mein Leben in einer Großfamilie verlief, wenn nicht in ruhigen, so doch in geregelten Bahnen, bis ich das Einzelkind F. der im Walde lebenden Klempnerfamilie M. kennen lernte. Mit seinem Eintritt in mein Klassenzimmer trat F. in mein Leben. Seither bin ich fix und fertig. Sympathisch war er nicht, kalt abfertigen hätt' ich ihn sollen, denn er war ein Besserwisser (das hat er von seiner Mutter). Niemals teilte er auch nur irgendeine der Köstlichkeiten, die er sich pausenlos einverleibte, mit seinen Klassenkameraden (keine Ahnung, von wem er das hat). Irgendwann dann in der achten Klasse brachte er mich zum Lachen (er muss den Metternich gelesen haben). Mann muss die Frau zum Lachen bringen, wenn er sie erobern will ... Es gab Widerstand seitens meiner Familie, es gab Irrungen und Wirrungen. Der F. war ein A., dazu auch noch ein Krull, eben noch ein wenig unfertig. Von seiner Mutter berichtete er, dass sie verrückt sei, nicht aber, dass sie Hunde züchte. Das gestand er mir dann beim Wienerwaldsee, als er mich erstmals zu seinen Leuten brachte. Worauf ich sofortige Umkehr verlangte, lebte ich doch Hunden gegenüber bis dato in „kritischem Distanzverhältnis“. Als guter Rüde, der er ist, setzte er sich durch. Obwohl ich der erlesenen Gruppe derer angehöre, die, wie ein Schafar Kurt, am Karfreitag frei haben und die in Bayern d'Evangöln genannt werden, wurde ich in dem seltsamen Waldmenschenrudel liebevoll aufgenommen. Gab es in meiner Familie Kultur, gibt es dort leider nur Kult. Sowohl der Sohn als auch die

Caniden werden verherrlicht, wobei ich aufrichtigerweise sagen muss, dass für mich Rosinen des Gefühlskuchens in ausreichendem Maß abfallen. Mit der Mischpoche des F., die zwar ein wenig meschugge, aber keinesfalls gemeingefährlich ist, teile ich Freud und Leid. „Ja zu A" lautete einmal ein Werbeslogan für Österreich. Mein Ja zu F. muss ich mir noch überlegen. Worüber ich nicht nachdenken muss, sind die Pelztiere. Manchen sind sie zu viel, mir sind sie alles."

Na, so toll klingt das auch nicht. Soll's lieber ihre Masterthese schreiben, time flies!

Was es überhaupt so mit dem Schreiben auf sich hat, das beschäftigt mich ja schon lange Zeit. Sich etwas von der Seele schreiben? Das heißt also klagen. Anklagen? Anprangern, Missstände anzeigen, aufzeigen. Der Schreiber schreibt für den Leser. Der Leser liest, was er ohnehin ahnt, fühlt, empfindet, wenn nicht weiß. Da gibt es in unserer Sonntagsmesse die Fürbitten – sind schon in Ordnung. Für den Frieden. Für mehr Liebe. Gegen Gewalt. Nur irgendwie geht die message ans falsche Publikum. Der den Leuten die Köpfe einschlägt, wird kaum in die Messe gehen und umgekehrt ... Der Schreiberling klagt nicht nur an; was seiner Feder oder Tastatur entströmt, kann auch als indirekte Bitte verstanden werden. Sie ist aber wirklich sehr indirekt, denn noch niemals habe ich explizit gelesen: „Bitte! Bitte, lass uns einen Schlussstrich ziehen, bitte, wollen wir uns vertragen, bitte verzeih, dass ich atme." Das ist es auch, was uns sosehr vom Hund unterscheidet – indem er seinen Hals hinhält, drückt er eindeutig aus: „Bitte! Lass mich am Leben! Bitte ..." Vielleicht sollten auch wir es mit diesem Wort öfter versuchen– es könnte doch auch im Weltengetriebe zur Beißhemmung führen?

Und jetzt darf gelacht werden, so etwas kann eben nur eine Putzfrau denken, eine wie ich.

somodimidofrsa
wochengehenmonatjahr
modimidofrsaso
nur net kriegführn stirbst auch so
brände zetteln große an

leben will der kleine mann
wehret sich mit vehemenz
leistet passivresistenz
will nicht sein der mächt'gen fetzen
lässt bald nicht mehr sich verhetzen

b i t t e

PS.: Das mit dem Widerstand (schon Thoreau hat sich in „Resistance to Government" seine Gedanken darüber gemacht) ist nicht unbedingt nur ein menschliches Anliegen, auch Freund Hund lehnt sich auf – dort, wo er weder Vernunft noch Gerechtigkeit findet …

Uff

Uff, erst einmal ist es ausgestanden. Vor einigen Wochen war der Arbeitsmediziner hier, heute war es der Techniker, der unseren Betrieb, die kleine Quetschn, inspizierte.

Er ist noch ein jüngeres Semester, sieht ein wenig Edgar Pertl jun., einem unserer schöneren SVÖ Leistungsrichter, ähnlich. Der war bis jetzt immer noch in Ordnung. Vielleicht hab ich ja mit dem Herrn hier auch Glück. Ich zeige ihm meinen Evaluierungsordner, wir tasten uns ein wenig aneinander heran, vorerst noch recht nettes Geplauder. Gut macht er das, erzählt mir von einem Hausbau, fragt um (ausgerechnet) meine Meinung zu dieser oder jener Sache, Wasseraufbereitung, Rohrsysteme. Bereitwillig erzähle ich ihm, was er ohnehin weiß. Dann kommen wir endlich in medias res. Vom Verkaufsraum durch einen schmalen Gang gelangen wir zum Büro, zum Lager. Ich höre, wie in der Werkstatt draußen die Gewindeschneidemaschine angeworfen wird. Krone kommt mir zu Hilfe, erregt Aufmerksamkeit, ich kann die Katastrophe ein wenig hinauszögern, erzähle ihm eine nicht einmal unwahre Schäfergeschichte. Das Geräusch aus der Werkstatt scheint diesmal gar kein Ende zu nehmen. Es hilft nichts, an den Prozess muss ich denken, an Kafkas Prozess, jetzt will der Gute die Werkstatt sehen.

Obwohl ich heute ausnahmsweise gestriegelt und geschniegelt bin, komme ich mir wie eine der verkommensten Figuren von Dostojewskij vor. Liest man bei Tolstoi von „wildem Durcheinander", reizt es einen zum Lachen, im Moment ist mir aber gar nicht lächerlich zu Mute. Überall steht Werkzeug herum, die Werkbank ist vollgeräumt, auch einiges Material von Lieferungen ziert die Stätte, zusammengeknülltes Putzpapier, Plastiksäcke, was ich sonst geflissentlich übersehe, grinst mir nun hämisch entgegen. Ein Buch schreiben wollen, aber nicht aufräumen. Ich bin ja wirklich nie vorbereitet! Unser Maurerlein schneidet immer noch Gewinde. Wo denn sein Gehörschutz sei, werde ich gefragt. Die Flecken unter meinen Achseln werden größer, wenn das Kontrollorgan fort sein wird, kann ich mich umziehen, super. Das Häschen ist auch gekommen, wird aufgefordert, die Autoapotheke seines Firmenwagens vorzuweisen, sie ist leicht antiquiert. Der Hase ist aber nicht mundfaul und erklärt, dass wir zu neunundneunzig Prozent bei Privatkunden arbeiten, was durchaus der Wahrheit entspricht. Ich murmle dazu, dass der Monteur Haas ohnedies bei allen Kunden und – dinnen gehätschelt wird, bestimmt würden sie ihn auch verarzten. Leicht unschlüssig steht der Revisor da. Körpersprache, fällt mir ein! Ich straffe mich, Kopf hoch, Bauch hinein, Schultern zurück. Ich gehe vor ihm her, hoffe, ihn so mitziehen zu können. Wow, es gelingt, hab ich beim Hundeln ja doch was gelernt. Oder es ist ihm einfach schon ganz übel von meiner Wirtschaft, was weiß man schon, was in einem Anderen vorgeht? Nun fällt ihm noch die Bürotür auf, die aber tatsächlich immer geöffnet bleibt, was vielleicht als mildernder Umstand gelten mag. Sie ist nicht mit Sicherheitsglas versehen!

Unfallprävention ist klarerweise eine wichtige Sache, wird in unserer Zeit zunehmend wichtiger. Verschuldensfragen werden im Fall des Falles immer dringlicher behandelt werden. Wenn der Topf leer ist, kann nicht mehr daraus geschöpft werden. Der Tower, die Welle, all das hat Löcher in die Versicherungskassen geschlagen. Alle möglichen Schlaumeier haben die sozialen Systeme geschwächt, allerhand –ismen haben sich „aus-ge-ismet" (kismet?). Wie im Wolfsrudel frisst erst der Stärkere, mögen die Schwächeren sehen, was ihnen bleibt.

Aber vorläufig habe ich überlebt, einen Prüfbericht mailen wird er mir. Das Grämen vor der Zeit soll schon Goethes Mutter für ein unnützes Geschäft gehalten haben, also warten wir es ab. „Die Frau Rätin muss alleweil sterben", soll sie auch gesagt haben. Bloß nicht, nicht wegen so etwas, werd ich doch gleich wieder trotzig. Evaluierung, Zertifizierung, Baustellenkoordinator, Mediator, Terminator, wann arbeiten wir dann eigentlich noch?

Arme Schweine waren's immer schon, die arbeitenden Klassen (zu denen ich mich durchaus zähle), nicht umsonst wurde David Copperfield geschrieben, nicht grundlos brachen Revolutionen aus. Aber alles kann übertrieben werden, was denn nicht noch alles! Der Bürokrat wird gut bezahlt für die Theorie, die er an seinem Schreibtisch entwickelt.

Theoretisch fährt der moderne Monteur in einem edel ausgestatteten, möglichst neuen Wagen zur Kundschaft. Das Anbringen eines Handtuchhalters ist gewünscht. Eingehend betrachtet er das Mauerwerk, in das er zur Befestigung des Ausstattungsgegenstandes zwei oder drei Löcher bohren soll. Er zieht sich Staubmaske, Handschuhe und Helm an, nicht ohne sich vorher mit einem Gehörschutz versehen zu haben, von welch Letzterem er auch dem Kunden anbietet. Dieser lehnt dankend ab. „Dann darf ich Sie bitten, inzwischen in den Garten zu gehen, ich werde Sie rufen, wenn ich mit dem Lärmen fertig bin", fordert unser Mann ihn deshalb auf. Die Löcher sind gebohrt, doch ehe er noch mit der Montage beginnt, muss er erst all die genannten Schutz- und Präventionsutensilien wieder verstauen. Peinlichst sauber, versteht sich, denn es ist keinem Menschen zuzumuten, einen verstaubten Helm ein zweites Mal aufzusetzen. Wie der Pfarrer den Kelch auswischt, beginnt auch unser um- und vorsichtig Gewordener seine Sachen zu reinigen, einer heiligen Handlung gleich, erst feucht, dann trocken. Seine Gerätschaften, die zur Säuberung der Schutzgüter dienen, sind in einem eigenen Behälter untergebracht, einzeln natürlich und wegwerf. Unser Kunde hat vollstes Verständnis dafür, darf's ein bisserl mehr sein?

So, du falsche, also nicht nur unechte Tina, rasch wieder „aufs Normale denken". Wenn ich nur wüsste, was das ist, das Normale! Überall, in jedem Menschen, Tier, Verein, in allen Büchern suche ich danach. Da ist das kraftvolle Werk der Toni Morrison, ihre intensive Romankunst, Sula, Teerbaby, Liebe, Menschenkind. Muss denn Junior den Kater erschlagen? Muss der Seifkopfpastor auch noch den Hund Bob vergiften? Sind wir alle so schlecht? Ist das das Normale? Ich hätte so gerne schönes Normales, ohne Störfaktoren. Ja, das werde ich schreiben:

Der Regen hat aufgehört. Das Gras wächst. Im Zwinger halten die Hunde Siesta. Herr Majek hat einen Ölstandsanzeiger bestellt. Mein PC kann mir die herrlichsten Plätze der Erde zeigen. Der Revisor war ganz freundlich. Fleißig trainiert Gisela mit den Hunden. Dem Wolf geht es gut. Freitagabends kommt Nutzilein zurück. Tina Munz gründet den ersten Pressbaumer Lachklub. Oma hat ihr Bügelbrett neu bezogen. Heute früh war ich ein Kilo leichter, bei 2500 Kalorien nehme ich schon ab. In zwei Stunden gibt es Abendessen. Radieschen schmecken super zum Butterbrot, zum dunklen Brot.

Wieder mal

„Wieder mal?", fragte unser kleiner Sohn mit dem scharmantesten Lächeln, wenn er von Spiel und Spaß nicht genug bekommen konnte, an unseren Händen vom Verkaufspult springen wollte. Wenn er, vom Vater gehalten, mit seinen kleinen Füßchen an diesem hoch lief und das Spiel mit einer Rolle rückwärts endete, immer wieder wollte er das tun. Unwiderstehlich konnte er sein, beim Scharm versprühen bildeten sich kleine Grübchen in seinen Backen.

„Wieder mal" durchzuckt es mich, als ich sehe, wie die Tschelestn vor meinen Augen zu ersticken droht. Nach der Morgentour gibt es Futter. Kopffleisch, Flocken, Schnittlauch, Petersilie fürs Herz und was an Obst und Gemüse gerade verfügbar ist, dazu ein paar C-Tablettchen (keine Werbung ...), je nach Gewicht und Alter, der Fantasie sind keine Grenzen gesetzt, natürlich immer den kürzeren Fleischfresserdarm berücksichtigend. Statt der Flocken ab und zu Reis oder Teigwaren, ein Löffelchen Öl hat noch keinem geschadet, wie herrlich das duftet! Zumindest einmal am Tag braucht man etwas Warmes. Zwar haben auch wir jahrelang Trockenfertigfutter gegeben, es ist einfach praktisch, es ist viel schneller hergerichtet, immer haben wir es auch ein bisschen aufgepeppt, mal mit Tunfisch, Sardinen oder Käse als Geschmacksverbesserung, am Schüsselboden ein Blättchen Schinken oder Wurst. Aber wir haben die Beobachtung gemacht, dass der Hundedarm durch das stets gleiche Futterangebot nicht mehr so stabil war wie früher. Denn früher – wo ja alles besser war – bedeutete es schon einige Aufregung, wenn einer unserer Hunde von Durchfall geplagt wurde. In der letzten Zeit aber häuften sich diese „Fälle" und so kehrten wir reumütig wieder zur

Fleischfütterung zurück. Seither ist Ruhe. Der alte Wolfi und die übrigen Erwachsenen sind begeistert, für die Qs ist es selbstverständlich, sie kennen es nicht anders. Und nachdem ich mich unter www.barfers.de in das Thema Ernährung hineingelesen habe, wird es auch in Zukunft so bleiben.

Während unsere Lupetti aus Gründen der einfacheren Schüsselverteilung gleich in den Boxen speisen, werden in den Zwingern die Trinkgefäße frisch befüllt, Reste von irgendwelchen Barbareien müssen entfernt werden, die kleinen Holzknechte bringen öfter ein Stöckchen aus dem Wald mit und verarbeiten es zu Zahnstochern. Laub und Haare werden gekehrt, das ist aber, dank der regelmäßigen Ausgänge, schon das einzige an Schmutz, das entsorgt werden muss. Ausnahmen können einmal die Regel bestätigen, das muss aber schon Pech sein. Die Freundchen sind lange vor mir fertig, warten darauf, in ihre Zwinger zu kommen. Nachdem ihnen das Betreten derselben stets durch eine kleine Aufmerksamkeit versüßt wird, sind sie schon in freudiger Erwartung. Heute ist die Zeit knapp, ich bin spät dran und so werden die Äpfel nicht wie sonst unters Futter gerieben, sondern in Hälften als Zwingergabe verteilt, dazu für jeden noch ein kleines Stück hartes Brot. Und mit dieser gut gemeinten Aufbesserung mache ich mich fast wieder eines Mordes schuldig …

Die 223, die ich schon so weit hatte, dass sie die Dinge nicht mehr nur schlingt, sondern knabbert, kaut, sieht, dass da zwei Sachen „bewältigt" werden sollen und verfällt in den ihr eigenen „Übertrieb", fackelt nicht lange und schluckt die Apfelhälfte. Ich bin bereits außerhalb ihres Zwingers, als ich sehen muss, wie sie würgt, langsam zu Boden geht, keine Luft! Ich will die Tür aufreißen, bin ungeschickt in meiner Angst, rüttle daran und, dem Himmel sei Dank, in diesem Augenblick hat sie es geschafft, das zu große Stück wieder herauszubringen. Zerbeißt es nun endlich in kleinere Stücke, hat schmerzvoll lernen müssen, dass es schlecht ist, wenn Semmelbrösel in die Brotröhre gelangen.

Jetzt sind noch die Futterschüsseln einzusammeln, aber erst mal muss ich mich hinsetzen, alles schlottert, ich habe Sulzknie bekommen, der Motor muss sich beruhigen, bevor ich zur Tagesordnung übergehe. „Doch der Schrecken aller Schrecken ist der Mensch in seinem Wahn" ziehe ich meinen Schluss aus dem Erlebnis. Und im selben Moment ruft mich Gisela von ihrem Trainingslager an, ich erzähle ihr die Geschichte und auch sie hat einiges zu berichten, das in die Richtung der von mir angestellten Überlegungen geht.

Nein, wir wollen keine Extreme. Der Deutsche Schäferhund soll nicht um den Preis der Schläfrigkeit schön gezüchtet werden. Aber extrem ist auch der Wahn der Leistungsleute. Meine Tschelestn, die mit ihren bald acht Monaten eine tatsächlich sensationelle Schutzarbeit liefert, die wäre so nach deren Geschmack. Dabei ist sie über die Mutterseite noch Leistungs-Unterliga! Gewiss gefällt ihr Griffverhalten auch mir, ihre Schnelligkeit, ihr Trieb. Aber muss er so stark sein, dass man gar nicht weiß, wie man für den Hund gefahrlos füttert? Muss ein DS, wie Gisela mir am Telefon erzählt, in überzogener Leistungsbereitschaft an einem Sommertag eine so spritzige Unterordnung machen, dass er fast einen Hitzschlag erleidet, weil er in seinem Über-Trieb gar nicht auf die Idee verfällt, rechtzeitig zu „melden", dass ihm heiß ist? Muss eine Leistungshündin für den Deckakt gedröhnt werden, bloß damit sie in ihrer Triebigkeit den Rüden nicht halb umbringen will? Wie soll denn das weitergehen? Sind das noch Hunde für Otto Normalverbraucher?

Die Kollegen meiner Quali, also ihre Schwester, die Tscheprevettn, ihre Mutter, Nofi, der Nutz und wie sie alle heißen, sind allesamt nicht verschlafen. Wenn man ihnen eine Belohnung reicht, hört man auch bei ihnen dieses schmatzende Geräusch, wenn das Klapperl sich öffnet. Das gehört zu diesen Hunden, die ihren Brotladen auch gern für Ball oder Schutzarm aufmachen, keine Frage, das ist ein Komplex. Auch sie sind noch bei hohen Temperaturen fröhlich, würden aber anzeigen, wenn eine Anstrengung ihnen zu viel würde. Dass es verständlich ist, wenn eine Hündin während des Hängens sich langweilt, habe ich beschrieben, die unsrigen können aber von uns ohne „mother's little helper" calmiert werden.

„Höher, schneller, weiter" ist der Wahn der heutigen Zeit. Der Wahn unserer Extremisten im Hundsverein ist

„schöner" oder „triebiger". Um den Preis der Lebensqualität. Da soll ich „aufs Normale" denken, liebe Schwiegermutter, ich komm ja gar nicht dazu.

Ist es vielleicht „das Normale", wenn ein Mensch aus seinem Exklusivitätsanspruch heraus die Ekzeme seines Faltenhundes in Kauf nimmt? Solange Hunde gezüchtet werden, die mit ihrem verkürzten Fang nicht eigenständig abnabeln können, sich beim Fressen schwer tun und nicht ordentlich atmen können, vor sich hinschnarchen- und schnorcheln, gibt es nichts Normales. Wenn Hunde gezüchtet werden, mit denen man im Sommer nur in den frühen Morgenstunden und spätabends spazieren gehen kann, weil es da kühler ist und ihre eigene Massigkeit sie sonst umbringen würde, oder solche, die von Haus aus nur eine kurze Lebensdauer erwarten lassen, ist es auch nicht normal. Herr, erbarme dich! Aus einem Lehmkugerl formtest du uns, scheint, als seien wir Lehm geblieben.

„Ihr sollt mehr aufs Normale denken", rügte Oma Mizzi meinen Sohn und mich einmal während einer gemeinsamen Fahrt. Wir waren unterwegs „auf" St. Pölten, wie sie zu sagen pflegt, hofften, es möge nicht noch anfangen „ins" Regnen! „Aufs Normale, ins Regnen, Gulupf und eventöö" …

Oma hat Recht, bei genauerer Betrachtung sind wir sicher nicht ganz dicht, können gar nicht normal sein, alles genetisch … Wir schauen uns nur an und es geht schon los, Lachen ohne Ende. Mein Sohn gerät meinem Vater nach, der konnte einen ganzen Saal unterhalten, einfach so, aus dem Stegreif. Sein Repertoire reichte von Hans Moser über Peter Alexander zu Ray Charles. „Sollen immer unsre Lieder nach dem höchsten Äther dringen?" Gott bewahre. „Something Stupid" habe ich mit meinem dünnen Vater, dem so genannten Dicken, gesungen, wie einst Frank und Nancy. Die Jungen heute glauben, die Frau Kidman hätte es erfunden … Fritzchen ist eine Mischung aus Vitasek, Waldbrunn, Farkas und Resetarits. Die kaya ista auch ein bissl dabai. Sag ich ihm, er soll sich endlich ä Kinderl machen, wird er sonst keinen von seinem komischen Humor haben, wenn die Mamme einmal die Augen zumacht, für immer.

Nützlich ist wie sein Großvater, er hat zwar den kräftigeren Kopf, aber auch er dürfte mehr Rüdengepräge haben, ein weiterer generationenüberspringender Vererbungsweg. Das trug ihm am Samstag, bei der Körung in der wunderschön gelegenen SVÖ Ortsgruppe Pinkafeld (das Plakat dort wirbt für Hundeausbildung, Kompliment) Körklasse 2 ein, gewogen und zu leicht befunden. Es tut meiner Liebe zu ihm keinen Abbruch. Wie gesagt, selbst Körklasse 1 bedeutet für uns noch lange keinen Freibrief und Jahr für Jahr liefern wir aus nur wenigen Würfen körfähige Tiere, allein bei der genannten Veranstaltung machte ihr Anteil 13% aus. Es gibt einem ohnehin zu denken, wenn im bisher größten Körbezirk (Wien-Niederösterreich-Burgenland) so wenige Zuchttiere sein sollen. In jedem Fall ist aber damit wieder etwas abgeschlossen, ich kann wieder aufs Normale denken. „Auf" den ganz normalen Wahnsinn.

„Marcie", schallte es durchs Haus. Das muss an einem Wintervormittag gewesen sein, ich ließ alles liegen und stehen, hörte auf mit Schrauben zählen, oder was mich eben beschäftigt hatte und flog nur so die Stiegen hinauf, in das Fernsehzimmer, das ich sonst selten betrete. Und nun, wo ich mit Gisela noch ein wenig Körnachlese halte, heißt es wieder rennen. Mein Mann steckt den Kopf zur Tür der Hundewohnung herein, sagt nur „Marcie" und es genügt, eine der schnellsten Frauen von Pressbaum noch schneller zu machen. Wie schön, wenn man lieben darf, ohne Eifersuchtsstürme auszulösen! Freilich ziehen sie mich mit meiner Liebe ein wenig auf, wie man etwa einen Teenager neckt. Sie kommentieren seinen Anzug, blau in blauer Abstufung mit Hemd und karierter Krawatte heute, es wirkt jugendlich, stellen sie fest. Ach, meinetwegen könnte er auch einen Burnus tragen …

„Marcie", keiner von ihnen sagt es in respektloser Weise, mein Bewunderter, mein Vordenker, mein Regalfüller, mein Leselehrer wird im Klempnerhaushalt der Familie M. neidlos anerkannt. War es im Winter die Vorstellung von Hellmuth Karaseks „Flucht" gewesen, die mir seinen Anblick beschert hat, ist es heute „Thomas Mann und die seinen" bei Literatur im Foyer. Als ich mich schnaufend vom scharfen Trab aufs Sofa plumpsen lasse, höre ich Marcel Reich-Ranickis Verteidigung des Tonio Kröger, immer besser wird mein Angebeteter, aber der ganz normale Wahnsinn meines Lebens zwingt mich, ihn zu verlassen. Wir sind mittags eingeladen, ich habe vom morgendlichen Hundeln noch ein enormes Sauberkeitsdefizit, muss unter die Dusche, ein Geschenk verpacken und eine Glückwunschkarte schreiben, die Zeit drängt. Mein unbefriedigendes Leben.

Und damit habe ich gleich den Titel für mein Buch gefunden, ja, so werde ich es nennen. Oder nicht? Was soll denn meine Enkeltochter von mir denken, für die ich es letztlich schreibe, von der ich nicht einmal weiß, ob sie zumindest auch nur ansatzweise geplant ist. Gleich schelte ich mich für meinen „nöstlingerischen" Gedanken, denn nicht für die Enkelin allein will ich schreiben, nein, da sind so Viele, denen ich auf diese Weise ein kleines Danke schön sagen will. Wiewohl ich mir der Gefährlichkeit des Unterfangens bewusst bin. Deshalb will ich an dieser Stelle festhalten, dass all jene, die namentlich durch mein Buch geistern, zwar von mir aus dem einen oder anderen Grunde geschätzt werden, aber – hier meine ich besonders die „Hundler" darunter – mir nicht zwangsläufig das gleiche Gefühl entgegenbringen. Das bedeutet, dass absolut nicht behauptet werden kann, auch nur einer davon würde im Geringsten meine etwas aufrührerische Meinung teilen. Dieser Umstand möge sie vor jeglicher „Sippenhaftung" schützen. Weiters verurteilt „dieses tief ehrlich empfundene Kaufmanns"-geschreibsel derselbe Tonio Kröger, den ich am Abend noch über Erhards Autozeitschrift lege. Nur die ersten Seiten möge er lesen, mir sagen, ob der Altchef Recht habe. Er tut es und erkennt die Einmaligkeit der Sprache von Thomas Mann. Und das Empfinden von Andersartigkeit ist ihm nicht fremd (man ist eben auch ein wenig anders, wenn man Ölbrenner entstört, während Andere Weihnachten feiern ...). Mein Chef, mein Herr, mein Knecht versteht mich, so unbefriedigend ist also mein Leben gar nicht. Nur die Tage sollten länger sein, das ist es. Jeder Tag hat seine Plage und die Nacht hat ihren Frust. Die ist nämlich gleichfalls zu kurz. So wenig Zeit und noch so viel zu lesen.

Mein Canetti und meine cagnetti

Das „profil" vom 25. Juli legt der Sohn auf das Pult hinter meinem Zufluchtstisch. Unter dem Titel „Das Zentralmassiv" wird auch hier, auf vier Seiten, Canettis gedacht. Nein, ich werde den Artikel jetzt nicht lesen, werde nicht in die Falle gehen, in die Zeitfalle. Werde aufs Normale denken und die Wäsche abnehmen, Rechnungen schreiben, Staub saugen, die Kleiderschränke auf Schuss bringen, das heißt, die Wintersachen hervorkramen, der 15. August zeigt sich von der unangenehmsten Seite. Fad san's net, die Fahds, habens vergessen, was der Professor Fellinger für sie getan hat, möcht gar net wissen, wovon er sie kurierte. Jetzt habens uns bald so weit, dass wir uns kein Heizöl mehr leisten können und dazu das antizyklische, antarktisch-narrische Wetter. Ob ich doch einen Blick in die Zeitung riskier? Hineinspaziert in die Traumwelt, die aber auch nicht so viel schöner ist. An die Venetiana Taubner-Calderon denk ich oft. Hat sich eh nix geändert seit damals, wenngleich die heutigen Prokops ihre Juwelen nicht mehr in Stöcken verbergen müssen. „Der Fabrikant ... Siegfried Salzmann sah die Gesichter der Reihe nach scharf an. Und notierte dann, wer zum nächsten Termin zu entlassen war", schrieb die „Rabenfrau". Nun müssen sie nicht Salzmann heißen, müssen die Gesichter nicht sehen, sie entlassen auch so, einen, hunderte, tausende. abgebaut, ausgegliedert, aus.

„Es ist unnatürlich, dass heute über Vezas Schreiben nichts bekannt ist", meint Canetti in einem Vorwort zur „Gelben Straße". „profil" zeigt auf, sie habe sich ihm, dem „größten Menschenerklärer" allzu dienstbar unterworfen. Ist denn das möglich? Was ist mit den Frauen los? Ein E-Mail-Angebot von so einem „Netzspinner" hab ich bekommen, weiß gar nicht, welche Dienste da angeboten werden, normalerweise lösche ich den Zauber, ohne ihn auch nur beachtet zu haben, wirst ganz wucki von all dem Mailkram. Aber das Firmenlogo wirkte auf mich so provokant, dass ich es eine Weile giftig betrachtete. In die Jahre gekommen, da „die Hoffnungen sich schlafen legen“ wird bei mir zwar nicht der Verstand schärfer, dafür aber die Empörung immer größer. Ich sehe hier eine aufreizende Büroszene. Links, in einem Fauteuil, lümmelt ein hemdsärmliger Business man, sehr locker, sehr freundlich, die Rechte lässig auf die Lehne gestützt, ein Handy in der Linken. Lächelnd scheint er dem ihm gegenübersitzenden blonden Traum Anweisungen zu geben. Die Hübsche hat ein Notebook vor sich, ihre linke Hand tippt, leicht geziert, auf die Tastatur, ihrem Gesicht ist Bewunderung für ihr Gegenüber abzulesen. Die Ehefrau scheint es nicht zu sein, die würde kaum so verführerisch ihrer Arbeit nachgehen wollen, können, müssen, dürfen. Vielleicht interpretiere ich es falsch, vielleicht sieht es auch nur so nach Sex And The City aus, aber die ganze von Püppchen akzeptierte Männerwelt geht mir langsam auf den Zeiger. In irgendeiner Gschicht vom Herrn Tolstoi soll ja eine bei der Hochzeit ihre Kerze etwas höher gehalten haben, sehr amüsant fand ich das, als ich es vor hundert Jahren las.

„Für mich nur einen Rüden“, sagt die Interessentin. Die schmeiß ich gleich aus unserem Zwinger raus. „Hoffentlich wird's ein Bub“, sagt ein Mauserl. Wieso eigentlich? Ist es sich selbst nicht gut genug? Da darf doch gar kein Unterschied sein! Wird doch genommen, was man kriegen kann, oder? Vor vielen Jahren, als es noch unzulässig war, einer Hündin mehr als sechs Welpen zur Aufzucht zu überlassen, brachte ich aus einem Wurf von vier Rüden und drei Hündinnen denjenigen, der das Verhältnis von Gleichheit störte, zu einer Amme. Da haben's alle gestaunt! Die ist ja blöd, die Munz! Was macht sie denn, wenn die Amme den wertvollen Rüden abmurkst? Dasselbe, als wenn sie die kleine Ziehhündin getötet hätte – gar nichts, nicht zu ändern. Lieber Gott, bitte schick mir eine Enkelin. Ist aber egal: man sieht im falle herben stein auch frau muss heut nicht harmlos sein. Dazu all „the Donald Ducks“ dieser Welt, die Linke drehen müssen, damit ihre Dämchen weiterhin deppert tun und ihre Komplexe durch Geldverschwendung kompensieren können. Mangelnde soziale Gedanken auf Männer- und Frauenseite, sehr ärgerlich, jetzt kannst nicht einmal mehr Männerfeind sein. Wär halt noch interessant, ob sich schon jemand mit der Mutter vom wahnsinnigen Rotzbremsenträger beschäftigt hat. Will ich aber gar nicht wissen, sonst stellt sich am Ende noch heraus „er war ja so ein armes Kind ...“ Jedenfalls gehört das Krieg spielen den Pimperln von klein auf verboten, die elitären Gedanken verlieren's, wenn man ihnen ein Staubfetzerl in die Hand drückt. Der Kurti hat mich auf www.traumhund.ch aufmerksam gemacht, wo ein „Leichtverdaulicher Leitfaden zum Glück mit dem Hund“ angeboten wird. Viel Fach- und Sachkenntnis spricht daraus, wirklich lesenswert. Das einzig Störende daran ist, dass auch hier die Hündin als Eva abgestempelt wird „irritiert diese durch Duftstoffe das Verhalten der Rüden, sollte die Witterung in deren empfindsame Nase gelangen“. Da haben wir es wieder!

Unsere Prüfungsordnung gestattet großzügig das Antreten mit einer läufigen Hündin (ansteckend wird's ja hoffentlich net sein), doch ist diese erst am Ende des Bewerbes zu beurteilen, was einer absoluten Frechheit gleichkommt. In der Praxis bedeutet das, dass sie Unterordnung und Schutzdienst hintereinander, oft ohne größere Pause dazwischen, abzuleisten hat. Nun, wir hatten es schon und es war durchaus machbar, ist aber dennoch Unfug. Freilich muss eine Hündin während der Stehzeit nicht dem abgelegten Rüden vor der Nase herumtanzen, aber gemeinschaftlich mit einer anderen Hündin kann sie durchaus ihre Unterordnung zeigen, bevor ein solcher den Platz betritt. Und der Rüde, den es vom Schutzdienst abhält, der ist sowieso ein Kapitel für sich. Veranlagt oder gemacht, er würde nicht aus unserer Schüssel fressen.

Die Fährte von Wolfs erster SchH3 lag genau neben der einer hitzigen Hündin, ihre Nuss trat hervor wie ein Kracherlstoppel. Sie hatte drei Winkel nach rechts und einen nach links auszuarbeiten, parallel dazu verlief unsere Linksfährte. Der Hündinnenbesitzer marschierte mit ihr vor den Abgangsstöcken auf und ab, freilich setzte sie dabei zur Reklame das eine oder andere Lackerl ab. Wohl dachte ich „Idiot“, während ich zusah. Ich hatte Losnummer zwei gezogen und so ging ich mit meinem Rüden nach beendeter Arbeit der Hündin zum Abgang. Klarerweise gab ich meinem Spurensucher nicht allzu viel Gelegenheit zum Wabern, indem ich ihn am Halsband dorthin führte. Seinem Gesichtsausdruck nach war auch seine empfindsame Nase irritiert, aber eine geflüsterte Morddrohung brachte ihn immerhin zu einer Leistung, die um zehn Punkte höher lag als die des Irritationsgrundes. Beim Vergleichskampf mit den Kärntnern und Steirern am vergangenen Sonntag im DTCE entstieg der Nützlich einem Auto, in welchem zwei läufige Hündinnen das Team aufmischten. Ich bin aber sicher, dass er mir auch ohne diese beim Apportieren in die Jackentasche gestiegen wäre. Auch ohne sie hätte er sich nach dem Voransenden erst auf das allzeit wirksame Kommando „hörst“, auf Wienerisch „heast“ hingelegt. Er wäre ohne diese gewaltige Ablenkung auch nicht auf dem Stockerl gestanden. Entre nous, wer hätte sich den Gedanken ans Schnackseln nicht schon mal versagen müssen? Dienst ist Dienst und Schnaps ist Schnaps. Aber die Prüfungsordnung haben eben Männer erfunden. Drei Wochen dauert die Hitze der Hündin. In dieser Zeit soll sie möglichst keinen „Abrichteplatz“ betreten. Zum Glück ist das DTCE kein solcher. Hier wird eben ausgebildet, das besagt, dass Hündinnen und Rüden so motiviert sind, dass sie während der Hackn gar keine Zeit haben, darüber nachzudenken, ob sie Weibl oder Manndl sind. Selbstverständlich hält man sich auch hier an die geforderten Auflagen bei Veranstaltungen, damit sich nur ja kein Teilnehmer benachteiligt fühle. Doch einen Trainingsrückstand von H gegenüber R gibt es nicht. Applaus. Mit Verwunderung stelle ich fest, was sich da so alles in mir aufgestaut hat, richtig verbiestert bin ich schon, ist mir früher gar nicht aufgefallen. Abschalten, wegblenden.

„In Bayern wächst das Sauerkraut, die Welt ist kugelrund. Es sah ein Knab' ein Röslein stehn mit hundertachtzig Pfund“, sang eine ehemalige Schulkollegin von mir im zarten Alter von zehn Jahren, wie ich schätze. Die Bayern durch ihre Motorenwerke Liebling unserer Mutterhündin, Sallie mit Mann in Freising und nun der Papst, diesmal in Köln. Ein liebes Lachen hat er, so was ist immer gut. Ich lese von seinem Synagogenbesuch und von der Verbitterung der Protestanten (zu wenig geladene Besucher). Ganz heiß wird mir bei dem Gedanken, dass ich mit meinem „Tempel" und sonstigen Bemerkungen nur anecken kann, aber wohin soll man denn treten, wenn nicht in Fettnäpfe?

Einen „Knigge der Weltreligionen" hat Gisela unserem Sohn gestern zum Geburtstag geschenkt. Nachdem ich in alles meine Nase stecken muss, ackerte ich ihn im Querleseverfahren durch. Eine Aufforderung zu Toleranz und respektvollem Miteinander ist dieser Ratgeber, so soll es sein. Dennoch drängt sich mir der Gedanke auf, dass der Mensch sein Oberwesen gern benützt, um sich mit seinen Artgenossen nicht vertragen zu müssen, alles ad majorem gloriam Dei, oder wie es in all den anderen Sprachen heißt. Da lob ich mir doch die Hunde. Weder brauchen sie eines der Zehn Gebote, um das Alter zu respektieren, noch müssen sie wissen, dass der Mensch aus 248 Ersatzteilen besteht. Sie hungern, wenn es nicht zu vermeiden ist und ohne diese Zeit zu benennen. Sie müssen die Maus nicht erst schächten, bevor sie sie verspeisen, der Rüd hält die Hündin nicht für unrein, Schuhe tragen sie nicht und müssen sie daher nicht ausziehen, die Kleidung des einen stört nicht des anderen Sinn. Hinsichtlich Unkompliziertheit sind sie uns eindeutig überlegen. Und dennoch glauben einige von uns, wir seien die crème de la crème, fühlen sich so weit über dem Tier stehend, meinen, mit ihm machen zu können, was ihnen beliebt. Straflos.

Das zeigte so schön die österreichische Siegerschau, die dieses Wochenende stattfand. Wir haben doch so viele Großzüchter. Aber von den vier präsentierten Zuchtgruppen stammte nur eine einzige aus unserem rot-weiß-roten Land. Wie ist denn das möglich, wenn eine derart große Menge schöner Hunde gezüchtet wird, Wurf um Wurf um Wurf? Eine Zuchtgruppe besteht aus mindestens drei, höchstens sechs Tieren eines Zwingers, die auf der jeweiligen Zuchtschau vorgeführt werden und die Mindestbewertung versprechend, bzw. gut erhalten haben.

Bewertungskriterien sind Einheitlichkeit unter Berücksichtigung von möglichst vielen verschiedenen Elterntieren und die Qualität der Einzeltiere selbst. Das hat also heuer nur ein einziger österreichischer Züchter geschafft, kaum zu glauben, bei all dem zur Verfügung stehenden „Material"! Der Rest war Schweigen. Ja, man kann den Deutschen Schäferhund ruhig wie ein Schwein im Kobel halten. Man kann ihn vernachlässigen. Aber nicht ungestraft!

Vor Jahren fuhr ich mit einer unserer Hündinnen zur Ankaufsüberprüfung einer Diensthunde haltenden Behörde. Zunächst wurden wir von mindestens zwanzig Uniformierten umringt, sie zeigte sich unbeeindruckt. Dann waren endlose Apportierspiele zu machen, kein Problem. Ein Stück Hart-PVC-Rohr musste sie mir mindestens fünfzehn Mal aus Gebüsch und Gemüse bringen. Als Nächstes hatte ich den Gegenstand in eine leer stehende Garage zu werfen, aus der sie ihn holen musste. Wieder werfen, die Hündin halten, während auf den Apportiergegenstand eine Tischplatte gelegt wurde. Nun sollte ich mein Tierlein losschicken, es tat sich nicht schwer damit, die Platte wegzuscharren und zum Ziel zu kommen. Dann wurde das Röhrchen in besagtem Raum auf einen Holzpfosten gelegt, in etwa zwei Metern Höhe. Ich schickte die Gute und sie sprang so lange gegen den Pfosten, bis der von ihr so gewünschte Gegenstand herunterfiel und sie ihn mir bringen konnte. Auch die Schutzarbeit, die unter Abgabe von Schüssen erfolgte, die in dem Innenhof der Anlage ganz schön hallten, machte ihr keine Schwierigkeiten. Und schließlich der Clou: Wir sollten in das Gebäude gehen, hinauf in den ersten Stock. Ich fragte, was uns dort erwarte. Das könne man uns nicht sagen, wir würden schon sehen, wir sollten einfach hinaufgehen. Als typischer Fallenvermeider fürchtete ich, dass uns oben irgendeine Gefahr erwarte, beispielsweise, man würde uns, oben angekommen, eins über die Rübe braten. Doch nichts geschah, weisungsgemäß langten wir an unserem Ziel an und wurden wieder herunter gerufen. Gesagt, getan – da brandete uns Beifall entgegen, die Hündin hatte somit den gesamten Test bestanden. Ich wunderte mich, weil ich nicht sah, was gerade an diesem letzten Punkt so schwer gewesen sein sollte und wurde informiert: „Sie glauben gar nicht, wie viele Tiere sich in kein Haus hineintrauen, keine Stiege hinauf – für einen Diensthundeführer natürlich unzumutbar." Ich wusste Bescheid, ein Armutszeugnis für die Züchter und Halter!

Es ist Sünde, den DS ausschließlich im Zwinger zu halten, ihn nicht unter die Leute zu bringen. Naturgemäß hat ein Züchter mehrere Hunde. Rudelhaltung im Familienverband wäre an sich etwas sehr Schönes, ist aber nicht immer durchführbar. Das rangniedrigste Tier ist nicht nur aus menschlicher Sicht ein armes, es kann sich auch zur Arbeit nicht voll entfalten. Wenn man sich vorstellt, dass unsere Vierbeiner ein ganz anderes Schlafverhalten als das unsrige haben, wird einem klar, dass ein Zwinger als „Verwahrungsort" durchaus in Ordnung ist. Viel Zeit verschlafen unsere Freundchen, dösen entspannt vor sich hin – bei uns im Haus und draußen, ich kann es von meinem Bürofenster aus gut beobachten. Freilich sind sie „allzeit bereit", verpassen kein Ereignis, das ihnen betrachtens- und kommentierenswert scheint. Nachdem wir im Ortsverband leben, sind wir sehr dankbar, dass unsere Hunde keine Kläffer sind. Geht aber beispielsweise ein Hund an unserem Grundstück vorbei oder betritt es sogar jemand Fremder, toben sie natürlich, doch immer nur, so lange der jeweilige Vorgang dauert. Danach wird noch die eine oder andere Beruhigungsrunde gedreht, bald schlafen sie wieder friedlich weiter. Es ist daher unnötig, zur Hundehaltung zwingend einen Garten vorschreiben zu wollen. Dieser wird von erwachsenen Tieren erst dann zur eifrigen Bewegung genützt, sobald ihr Mensch dazukommt. Ohne Zuschauer tut sich meist gar nichts, Action will bewundert werden! Arbeit und lange Spaziergänge schaffen Ausgleich.

Dass es angenehm sein kann, besonders jüngere Tiere in einem Zwinger unterzubringen, erklärt sich dadurch, dass sie oft hilfsbereiter sind, als man sich wünscht. Der DS bis zu einem Jahr ergründet seine Umwelt gewissenhaft, ich sehe keinen Unterschied zu einem Kleinkind, das in jede Lade sehen will, alles gern ausprobiert, überall gern hinauf- und hinunterturnt, kurzum, Erwachsene aus dem Konzept bringt, sofern diese nebenbei ihrem Lebensunterhalt nachgehen müssen. Das kann dann schon dazu führen, den Forscherdrang der Kleinen unsanft bremsen zu wollen. Ich lehne angepasste Hunde und angepasste Kinder gleichermaßen ab, wird nix draus. Für die Zeit, in der ich mich voll auf meine Arbeit konzentrieren musste und muss, kam eben der Sohn in den Kindergarten und die vierbeinige Dorfjugend fliegt hinaus, was letztlich nichts anderes als Vermeiden von ständigem „nein, nein, du darfst nicht" bedeutet und somit weniger Stress für alle. Es spricht also nichts gegen Haltung im Zwinger, sofern die Tiere darin nicht versauern. Denn das rächt sich, wie wir mit der zugekauften und wieder verkauften Zittermaus in Salzburg gesehen haben, fürchterlich. Da stehen also wunderschöne Tiere in den Käfigen der Vermehrer, dennoch für keine Zuchtgruppe zu gebrauchen, nur dazu da, ihr Leben – nicht zu genießen.

Kürzlich besuchte ich Elfi Riedel-Hastik, Chefin der Havanna Auenfels. Ich meinte, dass die Hündin zurzeit sehr schön im Haar sei und vielleicht doch noch einmal ausgestellt werden sollte, doch ihre Besitzerin winkte ab. Die fünf Minuten auf der Schau seien ihr in keiner Weise wichtig, die Hauptsache sei eben das Zusammenleben mit diesem herrlichen Hund. Sie erzählte mir von Wanderungen, Urlauben, kein noch so schmaler Steg, keine Aussichtswarte, kein Lift, kein Hotel sei mit dem Hund ein Problem. Das ist ihre Vorstellung vom Gebrauchshund. Ich musste ihr Recht geben, wenngleich meine Züchterseele sich gern von einem „Vorzüglich" hätte streicheln lassen. Ich kann den Auenfelskäufern keinen Vorwurf machen. Das sind meist Leute mit Köpfchen und wenn die mal durchschaut haben, dass nach dem Katalog gerichtet wird, dass die Bewertung des Hundes sich nach dem Verhältnis des Richters zum Besitzer oder Züchter ergeben kann, sind sie kaum mehr bereit, Ausstellungen zu besuchen.

Schnell noch ein Blick auf die Elitegruppe der erwähnten, zuchtgruppenarmen Siegerschau: Der durchschnittliche HD-Zuchtwert der sechs Ausleserüden liegt etwa bei 81, was sehr erfreulich ist. Schneller als gedacht muss ich Abbitte leisten beim Vorjahressieger, der auch heuer wieder überzeugen konnte, denn er hat inzwischen den ED Befund „normal“ erbracht, wie ich den Genetics 3/05 entnehme. Mit Bravos Steffen Haus und Chuck Lust sind zwar wieder zwei Rüden ohne ED Prüfung in die V-A Gruppe gekommen. Über Röntgenquoten will ich schweigen und über die „Abweichungsziffern“ ebenso, wollen wir uns gar nicht darauf einlassen, denn nächstes Jahr wird ja alles besser.

„Primum vivere“ hat Gerhard Böhm seinem jungen Schwager Marcel Reich-Ranicki geraten, wie ich es verstehe, gemeint, er solle sich von allzu viel Literatur nicht die Jugend auffressen lassen.

Wenn man nicht aufpasst, frisst einen der Ärger auf. Mindestens drei Lieferungen pro Tag bekommen wir, Fehler über Fehler. Eine äußerst spannende Sache ist bereits das Bestellen, da geht es los, wer hat was lagernd? Es gibt ein ungeheuer breites Angebot an Produkten im Sanitär- und Heizungsbereich, zudem müssen auch die Großhändler ihr Lager so schlank wie möglich halten. Dies zu wissen, hilft aber in der Praxis wenig. Ist man endlich fündig geworden, bedeutet das noch lange nicht, dass man die gewünschte Ware am nächsten Tag auch bekommt, obwohl die meisten Lieferanten Bestellservice bis 18 h anbieten. Nichts klappt. Die Großbetriebe (ohnedies ständig in Umgruppierung befindlich, da heißt es dann „neuer Firmawortlaut“, genau so – auch das noch!) können stolz auf IS0 Zertifizierungen verweisen, in Wahrheit bringt das nada. Im Hundsverein gibt es diese Zertifizierungen, Schulungen, Seminare und auch sonst viel Theorie ebenso, dennoch sieht man immer noch Hunde, die sich am liebsten eingraben würden, sobald ihre Besitzer nach dem Ablegen auf sie zukommen. Was hilft aller Fortschritt, wenn es an der Umsetzung krankt?

„In Endeffekt, in Prinzip“ ist eine Redewendung unseres ortsansässigen Installateurkollegen, er umfasst damit gleichsam Omega und Alpha aller Fährnisse und Widerwärtigkeiten unserer Zunft. Das „st“ in unserer gemeinsamen Berufsbezeichnung spricht er aus wie die berühmten Mannschen „Sderne“. Ich sag’s ja immer, urklasse Leut gibt’s in Pressbaum. Einen heißen Tipp hat er uns gegeben und uns einen Welser Großhändler empfohlen. Dieser liefert täglich und hat, wie ich das sehe, eine äußerst geringe Fehlerquote, das ausgereifte Online-Bestellystem erleichtert die Arbeit enorm. Da sind Leute am Werk, die den Kunden als König sehen und damit selber zu Königen werden. Hier klappt es mit der Umsetzung, es wird auch das West-Ostgefälle Österreichs deutlich spürbar. Wie der Hund mit der knarrenden Zwingertür Gutes verknüpft, verbinde ich die besten Erfahrungen mit Oberösterreich, nicht nur des Urlaubs wegen. Bei einem Aufenthalt in einer SVÖ Ortsgruppe dieses Bundeslandes erlebten wir, was in unseren Breiten unmöglich scheint: Da kamen tatsächlich Vereinskollegen zu uns und boten uns ihren Schattenparkplatz für unseren Wagen, nachdem sie selber keinen Hund im Auto hatten! Wir waren sprachlos!

Es gibt das Schöne, oft kommt es überraschend, dann wieder muss man es suchen. Wir finden es in unseren Hunden. Sie müssen weder Weltsieger noch Weltmeister werden, jeder Einzelne von ihnen ist eine Persönlichkeit und wir sind glücklich, dass sie ein Stück des Weges mit uns gehen. Insofern stimme ich mit „www.traumhund.ch" überein, da wird zwar in der Überschrift das Glück des Hundebesitzers genannt, aber immer wieder zeigt der Schreiber auf, dass ein solches ohne Glück des Partners Hund nicht möglich ist.

Samstag

Samstag, 27.08.2005. Endlich darf ich mich meinem PC, meinem besten (womöglich sogar meinem einzigen) Freund wieder zuwenden. Was ist schon eine Woche, was ein Leben? Ein Methusalem ist unser Sohn mit seinen nunmehr neunundzwanzig Jahren, gottlob bin ich in dieser Zeit nur reifer geworden. Und schöner. Ein Kilo schöner als das andere, hat übrigens viel Geld gekostet! Außer Essen hat sich auch sonst einiges ereignet in den letzten Tagen. Den Bericht des Inspektors habe ich erhalten, er lässt mich am Leben und im Hinblick auf den Wunsch nach einer Budsfrau, die ein wenig Licht ins Dunkel unserer Werkstatt bringen könnte, stimmen wir mehr als überein.

August vom Auenfels ist nicht mehr. Er konnte noch einen glücklichen Kärntenurlaub mit seiner Familie genießen, dann explodierte plötzlich und für alle unerwartet ein Magentumor und so muss ich sagen, ein ganz großer, einmaliger Hund ist von uns gegangen. Kaiser Augustus, Wespensohn, nur zehn Jahre alt durftest du werden. Ich sehe dich noch in Wiener Neustadt, dort besuchtest du deine erste Ausstellung. Zu dieser Zeit war ich noch pünktlich, der Idealismus trieb mich aus den Federn, in Vorfreude auf eine Hundeveranstaltung wachte ich ganz ohne Wecker auf. So war ich schon im Schaugelände, als ich dich kommen sah. Ein wenig schlecht gesehen habe ich schon damals, denn auf Distanz erkannte ich weder dich noch deine Leute. „Bist du gscheit, ist das ein schöner Grauer“, dachte ich. Der Tag wurde dein erster Erfolg, immer hast du deine Sache gut gemacht, im Ring warst du wie deine Mutter. Einen hervorragenden Platz liefst du auf der Siegerschau und dein Schutzdienst, der die schöne Handschrift des Bernhard Günter (Schutzdiensthelfer und Leistungsrichter, nach meinem Dafürhalten Upperclass) trug, war immer beeindruckend gewesen. Trixi Reiger hat dich seinerzeit zu unserer Carla dazu genommen, da gibt es ein Foto in unserer Sammlung, das dich als kleinen Maxi ganz eng an deine Ersatzmama gekuschelt zeigt. Ich erinnere mich an Dietersdorf, da sehe ich dich im fliegenden Trab auf dem Grünstreifen neben meinem Fahrrad. Plötzlich meintest du, etwas ganz Sensationelles vor dir zu entdecken und hast beschleunigt, noch aus der Geschwindigkeit heraus, so wie diese Bayern auf vier Rädern es können, kick down. Temperamentvoll, triebig und dennoch anschmiegsam warst du, einer meiner liebsten Urlaubsgäste. August, Schustl, Schuster, hab Dank für alles!

Zum Züchter bin ich wahrlich nicht geboren. Man müsste so abgebrüht sein, dass einen all die Tode, von denen einem berichtet wird, nicht berührten. Gut, der vorgenannte Rüde hatte immerhin ein sehr schönes Dasein hinter sich. Wie die Babette, die Xanna, die Xanta, der Yannick, sie alle sind nicht mehr am Leben. Einzelschicksal, könnte man sagen. Aber ich hab sie einst im Arm gehalten, mit mir herumgetragen, kannte sie von der ersten Stunde an oder seit ihrem ersten Schrei. Schreibabys! Für den Einzelhundehalter ist es alle zehn oder fünfzehn Jahre soweit, der Züchter dagegen lebt im Zeitraffer, fasst eine Ohrfeige nach der anderen aus. Und muss dann noch von oft so sinnlosem Sterben hören. Der Besitzer des Breitling vergaß seinen jungen Hund im siedend heißen Auto. Da nimmt es nicht Wunder, dass ich auch zum heiligen Laurentius bete.

Nichts kann verallgemeinert werden, jede Geburt verläuft anders, kein Hundekind ist wie das andere. Der eine Welpe legt, noch in die Eihülle verpackt, bereits eine kesse Sohle aufs Parkett, der andere, fast tot geglaubt, erholt sich erst später von seinem Eintritt in diese Welt, von der im Augenblick gar nicht gesagt werden kann, ob sie ihm freundlich geneigt sein wird. Da lernen wir sie kennen. Weißpfötchen vorne links oder rechts hinten, Schnurrbärtiger wie Kaiser Franz Joseph, Sablhaxerter unterm Christbaum, so ähnlich können die Babys gar nicht sein, dass man sie nicht voneinander unterscheiden würde.

Mit unserem ersten Wurf zahlten wir Lehrgeld, seither bemühen wir uns redlich, die Abläufe in der Wurfkiste nicht allzu sehr zu stören. Wir „legen uns hintergründig an“, sind aber präsent, wenn manchmal doch Hilfsdienste zu leisten sind und wir sind mit unseren Hündinnen so vertraut, dass sie diese, wenn nötig, auch fordern. Carla lieferte einmal einen Wurf von dreizehn Welpen. Sie war so kugelrund, dass sie gar nicht liegend gebären konnte. Schwiemu, sie und ich arbeiteten im „Dreierradl“, auf einer Seite der Wurfkiste wurden die ausnahmsweise von uns trockengeriebenen Säuglinge verwahrt, die andere musste jeweils rasch von Fruchtwasser gereinigt werden, die riesige Schar hatte es eilig und in knapp drei Stunden war alles erledigt und wir ebenso. Hündin, Welpen und Umgebung waren sauber, alle total zufrieden.

Kennen Sie den Melonenwitz? Eine Ehefrau soll ihrem im Ausland auf Montage befindlichen Mann mitteilen, wes Vater er geworden sei. Sie hatten vereinbart, die Nachricht zu verschlüsseln und so erreicht das Familienoberhaupt folgendes Telegramm: „Melone, Melone, Melone, zwei mit Stiel und einmal ohne.“ Gewiss, wir sind froh, wenn wir mehr als Drillinge haben, aber genauso zählen wir dann durch, mag auch in der ersten Aufregung manche Nabelschnur etwas irreführend scheinen, genauer betrachtet, wissen wir bald Bescheid über die Verteilung der Geschlechter.

Spätestens, wenn die Kleinen vier Wochen alt und somit fleißig unterwegs sind, haben sie bei uns ihren Namen, Verwechslung ausgeschlossen. Beim Tätowieren stimmt die „Choreografie“, jeder Griff sitzt, man weiß, dass erst Aa, dann Ab, schließlich Ac und so weiter zur Kenntlichmachung mit der Tätowierzange zu holen sind. Einmal hatten Hera und ihre Mutter Ilka gleichzeitig einen Wurf. Fünfzehn Kinder, die einander glichen wie ein Ei dem anderen, mit Ausnahme des grauen Siegfried, kullerten da durch den Garten, im Halbtagsrhythmus von jeweils einer der Mütter betreut. Das Jobsharing bewährte sich, wobei wir beobachteten, dass die jeweilige Kindergärtnerin zwar alle Kleinen säugte, Reinigungsdienste leistete sie aber nur bei ihren Welpen. Zum Schlafengehen sortierten wir dann jeder Mutter ihre Nachzucht zu, was oft nicht einfach war, dennoch gab es niemals Irrtümer. Denn man kennt die Kleinen, wart mal, das ist doch der, der so gerne unseren Bonsai bearbeitet und das ist das Hexlein oder der Hexer, die oder der die Erwachsenen bevorzugt in die Ohren beißt, man kennt sie, als hätte man sie selbst gemacht.

Und dann gibt es die Züchter, denen die Stiele an den Melonen verborgen bleiben. Nicht, weil sie es nicht wüssten, sondern weil sie sich um all diese herrlichen Vorgänge nicht kümmern. Nicht kümmern können? Ein Züchter muss über die räumlichen, zeitlichen und finanziellen Möglichkeiten verfügen, um einen Wurf optimal aufzuziehen. Wie werden die Welpen denn beispielsweise drei Mal täglich gefüttert, wenn ein Züchterehepaar berufstätig ist, die kleine Truppe von morgens bis abends sich selbst überlassend?

Mein Vater war ein großer Fan seines Schwiegersohnes und meinte: „Dem Erhard hätte ich eine bessere Frau vergönnt", und ich teile oft selber diese Ansicht. Während der fünf Wochen, die für die Entwicklung eines Hundes so entscheidend sind, kommen manchmal Kunden in unser Geschäft und wollen für eine durch uns erbrachte Dienstleistung bezahlen. Leider kann es vorkommen, dass ich die Rechnung noch nicht erstellt habe, weil ich Stunden um Stunden mit den Krabbelkäfern da draußen verbringe. Da hilft es nichts, wenn ich schuldbewusst an Franz Werfels „Veruntreuten Himmel" denke. Nie bin ich vorbereitet, aber die Hunde sind vorbereitet aufs Leben. Wenn das nichts wert ist …

Ist es doch, muss ich eben feststellen. Trixi ruft an, sie, die nach Augusts Ableben im Spätherbst einen Welpen von uns nehmen wollte, macht mir die Mitteilung, dass sie ohne Hund narrisch werde. Kann ich verstehen. Man kann auch ohne Hunde leben, natürlich nicht so gut, soll, glaube ich, Churchill gesagt haben. „An wen denkst du denn?", frage ich sie vorsichtig. Mein Puls beschleunigt sich, ich fürchte schon, dass sie meinen kleinen grauen Besen will. „Also, der Ines und dem Manfred gefällt die Quantität am besten", kommt es aus dem Hörer. Erleichterung einerseits, andererseits weiß ich, wie sehr Giselas Herz an der „Schwarzen" hängt, die in Wahrheit eine sehr dunkle Bunte ist. Sie sieht aus wie Welkie, wie Brita oder das Bienchen, wie die Aurelia, die Dorne ausgesehen haben, sie ist unser eigentlicher Traumhund. Auch der Krone ist sie ähnlich. Und im Vergleich mit ihrer Schwester noch ein richtiges Kind. Ich stelle durch zu meinem jungen Kompagnon, im Hinblick auf den Umstand, dass es Luxus ist, sich zwei Wurfschwestern zu behalten und darauf, dass Hatsch, allen Ängsten des letzten Wurfes zum Trotz wieder gedeckt wurde, ringt sie sich zur Abgabe ihres „Sternderls“ durch. Keine Stunde später stehen Reigers bei uns auf der Matte. Im Garten gibt es ein Kennen lernen, bei dem Trixi, gleichsam zum Einstand, kurz zu Boden geht. Die Quanti fliegt eine Weile in „Postkastlhöhe“ an unseren Augen vorbei, wir stehen im Kreis herum und da setzt sie sich dann, ähnlich wie in der Personengruppe bei den Prüfungen, in unsere Mitte, schaut aufmerksam vom einen zum anderen. Schließlich geht es die offene Treppe hinauf in die Wohnung, das lernen unsere Munzlinge schon ziemlich bald bei uns, kennen keine Angst davor. Zunächst führt der „Schwarzen“ Weg in die Küche, sie weiß schon, dass es da immer irgendwelche Leckerchen gibt. Ein paar Minuten ist sie recht stürmisch, aber dann legt sie sich hin und beobachtet uns beim Ausfüllen des Kaufvertrages. Neugierig und in keiner Weise furchtsam geht sie mit ihren Leuten in ein neues Leben, springt fröhlich und ohne Bedenken in deren Auto. Sie ist ein gefördertes Kind, sie wird ihren Weg machen und ihren Besitzern viel Freude, davon bin ich überzeugt. Halt die Ohren steif, Baby! Der Abschied von dir tut nicht so weh, weil wir deine Menschen schon kennen.

Ich schäme mich

Ich schäme mich fürchterlich. Meine heutige Morgenlektüre zeigte mir deutlich, dass man nicht reden sollte, wenn man nichts weiß. Maboba Haider, Leiterin eines Caritas-Projektes, tritt im Wahlkampf in der Region Kunduz gegen eine Phalanx von Männern an, lese ich während meines in schönster Ruhe genossenen Frühstücksgetränkes. Ich schäme mich, Frauen Schwächen vorgeworfen zu haben, was täte denn ich, müsste ich um mein Leben bangen, wäre ich der Willkür männlicher Wesen ausgesetzt? Diese Frau hätte die Schweizergarden womöglich noch nötiger als unser Papst Benedikt. benedictus qui venit in nomine domini. Aber auch anderes führt dazu, dass ich, ganz allein mit mir, eine rote Birne kriege. Gesündigt habe ich, in Gedanken, Werken und vor allem in Worten.

Donnerstag war DTC-Tag, es war sogar warm und wir konnten eine Menge tun. Phipsi war ein wenig schaumgebremst und als Züchter überlegt man dann hin und her. Und wenn hundertmal Auenfels draufsteht, dieser Wurf besteht aus vier gemütlichen Kaffeetrinkern. Schuldzuweisungen sind grundsätzlich zu vermeiden, mein Plan wäre es, der julianischen nächsthin den Nützlich anzupaaren. Ist auch dieser Wurf dann so wenig feurig, sollte die Hündin, so schön und gut sie selber ist, nicht mehr zur Zucht verwendet werden. Diese Härte muss man haben. Interessanterweise macht sowohl Pheebi als auch Pharos recht ansprechenden Schutzdienst, aber von Unterordnung wollen sie eher wenig wissen.

Dennoch, Greti und Pheebi haben ihr Handwerk gelernt und zwar in der ÖRV Ortsgruppe Böheimkirchen, die wunderschön gelegen und gepflegt ist, wir durften schon einige Male dort liebenswürdige Gastfreundschaft erfahren. Eine Begleithundprüfung hat unser Mitfahrteam dort abgelegt und gar nicht schlecht! Heute ist Greti nicht zufrieden mit sich und der Phips. Meinen Einwand, dass sie beide dennoch ganz großartig seien und dass eine Prüfung keinesfalls unmöglich sei, lässt sie nicht gelten. Wie sie sind hunderte Teams in ganz Österreich unterwegs und kommen mit dieser exakten, aber nicht überschäumenden Unterordnung bis zur höchsten Prüfungsstufe, das wende ich ein und sie wiegt bedenklich den Kopf. Ich mag Greti sehr, sie ist das, was der Engländer „a good sport" nennt, aber heute geht es mir über die Hutschnur, ich sagte schon, ich wäre froh, wenn meine Hunde das könnten, was sie ihrer Hündin beigebracht hat und da werde ich ein wenig heftig. Aber dafür schäme ich mich noch nicht, das soll ja in den besten Familien vorkommen. Bei uns in Pressbaum steigen die beiden dann in ihr Gefährt um, Gisela und ich machen noch mit unseren Hunden die Abendrunde. Die Einzige hält mir verbale Entgleisung vor, geht hart mit mir ins Gericht und unter die Gürtellinie. Ich kontere gar nicht mal so arg, bin eher ruhig. Und das ist schlecht bei mir. Es gärt den ganzen Freitag, auch den Samstag über in mir, ich fühle mich verletzt, kann nicht verzeihen (ich, eine spätpubertäre Halbjahrhundertalte, die niemals Liebeskummer hatte, ihn erst jetzt mit diesem Stacheltier, dem Skorpion G., kennen lernt). Samstagnachmittag fahren wir zusammen als Delegation des DTC zu einer Hochzeit nach Eichgraben, wo wir mit Hatsch und Nützlich das gewünschte Hundespalier auffüllen. Binki will das Schweigen brechen, ich lasse sie anlaufen. Nicht einmal dafür schäme ich mich noch. Erst als Reigers dann abends mit der kleinen Quanti fort sind, kommt mein großer Einsatz. Üblicherweise arbeiten wir solche Ereignisse zusammen ein wenig durch, Gisela startet den Versuch dazu und da rutscht mir etwas so Grauenhaftes heraus, dass ich es selber gar nicht glauben kann. Um drei Uhr nachts werde ich wach, es fällt mir ein, alles Blut steigt zum Herzen, zum Kopf, tomatenrot wird er im Dunkeln. Auch jetzt noch, Stunden später. Das bin also ich, die Mord, Streit, Hass und Krieg verteufelt. Gratuliere, so dumm und kleinkariert bin ich! Na, mit einem ewig zürnenden Gott wäre ich längst erschossen! Das klingt jetzt vielleicht „urcool", man sieht es aber nicht, wenn ich zu Kreuze krieche, das kann ich gut!

Wie meine Krone. Dass er nicht mehr spielen will, gibt der alte Wolfi zu verstehen, indem er sich ein Hölzchen sucht und sich damit hinlegt. Jetzt soll es eine der Hündinnen wagen, ihm zu nahe zu kommen!

Tabuisieren nennt man es, auch Kronerl, das Tonerl weiß, was das bedeutet. Frechheiten leistet sie sich am laufenden Band, hinterfragt selbst meine Stellung, steigt mir respektlos in meinen Pantoffeln herum, stellt mir ein Bein und dabei bin ich noch die Einzige, von der sie sich etwas sagen lässt. Wenn Gisi sie striegelt, kann ihr schon mal eine Unmutsäußerung entschlüpfen. „Die will net folgen, gell", sagt der Kurti und lacht. Nein, die Kroni fühlt sich als höchste Instanz. Sie schielt hinüber zum liegenden Großonkel, der schaut gleich eine Spur böser drein. Vorsichtig nähert sie sich, fünf Meter vor ihm wird sie noch kleiner, als sie schon ist. Ein Knurren von ihm zwingt sie gänzlich nieder, sie robbt noch ein Stück, sie wirft sich auf den Rücken. Oft schon konnte ich Unterwerfungsgesten von Hunden beobachten, aber über jemand, der es schafft, zwei Meter auf dem Rücken schlitternd zu überbrücken, kann ich nur staunen. Auch der Alte ist baff und vor lauter Verwunderung merkt er gar nicht gleich, dass sein Stöckchen nun doch fort ist. Mit diesem zieht die Frevlerin ihre fröhlichen Runden. Absolution ergaunert, weitergesündigt …

Zu Mittag des nächsten Tages ruft Trixi an, schickt Grüße von der Tscheprevettn, die ganz so tue, als sei sie in Ebergassing „gebürtig". Die Katzen des Hauses kennt sie schon, sie fügt sich gut ein, hilft sogar beim Kochen (Supervisor). Dass inzwischen das vierte Geschirrtuch aufgebraucht ist, führt unsere Hundefreundin darauf zurück, dass Wischen und Triebarbeit sich zum Verwechseln ähnlich sind. Sie meint, sie habe einen großen Vorrat dieser Tücher, die ohnehin einmal alle wieder durchgewaschen gehören. Die Nacht verbrachte sie auf einem im Parterre aufgestellten Gartenbett, Quanti daneben, nachdem die Schlafräume im Obergeschoss Tabuzone bleiben sollen. Dass unsere Freundin danach über das sauberste

Gesicht ihres Heimatortes verfügt, empfindet sie als durchaus positiv, man weiß ja, wie wichtig es ist, sich gründlich abzuschminken. Neun Tage war sie ohne Hund, jetzt fühlt sie sich wieder als ganzer Mensch. Und kommenden Donnerstag sehen wir uns alle wieder, im DTC.

Nach dem Essen gelangen Erhard und ich fast in ihre Gegend, nach Kledering, wo uns Isetta, Nicole und Martin Weiß ihr neues Zuhause zeigen wollen.

Die Knutschkugel begrüßt uns überschwänglich, lädt uns zu Kaffee und Kuchen und freut sich über die mitgebrachte Quietschpuppe. Sie ist die letzte Wespentochter, lackschwarz fast wie ihr Vater Quax Pomonia. Der stand gestern auch im Spalier bei der Hochzeit. Die Setterl hat ihrem Frauchen schon viel Kopfzerbrechen bereitet, es gibt fast keine Krankheit, die sie nicht schon gehabt hätte, es ist überdies ein fortwährender Anschlag aufs Portmonee. Trotzdem halten ihre Besitzer fest zu ihr und haben im Gegenzug viele schöne Prüfungen erhalten, mit einer im „Vorzüglich" bewerteten Schutzarbeit. Im September jährt sich der Hochzeitstag des Trios. Als ich damals hörte, dass Setti sogar in der Kirche sein würde, war ich erstaunt, doch Martin meinte: „Ich bin doch net deppert und heirat' ohne meinen Hund!" Nie habe ich verstanden, warum Mütter bei solchen Gelegenheiten Tränen vergießen. Doch als die schwarze Hündin würdig über den Mittelgang nach vorne schritt, das Körbchen mit den Ringen für ihr Paar im Fang, da spürte ich es heiß über meine Wangen laufen. Jetzt wusste ich plötzlich, wie das ist. Man stelle es sich vor – dabei bin ich doch nur die Hundegroßmutter!

Blutrot

Blutrot geht die Sonne auf. Die Hunde und ich kommen von der Frühtour zurück und als wir die Ampel nach Zickzack und Rasenmäher-Passecker hinter uns lassen, bin ich

wie geblendet. Es ist ein so gewaltiges Schauspiel, aber es dauert nicht lange, wir fahren dem herrlichen Feuerball entgegen, da verschwindet er aus meiner Sicht, geht unter hinter den Bäumen des Hauses, das auch unterging, vor Jahren, ehe es neu übernommen wurde. Wir Pressbaumer haben diesen „Verfall einer Familie" als Keulenschlag empfunden, die Langer-Steffi, ich, viele andere. Ruhestörung bedeutete es in unserer gemütlichen Beschaulichkeit, als die Wirtschaft noch stabil wirkte. Plötzlich hatten wir unseren Dämpfer bekommen. Immer scheint mir diese Sache Ouvertüre gewesen zu sein zu all den schrecklichen Dingen, die immer häufiger um uns herum geschehen.

In der „Dürren Wien" haben wir als Kinder gespielt. Wir schleppten Steine herbei, bauten einen Damm. Wir beobachteten, wie das Bächlein sich aufstaute, was sich abspielte, wenn wir unser Werk wieder zerstörten. Man schaut, man erkennt Gesetzmäßigkeiten und ist dennoch immer wieder überrascht, wenn sie endlich eintreten.

mit der zeit kriegst an pique auf de gaunzn obezahra. i renn durch die gegend wie a gratzte. muaßt amal a hunderterpolokal angreifen, zwa meta lang, der einglegte lippenring macht schöne handerl dass a gaude ist. is jo nett, a paar meta plt rohr 5/4" zu verkaufen. erst holst es aus der halle, dass'd glaubst, de schware rollen daschlogt di. daunerama deafst es aa wieder. is eh praktisch, meterweise signiert, brauchst wenigst nix denken dabei, wos oiweu a vurteu is. aber es leistet widerstand, bsunders wenns koid is. do is jo des kupferrohr vom ring noch ein vergnügen dagegen, so dreckig wirst aa net. dazwischen läut der quälgeist „wie lang haben sie denn offen", die lieferung von hinten, die post von vurn. wennst selber hackelst wie a trottel, kriegst zuständ, wenn du die leut sitzen siehst und essen, essen und sitzen. dann kummt so ana no zu dir und geht di an um a marie. lamentieren könnens, an lavendl habens, dass da fost des herzerl bricht. neuntausend in alter währung hob i investiert in den blunznstricker und damit woa i no guat dran.

Gewarnt sei der Mensch vor Krokodilstränen, übertriebener Freundlichkeit, genau wie vor denen, die in Inseraten „liebe Dackerl und Puderl und Goldis" anbieten. Ent- oder weder heißt es im Leben …

Da soll es einen Mann geben in unserer Gemeinde, den seine Gutgläubigkeit und Gutherzigkeit in erwähnter Causa um so viel Geld gebracht haben soll, dass er noch immer daran zu kauen haben soll. Soll, sollen, soll – ist vielleicht nur ein Gerücht. Er, der so viel für die Allgemeinheit getan hat, der heute schon so schlecht geht, zwängt sich mühsam in seinen alten Wagen, vermutlich kann er sich keinen neuen leisten, man sagt, er habe gegeben, sehr viel gegeben. Immer, wenn ich ihn sehe, fällt mir Thomas Manns berührende Schilderung ein, wo der Senator beginnt, weniger oft die Hemden zu wechseln, es geht einem nahe, auch wenn es einen nicht selbst betrifft.

Der Untergang zog lange Zeit später auch noch einen Skandal hinter sich, aber es ist nicht an mir, zu werten und zu beurteilen. Meine Hemden kann ich noch waschen, sooft es mir einfällt, freilich sind sie nicht so kostbar wie die von Hannos Vater. Für die Zähnchen meiner 223 ist auch ein Werbe-T-Shirt gut. Groß genug muss es sein, das ist bei meinem Futterzustand das Wichtigste. Das Michelin-Mannderl wär ja vielleicht gar nicht so unhübsch, würde es seine Kurven ein wenig kaschieren. Doch heutzutage wird alles gezeigt, betont in deutlichster Deutlichkeit. Da sah ich neulich in einer Illustrierten eine der hochwohlgeborenen Damen, von denen jetzt so viele guter Hoffnung sind, die durch ein um ihre schmalste Stelle herumgewundenes Zierband auf ihren Zustand aufmerksam machte. „Ich trage, wenn ich singe, den Bauch in einer Schlinge“, fällt mir eine Leo Slezak-Anekdote dazu ein. Es ist, als lebten wir im allerersten Aufklärungszeitalter, endlich dürfen wir erfahren, dass nicht der Storch die kleinen Kinder bringt. XY ist stolz auf ihr Babybäuchlein, lautet der Kommentar. Zugegeben, ich habe mir schon ab und zu irgendeiner Sache wegen wohlwollend auf die Schulter geklopft, einer muss es schließlich tun. Aber stolz werde ich erst sein, wenn ich in unserer Einfahrt die Arme ausbreite, abhebe und zu den Glas- und Dosencontainern in der Niedermayr-Gasse hinaufschwebe, sagen wir in ein, zwei Metern Höhe, um unser Sammelgut nicht zu Fuß entsorgen zu müssen. Da werden's schauen, die Leissners, die Frau Holzinger und wer mich halt aller sieht dabei. Stolz!

Bis dahin will ich all die Untergänge, Schließungen, das leer stehende Eldomod-Lokal, die Pferde in dem einen Ortsteil, die mich immer an Tolstois Leinwandmesser erinnern und die lange schon verlassene Boutique vergessen haben. Sechs Jahre war ich alt, als ich Pressbaum zum ersten Mal betreten habe, ein Wunder war es für mich Kind der Stadt, ist es mir inzwischen wieder, und schließlich, wenn ich etwas übersehen will, gelingt es mir auch. Schau nur den schönen, blauen Himmel an, nirgendwo ist er schöner als hier. Schnell die Hunde versorgen, immer weitermachen. Außerdem ist Ebreichsdorftag. Bei Greti meldet sich der Anrufbeantworter, ich nenne ihr unsere Abfahrtszeit. Nein, heute könne sie nicht, teilt sie mir etwas später mit, sie habe zu viel zu tun. „Böde Tina-Mamma", rügt Gisela, mit der ich mich zum Glück wieder vertrage, mit einem Spruch aus unseres Sohnes frühen Tagen, dessen Adjektiv nicht zu entnehmen gewesen war, ob das D durch ein S ersetzt oder ein L ergänzend hätte eingefügt werden müssen. Ein wenig kokett entscheide ich mich für S wie „small". Nicht S wie schuldbewusst, und wenn, dann nur ganz wenig.

In E angekommen, stellen wir fest, dass keine Schutzarbeit gemacht wird. Kurt ist glücklicherweise nicht „an einem Zahne gestorben", aber von der Behandlung eines solchen sehr mitgenommen. Und ich nehm die Buddenbrooks auch noch auf den Hundsplatz mit, wer würde sie nicht überallhin mitnehmen, der sie auch nur einmal gelesen hat? Unser Trainer ist außer Gefecht, wir leiden mit ihm, umso mehr, als dass diesmal wir uns bewegen müssen. „Revieren" steht auf dem Programm.

Da sind sechs „Verstecke" aufgestellt, drei auf dem linken, die Übrigen auf dem rechten Rand des Platzes, im letzten davon befindet sich der Helfer, für den Hund nicht sichtbar. Der muss nun alle davon absuchen und zwar flott. Auf der Mittellinie wird Aufstellung genommen. Bei Prüfungen geht es nach Richteranweisung los. Auf Kommando seines Maxerls läuft der Hund das erste Versteck an, umläuft es, ebenso das zweite usw., sechs „Seitenschläge" sind auszuführen, bis der Hund dann den Mann mit Arm findet, ihn zu stellen und zu verbellen hat, gewissermaßen „Chef, schau, da steht einer …" Klingt sehr einfach, ist es auch, wenn der Hund begriffen hat, was wir von ihm wollen. Wir üben es nun. Fuzzy (eigentlich Hannes) hat sich den Ärmel geschnappt und steht als leibhaftige Verführung am Arbeitsversteck. Schafar Kurt, wie immer nach mindestens hundert Prozent greifend, hat sein Geheimrezept dafür, der Hund soll die Reviere so eng wie möglich umlaufen, also nicht wie besoffen in Schlangenlinien über den Platz taumeln. Nun kommt die Nofrete, sie hat es nach seiner Methode gelernt, läuft die auf der Helferseite liegenden Verstecke vorschriftsmäßig von unten an. Deshalb von unten, weil der Hund auf diese Weise nicht so sehr in Versuchung kommt, vor der Zeit zu dem für ihn interessanteren Helferversteck abzuzweigen, es wird dadurch auch vermieden, dass es ihn in der Eile zu weit „hinunter trägt", das wäre nicht eng genug. Nofi ist nicht so aufmerksam wie sonst, sie hat derzeit anderes im Kopf. Es sieht immer noch gut aus, dennoch ist das nicht ganz sie, die hier arbeitet.

Der Nico Trogenbach, Onkel unserer Qs kommt an die Reihe, weiß ich, wer noch, dann hole ich den Nützlich. Nicht ohne einen begehrlichen Seitenblick zur Box seiner Schwester steigt er aus, auf dem Weg zum Platz saugt er sich am Grünstreifen fest, von wem mag das Lackerl da bloß sein? Seine Kopfmuskulatur arbeitet, er scheppert ein wenig mit den falschen Zähnen, ahhhh, immer da stehen bleiben müsste man können! Wie bin ich froh, einen DS am Bandl zu haben. Beim Elefantenbullen würden nun die Backendrüsen zu safteln anfangen und ich müsste ihn wohl oder übel laufen lassen. Das erzähle ich dem Buben und locke ihn „es hilft nichts, Kurt wartet nicht stundenlang auf uns". Endlich hab ich den in Betrachtungen Versunkenen losgeeist, schon nehmen wir Grundstellung ein. Frei bei Fuß sitzt mein Bübchen, wir wollen gerade starten, da betritt Bärli, unser kleiner, schwarzer Vereinskater die Szene, sein Schwänzchen hoch aufgerichtet, „brrr" gibt er von sich und kommt auf uns zu. Er legt sich ein wenig abseits der Kollegen, die auf Gartenstühlen, erste Reihe fußfrei, ihren Einsatz abwarten oder nach diesem dem nächsten Paar zuschauen, ins Gras. Judith will ihn holen, ihn uns fern halten, ich winke ab, nicht nötig. Es hat eine Ewigkeit gedauert, bis ich endlich eine Prüfung mit meinem Narrischen machen konnte. Doch seither „hab ich ihn". Und noch etwas Anderes wird mir in diesem Augenblick bewusst: Endlich, finalmente, finally konnte ich mein „Aktentaschenerlebnis" mit Welkie auflösen, mehr als zwanzig Jahre habe ich dafür gebraucht!

„Der Hund muss sich beherrschen können", lehrt Kurt. In seinen Seminaren predigt er den Aufbau des jungen Hundes: Für das Gehen an unserer Seite, sowie für die Sitz-Platz- und Stehübung braucht es lediglich Wurst und Gespür. Leinenrucke kommen keinesfalls infrage, niemals darf der Hund überfordert werden, nie Schmerz erfahren. Parallel dazu, aber immer mit merklich zeitlichem Abstand, werden mit dem Hund Triebspiele mit zwei (gleichen!) Motivationsgegenständen, beispielsweise Bällen mit Schnur daran, gemacht. Da gibt es dann den berühmten „Beutetausch". Auf Kommando „aus" wechselt der Hund vom einen in den anderen Ball, er lernt, dass „aus" immer Gutes für ihn bedeutet, lässt das eine los und darf mit dem anderen weiterspielen, schon für jüngere Hunde kein Problem. Dies wird immer weiter ausgebaut. Mein Nützlicher machte neulich bei einer Vorführung in einem Seniorenheim gute Figur: Er saß vor mir, ich pendelte den Ball über seinem Kopf, ließ ihn kreisen, stellte ihn wieder ruhig und erst auf Kommando durfte er danach „greifen". Die alten Herrschaften waren begeistert, streichelten dann unseren Schmuser und hatten etwas Kurzweil gehabt.

Nutzl lässt also das Katerchen Kater sein und reviert sehr brav. Leider war ich wieder voreilig gewesen, aber das Revieren ist eine so gute Möglichkeit, den Hund sinnvoll zu bewegen und so habe ich es gelehrt, ehe ich noch Kurtis Methode erfuhr. Es wird uns keiner den Kopf deshalb abreißen und kann nicht zu viele Punkte kosten, zumal auch Nütz eng umläuft. Wird anfänglich der Hund nach jedem Seitenschlag herangerufen, kann ich meinen Burschen schon durchlaufen lassen. Beim vierten Versteck – es ist dasjenige, das den Hund am meisten in Versuchung führt – haben wir ein kleines Problem, aber wir meistern es, sogar Kurt ist zufrieden. Ich bin es in doppeltem Sinn: Mein Rüde steht in meiner Hand, hat sogar

Spaß am Gehorsam und vor allen Dingen hat er chat noir und die herrlich duftende Hündin total vergessen. Auch dem Onkel Nico war „nichts aufgefallen“, der hat ebenso anstandslos seine Arbeit getan. Eva-Nefertiti hat also keinen Schaden angerichtet! Der schöne Spätsommernachmittag neigt sich seinem Ende zu. Trixi kommt mit Tochter Ines und dem Sternderl, das zwar etwas müde von all den Eindrücken in ihrer neuen Familie, aber guter Dinge ist. Bei dem einen oder anderen Sprühwein für mich, was nichts anderes als ein äußerst sommerlicher Gspritzter ist, klingt der Tag aus. Kein Problem, Gisela fährt. „Jubilation, she loves me again“, wie gut es mir doch geht! Nicht ans Paznauntal denken, nicht an New Orleans. „Es geht uns gut“. Das muss ich mir kaufen.

Kupfer

Kupfer, Rotguss, Messing, Lessing, Heine, das ist mein Leben. Hebbels treu ergebenes Wanderschaftshündchen, die Hündchen, die um meine Beine streifen, ein Wirrwarr aus Gedanken gehören dazu. Nichts und keinen vergisst man, Jahrzehnte Wahlloslesen, Wahlloserleben drängen plötzlich an die Oberfläche, wollen geordnet werden, warum eigentlich, es ist doch bisher in aller Unordnung recht nett gewesen. Meinen Musterhund kenne ich, er hat einen kräftigen Kopf, feste, gut gestellte Ohren, wach und lebenslustig ist sein Ausdruck. Er hat ein Trabergebäude, gute, aber nicht übertriebene Winkelungen, gesunden, geraden Rücken. Sein Wesen ist in Körberichten als frei und unbefangen für zur Zucht empfohlene Tiere definiert. Die Julia, die ist für mich ein Musterexemplar des DS. Den Mustermenschen stelle ich mir vor, wie er, stets geordneter Gedanken, niemals planlos, durchs Leben geht. (Ich bitte dich, Relly, dräng dich jetzt nicht herein in meinen Kopf, du störst! Ja, ich weiß, du hast immer einen Plan, aber vergiss nicht, zuvor hast du meist ein Problem! Nein, ich werd mich jetzt nicht mit dir befassen, du kommst schon noch an die Reihe, du Königin der Hütten!)

Kupferwandscheiben muss ich bestellen, entdecke ich, als ich in das leere Fach schaue. Einer meiner Lieblingskunden hätte sie gebraucht, einer, wie man ihn sich nur wünschen kann, immer kooperativ, immer gut gelaunt, er meint, er würde eine andere Lösung finden. So viele nette Auftraggeber haben wir, oft noch aus Schwiegervaters Zeiten, über fünfzig Jahre existiert unsere Weltfirma schon. Auch an den, der sie so bezeichnete, erinnere ich mich gerne. Zuvor will ich aber noch ausführen, warum eine Denkordnung mir plötzlich so wichtig erscheint, die jedoch, Coelhos Löffel mit den zwei Öltropfen zum Trotz, so ungemein schwer zu erreichen ist: Weil die Zeit sosehr drängt! „Hast du es eilig, geh langsam", sagte Herr Mitterbauer aus der Buchhandlung in Purkersdorf zu mir, nachdem ich ohne die Bücher, die ich bezahlt hatte, aus dem Geschäft stürmen wollte und er mich zurückrief. Wie denn langsam gehen, wenn alles um mich herum schneller wird? Wenn die Tage kürzer werden, die Mutter immer älter, gebrechlicher wird? Das Pressbaumer Feuerwehrfest findet seit Jahren am ersten Wochenende im September statt (zum letzten Mal jetzt auf dem gewohnten Platz an der Hauptstraße, das Grundstück soll verkauft worden sein, es heißt, dass der hundertste Supermarkt in unserer Gemeinde an dieser Stelle errichtet werden wird). Ein schönes, lustiges, geselliges Treffen ist das, die Veranstalter geben ihr Bestes und in dem lauten Festzelt, im Autodrom, kann man für kurze Zeit verdrängen, dass nun der Sommer bald vorbei ist. Der vierte Oktober liegt schon in Lauerstellung, ist einer der Gründe, warum ich mein Getippse bald fertig haben will. Der nächste „Bastardlwettbewerb" steht ins Haus! Der „schönste, liebenswerteste Mischlingshund" soll gekürt werden. Ich kann es immer noch nicht glauben, wie soll denn das möglich sein – Äpfel und Birnen zu vergleichen? Es dürfte doch nur Sieger geben!

Da nimmt man sich absichtlich keinen Rassehund, plötzlich aber soll das Aussehen des Mischlings wichtig sein, ich verstehe die Welt nicht mehr. Schauen wir uns doch die Gesichter des „Urlaubsmülls 2005" an, da ist doch eines herziger und ehrlicher als das andere. Denkt denn keiner an „Müllvermeidung"? Hl. Franz von Assisi, schau oba!

Als ich Rocky holte, haben's die Ohren angelegt bei meiner Erwähnung, dass ich Hunde züchte. Nein, Züchter haben oft keinen guten Ruf. Und ich kenne selber welche, die „geschibelt" gehören! „Wenn ich die Kleinen nicht bald verkaufen kann, muss ich sie ins Tierschutzhaus bringen", tönte die Frau eines so genannten „Züchters" vor einigen Jahren, ganz genau hab ich es gehört, Zeugen hab ich dafür. Wo sind wir denn? Je schlimmer die Leute, desto mehr werden sie hochgejubelt. Da werden jene geehrt, die eine Hündin in Zuchtmiete zu spät zu sich nehmen, sie in einer Hundehütte auf dem Hundeplatz werfen lassen – dies zwar nur vom Hörensagen, leider gut möglich. In den Gebrauchshundklassen ist es auf der Schau üblich, dass eine Runde abgeleint getrabt werden soll. Wurde der Hund bisher von einem Fremden geführt, kommt nun sein Besitzer in den Ring, um für diese sein Tier zu übernehmen. Da habe ich Scheichs von Rüden gesehen, die dann dünn wurden, sogar ausbüchsten und sich im Richterzelt vor ihrem Herrn und Meister versteckten. Der erste Platz war ihnen dennoch nicht zu nehmen. Schön waren sie und – man darf das alles nicht so eng sehen, wenn ihre Leutchen beliebt sind. Vor einigen Jahren waren wir auf einem Begrüßungsabend, auch dort einer der Stars, der nur einen Hund in die Hand nehmen musste, um den ersten Platz zu laufen. Es war gute Stimmung, warum auch nicht. Das Blöde daran: Im Heck des Wagens der von mir erwähnten Person waren vier Tiere untergebracht. Zwei in den Boxen, je eines steckte in dem schmalen Raum zwischen Box und Seitenfenster. Nicht nur in Hamburg sind die Nächte lang. Aber gelaufen sind die am nächsten Tag, dass es eine Freude war – sich endlich bewegen dürfen – Sieg! Inzwischen wollte man sich dieses Mannes freilich schon entledigen – nicht geglückt. Unkraut verdirbt nicht. Es wechselt bloß von Zeit zu Zeit den Namen (Eintragungszahlen?).

Mach mal Pause – geh ins Zeitlos. Genau das tun Mann, Schwiegermutter und ich heute Mittag. Zufall ist es, für uns sozusagen ein glücklicher, dass wir der „richtigen" Religion anhängen, so dürfen wir ohne Gewissensbisse am Samstag nach Geschäftsschluss die Hütte auf Vordermann bringen, wann sonst könnten wir es machen. Da soll aber nicht auch noch gekocht werden müssen. Also springen wir einen großen Schritt über die Straße und sitzen schon unter der herrlichen Linde des „zeitlosen" Gastgartens. Uralt muss sie sein, gute neunzig Zentimeter im Durchmesser ist ihr Stamm, vor einigen Jahren wurde sie ganz grob zusammengestutzt und hat sich nun wieder herrlich gefangen. Spätsommersonne streichelt uns, ein schönes Gefühl, das wir genießen. „I feel it in my fingers, I feel it in my toes", keine Ahnung, von wem dieser Schlager ist, dessen Melodie sich in meine Ohren drängt, ohne tatsächlich gespielt zu werden. Und wo ich es noch überall spüre. Damit wir alle der Sonnenstrahlen teilhaftig werden können, setzen wir uns zu dritt in eine Reihe, muss ein recht lustiger Anblick sein. Ich bin strahlender Mittelpunkt – so „abflaggt", wie ich ausschau. Den Ausdruck „abflaggt" hat meine Schwiemu von ihren Enkelkindern aufgeschnappt, die sagen es zwar etwas anders, aber es ist ohnehin besser, wenn sie das nicht so genau mitbekommt. Sie, die so gerne klar Schiff macht, nimmt an, es müsse Seemannsjargon sein. Jetzt sitzt sie an meiner rechten Seite, mein dünnes Pipi-Hendi-Schwiegermutterl, beim Essen langt sie wacker zu. Aber sie nascht nicht, Bewegung macht sie genug. Nach eigenen Aussagen isst diese begnadete Köchin, um zu leben! Bei ihrem Sohn und mir ist es genau umgekehrt und so schauen wir auch aus. Zur Linken habe ich den bärtigen Munz, bartlos hatte ich ihn übernommen, alles ändert sich, ist im Fluss und manchem wächst dann ein Bart. Mit oder ohne, wir zwei schauen uns an und lachen. Worüber? Ungewiss, unbesprochen, einfach so. Wie freuen wir uns, als von der gegenüberliegenden Straßenseite, aus einem der Gärten, Entengeschnatter hörbar wird, das gefällt uns beiden Landkindern, wir lassen uns unser Glück auch durch den Verkehrslärm nicht trüben. Man muss sich dann einfach berühren, und wenn man nur burschikos Ellbogen an Ellbogen stößt. Ja, ich weiß schon, was wir so lustig finden. Wir sind wieder einmal entronnen. All den Prügeln des Lebens davongelaufen, etwa zwanzig Meter und eineinhalb Tage sind wir nun davon entfernt.

Hans und Ingeborg

Hans und Ingeborg, Grünlich, Permaneder, ein Fischerle oder ein „guter Vater" – sie prügeln den Leser in all den schönsten Büchern dieser Welt. Im Endeffekt, im Prinzip ist der Lesende ein armer Tropf, aber er setzt sich der Gefahr der Störung seiner heilen Welt freiwillig aus. Es ist seine Sucht, erfahren zu wollen, wie dieser oder jener das Leben sieht oder gesehen haben mag. Was Andere denken oder gedacht haben, kann ihm, dem Lesesüchtigen, Bestätigung, Befriedigung oder Verstörung bringen.

„Der gute Hund verzeiht" heißt es bei uns. Er geht so knapp an unserer linken Seite, dass wir ihm ab und zu auf die Pfote steigen. Wohl kann es sein, dass er einen kurzen Schmerzenslaut von sich gibt, aber er sieht über unsere Ungeschicklichkeit hinweg, macht immer weiter. Hat er es richtig gelernt, ist er süchtig nach der Arbeit mit uns, nach der gemeinsam erlebten Freude.

Warum aber in den einzelnen Ortsgruppen geprügelt werden muss, ist mir nach wie vor schleierhaft. Ein Schlag ins Gesicht ist es für sehr viele idealistische Mitglieder, wenn sie sehen müssen, was alles gebilligt wird …

An dieser Stelle muss ich mich selber zensieren. Freilich nimmt dies der Sache die Würze, gar nette Liedchen hätte ich Ihnen hier singen können: von Protektion und Benachteiligung, von der Tatsache, dass häufig differenziert wird. Genauestens hätte ich Ihnen schildern können, dass es bei Ortsgruppenprüfungen oft zugeht wie in einem Tischtennisklub, in welchem man die Spieler vor dem Match unterschiedlich ausstaffiert – die einen mit einem Schläger und andere mit einer Fliegenklatsche. Weil aber „Überschärfe" beim DS als schwerer Fehler geahndet wird, will ich nur noch ganz leise vor mich hin knurren: „Alle Tiere sind gleich, nur manche sind gleicher" torpediert die Mitglieder-Behalteaktion, die ich für ebenso wichtig erachte wie die Mitglieder-Werbeaktionen selbst. Ich zum Beispiel, ich war gar kein „guter Hund“. Auf bezogene Prügel habe ich reagiert, indem ich Mann, Sohn und Neffen, für die ich die Mitgliedsbeiträge aus purem Idealismus bezahlt hatte, kurzerhand abmeldete. Obwohl ich der Ansicht bin, dass jedes abgemeldete Mitglied um eines zu viel, also zu wenig ist.

Bis heute geschieht es mir, dass mich eine Gänsehaut überläuft, dass ich ein Glücksgefühl verspüre, wenn ich einen Hund eine hervorragende Leistung erbringen sehe, gleichgültig, wem er gehört. Ich habe einem der von mir wenig geschätzten Massenzüchter spontan die Hand geschüttelt, als ich einen Rüden aus seiner Zucht überzeugend und verdient auf einer Schau die Siegesrunde laufen sah. Aber was nach Vetternwirtschaft riecht, kann mich immer noch empören.

„Wenn ich dich in so genannte schlechte Gesellschaft gebracht, lieber Leser, so tröste dich damit, dass sie dir wenigstens nicht so viel gekostet hat wie mir“, meint Heines junger Herr von Schnabelewopski. Und ich meine, dass es jetzt endlich ein wenig lustig werden solle.

Der Herr Pava

der herr pavarotti ist ein großer tenor
doch in feistritz kommt ihm ein andrer zuvor
der ist nämlich sehr dunkel und ein klein wenig rund
ihn kennt auch alle welt – es ist kerschbaumers hund
er singt fast so gern wie sein namensvetter
von beruf deutscher schäfer – was tät er als setter?

der schöne pavarotti vom auenfels
fuhr eher gen süden als rauf nach wels
er hätte zwar sollen nach pressbaum gehen
doch als die liebe nicole ihn gesehen
gab ich ihr den vortritt, wie hat sie gelacht
es heißt nicht umsonst: jugend an die macht!

so kam er in das sonnige bundesland
ein katzenwurf raubte ihm fast den verstand
denn die kleinen – sie waren mutterlos
mit gefühl zog jungpavarotti sie groß
er stellte dabei sich vorzüglich an
wem kärn'ten die kloanen katzalan?

frau sonja im ö r v finkenstein
tut sich auch recht sehr unsres sängers freun
dort bildet der chef seinen rüden aus
danach gehn sie müd und zufrieden nach haus
der pava hält hof, die familie in schach
und wenn i net wär, dann wär villach vllach

Vor allem aber muss ich meinen „Kaffeetrinker"-Spruch neu überdenken. Ob seine Besitzer tatsächlich noch glücklicher mit ihm wären, stammte er aus „reinen" Leistungslinien, wäre er noch härter, sei dahingestellt. Denn der Pava lässt in seiner Familie keinen Wunsch offen, füllt seinen Platz aus und tut, wozu man ihn braucht. Gebrauchshund. Gesunder Hund. Glücklicher Hund!

A wie Aldo

Da gab es einen gewissen Aldo in unserem ersten Wurf, er wurde der Hund von Rudolf Kubat, der einer meiner besten Kritiker war. Unzählige Turniere hatte er mit seinem Heiko Karner gewonnen und durch Welkie waren wir gleichsam Stallkollegen geworden. Die Leistungsbereitschaft meiner Hündin war beachtlich und so formten sich in seiner Vorstellung bereits allerhand erste Plätze, die ich mit ihr würde belegen können. Aber ich war Anfängerin, zudem war die Beste mir immer um mehr als nur eine Nasenlänge voraus und so musste ich froh sein, Prüfungen halbwegs mit Anstand abzulegen. „Das ist ein Superhund“, meinte Rudi und einschränkend, mit leisem Kopfschütteln kam dann die unvollendete Bemerkung, „aber die Hundeführerin ...“

Unser erstes Turnier, es ging damals um die „Goldene Rose von Tulln“, verlief wenig ruhmreich. Der Richter war ein älterer Herr namens Gastgeb und seine gute Tat gleich zu Beginn bestand darin, seine Aktentasche an den Rand des Platzes zu stellen, auf dem der Wettkampf stattfinden sollte. Wir traten nach SchH1 an. Welkie und ich waren uns sehr ähnlich, beide husch,pfusch und ruck,zuck, hörte die Eine von uns das Gras wachsen, ging es der Anderen unweigerlich ebenso. Ich sah also die verflixte Tasche da stehen und erschauerte, im gleichen Moment fiel der Blick meines Alter-Ego darauf. Während der ganzen Leinenführigkeit zitterte ich vor dem Moment, in dem ich den Karabiner von ihrer Halskette lösen musste, um die nächste Übung, die Freifolge, zu beginnen. Da geht man also fünfzig Schritt geradeaus, macht kehrt, fällt in Laufschritt, dann in langsamen Schritt, um endlich wieder normal (schnell) zu werden. Man zeigt einige Links- und Rechtswendungen, das eine oder andere Anhalten, bei dem der Hund an unserer Seite zu sitzen hat. Schließlich ist es soweit, es wird abgeleint, um all das Vorerwähnte mit freifolgendem Hund vorzuführen. Ein feiner Kerl war meine Begleiterin, aus purem Anstand ging sie noch ein kleines Stück mit mir, um dann zu der Tasche zu stürmen. Es hätte ihrer Hausmeisterseele keine Ruhe gelassen, diese nicht zu untersuchen. Schnell war sie immer schon, es war nicht nötig zu rufen, ich war dazu auch viel zu perplex, schon war mein Hund wieder an meiner Seite. In der Aufregung führte ich zu knapp an einer Schrägwand vorbei, nie zuvor hatten wir dieses Gerät geübt, da es erst bei der nächsten Prüfungsstufe für uns aktuell war. Schon immer experimentierfreudig, hopste Welkie darüber, hin und her, schaute mich Beifall heischend an, war bald wieder neben mir. Das Apportieren hatte ihr stets Spaß gemacht, wenngleich sie lieber von Mund zu Mund als vorsitzend hätte übergeben wollen. Schon warf ich unser Bringholz, auf Kommando sauste sie nach, nahm es auf, doch anstatt auf schnellstem Weg, wie gefordert, damit zu mir zu kommen, musste sie noch rasch einen Kontrollblick ins nächste Schutzdienstversteck werfen, es hätte ja einer drinnen stehen können! Wieder genügte es, dass ich nur geschockt die Luft einsog, da saß sie auch schon vor. Dazwischen war aber noch die Übung „Absetzen" gekommen, die meine Partnerin perfekt beherrschte. Man macht dazu, aus einer Grundstellung heraus, zehn Entwicklungsschritte, bittet seinen Hund zu sitzen und auch zu bleiben (Kommando Sitz) und geht noch dreißig Schritt weiter. Dann wendet man sich um und geht auf Richteranweisung zurück, tritt in die Grundstellung, also neben seinen Hund wieder ein.

Meist ist das Voransenden die letzte Übung einer Unterordnung. Man geht geradeaus, wieder ist eine „Entwicklung" einzuhalten und danach schickt man den Hund „voran" oder „voraus". Flott, in möglichst gerader Linie, hat er sich von uns zu entfernen, etwa vierzig Schritte weit von uns soll er sich auf Kommando rasch hinlegen. Man könnte meinen, voran-, also davonlaufen wäre jedermanns Sache. Weit gefehlt, ein Tier, das zu stark unter Druck steht, löst sich (un)sinnigerweise schlecht von seinem Besitzer, läuft schließlich recht zögerlich in die angegebene Richtung, um sich zu bald und gerne hinzulegen, gewissermaßen als „sich klein machen“ – „bitte, tu mir nichts, ich bin ganz brav“. Dann gibt es solche, die lustvoll vorausstürmen, aus Spaß an der Sache, die Aufforderung zur Ablage aber gern „überhören“, dabei wäre gerade das die Krönung der Übung, „Gehörsam“ auf Distanz.

Als ich nach dem „Sitz“ zu meiner Hündin trat, brauchte sie, die immer ein wenig zu sehr mitdachte, überhaupt keinen Befehl von mir. Kaum stand ich neben ihr, als sie mich schelmisch anblitzte, einfach davon stob und sich in durchaus wünschenswerter Distanz krachend hinfallen ließ. Es sah wunderbar aus. Leider wäre erst noch anderes zu zeigen gewesen. Keine ihrer so freudig und blitzschnell geleisteten Zusatzübungen war „befohlen“ worden, für die von ihr gebotenen Showeinlagen hätte sie eigentlich Zusatzpunkte erhalten müssen, aber immerhin sieht die Prüfungsordnung anderes vor. So erreichten wir mit 62 von 100 Punkten eine mangelhafte Bewertung. Bei der Schutzarbeit glänzte sie zwar, brachte aber auch hier ein paar eigene Ideen ein. „Wozu steht denn dieser Mann im Versteck, den wollen wir doch vor den Vorhang bitten! Hat die Alte da hinter mir jetzt tatsächlich ein „Aus“ gebrüllt oder hab ich mich verhört? Na gut, sie plärrt noch immer, lassen wir los. Schau, wie die heute langsam daherkommt, da wird doch noch ein wenig naschen erlaubt sein…“

Mit unserem Antritt hatten wir für Lachstürme gesorgt, als Trostpreis für den letzten Platz ein riesiges Salzstangerl bekommen – und Schelte, nicht shelter von Rudi. Wir übten weiter, bei unserem letzten Turnier erreichten wir nach SchH3 dann den siebten Rang von achtundzwanzig, vielleicht wäre sogar noch mehr möglich gewesen – hätte mein Mann uns nicht zurückgepfiffen. Er fuhr einmal mit zum Training, es gab damals noch Weitsprung und Leiter zusätzlich zu Hürde und Wand und er stellte mir die simple Frage, ob ich meinen Hund eigentlich noch länger haben wolle. Erhard ist kein Vielredner, aber was er sagt, hat Hand und Fuß. Es gab mir zu denken, wir ließen es gut sein.

Relativ wenig sagen die bei Prüfung oder Turnier erreichten Punkte über einen Hund aus, man muss ihn schon selber gesehen haben, um sich ein Bild machen zu können. Und das konnte Rudi. Das Feuer der Hündin gefiel ihm und er meldete sich für einen Welpen von ihr an, den er im Mai 1983 von uns holte.

„Ich will kalt schlafen" war der Wunsch unseres Söhnchens gewesen, immer war er heißblütig und wollte in seinem Bettchen so wenig wie möglich zugedeckt werden. Der kleine Aldo war auch „Kaltschläfer", Separatist noch dazu. Kontaktliegen, wie es die Welpen so gerne tun, wollte er nicht. War die Jungschar bei uns in der Wohnung, brachen sie nach wildem Toben meist in Grüppchen irgendwo zusammen, nur der künftige Kubat absentierte sich und entschlummerte in einiger Entfernung zu den Brüdern. Der Welpenauslauf im Garten meiner Schwägerin war zwar gut umzäunt, beim Unterschlupf für die Kleinen hatten wir aber improvisieren müssen. Ein großer, sehr stabiler Karton wurde aufgestellt, die Deckseiten ergaben auf diese Weise eine Art Pendeltür, was es den Jünglingen ermöglichte, nach Belieben aus- und einzugehen. Eines Nachmittags besuchten Rudi und seine Frau Hedy den von ihnen auserwählten Hundebuben. Wir beschäftigten uns mit den Tierkindern, schließlich wurden sie müde und fünf der Knaben suchten das Kartonhaus für ein Nickerchen auf. Immer ist es so, dass derjenige Welpe, der gerade Besuch von seinen Leuten hat, am längsten wach bleibt. Er scheint die größere Aufmerksamkeit, die ihm von diesen entgegengebracht wird, zu spüren, er produziert sich vor ihnen, so lange es ihm möglich ist. Endlich merkte Aldo, dass das Sandmännchen auch zu ihm kam und da bot er seinen künftigen Besitzern eine Vorstellung der besonderen Art: Schnurstracks marschierte er zu der Unterkunft, in der die Geschwister ruhten – und warf sie allesamt raus. Es war wie in einem Western, wenn der Held die Gauner, einen nach dem anderen, zur Saloontür hinausbefördert, wir lachten Tränen. Klein Kubat hatte sich Platz verschafft und schlief bald darauf selig. Rudi aber konnte sich langsam vorstellen, was da auf ihn zukam.

Im Vorwort zu Zolas „Fortune des Rougons“ heißt es: „Die Vererbung hat ihre Gesetze wie die Schwerkraft“. Wir ändern und kürzen das ein wenig, aber wir sagen es sehr oft: Jeder ist wie seine Mutter. Gleich der, die ihn geboren hat, ist mein Mann leidenschaftlicher Sammler, die unscheinbarste Heftklammer ist aufzubewahren, kann eines schönen Tages wertvoll werden. Meine Produzentin, die Hans im Glück spielte und das Haus gegen eine Wohnung tauschte, ist mein Vorbild im Ausmustern und Wegwerfen. Aldo zeigte Welkies vorauseilenden Gehorsam, der in Wahrheit keiner ist. Die Herren Kubat bei der Arbeit zu sehen, war stets eine kleine Sensation, da wurde gekämpft und verhandelt. Doch der Ältere war ein „alter Hase“, dem Jüngeren blieb keine Wahl und so erreichte er, was ein DS erreichen kann. Und was daran wesentlich ist: Er blieb am Leben, er lebte! Obschon ich selber Befehlsempfängerin bin, will ich keinen Hund, der kuscht. Und das tat Aldo mit Sicherheit nicht. Ich wollte dieses Wesen erhalten und so deckten wir die Ilka mit ihm, Ford, Frei und Funk entstammten der Beziehung, es waren gute Hunde, die aber auf Gartenplätzen verschwanden. Im Zwinger herrschte Hochbetrieb, so dass ich keinen der drei behalten konnte.

Ich hätte es auch nicht gewollt, nicht nur deshalb, weil Adler damals noch unter uns weilte, sondern weil das Halten eines Rüden für einen Kleinzüchter wahrlich Luxus ist. Und es hat Härten für den Hundemann. So forsch ich mich gebe, schlägt auch in meiner Brust ein fühlend Herz; um Maurice Chevalier abzuwandeln „Thank heaven for all the little boys“. Ich bin weder Rüden- noch Männerhasser. Ich habe mit Adler, Wolf und Rocky gelitten, mein Sonnenscheinchen aus dem N-Wurf dauert mich ebenso. Schließlich ist es für keinen Hundebesitzer erbaulich zu sehen, wenn sein Ein und Alles von Liebesleid gerüttelt den Inhalt seiner Futterschüssel verschmäht. Nur wenn es um Arbeit geht, kenne ich keinen Spaß. Es könnte ja auch so sein, dass ich nur einen einzigen Hund hätte – einen Rüden, was täte ich denn, wenn nun Nachbars Hündin just an einem Prüfungstag duftete? Überdies können wir nicht mit Sicherheit sagen, ob diese nicht während der Stehzeit daran leidet, sich nicht „verwirklichen“ zu können.

Sex And The Kennel – ein Drehbuch könnten wir schreiben! Die Rolle der alternden Diva hätte mit Welkie besetzt werden müssen. ABC hatte sie uns gebracht, war irgendwann danach sterilisiert worden. Wenige Monate vor ihrem Tod kam Heiko zu Besuch. Sie musste den Schritt eines männlichen Wesens auf unserer Treppe erkannt haben. Von meinem geliebten Zufluchts-, Lese-, Sauf- und Arbeitstisch kam sie hervor. Sie setzte ihr schönstes Gesicht auf, stellte sich in Positur und schlug erwartungsvoll die Rute zur Seite. „Wenn ein junger Mann kommt, der weiß, worauf's ankommt …" Die Liebe höret nimmer auf. Jedem seine Liebe, seine Vorliebe. Aldo, der alte Schwerenöter, liebte Damen mit großer Oberweite. Wie er seinen Riesenschädel genüsslich an das „Grab am Busento" meiner Mutter drückte, wenn sie mal gleichzeitig bei mir zu Besuch waren. „Sie suchen nur ihren Vorteil."

In meinem Film würde ich mich auch mit der Problematik des zu früh geforderten Jünglings auseinandersetzen. Die knapp zweijährige Ragna war hitzig, unser inzwischen Heiliger musste etwa fünf oder sechs Monate alt gewesen sein. Er lag im Garten, neben diesem armen, von jedem Wurf noch misshandelten Bäumchen, das wir Bonsai nennen, und entspannte sich. Da näherte sich verführerisch das Ragi und machte ihm eindeutig Avancen. Davon, was für uns so unmissverständlich war, konnte er sich keine Vorstellung machen. Was wollte denn diese Frau? Er schien sich zu fühlen wie Parsifal, als die Blumenmädchen hinter ihm her waren und lief sicherheitshalber davon. Doch schon zwei Tage später musste ich ihn – man verzeihe mir den Ausdruck – aus dem Verkehr ziehen. Er hatte seine Hausübung gemacht und sich die Sache durch den Kopf gehen lassen.

Als Aldo die Ilka decken sollte, hatten wir saumäßiges Wetter, es schüttete und deshalb beschlossen wir, den beiden und damit uns ebenfalls ein Dach über dem Kopf zu gönnen. Es war Abend, die Werkstatt war frei und bot sich für unsere Zwecke an, es war Platz zum Herumtollen gegeben. Aber da stand damals noch die Laufmaschine, die ich unbedingt hatte haben müssen. Nach dem Morgenspaziergang nahm der erste Hund sie in Besitz, ich schaltete ein und setzte mich inzwischen an meinen Schreibtisch. Wurde es dem Läufer zu langweilig, was meist nach fünf bis zehn Minuten der Fall war, kam er zu mir ins Büro, wurde in den Zwinger gebracht und der Nächste war an der Reihe. Nach wirklich nur kurzem Kennen lernen hatten die Freundchen daran Spaß gefunden. Das Wunderding war ungefähr eineinhalb Meter lang, verfügte über eine etwa vierzig Zentimeter breite Lauffläche, die leicht bergan zeigte und hatte zur Begrenzung links und rechts Gitterstäbe. Und just zwischen diesen erhörte unsere Spessartblickin endlich den Rüden. So durfte er sich also nicht nur als Liebhaber, sondern auch als Artist beweisen – der „Lustersprung" dürfte dagegen eine leichte Übung sein.

„Das Unerhörte ist alltäglich geworden", liest man in einem Gedicht von Ingeborg Bachmann. Genauso müssen es nun Großvater und Enkelsohn empfinden. Bevor die Quanti nach Ebergassing ging, eröffnete sie den Reigen der Läufigkeiten, Hatsch, Quali und Nofi zogen jeweils in etwa einwöchigem Abstand nach und unseren Buben ist schon ganz schwummerig davon. „Nimmt der Trieb überhand, setzt das Denken aus", sagt unser Trainer. Der muss es wissen … wie immer kann ich ihm nur beipflichten. Denn vor lauter Sex hätte ich beinahe vergessen, von Aldo weiterzuerzählen. Er lebte das Leben eines geliebten Hundes und im Frühsommer des Jahres 1993 nahm er den kleinen Zanto bei sich auf. Mit diesem besuchten mich Kubats neulich auf ihrem Weg in die Wachau, wo sie einen kleinen Urlaub verbringen wollten.

Ich begrüßte den Zanterl, er ist trotz seiner Jahre immer noch ein schöner Hund und bewegt sich auffallend gut. Ich sprach Rudi darauf an und er meinte: „Zanto ist von allen Hunden, die ich bisher hatte, der älteste. Heute bin ich froh, dass ich nach der SchH3 mit ihm aufgehört habe …"

Bin ich denn nun wirklich übergeschnappt? Hundesport ist immerhin auch mein Sport, ich kann mir gar nichts Schöneres vorstellen, als diese sinnvolle Beschäftigung mit unseren Pelzträgern. Kein Sport ohne Wettbewerbe oder Prüfungen, die Prüfungsordnung regelt deren Ablauf. Seit ich 1980 den ersten Hundsplatz betrat, wurde sie mindestens vier Mal geändert. In der letzten Ausgabe konnte ich lesen: Prüfungen dienen der Gesunderhaltung der Hunde … stattgegeben. Das Lauftier Hund braucht Bewegung, Training gewährleistet diese. Aber ganz pervers habe ich es gefunden, dass nun schon für die erste Prüfungsstufe IPO oder ÖPO1 eine Hürde von 1 m Höhe vorgeschrieben ist, ebenso das Überwinden einer auf 1,80 m gestellten Schrägwand, das ist in meinen Augen Wahnsinn.

Ich habe in den vergangenen 25 Jahren 16 Hunde zu Prüfungen geführt, viele davon zur SchH3. Dass ich mit den von mir vorgeführten Kandidaten meist stark unter der Dreihundert-Punkte-Marke blieb, steht auf einem anderen Blatt. Ich habe mit etlichen Tieren gearbeitet, deren Besitzer lediglich einen folgsamen Begleiter wollten, habe Stunden um Stunden auf Hundeplätzen verbracht. Ich weiß, wovon ich rede.

Stellen wir uns die Übung „Apportieren über die Hürde“ einmal vor. Man nimmt in entsprechendem Abstand – der dem Hund einen Anlauf ermöglicht – vor dem Gerät Aufstellung. Der Hundeführer wirft nun ein Bringholz darüber, das der Hund, nach Kommando „hopp-bring“ über die Hürde hin- und her springend zu holen hat. Die abschließende Traumvorstellung ist, dass der Vierbeiner sich ganz knapp vor uns hinsetzt, das Holz ruhig im Fang haltend. Augenkontakt höchst erwünscht. Dass der Zweibeiner dann den Apportierblock nimmt und noch eine Abschlussgrundstellung gezeigt wird, ist für meine Überlegungen nicht relevant.

Trotz aller gebotenen Seminare scheint es sich leider noch nicht herumgesprochen zu haben, dass Springen und Bringen zwei Paar Schuhe sind (was sich jetzt mit dem Bringkanal zwar etwas widerspricht, aber den habe ich außer im DTC ohnehin noch auf wenigen Plätzen gesehen). Und so kommt es, dass ich oft und oft schon sehen musste, wie die guten Leute nun ihre Tiere quälten. Da wird der Hund also losgeschickt, nimmt das Holz auf, springt zurück, lässt es fallen oder knautscht darauf herum. Da geht der Hundeführer in Saft. „Trottel! Halten, halten“. Meinetwegen soll er nun sein „Trottel! Halten, halten“ machen, es geht mich nichts an, wie jeder das handhabt, denn das mag zwar nicht sehr fein sein, was aber das wirklich Schlimme ist, dass der Hund nach misslungener Übung wieder über die Hürde geschickt wird, wieder, immer wieder. Das ist die Schweinerei daran. Gleicher Vorgang gesichtet an der Schrägwand. Immer wieder.

Hält man sich die Widerristhöhe eines DS vor Augen, nämlich Rüden von 60–65 cm und Hündinnen von 55–60 cm, kann man sich das Verhältnis zu der ein Meter hohen Hürde vorstellen. Nicht dass mein großer Nütz „darüber steigen" würde, aber für meine kleine Krone ist es ein noch größerer Gewaltakt. Zweifellos, Hunde springen nicht ungern. Spielen sie mit Artgenossen, kann man die kuriosesten Sprünge sehen. Aber wo der Hund kann, weicht auch er Hindernissen aus. Und muss nun, allein schon bis zu einer IPO1, unzählige Male aus schwindelnder Höhe landen. Das kann nicht gesund sein.

Aufsetzen oder Streifen an der Hürde führt zu Punkteabzug. Aus dem, was ich bisher gesehen habe, garantiere ich, dass es Hunde gibt, die auch noch bei geringerer Höhe diesen Fehler machen. Ich ersuche daher die Erfinder der Prüfungsordnung, darüber nachzudenken, ob nicht tatsächlich niedrigere Geräte auch „wettbewerbfähig" sein könnten! Ein gesundes, langes Leben unserer Sporthunde wäre doch ein netter Lohn für ein bisschen „Nachlassen".

Man kann nun entgegenhalten, dass es früher den Wassergraben, die Leiter, den Weitsprung und die Wand gegeben habe. Da haben die Leute auch noch mit der Waschrumpel gewaschen. Zirkushunde – wem sie gefallen. Aber bitte nicht auf Kosten der Gesundheit!

Sanctus 3

wie wird jemand heilig das ist die frag
die dem klerus man muss überlassen
an unserem glauben tag für tag
gibt es viel das wir können nicht fassen

bei pater freinadametz erlebt ich es mit
durch das blatt der steyler missionare
ihm trage ich vor gar oft meine bitt
dass er helf und dass er uns bewahre

ich betone das bloß um vorauszuschicken
dass ich bestimmt nicht will lästerlich sein
sonst müssten die sünden mich zwicken
der wolferl wurd „heilig" als einer von zwei'n

und es war gar nicht unsre idee
die lisa rathusky die fing damit an
mit diesem großen „heiligkeitsschmäh"
den der zimbo ihr hatte angetan

achtundachtzig es war im september
da lernte ich kennen die lisa
als sie holte den hund im oktember
nahm ich weder scheck noch visa

sie brauchte für ihn keine leine
der welpe der folgte ihr lose
freude brachte uns beiden es keine
hannibal starb an parvovirose

und diese krankheit ist schrecklich
von oben und hinten kommts mit gebraus

bemüht man sich noch so erklecklich
wenig chancen hat man der hund rinnt aus

das sind so die watschen des lebens
wer dächt dass der impfschutz nicht tut
der nicht gratis war aber vergebens
immer weiter zu gehn kostet mut

und dennoch je ne regrette rien
man lernt liebe menschen kennen
geliebt hab ich bisher noch jeden chien
zu den freunden darf lisa ich nennen

die xanna holte sie sich von hier
und das lieschen für ihre mutter
zurzeit plagt sie sich mit dem pharostier
ist eh fast schon alles in butter

ich sage fast und das ist nicht vermessen
denn immer noch wird ihr das herz so weich
weil den zimbo sie kann nicht vergessen
aber ungerecht ist er schon der vergleich

der eine kann dies und der andere das
klar kann keiner so schön es wie zimbo
wie oft mussten wir hören wenn sie nahm maß
im vergleich stets obsiegte der z i m b o

der zimbo der steigt nicht ins auto ein
der zimbo ist sooo arrogant
der zimbo will immer der erste sein
der zimbo ist exorbitant

bald haben wir sie dafür gehasst
es wurd uns schön langsam langweilig
beinah hätten wir ihr eine verpasst
doch bums und der zimbo war heilig

und irgendwie steckt einen so etwas an
plötzlich „heilig“ war uns auch der wolf
mit seinen taten öden die andern wir an

denn auch er kann alles (außer golf)

doch was über die gute man sagen möge
fünf uhr morgens sie frühstückt bei mir
ich kenn wenige die ich vor ihr zöge
denn sie tut alles für ihre tier'

viele jahre sind nun ins land gezogen
es gab rüden wie lotus und limbo
der lisa bleiben wir stets gewogen
nothing compares to zimbo

Lisa R. hat zweifellos die größte Klappe, die ich je vernommen habe. Fährt sie nicht Motorrad, sitzt sie auf dem Pferd, ihre Hunde laufen daneben her (der DS ist noch nicht tot gezüchtet). Sie ist das, was man Enfant terrible nennen könnte. Aber sie hat ein goldenes Herz, liebt ihre Tiere. Mit ihrem Pharos, der so ganz anders ist, als sein Vorgänger Zimbo vom Auenfels, der nach Hannibal kam, wünsche ich ihr – alles was sie selbst sich wünscht.

„Die Alten sind die Guten", sagt Herta Prinz, die einst den Isostar von uns nahm. Jahrzehntelang war sie den Schnauzern verfallen gewesen. Sita, Isa und die schwarze Rommy kannte ich noch. Die wunderbare Fährtenarbeit der dunklen Gesellin bleibt mir unvergessen. Dessa Gablitztal brachte unsere Freundin dann ins Lager des DS, sie wurde die Ersatzmutter des Rüden aus unserer Zucht. Der kleine Ingo, wie Herta ihn nannte, an einem 16. Oktober zur Welt gekommen, war it seinem Frauchen „christtäglicher" Geburtstagsgast. Wir feierten damals gerne im Afrikahaus in der Pfalzau, das es leider nicht mehr gibt. Hapa sema kisuaheli stand da im Foyer zu lesen, doch wir kamen der Delikatessen wegen, die uns die viel zu früh verstorbene Frau Hess kredenzte und man genoss dort eine äußerst angenehme, ruhige Atmosphäre. Nun war dies Ingos erster längerer Ausgang, wenn man davon absieht, dass einmal der Bio-Unterricht unseres Sohnes und dessen Schulkameraden durch ihn bereichert worden war. Herta hatte eine Decke für ihn mitgebracht, breitete sie neben ihren Sessel, der Kleine legte sich darauf – und beklagte sich. War er doch vor Kurzem erst von Mama und Geschwistern in sein neues Rudel gekommen, schien verständlich, dass er sich hier etwas fremd fühlte und da begann er, leise zu fiepen. Jeder Andere hätte streichelnd zu trösten versucht, aber seine Chefin sah ihn nur an und sagte ganz ruhig: „Wir weinen nicht, wir sind schon groß." Dem Rüdchen schien die Erklärung zu genügen, es rollte sich zusammen und schlief bald ein. Der 1988 Geborene ist nun im Hundehimmel, jetzt müssen Coca Auenfels und Zargo Hause Kräftner auf Herta aufpassen, die gleich uns besonders die Altgewordenen sosehr liebt. Oft waren es schlimme Kinder, so wie Wolf eines war, aber jeder Hund ist noch irgendwann „sympathisch" geworden, ist aus unserem Leben nicht mehr wegzudenken. Was Zimbo für Lisa und Isostar für Herta waren, ist unser alter Grauer für uns. Die Alten sind die Guten – weise werden sie – die Hunde ...

In einem Winkel meines ignoranten Hirnkastls schlummert das Wissen, dass die Spanier die wesentlichen Merkmale einer schönen Frau mit fünf Mal schwarz definieren, vermutlich sind Haar, Augen und Brauen gemeint. Etliche Farbschläge gibt es beim Deutschen Schäferhund, aber auch bei ihm sind tiefdunkles Pigment, dunkles Auge gefragt, dunkle Krallen und, worauf heute scheinbar nicht mehr viele achten, dunkle Rutenspitze. Selbst in diese haben sich bei unserem Alten inzwischen ein paar weiße Haare eingeschlichen. Doch die Schwärze hat er vererbt. Ganz dunkle Innenseiten hat sein Sohn Jäger und dort, wo man heute so oft einen weißen Brustfleck sieht, ist alles ganz rauchschwarz bei ihm. Seine Tochter Hatsch ist über ihre Mutter Zimba, die Fanto Hirschel-Tochter, dem Erscheinungsbild nach der Tina Großen Sand sehr ähnlich, freilich nur, wenn sie geruht, schön zu stehen ... Von dieser Seite kommt vielleicht ihre etwas hellere Farbe. Doch der „Rasierpinsel" am Ende ihrer wunderschön getragenen Rute ist so schwarz wie der ihres Vaters bis vor Kurzem noch war, Pigment und Behaarung als Leistungsmerkmale.

Immer war Wolf nur Lückenbüßer gewesen. Für Hetty und Lana waren andere Rüden als Deckpartner vorgesehen. Nun waren aber beide Damen nicht gerade zimperlich im Austeilen von Ohrfeigen, was die Herren der

Schöpfung abschreckte. Und erst, als wir unsere Felle davonschwimmen bzw. den geeigneten Deckzeitpunkt dahinschwinden sahen, packten wir den Alten aus. „Er hatte kein Problem mit", wie man so schön sagt, grinsend und ganz schnell wurde er zum Ladykiller. So kommt man zwangsläufig dazu, zu vergleichen. Wolf war kein „Überflieger", immer nur ein stinknormaler DS. Solche wie er oder beispielsweise ein Jaro vom Deutschen Orden haben viel zu wenig gedeckt im Vergleich mit anderen, höher bewerteten Rüden, haben das gebracht, was man den vielseitig verwendbaren DS nennt. Stinknormal, aber gesund! Es war nicht allein sein Durchsetzungsvermögen, seine rasche Auffassungsgabe, die ihn für uns „heilig" machten. Drei Mal in seinem Leben hat er „gerauft". Zwei Mal schickte man ihm – sicherlich völlig ohne Absicht – einen Rüden, der vom Körperbau her stärker war und somit die Sache hätte für sich entscheiden können. Ehe ich noch so richtig erschrecken konnte, stand unser Grauer darüber – es floss kein Tröpfchen Blut dabei. Seinen dritten Auftritt hatte er, als einer dieser unaufmerksamen Hundehalter (der Gehsteige verunzieren lässt) seinen freilaufenden Rüden unsere Einfahrt inspizieren ließ und ich nichts ahnend mit Wolf aus dem Haus trat. Auch dieses Rencontre ein Blitzkrieg, in wilder Hatz ging es bis hinunter auf die Hauptstraße, wo Alterchen den stärkeren, aber jüngeren und daher weniger erfahrenen Rüden betonierte. Wieder war es unblutig vor sich gegangen, allerdings auf der Fahrbahn. Mein sprichwörtliches Glück: zeitig an einem Sonntagmorgen hatten wir eine „Autopause" erwischt. Nichts war passiert, doch wird man auf diese Weise langsam, aber sicher zum Misanthropen. Oft muss ich an die Worte „hélas, que Dieu m'assiste" aus diesem wunderbaren Gedicht von Victor Hugo denken, in welchem es um den Verlust der kleinen Tochter geht, wenn mich der Kirschenäugige anblickt oder wenn wir zusammen spazieren gehen. Aber noch ist es ja nicht so weit und es liegt nicht in unserer Hand.

Sonntagstäter

Sonntagsfahrer gibt es. Ich gehöre zu den Sonntagstätern, so kann ich endlich weiter schreiben. Die Vorabendrunde aber gehört meiner Co und sie geht sehr spät mit den Freunden, so dass ich am siebten Wochentag ein Stündchen länger als sonst schlafen darf, ohne die Geduld unserer Stehohrigen zu sehr zu beanspruchen. Der Pfalzberg ist unser Ziel, es ist ein wenig „regnicht". Ein Marterl steht da oben „Maria mit den Waldtieren" genannt, vor einigen Jahren war es Vandalismusopfer geworden. Immer Zerstörung. Geschändete Denkmäler, Russenfriedhof zerstört, jüdischer Friedhof zerstört. „Da Mensch is a Sau", hieß ein Austropopsong, was einer Beleidigung des Schweins gleichkommt (wenngleich ein Wildschwein ganz schön die Sau rauslassen kann). Mein Hochzeits-Schock fällt mir wieder ein. Als wir uns zu dem Hundespalier versammelten, fiel mir ein Behältnis auf, das auf einer Bank neben der Kirche stand. Es sah einem Käfig ähnlich, ließ sich in meiner Vorstellung aber leicht in eine Transportkiste, wie man sie beispielsweise für Schulmilch verwendet, verwandeln. Aus dem Kircheninnern drang das Ave Maria zu uns heraus und ich bemühte mich, nicht an die Kiste zu denken. Doch schon hatten Hundlerkollegen sie entdeckt. „Was ist denn da drinnen?" „Jö, schau, ein Glücksschweinderl!" „Das fürchtet sich aber!" „Armes Schweinderl" und ich fürchtete schon, mich übergeben zu müssen, als sie mit ihren Hunden an der Leine immer näher gingen, sie am Gefängnis des verängstigten Jungtiers riechen ließen. Was habe ich getan? Nichts. „Schleichts euch" wäre das Mindeste gewesen, was ich für das arme Geschöpf hätte tun sollen. Es erübrigte sich, weil wir dann unsere Plätze beziehen mussten, aber dieser Umstand nimmt mir nicht meine Schuld. Immer feig sein,

Gott anraunzen „bitte, lieber Gott, lass mich an diese Dinge nicht denken", aus der Sicherheit meines Schreibwinkels anprangern. Sonntagstäter. Egoistenschwein.

Krone ist pünktlich wie der Zuchtwart. Auch die Nof ist verlässliche Verrichterin. Mit Herzchen muss ich weiter gehen, sie sorgt für Spannung. Inzwischen beobachte ich, wie der Nebel aus der Kaiserbrunnstraße aufsteigt zum Hengstl hin. Wie feiner Schleier zieht er sich an all dem Grün empor. Die Sonne lässt sich nicht blicken. Beim Hinauffahren war mir ein Geländewagen auf einer Lichtung aufgefallen, leer. Vorsicht ist geboten. Immer bin ich auf der Hut. Die Anderen sind es auch. Wir belauern uns. Vom Fazekas oben kommt ein Wagen gefahren, auch so ein typischer Jägerswagen. Ich will keinen Menschen sehen, steige in das Auto, hinten zu den Hunden hinein. Nicht sehen und nicht gesehen werden, habt mich alle gern! Das Motorengeräusch kommt näher, ich kann die Zeit durch Aufräumungsarbeiten überbrücken, falte unsere Trainingsjackets ordentlich zusammen, sortiere Fährtengegenstände. Mein Jäger bleibt auf unserer Höhe stehen, durch einen Türspalt kann ich es sehen. Hinfort, baba, mach an Schuach! Das tut er nun, fährt weiter, bergab. Nach meiner Kunstpause wittere ich hinaus, die Luft scheint rein zu sein. Nächster Hund. Mutig folgen wir der Gefahr, gehen also auch den Berg hinunter. Die Hatschi tut, was sie nicht lassen kann, ich ziehe mein signalgrünes Sammelsackerl aus der Tasche und komme meiner Entsorgungspflicht nach. Schon höre ich Motorengebrumm hinter mir, als ich engelsgleich, mit nunmehr angeleintem Vierbeiner und dem Ärgernisbeseitigungsindiz in der Hand bergwärts wandle. Schau di net um. Schon auf Konfrontation eingestellt, höre ich aus dem geöffneten Fahrerfensters neben mir einen Gruß, den ich erwidere. Ausnahmsweise habe ich Morgenmuffel schnell geschaltet und ihn so freundlich wie möglich klingen lassen. Dann ist er vorbei. Vom Dach des dunkel-blauen Jeep Chirokee trifft mich der gebrochene Blick eines Rehs.

Hundler und Jäger, Hund und Katz, das alte Lied. Ich bin keine Heilige, sondern eher ziemlich scheinheilig. Aber man muss sich vorstellen, wie es zu all den Reibereien kommt. Ich kenne etliche Jagdpächter im Wienerwald persönlich und sie mich. Wenn sie unser Auto entdecken, wissen sie, dass da jemand geht, der harmlos ist, seine Vierbeiner unter Kontrolle hat und nicht in die tiefsten Tiefen des Waldes vordringt. Der Mann im blauen Jeep da oben, der kennt mich noch nicht. Die Vorstellung, die ich ihm geboten habe, muss ihn aber zumindest beschwichtigt haben. „Hundler, pfui Teufel. Na, wenigstens kein Gesetzesverstoß. Grüß ich die Depperte halt. Guten Morgen."

Zugegeben, auch ich wollte ihn nicht sehen. Das Schöne an diesen frühen Stunden des Tages ist es ja, sich allein zu fühlen auf der Welt, allein und ungestört, nicht Rede und Antwort stehen zu müssen. Leider und gottlob sind wir aber nicht allein, so haben wir den Platz, der uns gegeben ist, zu teilen. Und es wird immer enger. Dass mein mir noch unbekannter Weidmann mich belauerte, kann ich voll und ganz verstehen. Vor Wochen kam ich eines Morgens hier herauf und sah vorne auf der Wiese, wo es links zu den Dechatshoferhäusern hinuntergeht, ein paar Autos. Es machte mich stutzig. Ich blieb wie immer gegenüber der Maria stehen und hatte noch nicht einmal den Motor abgestellt, als ich sah, wie die Leute ihre Hunde herausließen. Das gab ein nettes Stelldichein! Es scholl mir um 6h30 fröhliches Gebell entgegen, die Tiere hatten einen Mordsspaß und ich zählte vier, die sich ein „Privatheizerl" leisteten.

Wir dürfen uns nicht wundern, wenn wir unbeliebt sind. „Irgendwo muss der Hund sich austoben können." Exakt. Aber macht es mit Hirn, Kinderchen, macht es einzeln und ich kann euch auch ein geeignetes Plätzchen für euer Rendezvous nennen, wenn ihr es in Gruppen tun wollt. DTCE. Dort gibt es eine große Freilaufzone, die den „Teufeleien" der uns Anvertrauten sehr entgegenkommt. Aber ich weiß schon, ihr fahrt sicher nicht hin. Denn selbst oder besonders in dieser Zone müsstet ihr das, was eure Hunde im Galopp verlieren, wegräumen.

Sauer wird man angesichts der Dummheiten, die manche Hundehalter sich immer noch leisten. Mit seligem Lächeln lässt man seinen Hund überallhin häufeln, als sei es eine höchst erfreuliche Bereicherung für die Umwelt. Man lässt den Hund zu jedem Passanten laufen – zeigt dieser Zurückhaltung oder gar Angst, kommt ein beruhigendes „der tut nix“ und auch der Ärger der Halalis ist durchaus zu begreifen. Aber sie sollen bitte nicht mich anquatschen, das will ich auch nicht. Es sei denn, sie tun es so freundlich wie meine heutige Begegnung. Da kann ich gut damit. Ich kann sogar gut mit der Quali, die mich vorbeilaufend „abschießt“, obwohl immer noch Platz genug für alle da ist. Krot. Noch schnell mein männlicher Augenstern, der gibt sich heute auch alle Mühe, schon geht es heimwärts. Sogar der Torantrieb funktioniert am Tag des Herrn. Zu spät. In die Messe komm ich heute wieder nicht. „Und der liebe Gott schaut zu“, sagt man, wenn irgendwo ein Unrecht geschieht. Was soll er denn noch alles? Bei dem muss es ja zugehen, wie in einem Büro. Anruf von Apparat eins bis unendlich. „Bitte, lieber Gott, mach, dass“, „Bitte, lieber Gott, hilf mir“, ein Suderer nach dem anderen, ein richtiges Wunschkonzert! Ich stelle mir vor, dass der Chef auch Hundeliebhaber sein muss. Von denen wird er gepriesen, durch jedes sich Strecken, jeden freudigen Sprung, jedes Wedeln. Und sie betteln ihn auch nicht ständig an.

Wagen geparkt, ausgestiegen. Erst mal Türen öffnen, Luft für die Hunde, als Nächstes „kochen“ gehen, natürlich Hundefutter. Mein Blick fällt, das heißt er steigt vielmehr hinauf, in den Birnbaumzwinger. „A Massa Birn wegzrama.“ Sachlich richtig, Deutsch nicht genügend, setzen. Ich überlege, wie das für einen Nichtdeutschnativsprecher klingen muss. Das kommt vom Turm zu Babel. Ausgleichende Gerechtigkeit – ich versteh die Anderen auch nicht. Mein Schwiegermütterlein ist oben in ihrer Küche am Werk, sie leistet chirurgische Dienste, als ich zu ihr hineinschaue, sie hindert die Fülle des Schopfbratens daran, sich vor dem Mittagessen zu verselbstständigen. „Needles and pins“ summe ich vor mich hin und mach mich an meine Aufgabe. Auch sie ist fleischlicher Natur. Es gibt Dinge, die man nur aus Liebe tut. Könnt uns beiden einfallen, für ungeliebte Wesen mit Fleisch zu hantieren, mit Blut. „Das Blut der Opfertiere.“ Dem Gott ein Opfer bringen. Opfer! Einer muss sterben, damit ich mir einen schlanken Fuß mache bei einem Oberwesen. „Alt wirst, Tinerl. Verstehst keine Sprachen und keine Zusammenhänge.“

„Siehe, wir kommen, kommen mit Jauchzen, unsere Gaben zu bringen." Das Tablett mit den Futterschüsseln hängt sich an, im nächsten Leben werde ich Kellnerin am Oktoberfest. Das sind ein paar Maß, die ich da vor mir herjongliere. Ein Raunen geht durch die Menge, während die Magensäfte Samba tanzen, nein, eher ein Vorfreudenschluchzer ist es. Viel trennt sie nicht mehr vom Sprechen. Hedy und Rudi schwören Stein und Bein, dass Aldo „Mama" gesagt habe. Glaub ich ihnen sogar. Reden ja schon unsere Zuchthündinnen mit den Kleinen. Wenn sie von unvermeidlichem Ausgang zurück zur Wurfkiste kommen, kann es schon sein, dass die Abwesenheit der Mutter unangenehm aufgefallen war. „Na, na, na", beruhigt sie die Empörten. Als Quanti noch Pressbaumerin war, hatte ich ein Sprecherlebnis mit ihr. Ich führte sie an einem Hundeanhänger im DTC vorbei, aus welchem zwei Hunde „herausfetzten", was ganz normal ist für eingesperrte oder irgendwo angebundene Vierbeiner. Jeder andere Junghund hätte nun einen Bogen gemacht. Nicht die „Schwarze". Sie änderte auch in keiner Weise ihr Tempo, schaute zu den beiden „Gefangenen" und meinte „na, na, na". Ich fand das kolossal.

Ebenso wie den Violinschlüssel aus Gartenschlauch, über den ich jetzt beinahe gestolpert wäre. Das Pendant für die tieferen Lagen fehlt mir, das heißt, es fehlt mir nicht. Hätte ich es, würde das einen abgebissenen Schlauch bedeuten. Formen, Zufälligkeiten beschäftigen mich, neugierig bin ich wie ein Aff oder eher wie ein DS. Der unterbeschäftigte DS zerstört. Er zerlegt, was er zerlegen kann, sucht seine eigene Rute zu fangen. So beißt sich alles in den Schwanz, der Unterbeschäftigte zerlegt Maria mit den Waldtieren. Von einer vermuteten Mitternachtsparty in Kraking entfernte ich neulich die Spuren dieser Unbeschäftigten. Zwei leere Wodkaflaschen, eine leere Bottle, deren Inhalt das süße Zeugs gewesen sein muss, das die Jugendlichen so schön zum Saufen erzieht und unzählige Red-Bull-Dosen. Zerdeppert, zerschnitten. (Dafür kann Herr Mateschitz nichts, aber wenn es stimmt, dass er diese Versuche mit den Babyratten finanziert hat, wird er den schönsten Platz der Welt nie kennen lernen, nicht von mir!) Mit leichtem Ekel sammelte ich den Mist ein und nahm ihn zum Entsorgen mit nachhause, im Hundeauto hat es gestunken wie beim Branntweiner. Unsere Lieblinge waren leicht benommen, aber besser kurzfristig beleidigte Hundenasen als zerschnittene Kinder-, Hunde- oder Hasenpfoten.

Der Leserbrief „Sturm- und Trankzeit unserer Jugend" fällt mir ein. Darin klagt ein Betroffener, dass die Freizeitaktivitäten im Bereich des Pressbaumer Kirchenplatzes, die sich in Sauforgien mit Gegröle und Flaschenweitwurfspielen äußern, die Nachtruhe vieler Anrainer empfindlich stören. Kindererziehung ist tatsächlich ein großes Problem unserer Zeit. Wie wäre es statt der Super-Nanny mit einem Super-Deutschen-Schäferhundy? In SV und SVÖ wird seit vielen Jahren Jugendarbeit geboten, unser Sohn war mit Welkie einige Male am SVÖ Jugendzeltlager (solche „Lager" finden durchaus meine Zustimmung, selbst wenn meine Waschmaschine nach deren Besuch doch ziemlich gefordert war). Gewiss sind auch unsere Kids keine Kinder von Traurigkeit, denn das wäre ja schrecklich. Aber man merkt, dass sie anders sind. Rücksichtnahme und Verantwortung auf und für Vierbeiner werden durchaus in andere Lebensbereiche transponiert. SVÖ youngsters are occupied ones. Der Hund braucht Bewegung, aber auch Ruhe, braucht Schatten, Wasser, Futter. Geben ist seliger denn nehmen, all das lernen sie in unserem Verein. Wie selig dieses Geben ist – wer würde mit leeren Händen kommen wollen! Auf die Bedeutung des Haustiers wird genügend hingewiesen, jede Zeile dazu kann ich mir sparen. Aber einer unserer Kunden soll doch noch erwähnt werden, ich bewundere ihn sehr. Von Wolfsgraben bis in den Kurpark Baden fährt er mit seinem Westie flanieren! Er ist weit über achtzig, hat seine Frau verloren, ohne Hund wäre er im besten Fall in Baden zur Kur. So aber ist er immer noch ein aufrechter Mann, der sich seines Lieblings wegen keine Schwächen leistet. Wie selig das Geben doch ist – für eine gefüllte Futterschüssel bekommen wir das Paradies zurück. Der Hund ist als Tranquilizer so unübertroffen wie als Belebung.

Fifty-Fifty

Wie alles im Leben benannt werden will, hat auch jeder deutsche Schäferhundezwinger seinen eigenen Zuchtstättennamen. Er wird beim SVÖ Zuchtbuchamt beantragt und über dieses von ÖKV bzw. FCI geschützt. Der Namensschutz erlischt beim Tod des Züchters, sofern kein Erbe den Übertrag auf sich gefordert hat oder wenn 15 Jahre nach dem letzten kein neuer Wurfeintrag erfolgt. Der Einfallsreichtum des Züchters ist gefragt, man sucht beispielsweise Namen mit Bezug zum Heimatort aus. Weniger fantasiebegabte oder einfach praktische Menschen geben sich mit einem „vom Haus Müllermann" zufrieden, wenn sie Müllermann heißen. In Kombination mit dem Rufnamen des Hundes kann aber auch so Schönes wie „Herzblatt von der Maienklause" entstehen. Ich kannte dieses Blättchen nicht persönlich, stellte es mir aber immer als traumhafte Hündin vor. „Kirsche vom Auenfels" klingt in meinen Ohren auch nicht übel, ihre Besitzer machten eine „Cherry" daraus. De gustibus …

Über den österreichischen Zwinger „von Katharsis", aus welchem übrigens sehr schöne Tiere hervorgegangen sind, komme ich zu Johann Niszler, Körmeister und Noch-Bundeszuchtwart des SVÖ. „Noch" als Gerücht? Aus Altersgründen? Kann nicht sein, weil man diesem Mann keine 50 geben würde. Ich selber habe in meiner Familie schon die verschiedensten Bezeichnungen erhalten, von denen (im Endeffekt, im Prinzip) „Tina-Mamma" noch eine der freundlicheren war. „Dicke Mutter" nannte mein Chef mich einst öffentlich – sehr zum Gaudium von Hundlerkollegen, lange Zeit ist mir dieser Kosename geblieben. Ist Gisela mit mir unzufrieden, kann ihr schon einmal eine „Alte" entschlüpfen. Als mein defektes Knie mich durchs Leben humpeln ließ, nannten meine Spötter mich „La Ronca“. Häufig bin ich für sie einfach „Frau Laune“ oder „Frau Hurtig“, wovon ich Zweitgenanntes ganz gut ertragen kann, weil ich mich tatsächlich nicht unbedingt als Tachinierer sehe, kein Einspruch. Darum sind mir Menschen mit zügigem Arbeitsstil sehr sympathisch und ein flotter „Arbeiter“ ist dieser Hans Niszler ohne Zweifel.

An einem Körtag dürfen 50 Hunde beurteilt werden, liegt die Meldezahl höher, wird aufgeteilt, so dass am Samstag die Hündinnen, Sonntag die Rüden an die Reihe kommen. Meist beginnen solche Tage sehr zeitig am Morgen und bedeuten für Besitzer und/oder Züchter immer auch das Stündlein der Wahrheit. Besteht ein Hund die TSB Probe nicht, ist zumindest ein Jahr verloren, ehe man ihn wieder vorführen darf, wie sinnvoll diese zweite Chance hier auch sein mag. Es kommen zunächst alle Tiere einer Klasse (Neu- oder Wiederankörung) in den Ring, Runden zum sich Eingehen werden geführt und danach erfolgt die Überprüfung der Schussgleichgültigkeit, später geht es zum Schutzdienst und schließlich zur Einzelbegutachtung. Der BZW, eines Versprechers wegen von Gisela und mir intern „Seine Wendigkeit“ genannt, nachdem ihm einmal ein „D“ zu der Bekanntgabe gerutscht war, dass er diese oder jene Schau selber richten würde, verlautbart das Körergebnis über Lautsprecher. Seinem erfreulichen Tempo kann dann schon einmal auch die Sprache angepasst sein und da verkündet er also sein Urteil „der Rüde soundso oder die Hündin soundso von – Katharis hat diese oder jene Bewertung erhalten“. Er bleibt bei Katharis und wir bei der Wendigkeit. Arbeitspausen gestattet der Nimmermüde sich selten und das brachte ihm seinerzeit bei der Körung in Stockerau die Rüge der für die Veranstaltung verantwortlichen Züchterkollegin Bertie Latzel ein: „Du hast den ganzen Tag über nichts gegessen.“ Ein gutmütiges „Stimmt“ ist die Antwort und schon schießt es aus ihr heraus: „Und am WC warst du auch nicht!“ Frauen merken einfach alles.

Wenn ich sagte, man würde diesem Mann keine 50 geben, dachte ich in aller Unschuld an Jahre, obwohl ich schon ganz anderes probierte, bei der Erstankörung unserer Zimba im schönen Burgenland! Zwischen TSB

Probe und Standmusterung werden die Hunde gewogen, was durch verlässliche Helfer erfolgt. Man bekam ein Kärtchen, auf welchem das Gewicht des Hundes vermerkt war und musste dieses beim Stand dem Körmeister übergeben. Da stellte ich meine Hündin vor und Hans blickte mich erwartungsvoll an. Ich erwiderte seinen Blick ebenso und wurde aufgefordert, das Kärtchen, das ich total vergessen hatte, herauszurücken. Ich langte in die Tasche meiner Bluse, nicht darauf achtend, was ich hervorzauberte und streckte ihm freundlich lächelnd ein Papiertaschentuch entgegen. Er bekam große Augen und die Ringschreiberin grinste. Ich aber ließ nicht locker und als ich mich bei meinem Zweitversuch sogar auf einen Fünfziger gesteigert hatte, mussten wir alle losprusten.

„Ringschreiberin" – fällt es Ihnen auf? Immer heißt es hier „In", während von Richtern, Körmeistern, Präsidenten etc. berichtet wird. Das mag vielleicht daher kommen, weil ich bisher noch keinen dieser Herren schreiben gesehen habe, es sei denn –unter. Müssen sie es nicht oder… ach nein, ich will Männer nun wirklich nicht mit Schreckensvorstellungen geißeln, weshalb ich den Satz unvollendet lasse. Außerdem gibt es ja schon Richterinnen – eine für die Zucht und zur Leistung fallen mir die beiden äußerst kompetenten Damen Christiane Geritzer, die zudem sehr engagiert ist im Rettungshundewesen, und Hermine Regensburger ein. Und, wenn ich es richtig mitbekommen habe, bahnt sich da auch schon Nachwuchs an: Das DTC Vereinskind Jacqueline Gründstäudl übte sich vergangenen Donnerstag in der Kunst der Beurteilung, indem sie mit Gisela und Nofi auf dem Platz eine ganze Arbeit mitlief. Die Händchen hatte sie auf dem Rücken verschränkt und nicht die kleinste Kleinigkeit schien ihr zu entgehen. Sowohl Kurt als auch mich erinnerte sie ganz eindeutig an Leistungsrichter Schleicher, der auf der Fährte meist vorne neben dem Suchhund ging. In der Unterordnung war er auch immer hautnah am Zeitgeschehen und wenn ein Hund nicht allzu schnell war, konnte es im Schutzdienst schon passieren, dass er noch vor dem Vierbeiner am Helfer war (ich bin ziemlich sicher, er hätte manchmal auch gerne stellvertretend zugebissen). Die zweijährige Nachwuchsrichterin, die wir schon ungeboren kannten, ist Huskybesitzerin und steht allem, was mit einer Rute wackelt, ganz unbelastet gegenüber. Auch ihre Mutter Rosi darf ganz entspannt dem richterlichen Treiben ihrer Tochter zusehen, Ebreichsdorfer Hunde sind kinderfreundlich, sogar hasen- und katzenzahm (freundlich würde hier Instinktverlust bedeuten).

Herrn Erich Schleicher lernte ich bei der geschilderten Siegerschau in Eisenstadt kennen. Der Schutzdienst fand damals irgendwo im Gelände in Platznähe statt und als Welkie und ich dort hinkamen, wurden wir von einem schlanken, drahtigen, mir unbekannten Mann zu einem Abgangspunkt eingewiesen. Von dort mussten wir einen Waldrand entlang gehen. „Anmarsch zum Überfall" heißt das in der Kör- und Prüfungsordnung. Wir machten das nicht zum ersten Mal, Welkie kannte die Situation. Nach einem Anmarsch von ein paar Metern springt ein „Böser" aus der Deckung und greift den Hundebesitzer an, der Hund hat den Angriff abzuwehren. Nun wunderte ich mich, dass unser „Einweiser" ganz dicht, fast wie bei einer Seiteneskorte, neben uns blieb, da ich glaubte, er hätte die Funktion wie etwa ein Ortsgruppenangehöriger, der als Parkplatzanweiser eingesetzt ist. Ein Häferl war ich immer schon und meinte zur Karner-Tina, der ich stets mein Herz ausschüttete: „Das glaubst ja nicht, wie zudringlich die Leute heutzutage sind." Viel Zeit zum Granteln blieb nicht, schon wurden wir „überfallen", danach kam frontal ein zweiter Figurant zum Einsatz und weil meine Kleine niemals schlief, war alles schnell vorüber. Als der drahtige Mann mir dann die Hand schüttelte und mir zur Leistung meiner Hündin gratulierte, begriff ich erst, dass er der Richter war.

Vor etwa einem Jahr habe ich ihn wieder gesehen, er ist schon über achtzig, aber „er läuft und läuft", sensationell! „Hundesport ist Mord", sagen wir manchmal, wenn wir durchnässt, verdreckt und erschöpft vom Hundeln sind. Erich Schleicher aber ist der lebende Beweis dafür, wie gesund unser Hobby mit dem Deutschen Schäferhund ist.

Mit meiner Hera schaffte ich bei ihm sogar eine SchH3 mit 278 Punkten, doch nicht nur deshalb denke ich gern an ihn. Ich weiß nicht recht, wie man diese Männer des alten Schlags beschreiben soll, es war ihnen gemeinsam, dass man ihnen ihr „Brennen“ für den DS förmlich ansah und in ihrer Korrektheit standen sie immer so ein bisschen über den Dingen. Herr Franz Killian, der die A bis K-Würfe im ersten Alphabet unseres Zwingers tätowierte – ich und viele Andere waren 1989 mehr als betrübt darüber, ihn in dieser Funktion zu verlieren – übte bis zu seinem 70. Lebensjahr gleichfalls das Amt eines Leistungsrichters aus. Streng war er, du liebe Güte!

Einmal aber meinte ich schon, er hätte ein wenig „nachgelassen“. Wir trafen im Fährtengelände zusammen, es war ein Sommermorgen und ich bestaunte die Adjustierung meines Beurteilers. Seine lichte Hose und die Sandalen ließen mich angesichts des feuchten, hohen Grases innerlich jubilieren, so schön wie der heute ist, kann er nicht in die Wiese, so dachte ich. Zudem konnte man von der Straße aus alles bestens überblicken und ich begann, mich auf ein paar stille Minuten allein mit meinem Hund, nur durch die Zehnmeterleine getrennt, an der die Suche zu erfolgen hat, zu freuen. Schon wurde ich aufgefordert, ihn zu holen. Doch was musste ich sehen, als ich zur Meldung schritt? Da stand Franz Killian, in Regenüberhose und Gummistiefeln. Nun, wäre es anders gewesen – es hätte nicht zu ihm, zu seiner gewissenhaften Art gepasst. Wie üblich zu dritt steckten wir also unsere Nasen in die Arbeit.

„Man muss sich die Punkte auf der Fährte holen“, sprach Hans Rigon, wie wahr. Aber Fährtentraining ist zeitintensiv und genau betrachtet habe ich mehr Geld als Zeit, und das will allerhand heißen … Diese Zeit wird dann noch aufgeteilt und in verschiedene, immer wieder auftauchende Hoffnungsgebiete meiner kleinen, kynoun-logischen Welt investiert. Ein kleines Beispiel dafür ist der Rüde Hörst vom Auenfels. Parallel zur Ausbildung meiner Hera, die seine Wurfschwester war, arbeitete ich mit ihm und seinem Besitzer. Während meine Hündin im Auto saß, investierte ich fleißig. Am Abend vor der Prüfung rief mein Investitionsobjekt mich an, um mir mitzuteilen, dass es ihn nicht freue, anzutreten. Sein Rüde war besser ausgebildet als meine Hera und nun das. Das Duo ward nie mehr gesehen, mein patschertes Leben. Auf der verlorenen Zeitsuche kann es dann schon vorkommen, dass ich Fährtentraining und vieles mehr, was nicht wichtig genug ist, wenn man keinen Weltmeistertitel zu verteidigen hat, vernachlässige. Die SchH1 Fährte meiner Wespe ist gleichzeitig die dritte Übungsfährte ihres Lebens gewesen und ich war mit den 80 Punkten durchaus zufrieden. Während einer SchH1 Unterordnung vor den gestrengen Augen von Franz Killian, bekam ich einmal ein rotes Köpfchen. Ich rief die Zimba zu mir, sie eilte, sie eilte und saß wedelnd vor mir, als mir einfiel, dass ich sie noch gar nicht gelehrt hatte, um mich herum in die Grundstellung einzutreten. Aua. Da geht es dann einfach nur mit „Ins-Ketterl-Greifen“ und so purzeln die Punkte, nachdem gerade diese Übung in einer einzigen Unterordnung mehrmals gezeigt werden muss. „Nehmen Sie sich kein Beispiel an Frau Munz, Ihre Hunde sind nie vorbereitet“, bringt mich dann zum Kochen.

Was man tut oder sagt, kann gleich falsch sein und richtig – vieles scheint uns gewagt, doch nur wenig ist wichtig – ob schwarz oder grau oder vielleicht gar bunt – das Wichtigste ist mir der Schäferhund.

Statistiken, Sprache, geschriebenes Wort in jeder Form gehören von jeher zu dem Steckenpferd, das ich mir als eine der von Storm empfohlenen „Goldnen Rücksichtslosigkeiten“ leiste. So habe ich eine private Körstatistik erstellt und aus den Körbüchern 2000 bis 2003 vier Jahre Auenfels mit namhaften Zwingern der nächsten Umgebung verglichen, ich war angenehm überrascht. Und dies aus nur wenigen Würfen! Allein unter den Altvorderen in Qualis Ahnentafel sind neun, mit denen ich Freud und Leid sowie Antrittsängste geteilt habe und wenn ich mich nicht allzu dämlich anstellen werde, wird mein Grautier nächstes Jahr die Zahl runden. Deutsche, Schweizer, tout le monde trainiert im DTC Ebreichsdorf. Bei Kurt Schafar konnte ich in gelöster Atmosphäre, ohne jegliche Behinderungen, mein „Aktentaschenerlebnis“ auflösen. Mehr als 50 : 50 bin ich sicher, meinen Hundeführerkatarr kuriert, meine „Katharis“ durchlaufen zu haben.

Eins, zwei, drei

im Wochenschritt läuft die Zeit, wir tschörteln mit. Die frühe Seerunde mit dem Chef ist für unseren Alten kein Thema mehr, weshalb wir heute früh die Hunde tauschten. „Bitte, nicht die Hatsch!“ Aber sie ist derzeit als weibliche Ergänzung im Haus, Gegenspielerin gewissermaßen zu ihrem Vater und ihrem Sohn und so kommt Erhard richtig schön ins Schwitzen, das ist doch ein anderes Vorankommen als mit dem Dreizehnjährigen. Mit diesem mache ich erst ein paar Runden in der Wohnung, bevor wir uns wagemutig die Stiege hinunter „stürzen“. Diese dummen Stiegen, glatt sind sie, zwar mit zwischenzeitlich wieder gestutzten Krallen leichter zu nehmen, trotzdem sind sie für einen alten Hund eine immer schwerer zu bewältigende Übung. Irgendwann werden wir die Härte haben müssen, Wolf über Nacht im Büro zu lassen. Bis zu dem Tag, an dem Rocky unsere Hausordnung kippte, glaubten unsere Hunde, sie hießen „Runter vom Sofa“. Aber das Untier hat es uns eingebrockt, dass die Sitzgarnitur der Hundewohnung nun mit Decken versehen auch dem Wolf als Schlafstätte dient. Und diesen Komfort will er sich nicht nehmen lassen, obwohl im Büro eine überzogene Steppdecke sein Plätzchen ziert (unter einer kleinen Steppdecken kann oft ein großer Depp stecken). Aber darum geht es gar nicht so sehr, der Alte will bei seinem Rudel sein und abends spielt sich dann alles sonst Ebenerdige im ersten Stock ab.

Wie der Besuch der Damen Haasler. Gabriele, Mutter der hundeführenden Chris, ist gleichzeitig Ziehmutter der Julia(nischen, genannt nach dem Kalender, der immerhin für Verwirrung um Canettis Geburtstag sorgte) und der Masse (Schlamassel). Vor diesen beiden hatten sie die Yucca von uns, eine Carla –Tochter nach Kondor vom

Gotaland. Dieser war ein sehr hübscher, kleinerer Rüde gewesen und auch Carlchen war nicht übergroß – das Ergebnis war ein Riesentier (die Vererbung ist ein Hund!). Einmal war sie mir für ein paar Tage anvertraut, das war zu einer Zeit, als der Wienerwaldsee tatsächlich noch mein uneingeschränktes Eigentum zu sein schien und ich nahm sie dort ans Rad. Vom Mitlaufen am Pferd war sie derart trainiert, dass sie da, wo ich vor lauter Pedaltreten schon fast aus dem Sattel gekippt wäre, noch ganz locker und erhaben trabte, immer weiter, immer schneller, ohne auch nur daran zu denken in Galopp zu fallen. Ich musste sie mehrmals zu mir pfeifen, sonst hätte sie mich abgehängt. Die vorbildliche Aufzucht unseres P-Wurfes habe ich schon beschrieben, zwei höchst wichtige Personen dabei aber ausgelassen. Möge Spaniel Valentin mir verzeihen und vor allem Kiki, das Kindermädchen! War ursprünglich geplant gewesen, dass eine künftige Tochter der Julia im Haus bleiben sollte, kam alles ganz anders. Haaslers fuhren zum Decken nach Deutschland. Irgendwo auf der Autobahn wurde Rast gemacht und akkurat, als die Besitzer sich fragten: „Warum ist es am Rhein so schön?“, preschten Julchen, die designierte Braut, und Masse, deren rundlicher Schatten davon und zeigten einen in einer Mülltonne kläglich jammernden Welpen an. Das Findelkind Kiki vereitelte zwar den Verbleib der Pheebie, dankte aber ihren „ehrlichen Findern“, die sie großmütig behalten haben, schon vielfach ihre gute Tat, nicht zuletzt dadurch, dass sie sich bei der Aufzucht der Ps als äußerst geduldige und umsichtige Nurse erwies.

„Sie brauchen einen Verleger, müssen Ihr Exposee einsenden“, klärt Frau Haasler mich auf, als die Rede auf mein jüngstes Kind kommt. Was, jetzt schon? Langsam wird sogar mir klar, dass der 04.10.2005 ohne meinen hochgeistigen Papyrus anbrechen und vergehen wird müssen. Dabei wartet die Welt bereits mit Spannung auf das, was ich von mir zu geben habe! Ich lasse den Kopf hängen.

„Alles für Arsch und Lametta“ kommt mir in den Sinn, einer der treffenden Aussprüche des Leistungsrichters Günther Geist, DS Zwinger von Gotaland. Dieser Mann hat mich auch schon in die Nerven gebracht. Zunächst mit der Luzzy von der Damminsel, die ich von Frau Ibeschitz zur Ausbildung übernommen hatte. Mir war manches schon passiert, aber so etwas noch nicht, aber so etwas noch nicht! Sehr genau hat er mir beim Legen meiner SchH1 Fährte zugesehen und mich an den Winkeln und Gegenständen „eingepfiffen". So eine Frechheit, dachte ich. Früher pfiff einem der Polizist am Europaplatz vor dem Westbahnhof nach, wenn man zu schnell war und hier, auf der grünen Wiese, schon wieder eine Schikane! Irgendwie erledigten wir aber doch unsere Sucharbeit, Unterordnung war ohnehin noch nie „mein Fach gewesen" und vor der Übung Ablegen, für die 10 Punkte vergeben werden, meinte mein Richter gut gelaunt zu mir: „63 Punkte hast du bis jetzt. Wenn die nicht liegen bleibt, bist du durchgefallen, hahaha." Hart, aber herzlich. Die Prüfung haben wir jedenfalls geschafft, aber meine Aufregung mit Günther ging weiter. Denn eines Tages brauchte er eine Ammenhündin! Und Welkie mit ihren drei B-Babys bot sich dazu förmlich an, das heißt, nicht sie, sondern der Umstand, dass Platz bei uns war, dass die Wurftage der beiden Mütter nicht zu weit auseinander lagen und – warum nicht?

„Pünktlichkeit ist die Höflichkeit der Könige" – danach müsste Günther mindestens ein Kaiser sein oder noch viel mehr. Er kam zu früh, was meine Strategie hinsichtlich Unterlegen über den Haufen warf und als Frau Ibeschitz eintraf, die als mein Zuchtwart überwachen musste, wie wir Welkie die drei Ammenkinder „unterjubelten", nahm das Verhängnis seinen Lauf, mein zweites Ich, das keine Gute war, nahm die Welpen nicht an, machte Tabula rasa und ich litt und schwitzte bei dieser Sache mehr als neulich mit dem Herrn Kontrollor. Nein, sie war wirklich nicht unbedingt rosig, die alte Zeit und ich bin froh, dass das Thema Ammenaufzucht sich soweit erledigt hat. Sicherlich bedeutet es eine Höchstleistung der Hündin, mehr als sechs Welpen aufzuziehen, aber bei konstant guter Haltung und anschließender Schonung ist es mir bei Weitem lieber, als der damalige Nervenkrieg. Gewiss verhalten nicht alle Hündinnen sich fremdem Nachwuchs gegenüber so feindlich, die Hera hätte jeden Regenwurm aufgezogen, den man ihr mit der Bemerkung

„schau, wie arm der ist" vor die Nase setzte und bewährte sich als Nährmutter. Aber wie es jetzt ist, ist es zweifellos besser. Manchmal setzen die Tierschützer sich doch durch ...

Nicht nur Adrenalinstöße verdanken wir dem „Geistlichen", sondern, zu der Vielzahl an Sprüchen, die er magna voce von sich gibt (man muss ihn noch gar nicht sehen, um ihn zu hören!) verdankt ihm das DTCE auch die Obfrau-Stellvertreterin, Maria Wagner. Mit ihrem Yukon, „der Yuki hat dies und der Yuki hat das gemacht" ist sie uns nicht unähnlich. Der Zimbo, der Yuki, der Wolfi und wie sie nicht alle heißen, die von ihren Besitzern so sehr geliebt werden. Auch Maria hatte ihre Vereinserlebnisse und Frustrationen und hat zuletzt mit ihrem Rüden bei Kurt eine Heimat (ohne Behinderungen) gefunden. Zudem ist sie gleichfalls Arbeitstier und Witze erzählen kann sie! Ein Einbrecher verschafft sich Eintritt in eine Villa, alles ist dunkel, da fährt er erschrocken herum, als er plötzlich eine Stimme hört: „Ich sehe dich und Jesus sieht dich auch!" Das scheint aus der hinteren Ecke dort zu kommen, einen Schritt noch macht er, da tönt es wieder: „Ich sehe dich und Jesus sieht dich auch." Mit der Taschenlampe leuchtet er herum und mit Erleichterung stellt er fest, dass da bloß ein Papagei zu ihm spricht: „Sag, wie heißt du denn?", fragt er ihn und als er die Antwort erhält, meint er geringschätzig: „Also Franzi ist ja ein komischer Name für einen Papagei." „Kann schon sein", meint dieser, „aber Jesus ist auch ein komischer Name für einen Rottweiler."

The Rottweiler – meine Gedanken gehen nicht nach Britannien – was für ein lieber Hund! So viele nette, freundliche kenne ich davon. Wenn ich an die Kim von Judith in Ebreichsdorf denke, diese Traumunterordnung, während der die Hündin nur ihr Frauchen sieht. Und soll es wirklich ein Fehler sein, wenn ein Hund Haus und Hof, die Kinder und die Habe seines Herrn verteidigt? Auch das ist nämlich Prävention, spart Polizeieinsätze, Versicherungszahlungen, Krankenhausaufenthalte oder Schlimmeres. Unsere Vereine bieten den Hundeführschein an, der den sorgsamen Tierbesitzer als Hundekenner ausweist. Verhaltensauffällig sind nicht die einzelnen Hunderassen, sondern einzelne Tierbesitzer und diese gehen kaum mit dem Hund zur Ausbildung. Die Herren Gesetzgeber hätten wahrlich Wichtigeres zu tun, als ein Verbot der Schutzarbeit im Entferntesten anzudenken. Denn ebenso gut könnten sie Fußball verbieten! Was hier an menschlichen und finanziellen Energien fehlgeleitet würde, ist gar nicht auszudenken. Ein Witz.

Apropos Witz: Kommt ein Mann in unser Geschäft, er stammt aus einem unserer südlichen Nachbarländer, von denen man seit dem Ende des Marschalls gar nicht mehr so genau sagen kann, wie sie heißen, es sei denn, man wäre gebildet. Bei uns in Klösterreich ist es doch wesentlich einfacher: Weana, Troler, Burgenlandler, Gsibergier, Oberreicher, Niederreicher, Karntna, Stierwascher, Stoasteirer, da kennst di halt aus!

Zurück zu der Geschichte, die kein Witz ist. Ich kenne den Mann von früher, wollte Serbokroatisch bei ihm lernen, wir kamen ein- oder zweimal zusammen, aber seine Aussage, dass Kofferraum in seinem schönen Land Koffaram genannt würde, machte mich so misstrauisch, dass ich das Lernen aufgab. In der Zwischenzeit hörte ich von unseren Nachbarn, dass man in Mostar „Mehlspeis und Oberlicht" kenne. Nun gut, das mögen Ausdrücke aus der Kaiserzeit sein. Den Koffaram hielt ich doch eher für ein Gemisch, auf Baustellen lernt man vermutlich weder Hochdeutsch noch Hochkroatisch. Mein Beinahe-Lehrer verlangt nun meinen Boss zu sprechen. Ich schicke den Munz nach vorne, lauf nur, Burli, Bewegung ist Leben. Und dann werde ich Ohrenzeuge:

„Cherr Munz, hob i groooße Socken!" Ich verstehe, dass er Sorgen meint, schaffe es gerade noch in die Werkstatt, wo ich vor Lachen zusammenbreche. Ich hoffe, dass das kein „böses Lachen" ist, ich will gar nicht wissen, was ich in anderen Sprachen alles angestellt habe („When shall I become a beefsteak"). Aber die großen Socken stelle ich mir bildlich vor und eine andere Aussage von ihm fällt mir ein: „Jetzt sparen, dann Haus an Adria und später geht in Grab."

Dieses „Grabgehen" relativiert für mich das Sparen, das ich mir immer so sehr vornehme. Ich könnte es mir heute aussuchen, ob ich die Betten frisch beziehe, die

Hunde striegle, Bürokram erledige. Nichts von alldem. Ich leiste mir trotz der Benzinpreise (für die nicht die Fahds, sondern die Funds verantwortlich zeichnen, wie ich aufgeklärt worden bin) einen Ausflug mit den Hunden. Über Klausen geht es durch Schöpflgitter und Riesenbach nach St. Corona am Schöpfl. So viele Wege kenne ich im Wienerwald, hier waren wir noch nie. Die Hunde spüren meine Freude angesichts dieses leichteren Lärchenwaldes, der leichteren Luft, die wir hier atmen. Herrlich ist unser blau-gelbes Bundesland, würde ich hundert Jahre alt, könnte ich es niemals zur Gänze durchforschen.

Gisela ist heute mit ihrer Mutter zu einer Matinee gegangen, sehr kunstsinnig sind die beiden, lassen sich von Herrn Muti und den Wiener Philharmonikern verwöhnen. Von Kunst verstehe ich so viel wie ein Wombat von Aerobic. Suspicious Minds ist für mich so schön wie die Musik, für die der kleine Hanno schwärmt. Gespielt, gesungen muss werden, kein Leben ohne all die herrlichen Töne (ausgenommen diese manchmal entmenschten Laute einiger Übertreibender, die monoton vor sich hin Rappenden oder die auf dümmlich kindlich getrimmten Frauenstimmen, die dadurch sexy wirken sollen). Auch ich fantasiere am Klavier, bloß darf mich dabei keiner hören. KV 331 bedeutet für mich nicht zwangsläufig die Sonate, die das Binki derzeit recht verbissen spielt, sondern KV steht für Kostenvoranschlag und 331 für Holländer. Nicht um den Fliegenden handelt es sich bei mir, lediglich um eine Verschraubung. Von Malerei habe ich so viel Ahnung wie vom Tuten und Blasen. Ich kann beschwören, dass die Gegend um Streithofen so aussieht wie der Hintergrund von Hasemanns Thüringer Dorfhochzeit, Christian Rohlfs Allee in Webicht habe ich stellenweise am Hengstl gefunden und Max Aspergers herbstlicher Blätterwald kommt auf uns zu wie das Amen im Gebet. Ob Baumschule, Weimarer Schule oder Hundeschule, Schule der Dummen, Schule der Gemeinheit, Sonderschule, Schule des Lebens, Klosterschule, Schule der Geläufigkeit, Leseschule, Sonntagsschule, alles ist eins für mich. Kleines Leben, großes Leben, niemals könnte ich behaupten „Das ist guter Wein“, immer kann ich nur sagen, ob er mir schmeckt oder nicht. Einfältig bin ich wie ein Hund. Der fühlt sich auch wohl dabei. Nur die Liebe ist für ihn wichtig. Ein Schauspieler wurde neulich befragt zum Thema Liebe. Er wüsste bis heute nicht, was das sei, war seine Antwort. Vielleicht kommt er ja noch drauf? Für mich ist Liebe dieses fette Und-Oder-Konto, das mit jeder Einzahlung eines Lachens, einer Zärtlichkeit immer fetter wird. Liebe ist all das, was uns das Herz so leicht macht. Schon soll es welche geben, die ihren Hunden Antidepressiva verabreichen, erfuhr ich heute aus der Zeitung. Sie können sich nicht genug um ihre Heimtiere kümmern, sind zu erschöpft dazu, las ich. Heiliger Strohsack, oder „Holy Moly" wie Monty Roberts sagte, ist halt ein Auf und Ab, dieses Leben, wer hätte nicht manchmal den Blues. Für mich ist das beste Rezept dagegen, wenn meine DS mich hinter sich herziehen wie einen nassen Scheuerlappen.

Kommt ein Deutscher Schäferhund in den Himmel. Vorsichtig lugt Petrus aus seinem Guckloch, immer darauf bedacht, bloß kein Gesocks einzulassen, könnte ja jeder kommen. Aus Sicherheitsgründen fratschelt er die Kandidaten also ziemlich aus. Ein wenig kneift er die Augen zusammen, als der DS ein paar Dummheiten zugibt wie Fehlverweisen, Hühner jagen, Naschsachen von Couchtischen „organisieren". Nein, das gefällt dem strengen Wächter vom Paradisoklub nicht so gut. „Und was hast du sonst noch gemacht in deinem Leben?", will er jetzt wissen, fast schon überzeugt, die Klinke gar nicht erst berühren zu müssen. „Nicht viel, lieber Petrus", meint der Canide demütig, samtweich ist sein Blick und die Ohren hält er auf dreivierteldrei, „ich habe es größtenteils verliebt." Da öffnet sie sich dann doch, die Himmelstür.

Große Socken

hatte ich die ganze Woche über. Zwischen Weihnachten und Anfang April ist im Bau- und Nebengewerbe mehr als saure Gurkenzeit. Bei uns werden dann Werkstatt und Autos poliert, fallweise auch die Nägel an den Fingern, die so flott zum Hörer greifen, wenn das Telefon ausnahmsweise klingeln sollte. Ein Auftrag?!? Im April geht es allmählich los. Nun werden die Sommerhäuser in Stand gesetzt, die Hauswasseranlagen werden nach der Überwinterung in Betrieb genommen, wobei die eine oder andere Reparaturarbeit anfällt. Die Bautätigkeit läuft langsam an und zwischen Juli und Oktober geht es auch für die „Insdallateure" hoch her. Das Telefon läutet pausenlos, die Seiten des Auftragsbuches dürften etwas länger sein, es kumuliert und eskaliert, die Monteure haben ihren wohlverdienten Urlaub, obwohl da noch einige „Fehlstunden" aus dem Winterloch abzutragen wären. Der Herr Meister muss tüchtig anpacken, was ihn gelegentlich daran hindert, das Material zu bestellen, das am nächsten Tag so dringend benötigt wird, es ist zum Narrischwerden. Die Verkaufsglocke wird zum Unheilsboten, die Bastler geben sich die Türklinke in die Hand und ich muss sagen, einige davon nerven einen gewaltig.

Noch nie war dieses winzige Verkaufslokal so zeitaufwändig wie heute. Früher kam der mit den geschickten Händen, der wusste genau, was er wollte. Einen HL 100 Sifon, dazu ein paar Polokal-Bogen, zwei Wandscheiben, zwei Sauger und einen Lötboss, im Nu war alles erledigt. Der moderne Heimwerkerkönig aber kommt mit viel gutem Willen und vielen Rosinen im Kopf, beschreibt seine Wünsche in umständlichster Weise, bis langsam durchsickert, welches Material ich zu apportieren habe. Jetzt sieht er es und seine zu anderem befähigten Gehirnwindungen werden tätig, rasseln kann ich sie hören. Von allen Seiten beäugt er die Ware, wiegt den Kopf, schließt die Augen, zieht die Luft durch die gefletschten Zähne ein, geht ein paar Schritte hin und her, zückt das Handy und ruft zuhause an. Unsicher ist er, beschreibt mir haargenau, wann, warum, weshalb, wie und wo er sich die Arbeit überhaupt zutraut, die ja nicht so schwer sein kann. Alles Wissen sucht er aus mir herauszupressen, immer noch misstrauisch, ob ich ihm vielleicht etwas verheimlichen will. Irgendwann entschließt er sich zum Kauf, Jubel, zehn Euro, ich bin reich! Bis er die Sachen am nächsten Tag zurückbringt, von Gleitmittel verunziert, nach etlichen gescheiterten Einbauversuchen – bei Nichtgefallen Geld zurück. Der Nächste ist mir böse, dass ich keine Übergänge auf die längst verabschiedeten Dimensionen 14 oder auch 5/8" sch…, ich meine herstellen, kann. Ein Anderer wieder benötigt für eine Dampfdusche, die er in einem Baumarkt erworben hat, ein Ersatzteil. Das Muster, das er mitbringt, trägt den Namenszug eines bekannten Armaturenherstellers. Leider ist es mit keinem der Artikel in unseren Katalogen ident. Nach einer Suchzeit von einer halben Stunde, etlichen Mails und Telefonaten wird klar, warum das so ist: Der Hersteller hat eine eigene „Verkaufsschiene" nach Italien, nur dort wird das vermaledeite Ding ausgeliefert. Man kann es schon auch in Österreich beziehen, nur dauert das eben. Bestellen? Bestellen. Einnahme: 15 Euro. Ersatzteilspanne: 15–25 Prozent. Telefonkosten zwei Euro. Porto? Zeit? Bezeichnenderweise geht der Konsument in diesem Fall nicht gern in den Baumarkt. Dort kauft er, aber die Beratung und die Drecksarbeit bleibt dem Installateur. „Chab ich gekauft Einbauspülkasten bei die Baumarkt, fehlta Übagang." Nochmal hinfahren und dort herumstreiten, das scheint ihm zu mühsam …

Ich male mir aus, wie ich den Fleischerladen betrete, freundlich lächelt die Verkäuferin mir zu und jetzt überfalle ich sie: „Ich möchte heute Abend Tournedos Munzini machen, was empfehlen Sie mir dazu, wie lange muss ich sie im Rohr lassen oder soll ich sie in ein Reindl tun? Muss ich Öl drangeben oder genügt Wasser? Salzen – ja oder nein? Einschneiden, klein schneiden oder zerschneiden?

Also, was Sie mir da zeigen, ist doch nicht das, was ich mir vorgestellt habe, geben Sie mir vielleicht stattdessen doch lieber ein Stück von …" ich ziehe den Vorgang in die Länge, bis die Stirnader der Nettesten der Netten schwillt und sie mich anbrüllt: „Depperte Gurkn, du bist da in keiner Kochschul, lad deine Gäste zum Würstelstand ein, da passiert ihnen wenigstens nichts dabei. Und jetzt ausse!"

Da habe ich es mir doch tatsächlich geleistet, einige Minuten vor 18h schon zuzudrehen und gleich tat es mir wieder leid, denn wir haben sehr viele liebe Kunden, stellvertretend für sie alle will ich Frau Kremslehner nennen, die niemals „von oben herab", sondern immer herzlich ist. Und der dunkelste Büroalltag ist gerettet, wenn die Ladenklingel ertönt und dann, ganz laut und vor allem – lachend: „Geld oder Leben!" Gelassen kann ich Herrn O. erwidern, dass ich mich für Geld und Leben entschieden hätte.

Und vor vielen, vielen Jahren war da auch noch der Herr Generaldirektor Stefan Niehsner. Schon in Pension, besuchte er uns jede Woche einmal mit dem Pudel Hardy und sobald er das Geschäft betrat, kam seine Frage: „Was ist los in der Weltfirma Munz?" Was ich seinerzeit so lustig fand, stellt sich inzwischen als traurige Wahrheit heraus, denn damals waren wir es „wirklich" noch. Damals war es kein Problem, aus dem „wohlsortierten" Lager und aus dem Vollen zu schöpfen. Verlangt heute jemand zehn Knie, bekomme ich selber schon weiche, hoffe, dass wenigstens die Hälfte davon lagernd sein möge. Lean und clean sind die Schlagworte der Zeit, was sich aber mit der anderseits geforderten diversification nicht verträgt. In meinen Anfängen hatten wir verzinktes und schwarzes Eisenrohr, Kupfer, Wicu und PE Rohre zur Verarbeitung. Heute sind unendlich viele Rohrsysteme am Markt und da beginnt in der Praxis schon wieder die Misere.

Eine Wasser führende Leitung ist angebohrt worden, wir sollen reparieren. Der Kunde hat keine linken Hände, hat bereits Vorarbeit geleistet, so dass uns das Aufstemmen der Leckstelle erspart bleibt. Unser Monteur sieht zehn Zentimeter blau-rot-gelbes Rohr vor sich, Durchmesser 16 mm, System unbekannt, Rechnung gibt es keine mehr. Als der Laie die Dackelfalten des Fachmannes sieht, drängt sich ihm der Gedanke auf: „Der versteht aber auch nix von seinem Geschäft. Da gäbe ich eine Muffe drauf und fertig!“ Aber ja, es gibt unzählige Möglichkeiten das Loch zu stopfen. Doch nur eine einzige professionelle, haftungs- und gewährleistungskonforme. Jeder Hersteller billigt nur die Verwendung seiner eigenen Ersatzkupplungen, immer sind da irgendwelche eventuell möglichen chemischen Reaktionen zu beachten, auch Wasser ist ein Luder, das hat schon der Zauberlehrling gemerkt. Also zur Rohrmarkierung hanteln, die üblicherweise jeden Meter kommt. Gefunden. Tengxiaotop oder ähnlich ist da zu entziffern. Alle Großhändler danach befragen – nie gehört. Endlich, endlich – einer in Djibouti hat das Zeugs lagernd. Kleinste Verpackungseinheit zehn Stück. Infusion, Diffusion, Emission, spinnert sind wir schon. Bleibt nur zu hoffen, dass in der Mondfahrt besser gearbeitet wird.

Auch das Sparpaket ist zum bestmöglichen Zeitpunkt geschnürt worden. Wir schnüren ein Paket und stellen es in den Raum. Hektik, Panik, der Installateur zum Verarbeiter beigestellter Waren degradiert, zum Ausführenden von Druckproben für fremde Leistung, zum Stempelgeber für hochoffiziellen Pf – pfui, das sagt man nicht. Jeder Erdarbeiter wird zum Leitungsfachmann, jeder kann alles, jeder kennt sich aus. Ist die Scheiße am Dampfen, darf der Munz kommen. Besserung ist nicht in Sicht und ich verstehe es auch: Wer kann sich den Stundenlohn eines Handwerkers noch leisten? Statt ihn zu konsultieren, schüttet man literweise Abflussreiniger in den Kanal. Aber das hatten wir bereits.

Was gibt einem eigentlich die Kraft, immer weiter zu machen? Man sagt, der Teufel stecke im Detail. In den Details, die ich mir so gerne ansehe, steckt ganz anderes. In all diesen gezackten, gerundeten, geäderten Blättern, in den Baumkronen, den verschiedenartigsten Gräsern, die ich auf meinem frühen Gange hier sehe, sogar in den am Wegrand liegenden gefällten Stämmen steckt Liebe. Ich sage, dass ich in Pressbaum so glücklich bin. Wie ich mich einschätze, wäre ich es auch am Titicaca See, in Kopenhagen oder in Stetteldorf am Wagram. Atmen, sich bewegen dürfen! Wie sehr ich es genieße, durch den herrlichen Herbst zu wandern, der seit Freitag kalendarischen Einzug gehalten hat. Noch ist es grün, bald schon kommt listopad, dann werden die Blätter fallen. Canetti befehdet den Tod. Lenau dagegen sieht „in dieses Waldes leisem Rauschen, dem alles Sterben und Vergehen nur heimlichstilles Tauschen." Wie schön ist es, alle, die mir so lieb geworden sind, immer bei mir zu haben. Auf dem Heimweg sehe ich einen Baum mit leuchtend roten Äpfeln in einem der Gärten. „Manzanicas coloradas, las que vienen de Stambol" muss ich an die Kussepisode des kleinen Elias denken, den die Apfelbäckchen seiner Mitschülerin Mary Handsome an ein bulgarisches Kinderlied erinnert hatten. Auf mein Schwärmen folgt der nächste Tagtraum:

Die Kameras sehe ich auf ihn gerichtet. Er nimmt Platz, schlägt die Beine übereinander, lehnt sich zurück. Ein Buch mit dem Titel „Tierschutz-Schutztier" (ich kann es nicht so deutlich sehen, bin daher nicht sicher, ob es so heißt) liegt auf einem Tischchen vor MRR, schon kommt seine Kritik: „Ein oder zwei unterhaltsame Stellen, aber gesamt – ist es schlecht! Warum ist es schlecht – weil es trieft!"

Rasch verlasse ich die Szene, lege eine CD ein, überspiele alles, wie immer und bald darauf sind wir zuhause angelangt. Raubtierfütterung. Eine der Damen wird seit einigen Tagen von morgendlicher Übelkeit befallen, beim Anblick der Schüssel blähen sich ihre Backen und fast entsetzt wendet sie sich ab. Wenn es ans Einsammeln geht, ist dann noch die Hälfte des ihr zugedachten Futters übrig. Sehr erstaunlich ist das, üblicherweise teilen unsere Hunde sich sogar das Sterben so ein, dass sie noch die jeweils gebührende Mahlzeit davor erhalten. Aber ständig erlebt man Neues und ich zürne nicht, denn die Niltochter, Königin beider Ägypten, ist schwanger. Drei oder vier klitzekleine Hundebabys hat Dr. Quehenberger ertastet. Nach ihm haben wir übrigens einen Rüden des zweiten B-Wurfs benannt, was ihm durchaus zur Ehre gereicht. Denn auch unser Balthasar ist zu all seiner Schönheit außerdem noch ein blitzgescheiter Knopf. Sein Frauchen Susanne Weber hat er mit einer vorzüglichen Begleithund-Prüfung glücklich gemacht, doch das ist längst nicht alles. Denn wer es nicht gesehen hat, der glaubt es nicht. Das „Liebespaar“, als das ich sie verstehe, verhandelte in der Mitte des Kaltenleutgebener Platzes mit dem Ausbildungswart. Er meinte zu Susanne, sie solle ihr Bringholz holen. „Wo werd' ich denn“, dachte sie. Schließlich hat man ja einen Hund. „Geh, hol das Bringholz aus meiner Tasche dort!“, trug sie ihrem Vierbeiner auf. Uns fielen die Augen aus dem Kopf, als der Rüde sich in Bewegung setzte, zu der gut zwanzig Meter von uns entfernten Bank lief, auf dem die Handtasche seiner Chefin stand, daraus den gewünschten Gegenstand hervorkramte und ihn eiligst herbeibrachte. Ja, gescheit war er immer schon und so wundert es mich in keiner Weise, dass er auch Ansichtskarten aus Abano oder den Cinqueterre schicken kann. Das klassische Auenfels-Schicksal. Den Zuchtprodukten geht es besser als der Züchterin. Ich neide es keinem meiner anciens, bin froh, dass sie es so gut getroffen haben.

Doch nun will ich mich auf die Kommenden konzentrieren, sofern es mir möglich ist. Etwa Mitte Oktober soll wieder ein wenig Schwung ins Haus kommen. Sagen wir, mehr Schwung, denn mit Gripsi als Kostkind ist es swinging genug. Donnerstagvormittags haben seine Leute ihn gebracht und düsten weiter. „Nach Paris, der Liebe wegen“ – kaum war es mir herausgeschlüpft, als Hermine und ich schon feuchte Augen bekamen. Die Liebe der beiden muss als eine spätere bezeichnet werden, umso mehr genießen sie ihre Zwei- bzw. Dreisamkeit, denn der Rüde hat mehr von Europa gesehen, als ein ganzes Rudel Hunde zusammen. Nur wenn Flugreisen ins Haus stehen, wird er bei uns untergebracht. Als wir kurz nach seiner Ankunft nach E fuhren – auch Greti war dabei, hurra, und zeigte eine wahrhaft phänomenale Unterordnung – konnte er sich im Auslauf austoben und auch sonst ist er bei uns zuhause. Heute früh, mein Mann war doch wieder mit dem Wolf ausgegangen, holte ich den kleinen Rigon zu mir in die Wohnung, das war auch etwas Heimlichstilles. Zu zweit genossen wir meinen Kaffee, unter dem linken Arm hatte ich den Riesenhundekopf, die Rechte besorgte die Tasse und das Umblättern der Zeitung. Das

sind unsere geheimen Kuschelstunden, eng aneinander geschmiegt dachten wir dabei natürlich auch an die großen Rigons. „Nein, mein Bär, keine Angst, dein Chef lässt sich nicht unterkriegen“, flüstere ich dem Gripsl zu, ehe wir aufbrechen in die Wälder.

Ein wenig deprimiert schleiche ich dann trotzdem vor mich hin bis ich Seine Stimme höre. „Hey, Kleingeist, was quält dich?“, fragt Er mich mit unterdrücktem Lachen. „Du findest mich öde, Herr, in deinem Tag“, liegt mir auf der Zunge, aber wir sind hier in keinem Gedicht von Salvatore Quasimodo, sondern irgendwo in Unterkniewald. Eine Weile noch tue ich so, als würde ich nicht merken, dass Er mit mir spricht, halte den Kopf gesenkt und schaue der Schnecke zu, die über den Weg flitzt.

„Na, na, na“, sagt die Hundemutter, die Menschenmutter wiegt ihr Kind und immer ist da oben Einer, der mich tröstet, auch wenn Er über meinen Unglauben lacht. „Ich bin bei euch, alle Tage, hast du es vergessen, alte Wegschauerin?“ Jetzt muss ich antworten. „Nein, Herr und ich danke dir aus ganzem Herzen. In jedem Halm bist du, in jeder Wolke, in all diesen herrlichen Strahlen, die rötlich sich durch die Bäume brechen. Liebe bist du. Ich preise dich, und danke dir, dass du immer da bist, wenn ich dich brauche!“, und schon fühle ich mich wieder entlastet. Aber weil ich wie Krone die kleinste Güte ausnütze, die mir entgegengebracht wird, stelle ich schnell noch die Frage, ob Er mir nicht auch heute die Erlaubnis zum Fernbleiben erteilen könne. „Lieber Gott, ich hab mich da in etwas verrannt und nun will ich es fertig bekommen, in time schaff ich es ohnehin nicht mehr, aber zumindest will ich daran nicht mehr denken müssen. Da würde es mir gut passen, den Sonntag ein bisschen zum Schreiben zu benutzen, bittä, bittä …“ „Meinetwegen. Aber nur bis zum Winter. Sonst gibt es Rabautz.“

Manchen mag es gefährlich scheinen, Stimmen zu hören. Mich stört das in keiner Weise. „Spiel mit uns“, sagen die Hunde. „Könntest wieder einmal fährten mit mir“, meint das Herzchen, das die überragende Nasenveranlagung ihrer Ilka-Uroma geerbt hat, was bei uns leider ungenützt bleibt (wir kommen ja nicht einmal dazu, die Prüflinge zu befährten). „Ein bisserl Triebarbeit könnte mir nicht schaden, Chefin“, gibt die Quali zu bedenken. Hat sie doch tatsächlich Chefin gesagt, die Jüngste und Einzige, die noch ein wenig Ehrfurcht vor dem Alter zeigt. Die Krone springt seitlich an mir hoch und erzählt, wie gut es ihr letzthin in E gefallen habe. „Und hast du gesehen, wie schön ich gearbeitet habe“, erinnert sie mich. „Ahhm, wie ist es, kannst du mal wegschauen?“, räuspert Nofi sich verschämt, als sie die Rossäpfel am Wegesrand entdeckt. „Das muss dir der Neid lassen, du gibst dir viel Mühe mit mir in letzter Zeit“, dankt der Gute, Beste, der Alte. Seine Augen glänzen und immerhin ein wenig auch noch das Fell. Ihm wird das Frühstück ins Büro serviert, ich setze mich dazu an meinen Platz und halte ihm seine Schüssel, die er genüsslich leert, besonders, seit ich darauf verzichte, irgendwelches Obst „zerstörerisch“ darunter zu mischen. Das lehnt er strikt ab, da würde er glatt verweigern. Aber am Abend in der Wohnung isst er es dann doch – ein Bissen für die Alte, ein Bissen für den Wolf. „Ich bettle nicht, ich möchte bloß an deinem Leben teilhaben, will ein wenig Abwechslung", gibt er mir zu verstehen.

„Hawawa, hawawa, hawawa" werden bald wieder Welpen zu mir sagen ... Eine andere Stimme. „Altweibersommer", meint das Binkerl. „Was schaust denn mich dabei an", gebe ich mit gespieltem Ärger zurück, ausnahmsweise ohne dabei zu erröten, was sonst recht häufig geschieht in letzter Zeit, so als fühlte ich mich ertappt, hätte Ungehöriges gehört, gesagt, getan. Wie der Herbst die Blätter färbt, sorgt der Wechsel für frische Farbe im Gesicht, recht nett eigentlich, wer wird denn schon so blass und farblos herumlaufen wollen. Ein halbes Jahrhundert habe ich frierend verbracht, nun ist mir endlich kuschelig warm. Wir Hundler sind in der Tat scharf an der Grenze zum Wahnsinn angesiedelt, verbringen in Nässe, Schnee und Eiseskälte Stunden um Stunden draußen, oft zu Zeiten, wo Andere sich noch in mollig warmen Daunen suhlen. Da haben wir bereits feuchtkalte Füße, klamme Finger und die froststeifen Ohren drohen uns abzufallen. Der nächste Winter kommt bestimmt und da werde ich direkt entzückt sein über jeden Hauch Wärme, dessen ich habhaft werden kann.

Circulus und circulum, affig gehst im Kreis herum – kommst zur Welt ham ein paar Freid, stirbst du, tust du manchen leid.

Na, im Kreis geh ich ohnehin. Circle of life – die nette Musik in dem Disneyfilm Lion King, die bescherte dem Zwinger vor fünf Jahren einen Namen. Ich halte es für mehr als Gedankenlosigkeit, wenn sämtliche Rüden Rex und alle Hündinnen Mira genannt werden, Unterscheidung muss sein und so war schon im Vorfeld klar, dass einer der aus dem M-Wurf zu erwartenden Mufasa heißen würde. Der 26.09.2000 war ein recht spannender Tag für uns (mein Hirn, das ich eher als Gebilde mit Siebcharakter bezeichnen würde, hat noch keinen einzigen Wurftag verloren, eingebrannt sind diese in mein Gedächtnis). Am Morgen begann die Hat mit der Hechelei und um 11 h 30 standen wir in der Schweglergasse 25 in Perchtoldsdorf. Gisela besaß damals einen Chrysler Voyager und in diesem kam der jungen Mutter erstes Kind zur Welt, nachdem Dr. Quehenberger nach kurzer Untersuchung gemeint hatte, sie möge diese Chance bekommen, ohne Kaiserschnitt, weil sie so brav presste. Fritz hatte uns gefahren, für die Wartezeit hatten wir hinten abgedunkelt, damit die Hündin Sicherheit wie in einer Höhle haben sollte, hilflos wie immer in solchen Situationen standen wir davor und als die Mittagsglocken zu läuten begannen, beschlossen wir, wieder nachzusehen, als ein Riesenpäckchen geliefert wurde. Ein grauer Rüde – Mufasa. Die Heimfahrt verbrachte ich hinten bei Mutter und Sohn, um ein Unglück durch irgendeine unverschuldete Ungeschicklichkeit ihrerseits zu vermeiden. Tatsächlich hatte sie anderes zu tun, als sich um den Neugeborenen zu kümmern, drückte sich in eine Ecke und ganz flott kam ein Schwesterlein für Babydriver, der mit affenartiger Geschwindigkeit die Ladefläche mehrmals durchmaß, sein Tonus, seine Lebensäußerung also, konnte als äußerst zufrieden stellend bezeichnet werden.

Zwei Rüden und drei Hündinnen waren in dem Wurf, Mufasa, Munz, Maske, Masse und Münze. Gisela plädierte zwar für Masse und Macht, aber nachdem ich ein Itipferlreiter bin, kam das für mich nicht infrage, weil es in der alphabetischen Auflistung des Wurfmeldescheines genau umgekehrt hätte heißen müssen, weiters hatte ich mich schon zum Behalten der Münze entschieden und mit so viel Macht auf einmal wäre die Besitzerin der Maske, die diese noch dazu hatte, reichlich überfordert gewesen. So waren die Namen rasch geklärt, auch alles Weitere schien vorgezeichnet, aber der Mensch denkt, der Hund lenkt. Dass unsere Welpen mit ihrer Mutter den Garten für sich haben, erzählte ich schon, der schmale Gang, durch den man in diesen gelangt ist bekannt, er wird aber noch von einer Gittertür begrenzt. Beim Öffnen der Holztür kann man nicht wissen, ob die Kleinen nicht dahinter sitzen, daher das Gitter als Sicht – Schutz.

„Bitte, nicht die Hatsch!" ist ein durchaus berechtigter Spruch. In ihrer überschäumenden Freude springt sie ekstatisch, gute vierzig Zentimeter hebt sie dabei mit den Hinterläufen vom Boden ab, wenn sie uns den Gang betreten sieht. Wer springt, der muss auch wieder landen. Weh dem, der klein ist und „unter die Räder kommt". Von dieser aufopfernden Mutter, die nach Ilka die meiste Hingabe an ihre Welpen zeigt, wurde Münze die Schulter zertrümmert, vom Weg zum Tierarzt gab es für sie keine Wiederkehr. Trost spendete Mufasa und blieb bei uns. Dieser Zerstörer, dieser Wilde, ins Hundeauto stieg er nicht, er segelte. Er war so schnell, dass er aus vollem Lauf ständig irgendwo dagegen prallte, wir fürchteten um seine Hüften, aber sie waren gesund. Ein sehr schöner Hund wurde aus ihm und hätte er beide Hoden gehabt, hätte er sicher Schaukarriere gemacht. Leider nicht. Die Medizin hätte helfen können, die chirurgische, die Schönheitsmedizin und ich will gar nicht wissen, ob sie nicht dem einen oder anderen schon „verbessernde" Dienste geleistet hat. Wir entschieden uns dafür, einen Menschen für ihn zu finden, dem der zuchtausschließende Fehler des Rüden gleichgültig ist. Abnehmer gefunden hätten wir bald, aber wer wählerisch ist, muss warten können.

Wir konnten, es hat sich gelohnt. Einen kleinen Haken hatte diese Zeit der Suche, so lieb unser Freund war, er hatte einen uns unbegreiflichen Tick entwickelt: nicht Angst vorm Fliegen, sondern Angst vor Zügen. Problematisch, wenn man an der Westbahn lebt, wenn die meisten Gassistrecken daran vorbeiführen, wie zum Beispiel unterhalb des Klosters.

Morgenszene in der Nähe des Sacré Coeur. Nebst halbgeleerten Saftpäckchen und Flaschen liegen Essensreste. Döner Kebab steht auf der Verpackung halbverzehrter Köstlichkeiten, ein einziges Mal angebissene Jausenbrote sind zu finden. Weggeworfen von den Ärmsten, die Tag für Tag mit dem Wagen hierher zur Schule gekarrt werden. Der Wert des Brotes wird ihnen nicht erklärt, nicht der Schweiß des Bauern geschildert, aber sie werden geschont, behandelt, als ob sie keine Beine hätten. Da staut es sich, von oben, von der Autobahn kommend und von der unteren Ortsgrenze Pressbaums, schon könnte so ein kleines Kerlchen aussteigen und per pedes neben der vor sich hinstotternden Blechkarawane gemütlich zu seinem Bestimmungsort hinaufgelangen. Gefahren werden sie, tragen die teuersten Markengewandungen, die auf den ersten Blick oft wie Fetzen aussehen, die Hosen mit beinahe lächerlich tiefem Schritt, die Mädchen in lange

Röcke gehüllt, die sie beim Gehen behindern. Früher trug man Uniform, hell-blaue Bluse, dunkel-blauen Rock, für die Unterstufe noch Schürze darüber. Krawatten binden konnte man im Schlaf, man lechzte nach Freiheit, die unsere jungen Freunde nun bis zum Überdruss haben. An die großen Pausen im Birkenhof erinnere ich mich, da wurde an einer Hauswand ein langer Tisch aufgestellt, hinter dem eine der Schwestern die bereits vorgeschnittenen, dunklen Brote mit Schmalz bestrich. Rote Äpfel gab es dazu von den Bäumen, die jetzt nicht mehr stehen in dem Park. Gewiss wurde diese tagaus, tagein gleiche Jause den Internatskindern langweilig und so wurde mit den Externen eifrig getauscht. Die Käse-, Sardellenpasta- oder Eieraufstrichbrote, die meine Mutter mir mitgab, waren allzeit begehrte Tauschobjekte gewesen. Da war eine Schülerin aus Korea, die wir ihrer Klavierkünste wegen sehr bewunderten, den türkischen Marsch spielte sie virtuos. Aus einem Papiersäckchen sahen wir sie höchst interessante Happen zum Mund führen, kosten wollten wir davon. Als sie meinte, das würde uns kaum schmecken, hielten wir es für eine Ausrede angesichts der Vielen, die sie umlagerten. Wir setzten unseren Willen durch und es blieb bei dem einen Bissen Trockenfisch. Die Gesichter waren uns lang geworden dabei, wir würgten, aber keiner hat zu der Zeit auch nur irgendein Essen weggeworfen.

Mehr oder weniger zusammen geknüllte Alufolien zuhauf, die 223 testet mich. Sie weiß, dass sie solche Dinge nicht aufnehmen darf, will aber einen Beutetausch erpressen und gewohnheitsmäßig schalte ich bei Erpressung auf stur. Erst ist sie überrascht. Benimm ohne Belohnung, na, so etwas! Ein wenig arbeitet es noch in ihrem Kopf, dann hat sie sich.

Was in den Köpfen vorgeht – damit hat Eric Kandel sich beschäftigt, nun ist man stolz auf diesen großen Österreicher, las ich heute Morgen. Ein Bild mit der Ehrengalerie der Uni Wien daneben und eines, das hunderte erhobene rechte Arme zeigt zum Gruß für den Rektor des Jahres 1943. Wer in diese heiligen Hallen vordringt und hören darf, kann kein waschechter Trottel sein. Nun ja, wie klein ich selber unter Zwang werde, merke ich jeden Tag aufs Neue. Ob er, der Vertriebene, der eine Konferenz über die Vertreibung der Forscher von der Uni im Jahr 1938 angeregt hat, meine, damit etwas bewirkt zu haben, wird er in dem Interview gefragt. „Ich bin ein illusionistischer Optimist. Immer, wenn ich etwas tue, glaube ich, dass es etwas verändert“, ist seine Antwort. Er erwähnt die Spezialität der Österreicher, schlechte Sachen unter den Teppich zu kehren und seine Hoffnung, dass die jungen Leute, die nachkommen, etwas verändern werden.

Die jungen Leute, die Brotwegwerfer, die Handyschuldenmacher, die Wertmissachter ... (Hey, Alte, wer hat denn jetzt Vorurteile?). Aber es gruselt einen halt. Schon soll es wieder Schulen geben, an denen die Knaben zum Hochheben und kerzengerade nach vorne Strecken der Rechten angehalten werden. Den Arm weit nach vorn gestreckt, so, wie das Zeichen für das Voransenden des Hundes bei einer Prüfung, hier aber Richtung weisend, nicht bekennend. „Elvis lebt“ heißt es. Vor allem aber sind Rassismus und Antisemitismus nicht gestorben. Sehr lebendig sind sie und leider sogar in einigen von denen, die sonst gar nicht unsympathisch sind. „Die Schweizer, die Juden, die Amerikaner, die Tschuschn“, das schmerzt. Aber was das unter den Teppich kehren betrifft, bin ich tatsächlich gute Landestochter. Mit dem Nichtbeschützen des Hochzeitsschweins habe ich es unter Beweis gestellt, unter anderem. Während ich das Futter für die Hunde zurechtmache – in praktische Halbkilopakete eingeschweißt, verursacht das Fleisch während des Auftauvorganges weniger Geruch – stechen mir auf einer Packung die Hinterlassenschaften von Fliegen in die Augen. „Fliegenpein“. Das Geschmeiß ist überall. Die übrigen Teppichkehrer haben derzeit große Socken wegen unserer Bundeshymne. Heimat bist du großer Söhne, das gefällt einer Dame gar nicht, Töchter will sie dazu, schon richtig, doch ihre größte Sorge sollte die Beschäftigung all dieser Landeskinder sein, das wäre vorrangiger als Emanzipation in einer Hymne, wie zeitgemäß ist denn eine solche überhaupt noch? Festtage und Feierstunden, das Buch für die Hausfrau, Absingen von Hymnen, Lachen zu Witzen irgendwelcher Oberen, Fröhlichkeit auf Befehl, Paraden, Aufmärsche, Stolz. Nationalstolz. Es wäre gelogen, wenn ich sagte, ich würde lieber bei den Buschleuten in Botswana leben, als hier, soll ich nun stolz auf meine Nationalität sein? An das Aschenlied aus Ferdinand Raimunds „Bauer als Millionär" denke ich – „an Aschen".

Stolz ist der Herr Vereinszuchtwart auf seine VA-Tiere, steht in den letzten Vereinsnachrichten. Die guten Hündinnen habe er behalten – waren die verkauften schlecht? Die Leistungszüchter sollten mehr auf Anatomie achten. Was ist mit den Schönzüchtern, hat er für sie auch eine Botschaft – ich habe sie nicht gefunden in dem Artikel. Immerhin bin ich endlich wieder beim DS gelandet, wo ich hingehöre. Man soll nicht meinen, dass bei diesem selber kein Rassismus zu entdecken sei! Schon in der Wurfkiste liegen grau und grau sowie bunt und bunt in strenger Formation. Im Halbkreis saßen vierzehn schwarz braune Welpen, der dicke, graue Siegfried kehrte ihnen den Rücken zu. Das graue Fellchen drückte sich mit fünf Wochen eng an den Zwinger der Wespe, sie zumindest für die geistige Mutter haltend, nachdem die ihre bunt war. Der Wolf, der nie raufte und es nicht der Mühe wert fand, die Bürste aufzustellen, wenn er durch die Wagenreihen marschierte und von den Boxinsassen links und rechts angefeindet wurde, wird ganz wuschi, wenn er auf einer Internationalen Schau die „Andersgläubigen" sieht. „Mein Boxer mag keine Schäfer", XY kriegt die Krise, wenn er YX begegnet, ein uraltes Lied, bei dem sich nur der Text ändert, niemals die Melodie. So wenig wie mein im Kreis tapsen, die Gedankensprünge sich ändern. Von Muffi zum Bahnweg unterhalb des Sacré Coeur, nun wieder zurück zu ihm. Eines Tages rief uns Herbert Hofbauer an, nach dem Heimgang des Norton Auenfels: „Frau Munz, ich sage Ihnen, ganz verloren sitze ich da, wie ein Trottel fühlt man sich ohne Hund", spielte er auf seine Einsamkeit an. In meiner direkten Art hakte ich bei dem Kraftausdruck ein und meinte, wenn er nicht sein wolle, als was er sich fühle, solle er sich ins Auto setzen und sich von uns den inzwischen zweijährigen Rüden holen. Er schluckte einmal hart, aber er kam, sah und wurde besiegt, aus dem Grautier wurde inzwischen Hofbauers

Obermufferl. Hofschauspieler ist er obendrein. Züge sind für ihn keine große Sache mehr. Wenn er mit Chef und Chefin uns besuchen kommt, können sie unsere Gasse hoch wandern bis zu den Gleisen, staunend sah ich es! Durch einen Zufall lernten Hofbauers andere Auenfelsen kennen – Dr. Christian Marek und dessen Frau Renate. Die beiden haben Bring und Diandra von uns, haben Mufasa samt Anhang auf ihrem wunderschönen Platz zu Gast, und sie stehen in der Warteschleife für ein Auenfelskind, eines, dessen Ankunft für den 20. Oktober geplant ist.

Recht rundlich ist die Mutter schon und ich bin mir sicher, dass sie mehr als die getasteten drei, vier Babys haben wird, ganz anders sieht sie aus als beim letzten Mal. Mehr Welpen, kleinere Welpen, leichtere Geburt. Wiewohl Wurfwiederholung nicht Erfolgswiederholung garantiert, haben wir neuerlich Noname Trogenbach zum Vater gewählt. Wir kennen ihn von seiner Kindheit an, er ist für uns die Idealvorstellung vom universellen DS. Das Vorröntgen seiner Töchter hat uns zu weiterer Zuchtverwendung bewogen, ihr Wesen ist in Ordnung, sie haben wünschenswerte Mittelgröße und anschauen kann man sie auch. Es steht zwar nicht zu befürchten, dass sie jemals in die Auslesegruppe vordringen könnten, aber das müssen bedeutend schönere als sie auch nur, wenn sie (pardon, beinahe hätte ich jetzt gesagt, wenn sie den richtigen Leuten gehören, doch das wäre äußerst unsachlich).

Wohin könnten wir sonst noch decken gehen? Der Bruder der Frou-Frou ist ein ganz Schöner, mittelgroß, der würde uns gefallen. Unser Wissen verbietet es (den Züchter selbst stört es offenkundig weniger ...). Der D-Wurf vom Karner hätte uns interessiert, vier Tiere mit normalen Hüften, die Körung von drei Rüden haben wir selber gesehen, einer davon in der Leistung ganz weit vorne und alle so, dass man auch mit dem Anschauen kein Problem hat. Den Genetics 3/05 entnehmen wir, dass keiner davon noch gedeckt hat. Kann ein Zufall sein, wahrscheinlich hatte der Züchter selbst noch keine passende Hündin für die jungen Herren. Aber wir sehen uns nicht als die Puffmütter der Nation, um in Gang zu bringen, was mitunter gar nicht so einfach ist, obwohl man meint, es den

Dümmsten zutrauen zu dürfen. Mehr als misstrauisch ist man schon, was nicht weiter wundert, wenn man selbst bei Hunden aus eigener Zucht kritischen Maßstab anlegt. Wer bliebe noch? Der Mauro Lastal soll auf der Siegerschau einen schönen Schutzdienst gemacht haben, nun, der wird gerade warten auf uns. Zudem ist uns unsere letzte Fahrt nach Deutschland noch zu frisch in Erinnerung, ein sehr schöner Rüde war erwählt worden, leider wagte sein Halter es nicht, ihn von der Leine zu lassen, die Hündin war sauer. Unverrichteter Dinge fuhren wir ab, war aber alles in allem ein schöner Ausflug, G und ich mit Nof und Mutter auf Walhalla, anschließend ein gemütliches Mittagessen, man gönnt sich ja sonst nichts. Ein paar Wochen später sahen wir den Bruder des „Unbefreiten" auf einer Schau, samt seiner uns irritierenden Rutenhaltung war er Sieger geworden. Da freuten wir uns zum ersten Mal, dass es bei Kultur-Genuss geblieben war. Als wir dann von dem Skandal hörten, den der nicht von der Leine Gelassene verursachte, jubilierten wir beinahe, denn immer vererbt sich die „depperte Art" hartnäckiger als alles mögliche Gute. Better no puppies than „ambitious ones". Hatsch hat weder nach dem Jaro Deutschen Orden noch nach dem Noname „Zugempfindliche" gebracht, so haben wir berechtigte Hoffnung auf gesunde, wesensgute und ansehnliche Nachzucht, und zwar genau so gereiht.

Die Ahnentafelvergabe läuft immer nach einem Schema bei uns ab, die Halbstarken tollen umher, werden von allen gleichermaßen bewundert und dann, meist beim Verabschieden, nimmt ein Besitzer nach dem anderen mich zur Seite: „Also, schön sind sie alle, aber finden Sie nicht, dass unser Hund der schönste ist?" Und ob ich das finde, ganz eindeutig bestätige ich es jedem, der es hören will. Es ist für mich auch weiter nicht verwunderlich, dass der Geschmack der Leute sich innerhalb kürzester Zeit stark wandeln kann. Nur einen ganz dunklen Hund wollte unsere Goldene im November des Jahres 1992 und suchte sich die Xanta aus. Mein Hinweis, dass diese Hündin mit Bestimmtheit nicht so dunkel bleiben würde, prallte an ihr ab, zu Rellys „schönem, blonden Schatzerl" wurde das Hundekind, es hätte kein schöneres geben können.

Und nun, endlich, bin ich bei dir angelangt, Relly Polaschek, Stern des Südens (Burgenland), Sonne der Vereinsheime von Ebreichsdorf bis Langenwang. In Weiz hast du mit deiner selbst Gezüchteten (ich sage nicht Selbergstrickten, ganz so dummfrech bin ich wieder nicht, liebe sie dazu auch viel zu sehr) die erste Prüfung abgelegt. Wenn es den Prack Hans nicht gäbe, müsste er glatt erfunden werden. Er ist Diensthundeführer, Züchter, Leistungsrichter mit blondem Asterix-Schnurrbart, Weltmeisterschaftsteilnehmer, ein Mann mit berechtigt „gehobenen Ansprüchen" also. Und genau er richtete das Turnier, bei welchem unsere beiden ihre erste SchH1 ablegten. Die Hündin, von mir Eilan aus dem Hause Wu genannt, wobei Gisela mich immer auf meine Verwechslung mit einer Rulan hinweist und auf die Tatsache, dass nicht Wu, sondern Auenfels draufsteht, ist ein bisserl ein Gfrastsackl, was der österreichischen Bezeichnung für einen Individualisten entspricht. Die Suchleistung ihrer Mutter hat sie geerbt, aber als verwöhntem Einzelkind kann es ihr auf der Fährte schon einfallen, im Vorübergehen mal ein Mäuschen zu fangen. Auf mauslosen Spuren hat sie aber auch schon 100 Punkte geliefert. Von ihrem Vater, dem Cajetan von der Grundschnelligkeit, hat sie eine Portion von ebendieser mitbekommen, so dass die Unterordnung im Wesentlichen keine Schwierigkeiten macht. Das Dumme an unserem Sport ist aber, dass er paarweise ausgeübt werden muss, einzeln gilt nicht (was ich besonders beim Fährten oft schon betrüblich fand, ohne Hund könnte man manches Vorzüglich laufen! Alles ist bestens zu sehen, wie ein schwarzer Strich zieht sich Trittsiegel um Trittsiegel durchs Gras, nur der, der es wissen müsste da vorne, ist ganz anderer Ansicht, zieht in eine andere Richtung ...).

Die graue Eilan – viele hängen noch ein „d" an diesen Namen, können sich gleich mir nichts darunter vorstellen – habe ich fast schon beschrieben, zumindest in groben Zügen. Für die Präsentation ihrer Herrin will ich mir Zeit lassen, das muss ich genießen können, kein Fältchen darf ich auslassen, so wenige davon es auch geben mag trotz der Tatsache, dass unsere Freundin bereits in Pension ist. Ein sportlich durchtrainierter Körper, rank und schlank (seit dem Vorjahr drei Kilo plus, na und), gekrönt von einem sehr ausdrucksvollen Gesicht, dunkles Auge wie beim DS gewünscht, Kurzhaarschnitt – je nach Wetter etwas strubbelig, jedenfalls sehr flott und vor allem kein Langstockhaar (kein „Zottelbock“, wie wir DS Leute das nennen). Wie ihr Näschen sich beim Lachen kräuselt und das tut es oft! Lachen mit Relly wäre ein eigenes Kapitel wert und sicher ist sicher, es zeigt, wie wichtig das von ihr propagierte Beckenbodentraining sein kann. Sie denkt eben auch an alles. Selten sieht man sie ohne Handtasche, diese ist ein Relikt aus Zeiten, als Frau P. noch ganz Lady war, also noch nicht Hundesport trieb. Viel Wichtiges ist darin, was aber nicht bedeuten muss, dass der Autoschlüssel deshalb leichter zu finden wäre – oft ganz im Gegenteil. Das Allerwichtigste in diesem einer richtigen Dame so wesentlichen Anhängsel ist jedoch ein kleines Büchlein, in welches Witze eingetragen werden. Nein, nicht eigentlich die Witze, sondern die Pointen, schließlich ist man merkfähig. Selbst wenn man es nicht sein sollte: Relly ist in Gesellschaft, alles hängt an ihren Lippen, mit großer Geste öffnet sie besagte Tasche, zieht aus einem schmucken Etui ihre Brille, setzt sie auf, atemlose Stille um sie her, sie nimmt das Buch ohne sieben Siegel heraus, schlägt es auf, schaut, schaut – und alles brüllt. So muss es gewesen sein, wenn Girardi die Bühne betrat, in Vorfreude johlte das Publikum und die Hundler johlen, wenn Relly erscheint.

Zu wenig ist es, unsere Freundin als Hüttenqueen und Partylöwin zu beschreiben. Das Wilde, das Raubtierhafte an ihr tritt ja erst auf freiem Felde in Erscheinung. „Something in the way you move“, es ist was dran, an ihrer Art sich zu bewegen! Da gehen nun sehr Grau und sehr Dunkel nebeneinander, Grau ab und an etwas unaufmerksam (man hat sich ohnehin 24 Stunden lang, Tag für Tag) und das zwingt Dunkel dann zu allerlei „Hilfen“. Ein kleiner Wechselschritt, ein Zungenschnalzen, leider bleibt es den argusäugigen und luchsohrigen Richtern nicht verborgen. „Königin der Hilfen“ nannte der wachsame Hans Prack unsere Beste, die aber leider nicht unbedingt zu den aufmerksamsten Zuhörern zählt. Ärger stieg in ihr hoch, was bildete er sich bloß ein – wahrscheinlich in Anspielung auf ihr reges Vereinsleben – sie „Königin der Hütten", der Vereinshütten, zu nennen?

Das war aber nur die Showseite der Mrs. Polaschek. Sie wird mir den Vergleich sicher verzeihen, auch sie ist für mich „der belastbare, universelle Deutsche Schäfer". Man muss sich vorstellen, wie viele Sporthunde gestorben werden, wenn gesundheitlich „nichts mehr geht". Auch Relly hatte die eine oder andere Enttäuschung mit ihrer Eilan zu verkraften, eine komplizierte Verletzung eines Hinterlaufes machte weitere Ausübung des Schutzhundesports unmöglich. Den Kopf hängen lassen, aufgeben? Kommt nicht infrage. Außerdem: Wenn unsere Goldene ein Problem hat, hat sie doch immer gleich „einen Plan…"

Jedenfalls, liebe Relly, ist es schön, dass es dich gibt. Viel Lustiges haben wir miteinander erlebt und auch Schönes.

Bellezza

„Die Schöne kommt" soll Echnaton, der kapriziöse Weltenretter und Luxuskommunist, mit einiger Begeisterung beim Anblick der Nofretete ausgerufen haben. Unser Binki ruft es ihrer vierjährigen Hündin gleichen Namens des Öfteren zu, ist ganz verliebt in sie. Ich selber war schon mindestens hunderte Male in meinem Leben verliebt. Wie Narziss in den Anblick seines Spiegelbildes versinkt, wie der bierbäuchige Hundesportler Anspruch erhebt auf einen Spitzen-V-Rüden, jagen wir alle irgendwelchen Schönheiten hinterher. Immer aber ist Schönheit allein zu wenig, wie beim DS wird sie erst komplett durch das, was hinter aller Maske sich verbirgt und wie es sich äußert. Da gab es den Ausspruch einer Dame, dass einer von Giselas Brüdern das „Hirn" des verstorbenen Vaters „geerbt" habe. Welch große Erleichterung, dass scheinbar auch von der Mutterseite her genügend davon vorhanden sein muss, um auf unsere Kleine sich zu übertragen. Gleichfalls mit ihrer „Verbellleistung" darf man zufrieden sein, wie einstmals unsere Hera „The Voice" bezeichnet wurde, hat auch sie Stimme. Und was für eine!

Sobald ich die Kleine, die übrigens gute zehn Zentimeter größer ist als ich, sah, konnte ich meinen Sohn verstehen, auch, dass seine Versuche, ihr Gesicht zu beschreiben, hatten scheitern müssen. Es ist vielleicht nicht so ebenmäßig wie beispielsweise das von Demi Moore, aber allein die klare Stirn, die grünbraunen Augen, die je nach Situation, Licht und Laune die Farbe wechseln können, mit dem dichten Wimpernkranz und den dunklen Brauen darüber, machen es schön. Ich will nicht völlig in Kitsch verfallen, sonst müsste ich noch das Näschen und den schönen Mund mit den beiden Reihen perlenweißer Zähne erwähnen. Aber oft schon hat Relly ihr über die pfirsichglatten Wangen gestreichelt und „weiches Gsichti" zu ihr gesagt, denn Binkis ungeschminkte Bäckchen sind wirklich entzückend, in sie hatte ich mich auch gleich verliebt.

Als sie damals zum ersten Mal neben mir auf der Bank vor dem Arbeitsversteck in Kaltenleutgeben saß, genoss ich ihre Gegenwart so sehr, dass ich mich schuldig machte. Vielleicht wäre alles anders gekommen, hätte ich nicht versucht, sie an mich zu binden. Schlagartig war mir zu Bewusstsein gekommen, dass mir das nur gelingen würde, wenn sie selber einen Hund zum Arbeiten hätte. So „opferte" ich den Wolf. Alles, was möglich war, hatte ich mit ihm erreicht und nun war der Preis für Giselas künftige liebe Begleitung, dass ich zunächst sehen musste, wie der Rüde sich ihr widersetzte und sie es – logischerweise – verhinderte. So etwas geht nicht gänzlich ohne Emotionen ab. Einen roten Lieblingspullover hatte das Gucksi zu der Zeit, noch heute liegt er im Schrank, gewaschen, aber zutiefst beleidigt. Die ersten paar Löcher darin sind von einem, der sich wehrte, die übrigen von ebendiesem, der schnell das Lager gewechselt und seinen Übermut ausgelebt hatte. Der „Zerrissene", der Pulli, wird aufbewahrt wie ein Hochzeitskleid. Soweit mir bekannt, ist nirgendwo verbrieft, wie lange genau Eva den Adam hatte überreden müssen. Ich jedenfalls wurde zum Verführer, ohne mir den Mund fusselig zu reden, einfach, indem ich dem Kind einen Hund gab. Mittlerweile haben wir die etwas ungewöhnliche Situation, dass mein eigen Fleisch und Blut mich manchmal fragt, ob er mir als „Schwiegersohn" überhaupt genehm sei. Sehr viel Zeit verbringen Gisela und ich miteinander, ich könnte mir inzwischen gar nicht mehr vorstellen, ohne sie auf einen Hundeplatz zu fahren, vielleicht ein paar Mal, ausnahmsweise, wenn sie dienstlich verhindert ist, aber nicht mehr ausschließlich. Und so komme ich zu der Ungeheuerlichkeit einer „Schuldumkehr", wieder mal „hättiwari" und da drängen sich gleich einige Dinge auf, die tatsächlich besser „auf immer verborgen" bleiben sollten. Zunächst beginnt es mit meinem Egoismus. Wieweit ein Mensch schuldig wird, wenn er einen Hund haben will, kann ich nicht beurteilen. Ihn auszubilden, muss eher als positiv gewertet werden, aber ein derart ausuferndes Hobby daraus zu machen, wie ich das getan habe, ist wohl doch eher ein starkes Stück. Zu meiner Entschuldigung will ich vorbringen, dass ich nicht dazu geschaffen bin, hinter dem Fenster stehend die Rückkehr des durch Geschäfte säumigen Gatten herbeizusehnen, wie Warten für mich immer das Schlimmste überhaupt bedeutet. „Gleich gehen wir in den Park", sagte meine Mutter zu uns. „Ich muss nur noch schnell ..." Immer musste sie nur noch schnell, etwas aufräumen, etwas herrichten, etwas erledigen, vorbereiten bevor wir gingen und ich musste lange, viel zu lange für meinen Geschmack warten. Sagen Sie mal einem DS „gleich gehen wir spazieren", der dreht dann auch durch in seiner Vorfreude, will alles Andere als aufgehalten werden. Und auf meinen Besten, der oft bis spät nachts unterwegs ist, auf ihn hätte ich erst recht warten müssen. Man beschäftigt sich also, die Abwesenheit fällt kaum auf, was spräche dagegen. Ich hatte Erfolge mit der Zucht, viele freuten sich, einen guten Auenfels zu haben, irgendwelche goldenen Abzeichen erhält man nicht als Schluderjahn, es war soweit alles in Ordnung. Aber irgendwann, ich könnte nicht mehr genau sagen, wann es war, kam die Müdigkeit. Als Gisela zur Truppe stieß, hatte ich „nur" noch fünf Hunde, ich hätte aufhören wollen, aber wir machten weiter. Dass meine „Mitstreiterin" viel Geld und ungeheure Energien in den Zwinger steckte und es immer noch tut, will ich nicht verschweigen, nicht, dass sie oft und oft im Geschäft Hilfestellung leistet. Nach Rockys Abschied, für den sie sogar einen freien Tag opferte, malten wir beide, was nötig war, das Haus gemeinsam aus. Allein die Stunden, die sie in meinen ewigen Kampf gegen die Tücken meines Computers investiert, kann ich ihr nicht genug danken.

„So wie es ist, so wie du bist ..." Binki, du bist großartig, ich kann es nicht oft genug sagen. Ich weiß, was du beruflich um die Ohren hast, ich will in all meinem Egoismus nicht jene „Mutter" sein, die mit Asthma- oder Herzanfällen, mit sonstiger Mitleidsmasche, das Zuhause bleiben der Tochter ertrotzt, aber, so wie es ist ...

Brigitte Tost, eine meiner liebsten Freundinnen (für die ich auch keine Zeit habe) hat es inzwischen aufgegeben, mich zu fragen, ob ich Lust hätte, sie in die Oper zu begleiten. Ich weiß, dass sie es mir verzeiht und zwischen uns ist eine Freundschaft, die jederzeit wieder angeknüpft werden kann, die Sonne geht für mich auf, wenn sie ins Geschäft kommt. Sind die Caniden zufrieden? Sie sind da, nicht aus ihrem, sondern aus unserem Willen, auch das ruft nach einer bestimmten Reihung.

Ich weiß heute schon, dass ich eines Tages zum Begräbnis meiner Mutter gehen werde, falls ich nicht vor ihr die Kurve kratzen sollte. Überallhin werde ich gehen, wohin ich gehen muss, ich werde an manchem Wintersonntag zur Messe gehen, aber sicher nicht mehr zu Figaros Hochzeit (der ist schließlich zu meiner auch nicht gekommen). Mir genügt es schon, decken zu fahren. Es genügt mir, dem verwöhnten Gfries Jäger vom Auenfels das Bettzeug zu wechseln, es genügt mir, die Wasserschüssel am Bürogang neun Mal (jawohl, neun Mal) am Tag frisch zu füllen. Ich tu es gerne, aber es reicht, weil umrem umrem ne vim kedy, hast mich? Nein. Du bist jung, ich verstehe es. Ich verstehe, dass du zu Figaro gehst, zur Hochzeit deines Bruders, aber das „Umeinandböttgern" so am Rande, über das Maß hinaus, das eben nur Leute ohne Hund, ohne „Köter" tun können, das versteh ich nicht. Du hast dein Klavier, deine Bücher, kannst dich nicht beklagen, noch nie in Konzert, Oper, Theater gewesen zu sein. Freilich werden die Inszenierungen immer andere sein, die Pianisten, die Protagonisten, die Programmhefterl. Trotzdem, da liegt dein roter Pulli im Schrank und da ist einer, der jedes Mal hofft, wenn er deine Schritte hört. Der zur Garderobe läuft, an deinen Jacken riecht, mich, ausgerechnet mich, vorwurfsvoll anschaut, wenn er merkt, dass die Schritte sich entfernen. Wäre nicht schlecht, würdest du lernen, öfter nein zu sagen, aber sag es nicht zum Alten, nicht zu denen, die auf dich warten, die abhängig von dir sind. Gib dem Wolf, was des Wolfs ist, nicht lange mehr wirst du es geben müssen …

Warmer Oktober

Die Nacht zu meinem versäumten Welttierschutztag war „keine Banane". 2h59, 3h45 und irgendwann nach 4h musste ich „Jester" ermahnen, der eigentlich Jäger vom Auenfels heißt und der verwöhnte Binkel der Eheleute Princ ist. Am Sonntagmorgen hat sein Boss ihn gebracht, samt Gartenbett, das mit Decke und Polster in einem der überdachten Zwinger für ihn kunstvoll aufgebaut worden ist, sogar Flickenteppiche als Bettvorleger wurden aufgelegt, damit der Süße sich wie zuhause fühlen kann. Tagsüber alles kein Problem. „Warte, bis es dunkel ist". Jedes Leid, jede Krankheit, alles wird schlimmer bei Nacht. Dabei darf man sich noch glücklich schätzen, bei Büchners Lenz ist nicht mal am nächsten Morgen so richtig Schluss mit all dem Grauen. An Weiterschlafen ist jetzt für mich nicht mehr zu denken. Schon überlege ich, ob ich zu meinem Munz hinüber wandeln soll, aber so, wie der zurzeit malochen muss, hat er seinen Schlaf wahrlich verdient. Schlafende Hunde soll man nicht wecken. Am Tag vor der Ankunft unseres ruhestörerischen Urlaubsgastes hat Gisela mir den Arno Geiger überreicht, in Buchform meine ich (sonst würde jetzt vielleicht noch einer über Verlassenheitsgefühle klagen, das fehlte gerade noch). Nun fällt mir die von ihm meisterlich geschilderte Bettliegeszene der alten Alma ein, was in ein paar Zeilen so alles drinstecken kann, gewaltig! Ich selber wälze mich von einer Seite auf die andere, komme dann wie ein abgestürzter Adler zu liegen, frage mich, ob das Leben, wie er es schildert, wirklich eine solche Katastrophe sei. No na, bitte, lieber Gott, beschütze meinen „Otto" und dessen „Ingrid". Sobald der Tag anbricht, ist alles wieder gut, alles wird gut.

Durch die Dämmerung eines kalten Wintermorgens sehe ich ein kleines Mädchen zur Rorate gehen, die Mutter hat es geschickt. Durch das schmale Pfarrergassl huscht es, immer muss es sich dort beeilen, fürchtet, dass sonst der alte Janka kommt mit seinem Rappen vor dem Wagen, dann muss es sich an die Mauer drücken, weil der Rigo als Schläger bekannt ist. Über die gelb gepflasterte Hauptstraße mit den beiden Gräben links und rechts davon läuft es, den Kirchenweg hinan, wo es meist schon die Großmutter trifft, die ihm die Mütze ein wenig tiefer über die Ohren zieht und „du Brave“ sagt. Die alten Weiblein versäumen die Morgenandacht nicht und inbrünstig singen sie mit diesen Stimmen, die so schwankend schon sind wie ihr Gang: „Jesus, du süßes Teer, verlass uhuns nicht, oh Herr.“ Von Süßholz hat die kleine Gerti schon gehört, dass auch das schwarze Zeug süß sein kann, ist ihr neu und lachend klärt meine indianische Großmutter sie mittags auf, dass es sich hier um eine etwas gedehnte dritte Steigerungsstufe handle. Das mit dem Verlassen wird nun hinterfragt, wo ist Jesus denn, warum sehen wir ihn nicht. Prompt kommt darauf die Geschichte vom ungläubigen Thomas. Glücklich das Kind, das in seiner Familie diese Gespräche findet, es hat etwas weiterzugeben, immer wird alles weitergegeben. Habe ich es geschafft? Wird mein Sohn in der Dunkelheit Tröstung finden, wenn er an mich denkt? Habe ich ihm vermitteln können, dass da einer ist, den wir zwar nicht sehen können, der sich aber bisher noch nicht abgewendet hat von uns kleinen Trotterln?

5h17! Raus aus den Federn, dunkel ist es zwar immer noch, aber die Pflicht ruft. Vielleicht würde Philipp Erlach sich trotz allem wohler fühlen (36 Jahre, ledig), wenn da Hunde wären, um ihn zu rufen. Von einer Hündin wird erzählt, zu Silvester sperrte man sie in den Keller. Auch eine Art, siehst, liebes Binki, das ist es, merkst du es, da geht es um die „Köter“. Was ist schon ein sonst sooo geliebter Hund, wenn die diversen divertimenti locken. Weißt du, was ich meine?

Nein, ich selber wäre nie auf die Idee verfallen, um Zuerkennung des „ÖKV Gütesiegels“ anzusuchen. In dem Erstkontrollbericht werden die Daten des Züchters erfasst, ob bei ihm Fachkenntnisse vorhanden sind, Zuwendung und Betreuung der Hunde werden überprüft, ob Beratung der Käufer erfolgt und ob Kaufverträge verfasst werden, was gefüttert wird usw. will man wissen, ob und welche Futtervorräte es gibt, auf drei Seiten wird alles Mögliche festgehalten, nicht gefragt wird aber, ob die Hunde regelmäßigen Ausgang haben. Am 13. Jänner, also genau am Geburtstag unserer „Königin“, fand die Kontrolle statt. Mehr als „regnicht“ war es, die Qs waren im Garten herum geteufelt und sahen wie die Erdferkel aus. Bei Regen schaut bekanntlich gar nichts schön aus, auch keine Zwingeranlage. Dass dennoch alles sauber, nämlich exkrementfrei und somit frei von Gerüchen war, wurde festgestellt, aber auch der Umstand, dass Spielzeug fehle. Die Frau Kontrollor zählte aber zur intelligenten und somit zur einsichtigen Sorte, verstand, dass es zu gefährlich gewesen wäre, gerade den Qs irgendwelche Beißringe oder Quietschpuppen oder schlimmer noch, Fetzchen zum Spiel ohne Aufsicht zu überlassen. Wir können uns weder Welpen leisten, die an abgeschluckten Fremdkörpern zu Grunde gehen, noch „geistige Onanierer“, die gelangweilt auf Püppchen herumkauen. Als Beweisstücke dienten dann die Fotos unserer Abendaktivitäten und auch all die Spielsachen, die in der Hundewohnung herumstanden- und lagen, bereit für unser manchmal recht anstrengendes „Nachtleben“, wenn die Wahnwitzigen unser Haus auf den Kopf stellen. Die Unterkünfte der Hunde – Raumgröße, Isolierung gegen Kälte, Wärme, Zugluft und Feuchtigkeit sowie Welpenlager und Ruheplatz für die Mutterhündin wurden kontrolliert, was durchaus in Ordnung ist, wobei weniger vernünftige Leute bei uns zweifellos Bedenken haben könnten. Unsere Zwinger sind in voller Absicht nur teilweise überdacht, keine Einstreu gibt es in den Hundehütten und auch keine Fetzen, die durch Feuchtigkeit einen Umkehreffekt zu dem Beabsichtigten, nämlich dem des Wärmens, haben könnten. Doch die Hütten sind klein genug, um durch die Hundekörper erwärmt zu werden. Sie sind isoliert und die erhöhten Liegeflächen aus Holz können „unterm Hund“ schneller trocknen. Und außerdem züchten wir Deutsche Schäfer.

Eines schönen Tages im Mai 1983 hat es geregnet. Der A-Wurf war nicht dazu zu bewegen gewesen, den schützenden Unterstand aufzusuchen und ich rief Frau Ibeschitz an, fragte sie, ob ich die Kleinen hinunter in den Wurfraum übersiedeln solle. „Warum, weil es regnet? Die gehen schon von selbst hinein, wenn es ihnen zu nass wird.“ Mehr als zweiundzwanzig Jahre ist das her, wir hatten noch keinen einzigen verkühlten Welpen oder Hund. Wenn unsere Würfe etwa dreieinhalb oder vier Wochen alt sind, fliegen sie bei uns zu jeder Jahreszeit hinaus. Freilich werden sie, je nach Witterung akklimatisiert, der Vorgang kann ein paar Tage dauern, bis sie auch die Nächte draußen verbringen, was erst der Fall ist, wenn wir sicher sein können, dass sie aus jeder „Lebenslage“ wieder in die Hütte hineinfinden. Die Tür des Zwingers bleibt offen und schon nach einer Woche ist er sauber. Die letzten Würfe haben ihren Sauberkeitsfimmel sogar so weit getrieben, dass sie für die großen Verrichtungen bis unter die Fichten eilten, die unseren Garten begrenzen und da musste man sich zur Entfernung der kleinen Häufchen schon ganz schön verrenken. Etwa für drei Minuten müssen die Babys aber sechs Mal am Tag inhaftiert werden, wenn die Großen zum Auto und nach der Fahrt wieder zurück in die Zwinger gehen, da ist dann Freiheitsentzug unvermeidlich. Meist merken wir uns den, der sich darüber am meisten empört – das ist ganz einfach einer, der dringend „muss“. Kaum öffnen wir ihm wieder Tür und Tor, stürmt er in den Garten, um sich erleichtert zu erleichtern. Dass unsere Welpen damit auch bei ihren Besitzern rascher sauber werden, als ständig gekäftigte, die an „Dreck und Speck“ gewöhnt sind, versteht sich von selbst.

„Vorbildliche Zuchtstätte“ sind wir, so, wie du es wolltest, Binki. Herrlich, das heißt also, we are doing well, was mich wiederum zu Herrn Geiger bringt, zu seinem durchaus berührenden Buch, die Sprache ist gut, die Zeitsprünge sind geschickt und verständlich angelegt, bei dem hättest du nichts zu monieren, Gucksi. Die Schilderung, wie man sich familienintern gegenseitig aus dem Weg geht, könnte nicht wahrheitsgetreuer sein. Die Erotikszenen, die hätte ich mir etwas diskreter gewünscht, Ustinov schrieb sehr treffend, dass Erotik sich im Kopf abspielen müsse und ein Satz, den ich in einem Torberg-

Brief betreffend zu großer Direktheit in dieser Hinsicht gelesen habe, fällt mir ein: „Dazu hab ich ihn nicht auf Dichter lernen lassen.“ Doch hier wird ganz eindeutig mindestens auf den Hintern gegriffen. Nun, die Popatscher, die haben wir ohnehin sehr häufig in der Zeitung, ein sehr berühmter darunter und wenn ich sein Bild in solcher Pose sehe, schlägt das Wienerkind in mir durch, ein altes Lied für jede Gelegenheit: „Warum küsst du die Lippen deiner Braut, küss sie auf den Ar (m), das ist dieselbe Haut …“ und als Draufgabe, was sinngemäß gar nicht hierher passt, aber ebenso eine Marschmelodie textiert: „Wenn der Hund mit der Wurscht übern Randstein springt und der Schas in der Luft einen Walzer singt, trallala, trallala, so geht der Radetzkymarsch an …“

Dort und da habe ich solche Sachen gehört in meiner Wiener Kindheit, die von allerlei Schmauswaberln, über die schon Herzmanovsky-Orlando schreibt, durchgeistert war (ob die „gut gehende“ Frau Puwein von daher kommt?). Es ist das goldene Wienerherz, stets fesch und nicht ganz ohne Humor, das da singt. Gefallen hat es mir nicht, sauber halten wollte ich mich von alldem. Es ist mir nicht geglückt. „Insgeheim möchte doch jeder wissen, wie die Zukunft sein wird, und sei es nur, damit es in der Gegenwart leichter fällt sich einzubilden, dass man weiß, was man tut“, heißt es im Buch des Preisträgers. Marcel Proust meint, dass uns die Zukunft nicht als ganzer Kuchen serviert würde und der Herr Aurel hat gesagt, sinngemäß, dass Vergangenheit, Gegenwart und Zukunft zwangsläufig stets ein Einheitsbrei seien. Bravo. Jetzt weiß ich, woher meine Müdigkeit kommt. Nicht genetisch ist sie bei mir, sie ist umweltbedingt, sie kommt von all den Vorgängen rund um mich herum, von den Zeitungsberichten. Die Popschgreifer, die Auslacher, die Gewählten, die gewählt werden Wollenden, die Missachtenden, nichts wird sich jemals ändern, zu welcher Zeit wären denn die Regierenden Vertreter des Volkes gewesen? Sich um die Bundeshymne kümmern, wer schafft ihnen das?

Wir haben einen lieben Bekannten, oberhalb der 55, langzeitarbeitslos, dem geht es auch bestens. Der Staat, also Sie und ich, finanzierten ihm heuer etliche Wochen Schulung, er lernte viel Brauchbares, er weiß jetzt, wie er sich bewerben kann, bald wird er einen guten Posten finden, die Ausbildung hat seinen Horizont erweitert, sein Leben verschönert und vor allem, sie hat die Arbeitslosenstatistik geschönt. Die vielen Arbeitslosen, die bilden wir uns nur ein. Außerdem hat unser Mann wirklich Glück, er ist mit seinem Lebensmenschen, mit der Frau, nicht verheiratet, bekommt daher noch ein bisschen etwas von Vater Staat, was sonst nicht mehr der Fall wäre. Viel von all dem Unglück haben wir uns selbst zuzuschreiben, da war all das Krankfeiern, waren all die Kuren für das Bauchweh auf der großen Zehe, die getürkten Frühpensionen, Vergünstigungen, wer nicht deppert war und die nötige Härte hatte, konnte ein schönes Leben führen. Verfall nach dem Sündenfall, sehr richtig, wir werden unsere Toten niemals los. Sie wollten nicht dienen, wir wollen nicht dienen.

Dem Deutschen Schäferhund wollte ich dienen, aber als ich sah, dass es im Verein nicht anders läuft als in der Politik, da wurde ich unglaublich müde, wollte aufhören. Alle Möglichkeiten der Welt hätten wir heutzutage, wir bedienen uns nicht einmal der Hälfte davon. „Ein enger Schulterschluss mit der Wissenschaft" wird im SV angestrebt, konnte ich lesen. Gratuliere. Eberhard Trumler hat diesen vor Jahrzehnten gefordert, vielleicht wird doch noch alles gut? Über ED und HD habe ich geschrieben, heuer in Ulm vier Rüden mit HD „fast normal" und einer mit ED „noch zugelassen" in der Auslese. Passt! Ein ebenso trauriges Kapitel ist CES (Cauda Equina Syndrom) vereinfacht gesagt eine Rückenerkrankung. Ein Rüde aus unserer Zucht war betroffen gewesen, mit wärmster Zustimmung seiner Besitzerin hatte ich vor, „Selbstanzeige" zu machen in Form eines Leserbriefes in den Vereinsnachrichten. Abgelehnt. Nicht veröffentlicht. Womöglich habe ich mir diese Sache nur eingebildet, wärmlich wird mir immer noch, wenn ich daran denke.

Es ist aber auch wirklich recht wohl temperiert, 18° C im Schatten lese ich vom Thermometer am Bürofenster ab, wunderbar für den Nachmittag des 9. Oktober. Im Jahr 2002 zahlten wir 35 Cent für Heizöl „extra-leicht", heuer im September mehr als das Doppelte. Da müssen wir froh sein über die Warmluft, normal oder nicht. In der Westeinfahrt Wiens, bei Schönbrunn, am Grünen Berg blühen die Kastanien, Wärme überall. Bei uns im Haus gibt es welche, die schieben einen mit ihrem Hinterteil fast vom Drehstuhl, das sind vielleicht Schwuchteln, diese Rüden! Wenn man dem Wolf auf den Rücken drückt, tut er die Rute zur Seite, buckelt auf, das hält man ja im Kopf nicht aus! Eine weitere Folge der Erderwärmung? In welch warmem Land die Princens wohl sein mögen, habe sie gar nicht danach gefragt. Zu seiner Malerfreundin Lisaweta Iwanowna meinte Tonio K., dass besonders das, was ihm am meisten am Herzen liege, bei einem Schreiberling am schlechtesten herauskäme.

Die Mischlingsmacher, die Züchter, die Funktionäre, ich weiß gar nicht mehr, wen ich alles angegiftet habe, sogar meiner Einzigen eine Kopfwäsche verpasst habe ich, es war mir, alles in allem ein Volksfest (can che abbaia non morde, wie der Italiener über die bellenden Hunde sagt) und nun wage ich es auch noch, meinem verehrten Herrn Kröger zu widersprechen. Was mir am meisten am Herzen liegt, das dürfte gar nicht so schlecht kommen. Es ist die Geschichte von Micky Princ.

Viele liebe Freunde haben wir durch unsere Hunde gefunden. Da sind Mareks, die ihren Tieren ein sehr „bewegtes" und damit artgerechtes Leben bieten. Herbert Hofbauer, der von seinem Mufasa belehrt wurde, dass stets ein Blättchen Schinken auf den Boden der Schüssel gelegt werden muss, weil Hund sonst das Fertigfutter nicht frisst und der meiner Meinung nach der Einzige ist, der mit dem in jeder Weise dickschädligen Tier zurande kommt. Und da sind Alois und Edith Skroub in Wiener Neustadt, die einst mit Jaguar und jetzt mit Januar Werbung für den DS machen; ich kann gar nicht jeden Einzelnen hier nennen, viele sind auf unserer Homepage vertreten, eines Tages, vielleicht nach den Weihnachtsfeiertagen, werde ich statt Nägel polieren ein paar Versäumnisse in dieser Richtung nachholen. Stellvertretend für sie alle soll des Einen gedacht werden, Tag und Nacht spukt er in meinem Kopf herum. Weil ich seinen Hundesohn gerne los wäre? Aber nein, sicher nur aus Liebe.

Gut ein Meter achtzig groß war unser einer Freund vor seiner Heirat. Die Ehe mit dieser garstigen Gerti P. ist ihm

221
SVÖ

insofern schlecht bekommen, als dass er sich reduzieren musste (poor Michael and what's left of him).

Nicht nur die Größe hat das Eheweib ihm genommen, es hat ihn in jeder erdenklichen Weise eingeschränkt und unterdrückt. Gerne würde er auf den Hundeplatz fahren, um mit seinem Liebling Jester zu üben, doch seine Hausdrachin gestattet es ihm nur höchst selten. Denn sie missbraucht ihn ständig für ihre Zwecke. Kochen, waschen, bügeln muss er zuhause, die Badezimmerfliesen zwingt sie ihn, genauestens zu schrubben, er ist nur noch Vasall, ein Schatten seiner selbst und eingeschüchtert, zu sagen hat er nichts und bringt vor Ungeübtheit keinen geraden Satz mehr heraus. Sogar das Essen missgönnt sie ihm, nimmt ihm brutal die besten Früchte aus jedem Stück Obstkuchen. Von den Schilderungen seines Martyriums erschüttert und aus tiefstem Herzen bedauert ihn das gesamte DTC. Aber der Mensch hat nicht nur Freunde, nicht einmal Micky hat sie. Denn diese falschen Hunde fragen dann Gerti, wie sie es mit diesem Mann so lange schon aushält. Mit diesem Mann, der oft und oft mir gesagt hat, was ich so gerne höre, was mich wieder zum glücklichen Bauern macht, dass da in der Kathedrale seines Herzens ewig eine Kerze für mich brenne …

Hier hätte ich aufhören können, doch gerade meine gedankliche Beschäftigung mit dem berühmt-berüchtigtsten all unserer Freunde veranlasst mich noch zu weiteren Lautäußerungen, vorab zu jenen des 22. Oktober, wobei die erste dieses Tages ein Schrei war. Nicht le Dernier Cri und nicht der Schrei einer Jungfrau war es, sondern, recht konträr, der Aufschrei der im Keller befindlichen Hatschepsut, die auf ihre Existenz und besondere Lage hinweisen wollte, als sie Gisela und mich die Treppe herunterkommen hörte. Sofort war die uns noch anhaftende Bettschwere verflogen, hellwach ist man in solchen Momenten. Wer die Art von Haushunden kennt, die sich beim Klingeln an der Haustür vor Aufregung fast überschlagen und sich japsend, drängelnd und rempelnd die Stiegen hinunterstürzen, weil jeder von ihnen der Erste sein will, der den Besucher fressen oder begrüßen darf, kann sich uns beide ähnlich vorstellen, als wir zu der werdenden Mutter eilen. Aus dem zweiten Stock, noch daunenwarm, kullern wir hinunter. In der ersten Etage angelangt, müssen wir uns auf Grund eines Engpasses, der durch eine Kommode und herumstehende Schuhe entsteht (wovon diese mich am empfindlichsten stören), ein wenig einbremsen, dann sind wir zu ebener Erde, wo zum selben Zeitpunkt der ahnungslose Nützlich mit dem noch ahnungsloseren Munz das Haus betritt. Rücksichtslos schieben wir Erstgenannten in die Werkstatt, wo eine Dreierreihe von Boxen steht, die von unserem alten Hundeanhänger stammt und recht praktisch ist für kurzfristigen Boxenstopp. In eine solche stopfen wir den Rüden und den dazugehörenden Zweibeiner scheuchen wir samt Frühstücksgebäck hinauf in die Wohnung. Aus dem Weg, aus dem Weg, wie die Liktoren mit den Rutenbündeln halten wir diesen frei für unsere Werteste. Die richtige Hatschepsut soll sich einen Leoparden gehalten haben, von den vielen Untertanen zu schweigen, unsere hält sich uns beide, schon sind wir bei ihr, stellen fest, dass sie wieder einmal ein wenig dramatisieren wollte, beim Eintreffen ihrer ergebenen Diener wird sie sogleich ganz ruhig. Gisela geht mit ihr in den Garten und ich befreie den Wolf aus seinem Bürogefängnis, in dem er in letzter Zeit nächtigt und begebe mich mit ihm on tour. Lässt er sich sonst gerne Zeit für morgendliche Erkundungen, erledigt er heute alles recht flott, die Neugierde treibt ihn heim. „Neugier, dein Name ist Weib" ist wohl einer der dümmsten Sprüche, gerade die Rüden stecken gern die Schnauzen in einiges, was sie nichts angeht. Gleichsam als verschlafenes Quartett treffen wir am Eingang wieder zusammen, nach einem fachkundigen Blick auf seine Tochter latscht der Alte zurück ins Büro, meine bessere Zwingerhälfte fährt mit dem Außengetier und ich gehe mit der Hapschi hinunter.

Rotlicht. Eine schon seit Tagen vorsorglich angesteckte Aufzuchtleuchte verbreitet es, angewurzelt stand ich da, als ich nach dem Wurfraum sah, der Witwe Bolte nicht nur figürlich ähnelnd, sondern auch die Hände in die Hüften gestemmt, den Mund zu einem stummen Schrei geöffnet. Es sieht aus, als hätte es geschneit, d'Muatta hat in der Nacht ganze Arbeit geleistet und sich ihr künftiges Wochenbett nach ihren eigenen Vorstellungen bereitet.

Einer Wurfhöhle gleich schmiegt dieser Raum sich unter die Kellerstiege, ein Vorhang schirmt ihn ab, auch diesen hat sie zerrissen, die zerfransten Stoffreste mischen sich unter die Flocken der zerfledderten Kuscheldecke. So kann kein Mensch werfen! Meine Aufräumversuche will sie mit spielerischem Pfotenschlag verhindern, zwar hat sie zu hecheln begonnen, trotzdem erfasst sie noch die Situationskomik beim Anblick ihrer auf Knien rutschenden Magd, die sich müht, Ordnung zu schaffen. Weil ich vor meinem Frühstückskaffee ein wenig humorlos bin, bitte ich sie mit mir hinauf, auch am Lager steht eine Box, dort verwahre ich die Beste für etwa fünf Minuten. Schließlich habe ich das Plätzchen wieder comme il faut (zumindest in meinen Augen) und hole die Hauptactrice. Allein will sie nicht bleiben, die Macke hat sie sich beim letzten Mal angeeignet, soll sie ihren Willen haben. Ich setze mich zu ihr, sie kuschelt sich auf meinen Schoß, hart würde da ein Welpe wirklich nicht fallen, warum also nicht.

Bis Gisela zurückkommt und mich ablöst, kauern wir hier herunten, dies und das geht einem durch den Kopf. War es nicht eigentlich verantwortungslos, nach dem Q-Wurf die Hündin wieder decken zu lassen? Seit die Hatsch auf der Welt ist, ist ihr schon allerhand versprochen worden. Am Tag ihrer ÖPO3, die bei mistigstem Wetter stattfand, hatten wir ihr gesagt „nur heute noch". Wochen später waren wir wortbrüchig geworden, wie schaut denn das aus, ÖPO3 ohne IPO3? Danke, Hatschisu, das war unser letzter Blödsinn. Und als Gisela sie zum „zweifelhaften" Abgang für ihre FH3 führte, der nach neuer Prüfungsordnung sich zwischen zwei Stöcken befindet und vom Hund erstöbert werden muss, war ihr klar, dass man sie wieder einmal betrogen hatte. Wie gesagt, der Hund gewöhnt sich an alles Mögliche, nimmt uns selbst die schlimmste Felonie nicht lange übel. Die dicken Qs hatten für eine Schwergeburt gesorgt und wir wollten aufhören …

Weil aber die Tochter im Frühjahr eine Hitze verbummelt hat (ich will nicht ihr allein die Schuld geben, gehören immer zwei dazu, wenn eine Deckung nicht klappt) und weil es auf unserer Liste einige gibt, die mehr oder weniger geduldig schon seit Jahren auf einen Auenfels warten und weil die Hatsch es gewöhnt ist, dass wir unsere Versprechen ihr gegenüber nie halten und, und. Was und? Da ist vor allem die Tatsache, dass diese Hündin mit ihren sieben Jahren in höchster Blüte steht, dass sie aus vitalen, langlebigen Linien stammt, von denen ihre Eltern, die Wespentante, der Onkel Zanto und viele mehr Zeugnis ablegen. Bin ich am Ende doch auf etwas stolz? Nein, nicht stolz, immer nur dankbar. So, wie Aurelia Pravitas schreibt, die ich nur von Artikeln in der UH kenne, dankbar und demütig müsse ein Züchter sein. Dankbar bin ich, als Gisela zur Wachablöse erscheint, ich versorge die übrigen Hunde, komme endlich zu dem sosehr benötigten Schluck der heißbraunen Flüssigkeit (c-a-f-f-e-e stimme ich Mozarts schönen Kanon an, keiner außer mir im Kopf fällt ein, inneres Singen würde Frau Prof. Sparber sagen). Bald wird der erste Welpe da sein, nachdem unsere Königin sich nicht einmal beim Futterschüsselgeklapper aus der Wurfkiste erhebt. Demütig bis zum Herzflimmern bin ich, als ich den Laden öffne, mich an meinen Schreibtisch setze und glücklich bin ich, als ich um 8h07 die zweite entscheidende Kundgebung des Tages vernehme: „Der erste Welpe!" Ein Seufzer der Erleichterung kommt dann um 12h15 über meine Lippen – Gerti und Micky sind wohlbehalten aus dem Urlaub zurück und holen den Jester und hurra, hurra heißt es schlussendiglich um 16h20 für uns, als der letzte Welpe in unser Hundeleben tritt. Es ist eine graue Hündin, die wird man sich merken müssen, noch nass zeigt sie eine überwältigende Sitzübung, Hatschkinder sind immer für Überraschungen gut. Sieben Kinder, das Geburtsgewicht um die 45 dag eine Wohltat für die Q-geprüfte Mutter, die Grauen mit herrlich breitem schwarzen Aalstrich, die Schwarz-Braunen sehr dunkel, das ist noch ein „richtiges" Schwarz, auch die Pfötchen schwarz, doch halt – was ist denn das? Da hat doch jemand weiße Zehen! Überraschung, Überraschung!

Heute sind unsere Babys eine Woche alt, was ist nicht alles geschehen in dieser Zeit. Die Auslage glänzt, die Fenster in Büro und Lager gleichfalls. Am Nationalfeiertag hätte der Revisor unsere Werkstatt sehen müssen! Für den guten Wolf wurde neuer Teppich verlegt und auch die Treppenstufen sind mit solchem beklebt worden, so dass er sich mit dem abendlichen Aufstieg viel leichter tut. Dem kleinen Nikolaus Svoboda habe ich meine Aufwartung gemacht, auch seine Ankunft war für 20. Oktober berechnet worden, doch er konnte es nicht erwarten und erschien schon am 17. zum Rapport. Ein Bild des Friedens empfängt mich in dem Wohnzimmer, wo der junge Mann sich an der mütterlichen Tankstelle versorgt. Dann hat er genug, wird für ein Bäuerchen hochgehoben und dabei „entdeckt" er mich, strengt die Äuglein an, hat mich schließlich im Visier. „Schon wieder eine alte Tant, das darf nicht wahr sein!", glaube ich die Gedanken von seinem lieben, kleinen Gesichtchen ablesen zu können. Mein Gott, wie schön! Das werden doch meine beiden auch mal zusammenbringen? Na gut, die Eltern des Bübchens sind vielleicht doch ein wenig älter als Fritz und Fratz. Die lieben Füßchen des kleinen Erdenbürgers fasse ich an und so etwas wird einmal Schuhe Größe 43 tragen, unglaublich. Seine Mutter ist großzügig, würde mir den Kleinen zum Halten geben. Nein, längst trage ich keine schönen Blusen mehr, nun ist es anderes, das mich davon abhält, das Kindlein zu wiegen. Gern würde ich es tun! Unsere Welpen kamen zwei Tage nach dem errechneten Termin zur Welt, am 65. Tag also. Und keinem würden wir gestatten, sie zu berühren, der erste Besuchstag ist für 19. November angesetzt. Alle Welt fürchtet sich vor Zoonosen, dabei ist es ungleich leichter, einen Welpen mit Schnupfen anzustecken, als eine solche zu bekommen. Wie viele Hunde es gibt, die das Halsweh ihres Herrchens „aus Sympathie" übernehmen! Pfeif auf die Vogelgrippe, ein schräger Vogel bin ich selber.

War ich eigentlich schon immer, fällt mir ein, als ich nach Tisch mit den Hunden fahre. Einen Ausflug leisten wir uns zur Feier des Tages. Von Rauchengern hinab sind die Wälder so herrlich bunt, ich kann nur staunen. Ein Wunderwerk ist das, es muss ein ganz Großer gewesen sein, der es komponiert hat! Meine Schwester wird in Vancouver den Indian Summer genießen, bald fahre ich an ihrem einstigen Haus im schönen Fragnerland vorüber, wo im Garten fleißig gewerkt wird. Endlich ist das

Grundstück eingezäunt, somit spricht nichts mehr gegen Hundehaltung. Und siehe da, ein Malinois überwacht fachmännisch die Arbeit seiner Fleischgeber. In Sieghartskirchen den Berg hinan, dann wieder hinunter, links ab nach Abstetten, die Martinstraße schlängelt sich dort, wo sie gepflastert ist und windet sich in engem Bogen, da kommt rechts die spätgotische Wehrkirche mit ihrer barockisierten Fassade. Von einem Gottesacker ist sie umgeben, immer noch prangen herrliche Rosen im Schutz der alten Mauern. An einem gestreckten Bau geht es vorbei, „Spezerei Alois Andre Manufaktur" ist an diesem Haus zu lesen, das einen Adeg Markt beherbergt – was da wohl einst gefertigt wurde? Einen Haflingerhof, gleichfalls zur Rechten, lassen wir hinter uns und schon grüßt vorne Dietersdorf. War da nicht irgendwo das Haus des Künstlerpaars Leopoldi-Möslein? „Schnucki, ach Schnucki, fahrn wir nach Kentucky ..." Georg Markus wird es wissen. Links abgebogen, die Tulln entlang kommen wir zu unserem Bestimmungsort. Sehr übersichtlich ist dieser Weg, einmal wagt Krone drei Schritt in den Acker, das ist eine Schelmin, sie weiß genau, dass sie den Grünstreifen nicht in diese Richtung verlassen darf, aber sie probiert mich gerne aus. Die Rüben sind geerntet, etliche Anhänger sind damit beladen und auf einem Feldweg abgestellt. Wie wird es mit ihnen weitergehen, wie mit unseren Zuckerfabriken, vom Vorbeifahren kenne ich sie alle, die in Tulln, in Leopoldsdorf und auch die in Hohenau an der March, von der Schließung bedroht. Zwei Maisfelder müssen noch bearbeitet werden, da flüstert und rauscht es, als wir daran vorbeigehen. Jetzt habe ich das Schloss aus Alma Mahler-Werfels Kindertagen im benachbarten Plankenberg im Auge. Von „Almschi" springe ich flugs ans Ostufer des Attersees, nach Steinbach ins Gasthaus Föttinger. Dort hatte Gustav Mahler sein „Komponierhäusl", mein Mann die gebackenen Zucchini und ich ein leckeres Sülzchen auf der Sonnenterrasse. Nun aber steigen Saatkrähen vor uns auf, aufgeregt die Route besprechend.

Schräger Vogel, sagte ich ... Schon in der Volksschule hat es begonnen. Das Bild da an der Wand! Muss ich mir tagein, tagaus einen alten Mann anschauen? Lässt er mich nicht aus den Augen? Nicht nur, dass ich gezwungen bin, hierher zu gehen, ob es mir passt oder nicht. Dieser Geruch von Desinfektionsmittel, er will mir nicht aus der Nase. Die Frau Lehrerin ist ganz nett, erzählt gut, wenngleich sie an die Frau Mama nicht herankommt, wer könnte das schon. Einmal geht sie zu weit. Sie steht neben meinem Tisch, schaut in mein Heft und die von mir fabrizierten Buchstaben missfallen ihr. Tempo ist also nicht gefragt, man müsste so hingegeben malen wie meine Sitznachbarin das tut. Meinen Bleistift nimmt sie mir aus der Hand, scheint etwas ausbessern zu wollen und – drückt auf meinen Fingernagel! Ein kurzer Schmerz, ich höre nicht mehr, was sie dazu sagt, ganz ruhig werde ich, beiße die Zähne zusammen. Als sie weitergeht und bei einem anderen Schüler hängen bleibt, ist mein Entschluss gefasst, ich packe meine Sachen zusammen und gehe. Keiner scheint es zu merken, ich mache das in aller Ruhe, als ob es so sein müsse, keiner hindert mich daran. Letztlich ist meine Absenz doch aufgefallen, denn meine Angebetete kam mir auf halbem Wege bereits entgegen. Sie besänftigte mich sehr diplomatisch, sogar Herrn Schärf brachte sie mir nahe, erzählte, dass er in Mikulov geboren und „hach, was glaubst du, was der sich mitgemacht hat" während der NS Herrschaft mehrmals inhaftiert gewesen sei. So bin ich über meinen Schatten gesprungen und doch noch einige Zeit zur Schule gegangen. Dennoch, der große Bruder hat mich immer schon genervt, irgendwo muss der Mensch ungesehen, undurchleuchtet, unbehelligt und ungechippt sein können. Sosehr Philipps Vater den Kreisverkehr schätzt, mich stört er. Der Mehrzweckstreifen meiner schönen Heimatgemeinde, kein Schwein will auf dieser Unebenheit Rad fahren, hat aber eine Menge Geld gekostet, er nervt. Tempolimit, Licht am Tag, Gurtenpflicht (wäre ich vor 30 Jahren angeschnallt gewesen, müsste ich heute nicht mehr darüber nachdenken), Ganztagsschule, Chippen, Prohibitionen, Zwang, Zwänge, Zwangsbeglückung, bald privatisiertes Wasser, schon hat der arme Teufel wirklich nicht mal mehr zu saufen. Bin ich menschenfeindlich, womöglich staatsfeindlich oder bloß vertrottelt? Die Antwort bleibe ich mir gerne schuldig.

Schuldig

wird man leichter, als man denkt. mea maxima hast mich in d' welt gsetzt, ists gleich losgangen, erbsünde, des funktioniert halt, to je moje vina. nix verdräng ich so schön wie schuld und schulden, geht nach fünf dezennien übung ganz babyleicht. baby, babys, waren sieben babys da. und an brief schreibn muss i aa:

Lieber Herr Oltersdorf,

es ist mir ein Anliegen, Ihnen diesen Brief zu schreiben. „Ein einmal gegebenes Wort ist heilig" heißt es in dem fragwürdigen Werk der Frau des Landinstallateurs … Falsche Töne.

Wie sehr habe ich mich über Ihren Anruf gefreut, in welchem Sie mir Interessenten für eine unserer erwachsenen Hündinnen nannten. Krone oder Herzchen standen zur Auswahl, eine davon hätte die Chance bekommen, dem eintönigen Zwingerleben Ade sagen zu können und einen Einzelplatz bei lieben, älteren Leuten zu finden. Jede der beiden ist vorsorglich kastriert worden, so dass kein Rüde aus der Nachbarschaft erst auf dumme Gedanken hätte kommen müssen. Auch das Kassabuch des Zwingers hätte über einen Eintrag im Haben jubiliert. Zudem waren Sie so freundlich, sich mir als „Lotse" zur Verfügung zu stellen, es hätte ein kleiner „Sonntagsausflug" werden sollen, wir wären erwartet gewesen in der Gegend von Gresten. Immer wieder Konditional, der hat auch noch keinem Menschen geholfen! Ich wurde wortbrüchig, sagte ab.

Nicht eingezäunt, nicht eingezäunt. Ich bringe den Hund hin, der Hund sucht unser Auto, der Hund läuft davon, ich werde schuldig. Das kreiste in meinem Hirn, in diesem an jenem Wochenende so überstrapazierten Körperteilchen. Donnerstagabend unsere Vereinbarung, vierundzwanzig Stunden später beginnt die Nofi zu werfen. Vier Welpen in zwei Stunden, Erstlingshündin, ganz instinktsicher, großartig, gewaltig. Lieber Gott und Herr, was soll ich nur denken mit diesem armen Hirn, ist es wahr, was ich hier sehe, zwei Welpen missgebildet, rasch den Tierarzt anrufen. Legen Sie sie in eine Schachtel auf eine Wärmeflasche und kommen Sie herüber, wenn es keiner bei Ihnen tun kann. Was soll ich nur denken, nein, bei uns kann es keiner tun, ich will weder einen Mann noch einen Sohn haben, der es könnte, wir kommen. Wäre wieder eine typische Fahrt für Fritz, Leid und Leiden kennend, lieber Gott, hilf uns. Danke, schon geschehen. Die Hündin weiß selber, was zu tun ist. Erst knurrt sie, will die beiden nicht an ihr Gesäuge lassen (der frisst nicht aus meiner Schüssel, sagt der Kurt, sagen wir). Sie weint, sie hat einen Konflikt, es sind ihre Kinder, aber sie haben keine Chance, nicht jagen könnten sie, nicht fliehen. Was tut die Wölfin? Kann sie sich Verwesungsgeruch in ihrer Wurfhöhle leisten? Immer noch weiß ich nicht, was ich denken soll, Medea-Nefertiti tut, was zu tun ist. Nachdem die beiden aufgearbeitet sind, gänzlich aufgearbeitet, wird sie ruhig, wendet sich den beiden Anderen zu. Nicht eingezäunt, immer schuldig, was war Schuld daran, gab es wieder ein Tschernobyl, von dem wir gar nichts erfahren, wieder blieben viele Hündinnen leer, was soll man nur denken, ich muss dem Herrn Oltersdorf absagen, ich kann hier nicht weg. Die Nacht bringt nicht viel Schlaf, die Hündin tat das einzig Richtige, dennoch will es verarbeitet werden. Es ist Giselas Hündin, es ist der erste Wurf von Giselas Hündin, Gisela ist seit ein paar Tagen schon krank, nun geht sie erst recht zu Boden. Der Samstagmorgen zeigt eine rundum zufriedene Nofreten-Senenmut-Sternchen-Familie, unser S-Wurf samt Mutter braucht mich nicht. Bis auf Wäsche waschen und die anderen Hunde versorgen, was soll ich nur denken, da liegt die kleine, graue Hündin aus dem R-Wurf ganz kühl und fast schon leblos in der einen Ecke von Hatschimamas Wurfkiste. Wenn man die Welpen gleich nach der Geburt anfasst, weiß man Bescheid. Das pralle Leben, das sind die, die bleiben, sehr genau kann man sie unterscheiden von den Regenbogenbrückengängern. Schlaff liegen diese in unserer Hand. Aber die Hatsch ist die Übermutter, sie bringt auch solche, die sich sonst in den ersten Stunden verabschieden, weiter. Hat die Nemesis weitergebracht. Speiseröhrenverengung, musste mit knapp drei Monaten eingeschläfert werden. Hat wehgetan. Tut jetzt auch weh. Ich mache den Rs das Bettchen, die Mutter erledigt ihre Agenda im Garten, jetzt fällt es ihr nicht auf, wenn ich das todgeweihte Kindchen mit ins Haus nehme, gleich so mit der Bettwäsche. Nein, sie hat es nicht gemerkt. Der Tierarzt wird bald da sein, weil die Nofi die Reinigungsspritze bekommen soll. Dann wird er das Kleinchen erlösen.

Er kommt spät, das Liebchen ist sehr kühl. Euthanasie, was soll ich nur denken, schöner Tod, dass ich net lach, nicht eingezäunt, bin ich schon ganz verrückt, schuldig, haben Sie nicht bemerkt, dass die Hündin einen Abszess am Schenkel hat, nein, es ist mir nicht aufgefallen, schuldig, nicht eingezäunt, wie konnte das passieren, dass ich es nicht bemerkt habe. Ein Schnitt, die Wunde entleert sich, wie kann ein so kleiner Hund so viel Eiter in sich haben, das wird wieder, warm halten, haben Sie ein Fläschchen, ja, hab ich, aber keine Welpenmilch. Den Welpen anlegen, Hatsch ist überrascht, wo kommt der Welpe her, er saugt nicht, ist zu schwach, bald wird die Ersatzmilch da sein, warm halten, was soll ich nur denken, armes Hirn, nein, das ist das Herz, oder ist es der Magen, ich muss Herrn Oltersdorf absagen, kann hier nicht weg, jede Stunde ein Fläschchen, schuldig, Abszess nicht bemerkt, oh, Herr, ich bin nicht würdig.

Lieber Herr Oltersdorf, es war ein furchtbares Wochenende für uns, letztlich konnte ich mich gegen den Tierarzt, der den Eid geschworen hat, Leben zu retten, durchsetzen, konnte erreichen, dass das Liebchen von seinem Leid erlöst wurde. Niemals hätte es sich in dem Wurf behaupten können, wie die Panzer wären die Geschwister über das zarte Wesen drüber gefahren. Jede Stunde ein Fläschchen. Ein Wurf im Keller, ein Wurf draußen, Gisela krank in ihrem Zimmer, die Haushunde, die Zwingerhunde, Büro, Verkauf, dazu der schwache Welpe oben in der Wohnung, der Wahnsinn in meinem Hirn. Es war kein leichter Abschied. Der Assistentin bin ich dankbar, gestreichelt hat sie das Liebchen während des Todeskampfes. Ich bin nicht würdig, bin schuldig.

Wollte nicht Schuld daran sein, dass zwei Menschen enttäuscht werden, die auf einen Hund, einen neuen Lebenspartner warten. Habe durchtelefoniert, ein Züchter hat dann seine Hündin dort hin gebracht.

Frau Sch. rief mich danach an, dankte mir sogar noch für die Vermittlung! „Der liebe Gott möge Sie beschützen", sagte sie. Sie hat keine Ahnung. Denn schon wieder bin ich schuldig geworden.

Die Hündin, die der Züchter ihr gebracht hat – sie ist nicht sterilisiert. „Sie bringt schon Welpen, aber die sterben gleich alle nach der Geburt", erklärte er mir am Telefon. Ja, denke ich, bei dir! Ist sie erst auf einem Platz, auf dem sie alles hat, was ein Hund an Zuneigung, Zuwendung und Futter haben kann, wird sie die Welpen wohl behalten, die – nicht eingezäunt – der Nachbarsrüde erzeugen wird. Dann haben wir die Mischlinge, dann bin ich wieder schuldig. Unerträglich schuldig.

So wenig wie die „Disteln" habe ich diesen Brief abgeschickt, es ist sicherer, seinen Geisteszustand nicht zu vielen zu offenbaren. Verschweigen, verschweigen! Zumindest habe ich telefonisch angeregt, die Hündin sterilisieren zu lassen und wie es scheint, hat Zimbas Chef meine Wortbrüchigkeit inzwischen verdaut.

Es geht auch sonst alles wieder seinen gewohnten Gang. Ein wenig strapaziöser ist unser Leben geworden mit den beiden Würfen, mit meiner Schuld werde ich leben müssen, bin ja daran gewöhnt. Viele scheinen sich gewöhnt zu haben an ihre Schuld. Ein Tag wie der andere.

vergewaltigen steinigen wie in der steinzeithöhle keule gegen keule wie darf ich denn menschen aus ihren häusern treiben auf die straßen treiben die juden die sudetendeutschen die moslems schön ist es auf diesen straßen wenn in die mauern an den herd zurück ich kommen darf nicht an wiedergeburt will ich glauben war vielleicht selber anne frank war marcies mutter oder gar der armleuchter in person nicht auszudenken kann nicht sein spricht mein eignes armleuchtertum dagegen wird doch nicht alles wiederholt werden doch wiederholung wiederholung zugabe so hat die menschheit sich entwickelt war ja zeit genug zugabe man darf das alles nicht so eng sehen sich aufschwingen zähne fletschen krone der schöpfung mach dir die erde untertan was ich auch immer jammern muss ob es die hölle wirklich gibt fragt man sich heute haben sich schon rhett butler und scarlett gefragt die besonders wenigstens habens jetzt das fegefeuer annulliert ist sowieso alles erfasst in christine nöstlingers auszählreimen einer ist lustig und einer ist fad die munz reißt das klapperl und andre sind stad

„Du wirst ohnehin nie fertig werden mit deinem Buch“, versucht die Kleine mich zu puschen. „Bist du schon wieder bei deinem Roman?“, fragt mein mich überschätzender Angetrauter, beim letzten Wort die erste Silbe betonend. „Wie geht es uns heute, Rosamunde?“, will der Beste aller Söhne wissen. Drei scheinbar Hoffnung in mich Setzende, die ich alle enttäuschen muss. Bin ich selber enttäuscht? Sicher nicht. Stimmt schon, der vierte Oktober war mein Stichtag. Nicht geschafft. Als nächstes Limit habe ich mir Qualis Geburtstag gesetzt, auch schon vorbei. „A born loser“ würde ein Pessimist sagen. Ich sehe das anders, stets halb voll sind meine zahlreichen Gläschen. Kein Grund also, Philipp Erlach aufs Dach nachzuklettern. Könnte ich auch gar nicht. Schon wartet „Die Eroberung des Glücks“ auf mich, Bertrand Russell setzt bei seiner Leserschaft keine besondere Bildung voraus, für mich ist er der „Stephanitz für Zweibeiner“. „Es ist sonderbar, wie wenig die Menschen zu merken scheinen, dass sie durchaus nicht von einem Mechanismus erfasst werden“, heißt es in dem Abschnitt „Der Geist der Konkurrenz“.

Unser R-Wurf ist knapp über sieben Wochen alt, bevölkert tagsüber den Garten und abends die Wohnung. „Aruba, Bahama, come on Hatschimama“, der geht es gut, ausstellen könnte man sie, schon merkt man ihr die Wurfstrapazen nicht mehr an. Der graue Ramosramses und die dicke schwarze Rudolfine (mitsamt ihrem weißen Söckchen) werden in die Schweiz gehen. Das Rübchen findet bei SusiChristianJuliaStefan Polt in nächster

Nähe einen guten Platz, Rebe dagegen wird eine Wienerin. Und dann sind da noch der dunkle Roderich, der heute erstmals sein Beinchen gehoben hat (!) und seine graue Schwester Reblaus, die bei Mareks den Bring und die Diandra beglücken werden. Wenn ich unseren jungen Geliebten so zusehe, muss ich oft daran denken, wie der kleine Stephan einmal von einem Besuch bei gleichaltrigen Buben heimkam und wir ihn fragten, auf welche Weise er den Nachmittag verbracht habe. „Erst haben wir gekämpft und dann gerauft!“, war seine Antwort. So halten es unsere glorreichen Sechs. Ihre Spiele, ihre Entwicklung beobachten zu dürfen, ist die reine Freude, ist das Glück, das alle Enttäuschungen aufwiegt. Die kleinen Trickfilmfiguren wurden von uns nach bestem Wissen und Gewissen aufgezogen, „können“ Auto fahren, sind lebensfroh und voll Vertrauen. Sie alle kommen zu lieben Menschen, die für ihre Ausbildung sorgen werden und für die ein Hund mehr ist als nur ein Sportgerät.

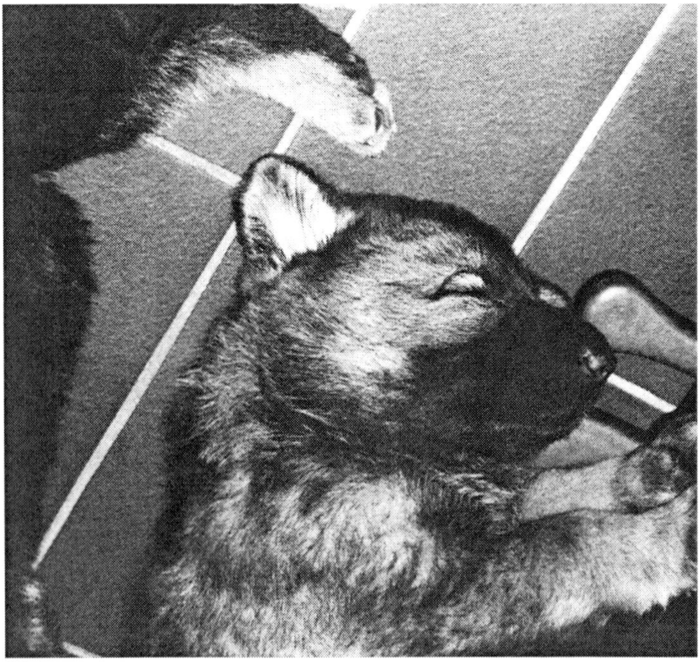

Senmut und Sternchen, zwei Wochen jünger und folglich noch etwas schmieglicher als die Rs werden vom Urgroßvater Wolf mit erzogen, das kann was werden! Fast scheint es, als würden auch sie sich vorbereiten auf das Mozartjahr. Während Gisela spielt, kuscheln sie sich ganz dicht zu ihren Füßen. Und, indem sie sich unter die Pedale vom Piano drapieren, sorgen sie (gerade sie!) dafür, dass es nicht zu laut wird im Haus.

Pan

Pan – wen hätte er nicht schon beschäftigt. Von dem arkadischen Hermessohn geradewegs zur Zeitschrift Pan und einige Zeilen eines durch Alfred Kerr 1913 in dem „Skandalblatt“ Pan II veröffentlichten Gedichts von Klabund möchte ich dem Leser nicht vorenthalten:

„Es hat ein Gott mich ausgekotzt
Nun lieg ich da, ein Haufen Dreck
Und komm und komme nicht vom Fleck ...“

Vom Fleck komm ich auch nicht und es drängt sich der Hirtengott in meine Gedanken – Hunde, Herden, jede Menge Hirten – Pan. Paneuropa, Pandemien, witzig. Die Vogelgrippe geht um. Schweinepest und BSE, wen hätten wir nicht schon angsandlt mit unserem Dreck, jetzt brauchen wir nur noch den lieben Gott anstecken, damit er uns wegniesen kann. Vogelgrippe! Nicht mehr Freund sind die Katzenbesitzer ihren geliebten Katzen, absonderlichste Katzenallergien brechen aus, schon werden die Samtpfötchen in Tierheime abgeschoben, panische Angst überall, und auch sonst jede Menge Panik:

nariminaru
wer ko der ko
einer zeichnet ein bilderl
pfui pfui böser mo

nariminaru
musst alles verdrehn
was sonstn passiert
hamma grade erst gsehn

Hinzu kommt die Wetterlage, die beinahe so empörend ist wie das Weltgeschehen – Schneechaos von Japan über München bis Pressbaum. Mürrisch zeigt der junge März uns seine Beißerchen: Schnee am internationalen Frauentag, Schnee heute, am Zehnten des Monats. Ob auch vor 160 Jahren soviel Schnee war? Da soll Castelli in der Gründungsversammlung des (heutigen) Wiener Tierschutzvereins seine Rede mit den Worten: „Unsere Sache ist gut, unser Wille ist gut, Gott und unsere humane Regierung werden uns schützen!“ geschlossen haben.

Schnee, begehrt in den Wintersportorten und von Stifter so herrlich beschrieben, Schnee, der bei uns die Wirtschaft lähmt und die Hundler schon ganz kribbelig macht und viel Schnee von gestern, auch in den vorhergehenden Kapiteln. Viel Schnee und ein paar verwehte Spuren.

Wolf

noch liegt das hölzchen hier
mit dem du gestern erst
so freudig hast gespielt im garten
du selber bist unendlich fern von mir

wie schnell die jahre sind verflogen
nicht habe ich's gemerkt
und in der letzten zeit
da hab ich mich wohl selbst betrogen

ich wollte nicht und nicht mir eingestehen
dass immer schwerer und nicht sicher mehr
gewesen ist dein tritt
nun musstest du allein die fährte gehen

samtbraune augen schaun mich an
doch sind es schon nicht mehr die deinen
die deiner tochter deiner enkel sind es
in ihnen lebst du fort ich darf nicht weinen

o wolf du guter so bin ich an dir gehangen
ich stelle es mir vor
wie alle die dir sind vorausgegangen
auf heller flur im hundehimmel dich empfangen

wird nur noch freude sein
dort könnt ihr spielen laufen toben
dein hölzchen will ich aufbewahren
und irgendeiner bringt dir's dann nach oben

Don Camillo von Tachlau

J. A. Wynn

Prof. Dr. Werner Eck kommt, gemeinsam mit seiner treuen Haushälterin Elis, als Pfarrer in das kleine bayerische Städtchen Tachlau. Schnell schließt er Freundschaft mit den sogenannten „Nothelfern", Karl, Ewald, und Arthur, allesamt schon in Pension, allerdings immer noch umtriebig und höchst aktiv. Josef, der Friseurmeister, auch bereits in Rente, gehört ebenfalls schnell zu den Vertrauten des Pfarrers.
Bereits kurz nach seinem „Einstand" hat Prof. Dr. Eck nach einer spektakulären Rettungsaktion seinen Spitznamen „Don Camillo" weg, und er macht ihm auch alle Ehre: Nicht zuletzt aufgrund seiner Gutmütigkeit und Hilfsbereitschaft stolpert er von einem Abenteuer ins nächste.

ISBN 978-3-902536-46-4 · Format 13,5 x 21,5 cm · 316 Seiten
€ (A) 17,90 · € (D) 17,40 · sFr 31,70

novum
VERLAG

Lügen sind das Öl, mit dem das Lebensrad geschmiert wird

Rudy Waldau

Witzige Sprüche für viele Gelegenheiten, Aphorismen und Kurzgedanken, gespickt mit einem gerüttelten Maß an Lebensweisheit, aber auch etwas längere Gedichte und „Reimwerke" finden sich in diesem Buch. So etwa die modernen Versionen der „Bürgschaft", dem „Lieben Augustin" oder dem „Rattenfänger von Hameln", die den Leser ebenso schmunzeln lassen wie die „Aktualisierung" so mancher wohlbekannter Märchen wie „Hänsel und Gretel" oder „Dornröschen".

ISBN 978-3-902536-72-3 · Format 13,5 x 21,5 cm · 90 Seiten
€ (A) 15,90 · € (D) 15,50 · sFr 28,50

Von Spießer zu Spießer

Sandra Pfeffer

Die Autorin versetzt den Leser in ihrem Erstlingswerk in eine kleine, sehr unspektakuläre Alltagswelt. Sie nimmt ihn quasi an die Hand und läuft mit ihm durch den Alltag einer Studentin. Hier passieren keine Abenteuer oder Tragödien, sondern es sind die kleinen Dinge des Alltags, die täglich gelebt und erfahren werden. Nichts passiert! Nur das Leben an sich! Nur der Alltag! Und das ist schon genug!

ISBN 978-3-902536-74-7 · Format 13,5 x 21,5 cm · 98 Seiten
€ (A) 15,90 · € (D) 15,50 · sFr 28,50